MA[illegible]

BALOGH

La perle cachée

Traduit de l'anglais (États-Unis)
par Viviane Ascain

J'AI LU

Titre original
THE SECRET PEARL

Éditeur original
Bantam Dell Books,
a division of Random House Inc., New-York

Pour Rita Latham, Mary Balogh et Erma Gallagher,
mes belles-sœurs,
avec toute mon affection.

Chères lectrices,

Un grand nombre d'entre vous, et tout particulièrement celles qui ont découvert mes livres récemment avec la saga des *Bedwyn*, m'ont écrit pour me demander quand mes ouvrages précédents seraient de nouveau disponibles. Je suis enchantée, comme vous le serez certainement, de vous annoncer la réédition de *The Secret Pearl*, sous une nouvelle couverture mais sans le moindre changement dans le texte, car je sais combien c'est important aux yeux de beaucoup.

The Secret Pearl est souvent cité par mes lectrices comme un de leurs favoris parmi mes ouvrages. Je pense qu'elles sont attirées par mon héros, cet homme blessé pris au piège d'un honneur sourcilleux, et par cette héroïne en fuite qui cache au plus profond d'elle-même les blessures que la vie lui a infligées. Ils se rencontrent dans des circonstances douloureuses, mais en dépit d'obstacles presque insurmontables, cela n'empêche pas la passion de grandir entre eux, jusqu'à ce qu'ils se retrouvent confrontés au classique dilemme entre l'amour et l'honneur. Pourront-ils rester fidèles à l'un comme à l'autre et trouver le bonheur ensemble ? Il s'agit d'une histoire d'amour, après tout, et nous savons tous que les auteurs de romances ne peuvent se satisfaire que d'une fin heureuse...

À toutes celles qui vont découvrir ce livre, l'un de mes tout premiers, je souhaite d'en apprécier l'histoire et d'y revenir bientôt lors de la publication de la trilogie sur internet. Et à celles qui le liraient pour la deuxième, la troisième ou la vingt-troisième fois, je souhaite de prendre autant de plaisir, ou même plus, que lorsqu'elles l'ont découvert.

Bonne lecture,

Mary Balogh

1

La foule devant le théâtre de Drury Lane s'était dispersée dans la nuit. La dernière voiture venait de tourner au coin de la rue avec ses deux occupants. Les rares spectateurs qui s'étaient rendus au théâtre à pied s'étaient mis en route depuis longtemps.

Il ne restait plus qu'un homme de haute taille, vêtu d'un manteau et d'un chapeau sombres, qui avait refusé de monter dans la dernière voiture. Il préférait, avait-il déclaré à ses amis, rentrer chez lui à pied.

Il n'était cependant pas seul dans cette petite rue. Alors qu'il jetait un coup d'œil distrait autour de lui, son regard s'arrêta sur une silhouette nonchalamment appuyée à la façade du théâtre. Sa cape était à peine moins sombre que les ombres de la nuit – une fille des rues, abandonnée par ses consœurs plus chanceuses ou plus attirantes, et qui avait vraisemblablement perdu toute chance de trouver un client pour la nuit.

Elle ne bougeait pas et, dans l'obscurité, il n'aurait su dire si elle regardait ou non de son côté. Elle aurait pu s'approcher de lui, lui sourire. Elle aurait pu le héler et s'offrir à lui, ou s'empresser de se mettre en quête d'un endroit plus propice à son commerce.

Et parce qu'elle ne faisait rien de tout cela, il ne pouvait s'empêcher de la regarder et d'hésiter entre la promenade solitaire jusque chez lui initialement projetée et une nuit totalement improvisée quoique beaucoup moins calme. Il distinguait mal la femme, se demandait si elle était jeune, jolie, séduisante, propre – la réponse à ces interrogations étant susceptible de l'aider à prendre la décision de changer ses plans ou pas.

C'était toutefois son immobilité qui l'intriguait.

Elle le regardait, il s'en rendit compte en s'approchant d'elle. Elle ne portait pas de chapeau. Ses cheveux étaient soigneusement tirés en arrière. Il était impossible de deviner son âge, ou si elle était jolie. Elle garda le silence, ne fit rien pour l'aguicher, ni par le geste ni par la parole.

Il s'arrêta à quelques pas d'elle et nota qu'elle lui arrivait à l'épaule – elle était donc un peu plus grande que la moyenne – et qu'elle était extrêmement mince.

— Vous cherchez un client pour la nuit ? demanda-t-il.

Elle acquiesça d'un signe de tête.

— Votre prix ?

Elle hésita, puis énonça un chiffre.

— Votre lieu de travail est proche ? reprit-il après une pause.

— Je n'ai nulle part où aller.

Sa voix était douce et dépourvue de l'âpreté ou de l'accent faubourien auquel il s'attendait.

Il l'observa un peu plus attentivement. Il ferait mieux de rentrer chez lui, avec ses pensées pour seule compagnie, comme prévu. Il n'avait pas pour habitude de se livrer à des ébats dans une encoignure de porte avec une fille des rues.

— Il y a une taverne un peu plus loin, indiqua-t-il avant de pivoter.

Ils n'échangèrent pas un mot tandis qu'elle lui emboîtait le pas. Elle ne fit pas mine de prendre un bras qu'il ne lui offrit pas.

Ils pénétrèrent dans la salle enfumée du *Bull and Horn* et elle attendit tranquillement à ses côtés tandis qu'il demandait une chambre pour la nuit et la réglait. Elle le suivit dans l'escalier, le pas si léger qu'il se retourna à demi pour s'assurer qu'elle était toujours là.

Il s'effaça pour la laisser entrer dans la chambre, poussa le verrou et déposa dans un bougeoir encastré dans le mur la chandelle qu'on lui avait remise. Le bruit de la salle était à peine atténué par la distance.

Plantée au milieu de la pièce, la fille l'observait. Si elle était jeune, ce n'était pas non plus une gamine. Elle avait dû être jolie à une époque, mais elle avait à présent le teint pâle et les traits tirés, ses lèvres étaient craquelées, et de grands cernes bleuâtres soulignaient ses yeux bruns. Ses cheveux d'un roux éteint étaient simplement noués sur la nuque.

L'homme se débarrassa de son chapeau et de son manteau. Il vit le regard de la fille descendre le long de la vilaine cicatrice qui lui barrait le visage, depuis le coin de l'œil gauche jusqu'au menton. Entre sa chevelure rebelle d'un noir de jais, ses yeux sombres et son nez busqué, il n'était pas beau. Se sentir laid en face d'une prostituée de bas étage le mit en colère.

Il traversa la pièce, déboutonna la cape gris pâle qu'elle ne faisait pas mine de défaire et la jeta sur une chaise.

À sa grande surprise, la fille portait une robe de soie bleue à manches longues, modestement décolletée, à taille haute, sans ornement particulier. Bien que propre, le vêtement était chiffonné. Il s'agissait probablement du cadeau d'un client satisfait, qu'elle portait tous les soirs depuis des semaines.

Elle releva imperceptiblement le menton, et le fixa sans ciller.

— Déshabille-toi, intima-t-il, agacé de la trouver si calme et si différente de toutes les prostituées qu'il avait connues dans sa jeunesse et au cours de ses années à l'armée.

Il s'assit sur une chaise inconfortable au coin de la cheminée pour mieux la détailler.

La fille mit un moment à s'exécuter. Elle plia soigneusement chaque vêtement enlevé avant de le poser sur le sol sans plus s'occuper de lui, tout entière à ce qu'elle faisait. Ce n'est qu'une fois en chemise qu'elle hésita. Elle finit tout de même par l'enlever et la déposa sur la pile.

Puis elle se retourna vers lui, les bras ballants, le regard dénué d'expression.

Elle était mince, bien trop mince. L'homme trouva cependant quelque chose d'excitant dans ses longues jambes maigres, dans la forme de ses hanches et de sa taille trop fine, dans ses seins hauts et fermes. Pour la première fois, il se réjouit d'avoir acheté ses services.

Cela faisait si longtemps...

— Dénoue tes cheveux.

Elle lui obéit, puis se pencha pour déposer ses épingles à cheveux sur ses habits. Sa longue chevelure, ni vraiment rousse ni vraiment blonde, se déploya sur ses épaules et son dos quand elle se releva.

Un désir brutal monta le long des reins de l'homme.

— Couche-toi, ordonna-t-il en se levant pour se déshabiller à son tour.

Elle rabattit la courtepointe avec soin avant de s'allonger, jambes serrées, bras le long du corps. Sans faire mine de se couvrir, elle tourna la tête et le regarda.

Il se déshabilla entièrement. Il refusait de se cacher devant une prostituée, de dissimuler les cicatrices boursouflées qui lui zébraient le flanc et la jambe gauches, qui lui arrachaient toujours une grimace de dégoût quand il les voyait, et avaient de quoi inspirer de la répulsion à n'importe quelle femme. La fille les détailla sans mot dire avant de remonter calmement jusqu'à son visage.

Cette catin n'avait pas froid aux yeux. Ou peut-être n'avait-elle pas les moyens de perdre un client, si repoussant soit-il, avant d'avoir gagné sa pitance.

La colère le gagna. Il s'en voulait d'être retourné chez les filles, ce qu'il n'avait pas fait depuis des années. Il s'en voulait d'avoir honte de lui devant une prostituée. Et il lui en voulait d'être à ce point capable de dissimuler son dégoût. L'aurait-elle laissé voir qu'il aurait pu se servir d'elle sans difficulté.

Cette idée le révolta et ne fit qu'attiser sa colère.

Il allongea la fille en travers du matelas, la saisit par les hanches et la tira jusqu'à ce que ses jambes pendent au bord du lit.

Il lui écarta les cuisses, s'appuya contre le rebord du lit, et plongea les doigts dans sa fente.

Pendant tout ce temps, elle n'avait pas cessé de le regarder.

Il se positionna et la pénétra d'une seule poussée.

Elle étouffa un cri, se mordit la lèvre en fermant les yeux et il sentit tous ses muscles se crisper comme pour se protéger. Penché au-dessus d'elle, enfoncé en elle, il attendit qu'elle retrouve son souffle et se détende.

Glissant les mains sous elle, il prit le plaisir pour lequel il l'avait engagée. Elle demeura immobile, le regard rivé sur sa cicatrice, tandis qu'il allait et venait en elle, lentement, profondément. Une seule fois elle baissa les yeux pour voir ce qu'il lui faisait.

Il s'abattit sur elle en répandant sa semence et sentit dans ses cheveux le souffle léger de la fille. Et en même temps que le bienheureux apaisement survint la morsure du remords.

Il se retira, alla verser un peu d'eau froide dans la cuvette posée sur la table de toilette et y trempa un linge élimé. Il l'essora et se tourna vers la fille, qui n'avait pas bougé. Ses cuisses étaient tachées de sang.

— Tiens, lave-toi, fit-il en le lui tendant.

Elle voulut prendre le linge, mais sa main tremblait si fort qu'elle retomba, inerte, sur le lit.

— Habille-toi quand tu auras fini, dit-il en lui fourrant le linge dans la main.

Tandis qu'il s'habillait de son côté, il l'entendit se nettoyer, puis ramasser ses vêtements. Lorsqu'il se retourna, elle tentait vainement de fermer sa cape. Il s'approcha, repoussa ses mains tremblantes et la boutonna lui-même.

Le drap était maculé de longues traînées sanglantes, constata-t-il par-dessus son épaule. Il l'avait déflorée avec beaucoup d'efficacité.

— Quand as-tu mangé pour la dernière fois ?

Pour toute réponse, elle arrangea les plis de sa cape.

— Quand je pose une question, j'attends une réponse.

— Il y a deux jours.

— Et qu'as-tu mangé ?

— Du pain.

— C'est seulement aujourd'hui que tu as décidé de te faire putain ?

— Non, hier. Mais personne n'a voulu de moi.

— Cela ne m'étonne pas. Tu ne sais pas te vendre.

Elle lui emboîta le pas lorsqu'il sortit de la pièce et s'arrêta en bas de l'escalier. Il y avait une table libre tout au bout de la salle enfumée. Il prit la fille par le bras et l'y entraîna. Les clients sur son chemin s'écartèrent prestement en voyant les vêtements élégants et la longue cicatrice.

Il fit asseoir la fille dos à la salle et commanda un repas et deux chopes de bière.

— Je n'ai pas faim, déclara-t-elle.

— Tu vas manger.

La serveuse apporta une assiette fumante de tourte à la viande et au chou accompagnée de deux épaisses tranches de pain beurré. Il lui fit signe de les déposer devant la fille.

Elle était visiblement affamée, même si elle s'efforçait de manger lentement. Lorsque ses doigts, qui tremblaient toujours, furent maculés de beurre, elle jeta un coup d'œil autour d'elle. Bien entendu, cette misérable auberge n'offrait pas de serviettes de table. Il lui tendit son mouchoir de batiste. Après un instant d'hésitation, elle s'essuya les doigts.

— Merci, murmura-t-elle.

— Comment t'appelles-tu ?

— Fleur, répondit-elle après avoir avalé le pain qu'elle avait dans la bouche.

— Fleur tout court ?

— Fleur tout court, confirma-t-elle.

— Tu en veux encore ? proposa-t-il quand elle eut terminé.

— Non. Non, merci.

— Tu ne veux pas finir ta bière ?

— Non, je vous remercie.

Ils quittèrent la taverne ensemble une fois qu'il eut payé l'addition.

— Tu as dit que tu n'avais nulle part où aller. Tu n'as pas de logement ?

— Si, j'ai une chambre.

— Je te raccompagne.

— Non, dit-elle en se rencognant contre la porte de la taverne.

— C'est loin ?

— Non. Une lieue environ.

— Je vais faire les trois quarts du chemin avec toi. Tu es naïve, tu n'as pas idée de ce qui peut arriver à une femme seule dans les rues.

Elle laissa échapper un rire aussi bref qu'amer, puis se mit en route. Il la suivit, prenant conscience pour la première fois de sa vie, quoique un peu tard, de la désespérance de la misère. Ses propres tracas, toutes les raisons qu'il pouvait avoir d'être malheureux étaient proprement risibles comparés à la situation de cette fille, la dernière en date des putains de Londres.

— Je vous en prie, n'allez pas plus loin, implora-t-elle en s'arrêtant devant une boutique miteuse qui se voulait bureau de placement.

— Tu n'as pas trouvé de travail ?

— Non.

— Tu as essayé ?

— Vous croyez que cela peut être autre chose qu'une ultime solution ? rétorqua-t-elle. C'est difficile d'accepter de mourir de faim quand on a encore quelque chose à vendre.

— Tu es sûre de ne rien oublier ? l'arrêta-t-il alors qu'elle s'en allait déjà.

Elle se retourna à peine, prête à poursuivre son chemin.

— Je ne t'ai pas payée.

— Vous m'avez offert à dîner.

— Une tourte, deux tranches de pain beurré et une demi-chope de bière en échange de ta virginité, tu trouves cela équitable ? Si tu veux mon avis, reprit-il en lui glissant quelques pièces dans la main, ne te dévalorise pas. Le prix que tu demandes ne te vaudra que mépris et mauvais traitements. Ce que je t'ai fait n'est pas ce qui peut t'arriver de pire, tu sais. Il faut demander le triple. Plus tu seras chère, plus on te respectera.

Après un bref regard sur les pièces dans sa main, elle s'éloigna sans un mot.

Le gentleman la suivit d'un regard pensif avant de tourner les talons pour regagner des quartiers plus élégants et plus familiers.

Isabella Fleur Bradshaw ne quitta pas sa chambre le lendemain. Elle ne quitta pratiquement pas son lit, en fait, et resta la plus grande partie de la journée à contempler sans les voir les taches d'humidité du plafond ou le brun sale des murs. Elle ne portait que sa chemise. Sa robe de soie, la seule qu'elle possédât, était pliée avec soin sur les restes du dossier de l'unique chaise.

Pour la première fois de sa vie, elle touchait le fond du désespoir et n'avait ni l'envie ni l'énergie de remonter à la surface. Plusieurs fois au cours du mois passé, elle avait été près de sombrer. Pourtant mue par la seule force de sa volonté, elle s'était accrochée au moindre espoir avec une détermination farouche.

À midi, Sally, la petite couturière qui vivait audessus, vint frapper à sa porte, comme souvent. Fleur ne répondit pas. Sa voisine aurait eu envie de bavarder et aurait tenu à partager son maigre repas. Fleur ne voulait ni compagnie ni charité, même bienveillante.

Elle avait survécu, et elle survivrait encore. Peut-être. Mais elle avait également découvert que la survie pouvait vous plonger dans un gouffre de désespoir.

Elle saigna plusieurs fois au cours de la journée et elle se sentait tellement endolorie qu'elle regrettait parfois la douleur aiguë de la déchirure.

Et ce n'était pas fini. Cela ne faisait que commencer, en fait. Son premier client l'avait payée un bon prix, trois fois la somme demandée, en plus du repas. Avec ce qu'il lui avait donné, elle allait pouvoir régler le loyer en retard et manger pendant quelques jours. Après quoi, il lui faudrait reprendre sa nouvelle profession.

Elle était devenue une putain. Elle n'en était plus à envisager avec horreur cette possibilité en gardant l'espoir ténu qu'elle parviendrait à éviter l'inévitable et qu'un événement imprévu la sauverait.

Elle était devenue une putain. Elle s'était laissé acheter par un homme, elle l'avait suivi dans une taverne, elle s'était déshabillée devant lui quand il le lui avait demandé, s'était couchée nue quand il le lui avait ordonné, l'avait regardé enlever tous ses vêtements. Elle l'avait laissé lui écarter les cuisses et prendre son plaisir au plus secret de son intimité. Elle l'avait laissé utiliser son corps à sa guise et avait accepté son argent en retour.

Elle détailla avec cruauté toutes les étapes qui l'avaient menée à la profession qu'elle venait d'embrasser et qui resterait la sienne jusqu'à ce qu'elle soit vieille et laide, ou trop vérolée pour attirer même le client le moins regardant.

Si rien de pire ne lui arrivait d'ici là…

Elle était devenue une putain, une fille de joie, une traînée. Ces mots seuls l'avaient toujours horrifiée et dégoûtée.

Au prix d'un effort surhumain, elle ravala le flot de bile qui lui montait à la gorge.

Bientôt, avant la fin de la semaine, elle retournerait devant le théâtre dans l'espoir de trouver un client, et redouterait d'y parvenir.

Ce qu'il lui avait fait n'était pas le pire, lui avait assuré son tout premier client. Que ferait-elle si jamais un homme tentait de lui infliger pire ?

Le souvenir de ces mains, de ces belles mains aux ongles soignés lui écartant les cuisses, de ces doigts en elle, l'ouvrant tout grand, et surtout le souvenir de cette partie de lui si longue et dure qui s'enfonçait si profondément qu'elle avait cru mourir d'effroi et de douleur – qu'elle l'avait espéré – la glaçait d'horreur.

Toutes ces images lui revenaient, les affreuses boursouflures violacées des cicatrices, l'effrayante musculature de son torse et de ses bras, le visage anguleux au regard farouche, au nez aquilin, défiguré par une autre balafre, et ses mains sur son corps, ses mains qui la maintenaient pour qu'elle ne puisse échapper à la vigueur de ses assauts.

Elle n'avait ni la force ni l'envie de repousser ces souvenirs. À quoi bon, du reste ? Permettre à des inconnus d'utiliser son corps en échange de sa pitance allait devenir son quotidien. Mieux valait au contraire se souvenir et s'habituer à ces souvenirs, apprendre à en accepter de semblables ou peut-être de pires, si cela était possible, avec d'autres hommes.

L'échange était équitable, après tout. Il ne s'agissait pas simplement d'un choix entre survivre ou mourir, mais entre survivre ou mourir de faim, une mort lente et douloureuse.

Jamais pourtant au cours de cette journée de désespoir sans nom, elle n'avait envisagé le suicide.

Elle n'avait pas le choix. Elle devait gagner son pain de la seule façon qu'il lui restait. Elle ne trouverait pas d'autre emploi. Elle n'avait ni expérience ni références, Mlle Fleming, du bureau de placement, le lui avait répété maintes fois. On n'avait besoin ni de l'une ni des autres pour se prostituer. Il suffisait d'être raisonnablement jeune et pas trop mal de sa personne.

Et d'avoir le cœur bien accroché.

Elle était devenue une putain. Elle avait déjà vendu son corps une fois, elle n'avait plus qu'à continuer, jusqu'à ce qu'elle n'ait plus de clients. Elle n'avait plus qu'à s'habituer à l'idée et à la chose.

Elle devrait en fait s'estimer heureuse si elle parvenait à vivre toute une vie de putain. Un sort bien pire, bien plus effrayant l'attendait si on la retrouvait. Elle avait changé de nom, et la faim et la pauvreté lui avaient fait pratiquement oublier ses terreurs initiales. Mais il ne fallait pas se leurrer, on risquait toujours de la découvrir, surtout si elle devait faire le trottoir tous les soirs devant le théâtre de Drury Lane et se montrer à tout le beau monde de la capitale.

Que se passerait-il si Matthew venait à Londres ? Cousine Caroline et Amelia étaient arrivées dans la capitale avant elle.

Quand Sally revint frapper à sa porte un peu plus tard dans la soirée, Fleur ne répondit pas davantage.

Accoudé à la cheminée de son bureau dans sa maison de Hanovre Square, Adam Kent, duc de Ridgeway, commençait à s'impatienter.

— Eh bien ? lança-t-il à son secrétaire, qui venait tout juste de rentrer.

— J'ai bien peur de revenir bredouille, Votre Grâce. Un prénom ne suffit pas pour retrouver une jeune fille.

— Mais ce n'est pas un prénom ordinaire, Houghton. Vous avez frappé à toutes les portes ?

— Toutes les portes des trois rues et de trois places, assura Peter Houghton en s'efforçant de ne pas laisser voir son exaspération. Elle vous a peut-être donné un faux nom, Votre Grâce.

— C'est possible, concéda le duc.

Reviendrait-elle devant le théâtre ce soir ? Et ce bureau de placement, y retournerait-elle maintenant qu'elle avait embrassé cette profession ? Vivait-elle seulement dans ce quartier ? Peut-être lui avait-elle effectivement donné un faux nom. Elle avait tardé à lui répondre.

— Vous allez avoir la vie plus facile durant les prochains jours, reprit-il. Vous allez engager une nouvelle domestique pour le poste que vous jugerez bon. Peut-être une gouvernante… Oui, je pense que gouvernante conviendrait si vous la trouvez capable d'occuper cet emploi. J'ai l'impression qu'elle pourrait convenir. Il y a un bureau de placement près des rues que vous avez passées au peigne fin aujourd'hui.

— Une gouvernante ? s'étonna le secrétaire.

— Pour ma fille. Elle a cinq ans et ne peut plus se contenter d'une nourrice, malgré la répugnance de ma femme à lui donner un peu d'instruction.

— Je vous demande pardon, Votre Grâce, toussota Houghton, mais j'avais cru comprendre que cette fille se prostituait. Peut-on la laisser seulement approcher lady Pamela ?

Le duc ne se donna pas la peine de répondre. Son expression suffit toutefois à rappeler à Peter Houghton qu'il n'était qu'un modeste employé au service de l'un des aristocrates les plus fortunés du royaume.

— Vous allez passer vos journées dans ce bureau de placement, sauf instructions contraires. De mon côté, je vais devenir un passionné de théâtre.

Houghton s'inclina tandis que le duc regagnait ses appartements privés au pas de charge.

« Toutes les putains sont d'anciennes vierges », avait écrit le poète William Blake, ou quelque chose d'approchant. Il était absurde de se sentir coupable d'avoir défloré cette fille. Il fallait bien que quelqu'un s'en charge puisqu'elle avait choisi cette profession. S'il avait été son deuxième client, il l'aurait déjà oubliée.

Elle n'avait ni talent ni allure, rien qui puisse lui donner envie de la revoir.

Il l'avait sentie se cabrer de douleur quand il avait déchiré son hymen. Et jamais il ne se serait douté qu'une femme saignait autant.

S'il avait su, il s'y serait pris différemment. Il l'aurait préparée, et l'aurait pénétrée lentement, en douceur. Il était en colère contre elle et contre lui à ce moment-là, et il avait cherché à se rabaisser en lui imposant sa domination de mâle.

Pourquoi lui aurait-il témoigné la moindre considération, du reste ? Elle s'était librement vendue, et il l'avait achetée. Elle avait reçu trois fois le prix qu'elle avait demandé et il était resté sur sa faim, une fois passé le soulagement de l'éjaculation. Il n'avait aucune raison d'éprouver des remords.

Et pourtant, toute la nuit et toute la journée du lendemain, il avait été incapable de la chasser de ses pensées, elle et son corps trop mince, son teint pâle, ses yeux cernés, ses lèvres desséchées et son courage tranquille. Il avait été incapable d'oublier que c'étaient la pauvreté et le désespoir qui l'avaient amenée dans le ruisseau.

Il ne pouvait s'empêcher de se sentir responsable. Il était incapable d'oublier sa calme résignation, ni tout ce sang.

Il se demandait s'il la reverrait un jour et combien de temps il allait la chercher. Le duc de Ridgeway était à la recherche d'une fille des rues au regard impénétrable, aux manières et à l'accent raffinés.

Fleur. Fleur tout court, lui avait-elle dit.

2

Mlle Fleming, qui dirigeait le bureau de placement près de chez Fleur, avait toujours traité cette dernière avec condescendance. Quelle preuve pouvait apporter Mlle Hamilton, demandait-elle de sa voix de crécelle, l'air profondément ennuyé, quant à ses compétences de dame de compagnie, de vendeuse, de fille de cuisine, ou de quoi que ce soit d'autre ? Sans recommandations, Mlle Fleming ne pouvait risquer sa réputation en la mettant en relation avec un éventuel employeur.

— Mais comment pourrais-je obtenir une recommandation avant d'avoir un emploi ? avait objecté Fleur. Et comment faire la preuve de mes compétences si personne ne me donne ma chance ?

— Connaissez-vous un médecin ou un homme de loi qui pourrait vous recommander ? Ou un homme d'Église ?

— Non.

Le cœur serré, Fleur avait bien songé à Daniel. Daniel serait prêt à la recommander. Il lui avait demandé d'ouvrir une école avec sa sœur. Il voulait même l'épouser. Mais Daniel était loin, là-bas dans le Wiltshire. Il n'avait certainement plus aucune envie de l'épouser, de l'employer ou de la recommander à qui que ce soit, de toute façon, après ce qui s'était passé, et qui l'avait poussée à s'enfuir.

Seul le désespoir l'avait ramenée au bureau de placement – sans beaucoup d'illusions d'ailleurs – cinq jours après être tombée dans la prostitution. Il ne lui restait plus d'argent, et elle savait que le soir venu, il lui faudrait retourner devant le théâtre de Drury Lane ou dans n'importe quel endroit fréquenté par de riches messieurs en quête de plaisirs.

Elle ne saignait plus, et la douleur s'était apaisée, mais son dégoût et sa terreur n'avaient cessé de croître, jusqu'à la nausée. Elle se demandait si elle s'habituerait jamais à la vie de prostituée, si elle pourrait jamais considérer cela comme un métier ordinaire. Elle aurait sans doute mieux fait de recommencer dès le lendemain, afin de ne pas laisser à la terreur le temps de s'installer.

— Auriez-vous un emploi pour moi, mademoiselle ? s'enquit-elle posément.

Une enfance et une adolescence difficiles lui avaient appris à ne montrer ni le chagrin ni l'humiliation qu'elle pouvait ressentir.

Mlle Fleming lui adressa un regard impatient. Elle s'apprêtait visiblement à lui faire sa réponse habituelle lorsqu'elle se ravisa soudain.

— Il y a justement dans la pièce à côté un monsieur qui cherche une gouvernante pour la fille de son employeur. Peut-être sera-t-il disposé à vous poser quelques questions, bien que vous n'ayez ni références ni recommandations. Un instant, s'il vous plaît.

Fleur retint son souffle. Un emploi de gouvernante. Non, il ne fallait pas se bercer d'illusions. Le monsieur refuserait sans doute de la voir.

— Par ici, je vous prie, mademoiselle, appela Mlle Fleming. M. Houghton va vous recevoir.

Fleur avait honte de sa robe froissée et de sa cape douteuse. Cela faisait plus d'un mois qu'elle portait les mêmes vêtements, ceux qu'elle avait le jour de sa fuite. Elle avait honte de sa coiffure sans apprêt, de ses yeux cernés et de ses lèvres fendillées. Le cœur battant, elle entra dans la pièce contiguë et Mlle Fleming referma la porte derrière elle.

— Mademoiselle Fleur Hamilton ? s'enquit un jeune homme assis derrière un grand bureau en la détaillant de la tête aux pieds.

Il était jeune, mince, et déjà dégarni. Si elle ne faisait pas l'affaire, qu'il le lui dise tout de suite, avant que l'espoir grandisse malgré elle.

— Oui, monsieur.

— Je cherche une gouvernante pour le compte de M. Kent, du Dorsetshire, mon employeur, dont la fille a cinq ans, expliqua-t-il en lui indiquant une chaise. Pensez-vous avoir les qualités requises pour cet emploi ?

— Je le pense, oui. J'ai été éduquée à la maison jusqu'à l'âge de onze ans. J'ai ensuite étudié à Broadridge School, près d'Oxford. J'étais bonne élève dans toutes les matières. Je parle correctement le français et l'italien, je joue du pianoforte et je suis une assez bonne aquarelliste. Je me suis toujours intéressée à la littérature, à l'histoire et aux langues anciennes. Je suis également habile aux travaux d'aiguille.

Elle avait répondu aussi clairement et honnêtement que possible, le cœur battant à tout rompre, les ongles enfoncés dans les paumes.

S'il vous plaît, mon Dieu, s'il vous plaît, implora-t-elle en silence.

— Si je demande des renseignements à votre ancienne école, confirmera-t-on vos dires ?

— Oui, monsieur, sans aucun doute.

N'en faites rien, je vous en prie ! Mon nom ne leur dira rien. Ils vous diront qu'ils ne m'ont jamais eue comme élève.

— Parlez-moi de votre famille et de votre passé, mademoiselle Hamilton.

— Mon père était un gentleman. Il est mort couvert de dettes, et j'ai dû venir à Londres pour chercher un emploi.

Pardonne-moi, papa, supplia-t-elle silencieusement.

— Quand êtes-vous arrivée à Londres ? demanda M. Houghton.

— Il y a un peu plus d'un mois.

— Quel emploi avez-vous occupé depuis ?

— J'avais suffisamment d'argent jusqu'à maintenant.

Elle attendait, très droite, tandis qu'il détaillait l'incongrue robe de soie entre les pans de sa cape. Il savait. Forcément. Comment aurait-elle pu endurer la déchéance de la semaine passée sans que celle-ci soit visible ? Il savait certainement qu'elle mentait. Il savait certainement qu'elle s'était prostituée.

— Vous avez des références ou des recommandations ?

Elle se doutait qu'espérer serait stupide. Elle n'avait jamais vraiment espéré, du reste.

— Aucune, monsieur. Je n'ai jamais occupé d'emploi. J'ai toujours vécu la vie d'une fille de gentleman.

Elle attendait calmement d'être congédiée, mais ne pouvait s'empêcher de supplier en silence : *S'il vous plaît, mon Dieu, s'il vous plaît !*

— Le poste est à vous s'il vous convient, dit M. Houghton.

— Pardon ?

— Le poste est à vous s'il vous convient, répéta M. Houghton.

— M. Kent ne souhaite pas me voir d'abord ? s'étonna-t-elle.

— Il se fie à mon jugement, se rengorgea M. Houghton.

— Et Mme Kent ? Elle ne souhaite pas me rencontrer ?

— Mme Kent vit dans le Dorset avec sa fille. Cet emploi vous intéresse-t-il, oui ou non, mademoiselle Hamilton ?

— Oui, dit-elle. Oui, s'il vous plaît.

— Il me faut votre nom exact et votre adresse, reprit-il en s'emparant d'une plume qu'il trempa dans l'encrier. Je vous ferai porter d'ici quelques jours un billet de malle-poste pour le Dorsetshire. Quelqu'un viendra vous chercher à Wollaston pour vous conduire chez M. Kent, à Willoughby Hall. J'ai pour instruction de vous verser une avance qui vous permettra d'acheter entre-temps les vêtements qui conviennent à une gouvernante.

Hébétée, elle écoutait cet homme lui annoncer l'incroyable. Elle allait avoir un poste de gouvernante. Elle allait vivre à la campagne et se charger de l'éducation d'une fillette de cinq ans. On allait lui donner de quoi s'acheter des vêtements décents, des chapeaux et des chaussures. Elle allait vivre avec une famille respectable, dans une maison respectable.

Que dirait M. Houghton, comment la regarderait-il, s'il connaissait la vérité ? Que se passerait-il si jamais il la découvrait ? Si M. ou Mme Kent la découvraient ? Que diraient-ils s'ils apprenaient que leur homme de confiance avait engagé une prostituée pour faire l'éducation de leur fille ?

— Non, répondit-elle finalement en se levant, imitant M. Houghton, je n'ai pas de question, monsieur.

— Je vous apporterai votre billet d'ici quelques jours. Bonne journée, mademoiselle Hamilton.

Elle quitta le bureau de placement sur un petit nuage, remarquant à peine le salut aimable de Mlle Fleming.

Les lèvres pincées, Peter Houghton considéra la porte que la bonne amie de son employeur venait de refermer. Il ne comprenait vraiment pas ce que son maître trouvait à cette fille pâlotte aux cheveux ternes. Si elle n'avait pas été aussi maigre, peut-être aurait-elle eu une assez jolie silhouette. Quoi qu'il en soit, elle n'en demeurait pas moins une putain ramassée quelques nuits plus tôt à Drury Lane.

Pour autant qu'il sache, jamais son employeur n'avait entretenu de maîtresse, même à Londres. Et voilà qu'au lieu d'installer discrètement cette fille dans une maison de ville où il pourrait lui rendre visite quand bon lui semblerait, il s'apprêtait à l'envoyer à Willoughby, sous le même toit que la duchesse et leur fille. Comme gouvernante de sa fille, qui plus est.

Sa Grâce était décidément un homme étrange. Peter Houghton respectait son maître et aimait son travail, il n'empêche que le duc était bizarre. La duchesse était dix fois plus jolie que la bonne amie.

Avec la femme et la maîtresse sous le même toit, la vie à Willoughby promettait d'être intéressante. Sa Grâce allait probablement décider sous peu qu'un retour à la campagne et à la félicité domestique s'imposait.

Peter Houghton esquissa un sourire. Une chose était sûre, après quatre jours passés à attendre que Fleur la maigrichonne montre le bout de son nez, il serait ravi de ne plus avoir à supporter cet endroit sinistre et les sourires enjôleurs de Mlle Fleming.

Six jours plus tard, Fleur quittait Londres après une autre brève entrevue avec M. Houghton. Elle emportait avec elle une malle de dimensions modestes contenant sa robe de soie bleue, sa cape grise ainsi que des vêtements et accessoires très ordinaires, mais convenant parfaitement à une gouvernante.

Le voyage fut long et inconfortable, et elle se retrouva plus souvent qu'à son tour écrasée entre des passagers corpulents, irritables et à l'hygiène douteuse. Il ne lui vint jamais à l'esprit cependant de se plaindre.

Si elle n'avait pas été dans cette diligence, elle vivrait le jour dans le trou à rat qui lui servait de chambre et se livrerait à la prostitution la nuit. À l'heure qu'il était, elle aurait eu plusieurs clients et peut-être aurait-elle vérifié que ce que lui avait dit le premier était vrai. Peut-être d'autres hommes l'auraient-ils brutalisée. Et payée moins, l'obligeant ainsi à travailler tous les soirs.

Non, elle n'avait pas à se plaindre. À condition que M. et Mme Kent n'apprennent jamais la vérité. Comment le pourraient-ils, cela dit ? Un seul homme au monde était au courant de ses activités passées, et elle ne le reverrait jamais, quand bien même il vivrait dans ses cauchemars jusqu'à la fin de ses jours.

Il y avait certes une autre vérité déplaisante que M. et Mme Kent risquaient de découvrir. Et maintenant qu'elle avait laissé derrière elle la capitale et ses dangers, ses autres craintes renaissaient, plus vives que jamais, et elle se surprenait à jeter des regards anxieux autour d'elle sans trop savoir pourquoi.

Le visage blême de Hobson, son regard fixe et sa mâchoire pendante lui revenaient de plus en plus souvent. Qu'il ne soit pas apparu dans ses rêves au cours des semaines écoulées la stupéfiait. Cela dit, l'horrible nécessité de survivre dans les bas-fonds de Londres avait pris le dessus sur tout le reste.

Voilà que maintenant, il venait hanter ses rêveries diurnes.

Elle l'avait tué. En plus d'être une prostituée, elle était une meurtrière. Que diraient et que feraient les autres passagers de la diligence s'ils savaient qui elle était, et ce qu'elle était ?

Cette pensée était presque risible.

— Qu'est-ce qu'il y a de drôle, ma jolie ? s'enquit une dame plantureuse qui portait un panier presque aussi imposant qu'elle.

— Je me disais juste que nous risquons tous d'être en miettes quand nous aurons atteint l'extrémité de cette portion de route.

C'était bien trouvé. Tous les passagers s'en donnèrent à cœur joie, accusant les autorités locales de ne pas faire les travaux indispensables.

Non, elle n'était pas une meurtrière. Elle l'avait poussé, il s'était cogné la tête contre le socle de l'âtre en tombant, et il était mort. C'était un accident. Il avait voulu l'immobiliser sur ordre de Matthew, et elle s'était débattue.

Matthew avait prononcé le mot « meurtre » après avoir examiné le corps, et c'étaient ce mot et la vue de ce visage livide qui l'avaient poussée à fuir au lieu de s'en tenir à son projet initial.

Elle s'efforça de ne plus y penser. Peut-être ne l'avait-on jamais poursuivie. Peut-être Matthew avait-il déclaré qu'il s'agissait d'un accident, finalement. Et même si on s'était lancé à sa poursuite, les recherches avaient peut-être cessé. Peut-être ne la retrouverait-on jamais. Cela faisait déjà sept semaines.

Quoi qu'il en soit, elle avait jugé Londres plus sûre.

Plus sûre ! Quelle ironie !

Elle essaya d'imaginer la petite demoiselle Kent, ainsi que ses parents. Elle se représenta une famille bourgeoise unie et aimante dans une gentilhommière confortable – un peu comme ses propres parents et elle autrefois. Elle les voyait l'accueillir dans leur petit groupe, la traiter pratiquement comme un membre de la famille.

Elle avait menti à M. Houghton, mais elle se rattraperait et ferait en sorte qu'il ne regrette pas de l'avoir embauchée.

Elle devait oublier tout cela, à présent. Personne n'avait besoin de connaître la vérité. La seule personne à qui elle se sentirait obligée de la révéler serait son futur mari, et elle doutait d'avoir envie de se marier un jour. Plus maintenant. Elle eut une pensée pour Daniel, se rappela ses cheveux blonds, son sourire bienveillant, puis chassa en hâte cette vision de son esprit. Si les circonstances avaient été différentes, elle aurait pu épouser Daniel et vivre heureuse à ses côtés sa vie durant.

Elle l'avait aimé.

Les circonstances étant ce qu'elles étaient, elle ne pourrait plus retourner vers lui, même si elle apprenait que Matthew n'avait pas qualifié de meurtre le décès de Hobson. Aucun retour en arrière n'était possible. Elle était une femme déchue, désormais. Elle ferma brièvement les yeux, puis se plongea dans la contemplation du paysage.

Elle était au début d'une nouvelle vie, et elle devait remercier la providence de l'avoir rendue possible, d'avoir poussé la porte du bureau de placement de Mlle Fleming au moment où M. Houghton recevait des candidates. Si seulement il était venu cinq jours plus tôt ! Non, elle ne devait pas se plaindre, mais bien plutôt remercier le ciel de lui accorder un nouveau départ dans l'existence. Elle exprimerait sa gratitude en devenant la meilleure gouvernante qu'un enfant ait jamais eue.

Pour la durée de son séjour à Londres, Matthew Bradshaw, lord Brocklehurst, avait décidé de louer une garçonnière dans St. James Street plutôt que séjourner avec sa mère et sa sœur, qui avaient rejoint la capitale pour la Saison. Il leur avait rendu visite cependant afin de leur annoncer la nouvelle. Une nouvelle qui ne l'avait pas du tout surprise, avait déclaré sèchement sa mère. Elle avait toujours su qu'Isabella tournerait mal.

Au départ, il n'imaginait pas devoir rester longtemps dans la capitale. Isabella s'était affolée et avait disparu de leur domicile du Wiltshire. Elle ne s'était même pas rendue chez le révérend Booth, avait-il découvert quand il s'était lancé à ses trousses. Elle avait dû gagner Londres, supposait-il, et chercher refuge auprès de sa mère ou de quelque connaissance, bien qu'il doutât qu'elle en ait beaucoup dans la capitale. Elle n'avait pratiquement jamais quitté la maison, sauf pendant les cinq années où sa mère s'en était débarrassée en l'envoyant en pension.

Il avait eu beau chercher durant plus d'un mois et interroger la terre entière, il n'avait pas trouvé trace d'elle. Bien entendu, elle n'avait pas donné signe de vie à sa mère. Comment avait-il pu imaginer une seconde le contraire ?

Il avait dû finalement prendre des mesures radicales. Le gros homme rougeaud à la cravate douteuse qui tournait entre ses doigts boudinés un feutre graisseux était un détective privé, et leur conversation durait depuis un moment déjà.

— C'est la seule possibilité, croyez-moi, déclara M. Henry Snedburg, qui avait refusé de s'asseoir, arguant que son temps était précieux. Elle doit se cacher dans les quartiers les plus misérables et chercher du travail.

— Dans ce cas, nous ne la retrouverons jamais. Autant chercher une aiguille dans une botte de foin !

— Non, non, pas du tout, milord. Il y a les bureaux de placement. C'est une dame, elle aura tout de suite pensé à en essayer un ou plusieurs. Tout ce qu'il me faut, c'est une liste, que je dois déjà avoir quelque part, et les faire tous. Vous m'avez dit qu'elle était recherchée pour meurtre ?

— Et tentative de vol. Elle a essayé de fuir avec les bijoux de ma famille.

— Ah, c'est une coriace ! Je vais commencer mes recherches sans attendre, milord. Elle doit être aux abois, et nous allons mettre la main dessus en un clin d'œil, vous allez voir. Quel nom a-t-elle pu choisir, selon vous ?

— Vous croyez qu'elle a changé de nom ?

— Si elle a deux sous de bon sens, certainement. Mais croyez-en mon expérience, les gens vont rarement chercher très loin. Donnez-moi son nom complet, celui de sa mère, les noms de vos principaux domestiques et des meilleurs amis de la jeune personne.

— Elle s'appelle Isabella Fleur Bradshaw et sa mère Laura Maxwell, répondit lord Brocklehurst. Le nom de sa femme de chambre est Annie Rowe et celui de sa meilleure amie Miriam Booth.

— Et votre gouvernante ?

— Phyllis Matheson.

— La grand-mère de la jeune fille ?

— Hamilton du côté de son père. Lenora, il me semble. Du côté de sa mère, je l'ignore.

— Votre majordome ?

— Chapman.

— Je vais essayer tous ces noms. Je devrais avoir des résultats rapidement. Décrivez-moi la jeune fille, à présent.

— Un peu plus grande que la moyenne, mince. Elle a des yeux bruns et une chevelure d'or rouge.

— Son atout principal, diriez-vous ? hasarda M. Snedburg en scrutant lord Brocklehurst.

— À coup sûr. Comme le soleil de midi et le crépuscule mêlés, murmura lord Brocklehurst, le regard lointain.

— Une beauté, si je comprends bien, toussota Snedburg.

— Oh oui ! Une vraie beauté. Il faut que vous me la retrouviez.

— En tant que magistrat, je comprends, milord. Bien qu'elle soit votre cousine, elle doit être jugée pour le meurtre de votre domestique, n'est-ce pas ?

— En effet. Trouvez-la, ordonna lord Brocklehurst, visiblement nerveux.

M. Snedburg s'inclina avec une grâce éléphantesque et s'éclipsa.

— Mademoiselle Hamilton ?

Surprise, Fleur se tourna vers le jeune homme en livrée bleue qui venait de s'adresser à elle.

— Oui, répondit-elle.

— Ned Driscoll, mademoiselle. Je dois vous emmener à Willoughby Hall. Où sont vos malles ?

— J'ai juste celle-ci, dit-elle en indiquant ladite malle.

La livrée du jeune homme était vraiment très élégante. Il souleva la malle comme si elle ne pesait pas plus qu'une boîte à chaussures et se dirigea vers une imposante voiture à la portière armoriée.

Une gentilhommière confortable et une famille bourgeoise, vraiment ?

— Vous êtes bien le domestique de M. Kent, et c'est bien sa voiture ? s'inquiéta-t-elle.

— M. Kent ? Il vaudrait mieux qu'il ne vous entende pas l'appeler ainsi. Pour les pékins comme vous et moi, c'est « Sa Grâce ».

— Sa Grâce ?

— Sa Grâce, le duc de Ridgeway. Vous ne le saviez pas ? s'étonna le valet en chargeant la malle à l'arrière de la voiture.

— Le duc de Ridgeway ? Il doit y avoir une erreur. J'ai été engagée comme gouvernante pour la fille de M. et Mme Kent.

— Lady Pamela Kent, mademoiselle. C'est M. Houghton qui vous a engagée ? C'est le secrétaire personnel de Sa Grâce. Il aura voulu vous faire une farce.

Une curieuse farce, songea-t-elle en grimpant dans la voiture.

Son employeur était le duc de Ridgeway ? Elle en avait entendu parler, bien sûr. Il était censé être l'un des plus riches aristocrates du royaume. Matthew avait connu son demi-frère, lord Thomas Kent. Kent ! Elle n'avait même pas remarqué que c'était le même nom.

Elle aurait dû. Elle aurait dû être davantage sur ses gardes. Matthew connaissait le demi-frère de son employeur ! Elle ne l'avait jamais rencontré toutefois, il ne pouvait donc pas la reconnaître. Et le nom qu'elle s'était choisi ne lui évoquerait rien. Ce n'était pas la peine de se mettre martel en tête.

Willoughby Hall. C'était bien le nom indiqué par M. Houghton, mais elle s'était fait une image mentale tellement précise de la famille Kent qu'elle avait d'emblée imaginé une modeste gentilhommière, alors même qu'elle avait déjà entendu parler de Willoughby Hall. Il s'agissait d'un des plus beaux châteaux d'Angleterre, dont le parc était réputé dans tout le pays.

Avant qu'elle ait eu le temps de s'habituer à ces changements imprévus, la voiture avait franchi une imposante grille de fer forgé et s'engageait dans une allée bordée de tilleuls.

De chaque côté s'étendaient de vastes pelouses ornées de chênes et de châtaigniers centenaires. Elle eut même le temps d'entrevoir un groupe de biches. La voiture franchit un pont de pierres d'où l'on apercevait une cascade. Elle s'apprêtait à tourner la tête pour admirer cette dernière lorsqu'un autre sujet d'étonnement capta son regard.

Les arbres n'allaient pas au-delà du pont et les vastes pelouses ne cachaient rien d'une demeure dont la splendeur laissa Fleur bouche bée.

De chaque côté du bâtiment central orné de délicates colonnes corinthiennes s'étendaient deux ailes plus basses. Un dôme et un lanternon surmontaient un fronton orné de statues.

Devant le château, des parterres de fleurs et de verdure entouraient une fontaine de marbre.

Elle avait toujours considéré Heron House, sa maison, ou plutôt celle de Matthew, comme luxueuse, mais comparée à ce château, elle faisait figure de modeste cottage.

Au temps pour sa gentilhommière et sa famille bourgeoise, se dit Fleur tandis que la voiture s'immobilisait devant l'escalier de marbre à double révolution menant à la grande porte et au *piano nobile*, l'étage noble.

Ce fut la porte sous l'escalier qui s'ouvrit, l'entrée de service menant à l'entresol réservé aux domestiques. Mme Laycock, la gouvernante, serait heureuse de recevoir Mlle Hamilton dans son salon particulier, l'informa un valet en s'inclinant à demi avant de lui montrer le chemin.

Mme Laycock aurait pu passer pour la duchesse elle-même. Mince, simplement mais élégamment vêtue de noir, elle avait des cheveux argentés rassemblés en chignon. Seul le trousseau de clefs suspendu à sa ceinture indiquait sa condition.

— Mademoiselle Hamilton ? fit-elle en tendant la main à Fleur. Bienvenue à Willoughby Hall. Le voyage depuis Londres a dû être long et fatigant. M. Houghton nous avait prévenus de votre arrivée. Je suis heureuse que Sa Grâce ait décidé d'engager une gouvernante pour lady Pamela. Il est grand temps qu'elle bénéficie d'une plus grande stimulation intellectuelle.

— Je vous remercie, madame. Je ferai de mon mieux pour le bien de cette enfant, assura Fleur.

— Vous n'aurez pas la tâche facile. Puis-je vous offrir une tasse de thé ? Vous devrez compter avec la duchesse. Armitage, sa femme de chambre, m'a confié que Sa Grâce n'était pas contente que le duc ait engagé une gouvernante sans la consulter, expliqua Mme Laycock devant la mine perplexe de Fleur.

— Oh, mon Dieu !

— Ne vous inquiétez pas. C'est le duc qui commande ici, et il a visiblement décidé de donner une éducation digne de ce nom à sa fille. À présent, parlez-moi de vous, mademoiselle Hamilton. Je pense que nous allons très bien nous entendre, vous et moi.

3

Dès que le duc pénétra dans la maison, et avant même qu'il entre dans le bureau, Peter Houghton devina que son maître était de mauvaise humeur. Même s'il ne distinguait pas ses paroles, il y avait dans sa voix une intonation qui ne trompait pas.

Sa Grâce boitait légèrement, constata-t-il en se levant pour saluer le duc, avant de se rasseoir sur un geste impatient de ce dernier. D'ordinaire, Sa Grâce se donnait beaucoup de mal pour cacher son infirmité.

— Quelque chose d'important ? s'enquit-il en désignant la pile de courrier.

— Une invitation à dîner avec Sa Majesté.

— Prinny ? Envoyez mes excuses au palais.

— Il s'agit d'une invitation royale à dîner et à une partie de cartes, insista Houghton après avoir toussoté.

— J'ai bien compris. Envoyez mes excuses. Des nouvelles de ma femme ?

— Aucune, Votre Grâce.

— Nous allons partir pour Willoughby. Voyons voir… J'ai promis d'accompagner les Dennington à l'opéra demain soir pour servir de cavalier à leur nièce. Nous n'avons pas d'autre impératif, il me semble. Nous partirons après-demain.

— Bien, Votre Grâce.

Cela faisait tout juste deux semaines que la bonne amie de Sa Grâce avait été expédiée dans le Dorsetshire.

Le duc avait fait montre d'une grande force d'âme en ne se précipitant pas aussitôt à Willoughby.

Le duc de Ridgeway gravit l'escalier au pas de charge, comme à son habitude, malgré la douleur dans la jambe et la hanche. C'était le temps, se dit-il en se massant distraitement la joue gauche. Ses vieilles blessures se réveillaient toujours quand le temps était humide.

Que Sybil aille au diable ! Si elle refusait obstinément de l'accompagner à Londres depuis que, quatre ans plus tôt, il avait été contraint de mettre un terme à son inconduite, elle paraissait mettre un point d'honneur, chaque fois qu'il s'en allait trouver un peu de paix dans la capitale, à organiser de grandes réceptions et à inviter tout ce que l'aristocratie comptait de moins recommandable, homme ou femme.

Elle jugeait rarement nécessaire de l'informer de ses projets. Il les apprenait toujours par hasard, quand il les apprenait. Deux ans plus tôt, il avait découvert en rentrant chez lui que des invités venaient de partir, à l'exception d'un parasite, qui avait eu la bonté d'épargner du travail aux domestiques en élisant domicile dans la chambre de la duchesse.

Il n'avait pas fallu une heure au duc pour mettre le parasite en question dehors. Celui-ci avait, semble-t-il, pris à cœur son conseil de ne plus se montrer à Willoughby ou à Londres au cours des dix années à venir.

Il avait rappelé à la duchesse les convenances à observer en présence des domestiques avec tant de vigueur qu'elle avait fini par fondre en larmes. Sybil, qui était encore plus belle quand elle pleurait, l'avait accusé d'avoir un cœur de pierre, de la négliger et de la tyranniser. Rien de bien nouveau en somme.

Cette fois, c'est au *White's*, de la bouche de sir Hector Chesterton, visiblement ravi de son invitation, que le duc avait eu vent de la réception organisée par Sybil.

— Il n'y a pas grand-chose à faire en ville ces temps-ci, mon vieux, à part reluquer les débutantes.

Et comme leurs mères ne les lâchent pas d'une semelle, on ne peut rien faire d'autre que les reluquer. C'est gentil de la part de Sybil de m'avoir invité.

— En effet, avait acquiescé le duc avec froideur. Elle aime la compagnie.

Il lui fallait donc retourner à Willoughby, beaucoup plus tôt que prévu. Il se débarrassa de sa redingote et sonna son valet de chambre. Il devait aller là-bas, pour le bien de Pamela et de ses domestiques. Il voulait leur épargner le spectacle des débordements de la duchesse et de ses amis.

Il l'avait aimée, se rappela-t-il en jetant sa cravate sur un siège. Autrefois, voilà des siècles, il avait aimé la douce, la fragile, la blonde, la ravissante Sybil. Il avait rêvé d'elle, s'était langui d'elle tout le temps qu'il avait passé sur le Continent à attendre la bataille qui allait devenir Waterloo. C'était le souvenir de son radieux sourire, de ses serments d'amour, de la retenue avec laquelle elle avait accepté sa demande en mariage et de ses chastes baisers qui l'avait soutenu durant tout ce temps.

Il défit le premier bouton de sa chemise et le regarda voler jusqu'à la table de toilette.

— Arrangez-vous pour que quelqu'un couse solidement ces boutons ! aboya-t-il en direction de son valet, qui avait eu la mauvaise idée de pénétrer dans la chambre à ce moment précis.

Sidney était entré à son service quand le duc n'était qu'un adolescent. Il l'avait accompagné à la guerre, lui avait servi d'ordonnance dans toutes ses campagnes, et ne se laissait pas impressionner facilement.

— Votre jambe et votre hanche vous font souffrir, monsieur ? Je m'en doutais, avec ce temps. Allongez-vous, je vais vous masser.

— Et vous croyez que ça va faire tenir mes boutons de chemise, bon sang ?

— Mais oui, Votre Grâce, je vous le garantis. Allongez-vous.

— Donnez-moi mon costume d'équitation. Je vais m'offrir un galop dans le parc.

— Quand je vous aurai massé, promit le valet telle une nounou s'adressant à un enfant. Alors, nous rentrons à Willoughby ?

— Houghton a bavardé à tort et à travers, à ce que je vois. Vous êtes content de rentrer à la maison, Sidney ? s'enquit le duc en s'allongeant docilement.

— On peut le dire. Et vous aussi, j'en suis sûr. Willoughby a toujours été votre endroit préféré dans ce vaste monde.

C'était la stricte vérité. Il avait grandi en sachant que le domaine lui appartiendrait un jour, et il aimait Willoughby plus que tout. En pension, à l'université ou à la guerre, Willoughby était resté son port d'attache. Bien qu'étant le fils aîné et l'héritier, et en dépit de l'opposition de son père, il avait tenu à acheter une charge d'officier dans un régiment d'infanterie.

Mais il avait Willoughby dans le sang. C'était pour Willoughby qu'il combattait, son foyer, son Angleterre en miniature.

Et cependant y retourner lui coûtait désormais. Parce que Sybil y vivait. Parce que la vie là-bas ne serait jamais celle dont il avait rêvé.

Il lui fallait pourtant y aller. Et au fond de lui, il en éprouvait une certaine joie perverse. Willoughby était une splendeur à la fin du printemps et au début de l'été, se rappela-t-il avec cette profonde nostalgie qu'il éprouvait toujours quand il était loin de chez lui.

Et puis, il y avait Pamela. Malgré son attitude protectrice, et bien qu'elle détestât qu'il approche l'enfant, Sybil ne s'en occupait guère. Elle passait finalement très peu de temps avec leur fille. Pamela avait besoin de lui. Une nourrice ne suffisait pas.

Elle avait plus qu'une nourrice maintenant. Elle avait une gouvernante.

Fleur.

Ayant soulagé sa conscience en lui trouvant un emploi, il l'avait chassée de son esprit. Houghton lui avait assuré qu'elle semblait posséder les qualités requises pour être gouvernante. Le secrétaire avait dû avoir un entretien approfondi avec elle.

Il refusait de penser à elle. Il ne voulait pas la revoir. Il refusait de se rappeler. C'était sa seule infidélité envers Sybil, encore qu'infidélité soit un bien grand mot.

Pourquoi diable avait-il envoyé Fleur à Willoughby ? Il avait d'autres propriétés, il aurait pu lui trouver un emploi dans l'une d'elles.

Une prostituée comme gouvernante pour Pamela.

— Ça suffit, grommela-t-il. Vous voulez donc que je m'endorme ?

— En effet, monsieur. Vous êtes de meilleure humeur quand vous dormez !

— Au diable votre insolence ! Allez me chercher ma tenue d'équitation.

Fleur ne rencontra ni sa nouvelle élève ni la duchesse le jour de son arrivée à Willoughby Hall. Elles étaient sorties faire des visites avec la nourrice de la petite.

— Mme Clement était déjà la nourrice de Sa Grâce, et elles sont très proches, lui avait expliqué Mme Laycock. J'ai bien peur qu'elle n'apprécie pas plus votre présence que la duchesse. Souvenez-vous juste que c'est le duc qui paie votre salaire.

À la vivacité du ton, Fleur eut l'impression qu'elle n'était pas la seule à devoir garder ce fait à l'esprit.

Le duc n'était apparemment pas chez lui. Il était sans doute à Londres pour la Saison, puisque M. Houghton, son secrétaire personnel, y était. Mme Laycock ignorait la date de son retour.

— Il va certainement revenir s'il apprend que Sa Grâce projette d'organiser une partie de campagne et un grand bal, avait-elle expliqué à Fleur sur un ton désapprobateur, bien qu'elle se soit abstenue de tout commentaire.

Elle avait décidé de profiter de l'absence de Sa Grâce pour faire visiter l'étage noble à Fleur.

Ce dernier était d'une splendeur et d'une opulence inouïes. Il abritait les pièces de réception, les bureaux et les appartements privés, tandis que la nursery, la salle d'étude et les logements des domestiques étaient à l'étage du dessus. Fleur avait déjà vu sa chambre, à côté de la salle d'étude. Très claire et ensoleillée, elle donnait sur le parc à l'anglaise à l'arrière de la demeure. C'était un véritable paradis comparé à son taudis londonien.

La visite commença par le grand hall surmonté de son dôme orné de peintures mythologiques, et autour duquel courait une galerie.

— C'est ici qu'on installe l'orchestre lors des grandes réceptions, expliqua la gouvernante. Pour les bals, on ouvre les portes entre la galerie des portraits et le salon principal. Vous le verrez s'il pleut le jour du bal que veut donner Sa Grâce. S'il a lieu dehors, au bord du lac, comme prévu, nous serons invités.

Les yeux levés, Fleur tenta d'imaginer l'orchestre tout là-haut, les échos de la musique sur les colonnes de cet immense hall, la foule des invités somptueusement vêtus, les rires et les danses. Oh, elle allait être heureuse à Willoughby Hall ! En dépit de ce que Mme Laycock lui avait confié à propos de la duchesse et de la nourrice de lady Pamela, elle allait être heureuse. Comment ne pas l'être ? Elle avait eu un aperçu de l'enfer, et elle en était revenue.

La galerie des portraits occupait toute la longueur d'une des ailes. Le côté donnant en façade n'était qu'une longue suite de hautes fenêtres à la française entrecoupée de bustes antiques dans des niches. Les trompe-l'œil de la frise et du plafond ajoutaient à la hauteur vertigineuse, tandis que les portraits qui ornaient le mur à l'opposé lui donnaient un caractère solennel.

— La famille du duc sur plusieurs générations, précisa Mme Laycock. Seul le maître pourrait vous expliquer qui est qui. Il sait absolument tout sur Willoughby.

Fleur reconnut un Holbein, un Van Dyck et un Reynolds. Cela devait être merveilleux de connaître le visage de nombre de ses ancêtres. Le duc de Ridgeway était le huitième du nom, lui expliqua la femme de charge.

— Nous attendons tous un héritier, mais pour l'heure il n'y a que lady Pamela, commenta-t-elle avec une certaine raideur.

Les bureaux et la plupart des chambres d'amis étaient situés derrière la galerie des portraits, dit-elle à Fleur sans toutefois les lui faire visiter.

Le grand salon d'apparat, aux murs tendus de velours d'Utrecht cramoisi et au lourd mobilier assorti, était situé dans l'axe du hall. La porte à double battant et les fenêtres étaient agrémentées de boiseries dorées, et le plafond orné d'une bataille mythologique que Mme Laycock ne pouvait identifier. De grands paysages encadrés ornaient les murs.

La salle à manger, le grand et le petit salon, la bibliothèque, d'autres pièces d'usage, ainsi que les appartements privés de la famille occupaient l'autre aile.

Fleur était plus qu'impressionnée. Elle avait grandi dans une belle maison, qui avait appartenu à son père avant qu'il ne trouve la mort avec sa mère dans un incendie, alors que Fleur avait huit ans. La maison et le titre étaient allés à son cousin, le père de Matthew. Quant à elle, elle était devenue la pupille du nouveau maître des lieux, traitée par lui avec une bienveillante indifférence, avec hostilité par sa femme et sa fille, et ignorée par Matthew jusqu'à ces dernières années.

Mais contrairement à Willoughby Hall, Heron House n'était pas l'un des joyaux architecturaux du royaume. En dépit de son rêve évanoui de tranquille gentilhommière et de paisible famille bourgeoise, l'idée de vivre dans cette demeure magnifique la grisait. Elle allait appartenir à cette maisonnée bruissant de vie et avoir en charge l'éducation de la fille de la maison.

La chance paraissait avoir tourné, et peut-être allait-elle avoir enfin droit à son petit coin de paradis pour compenser ses dernières expériences.

— Je vous emmènerais volontiers faire une promenade dans le parc, mais vous semblez épuisée, dit la gouvernante. Allez donc vous reposer. Peut-être Sa Grâce voudra-t-elle vous rencontrer un peu plus tard, et vous présenter lady Pamela.

Fleur fut heureuse de se retirer dans sa chambre. Si le voyage avait été certes fatigant, elle était surtout bouleversée par les événements de ces deux derniers mois, par la chance extraordinaire qu'elle avait eue de trouver cet emploi alors qu'elle n'était pas allée au bureau de placement depuis une semaine, par la découverte qu'il ne s'agissait pas du tout d'un emploi ordinaire.

Et le matin même, l'une de ses pires craintes avait été dissipée : elle n'était pas enceinte.

C'était une bénédiction, de celles qu'elle n'aurait osé espérer, ne serait-ce que deux mois plus tôt, songea-t-elle, assise devant la fenêtre de sa chambre pour profiter de la vue sur le parc et de la douce brise qui agitait les rideaux.

Elle aurait pu être pendue. Elle risquait toujours de l'être, mais elle refusait d'y penser. Aujourd'hui, elle commençait une nouvelle vie, et elle allait être plus heureuse qu'elle ne l'avait été depuis ses huit ans.

Elle ôta sa robe, la plia et la drapa sur le dos d'une chaise. Et elle s'allongea sur le lit. Quel changement comparé à sa chambre londonienne, constata-t-elle en contemplant le ciel de lit. Tout était propre et net, et seul le chant des oiseaux troublait le silence.

Elle ferma les yeux et sombra dans une bienheureuse somnolence. Elle le revit tout à coup, ténébreux, le visage dur et anguleux, une cicatrice blanchâtre lui barrant le visage de l'œil au menton. Il était penché sur elle, son regard sombre et froid plongé dans le sien.

Et ses mains sur elle, entre ses cuisses d'abord, puis dans son intimité. Et cette autre partie de lui se frayant un chemin dans les profondeurs de son corps. Elle le sentait encore la déchirer...

— Putain, lâcha-t-il. Tu n'auras plus jamais d'autre nom. Tu es une putain, et tu le resteras jusqu'à la fin de tes jours, où que tu ailles.

— Non, cria-t-elle en résistant de toutes ses forces pour l'empêcher de s'enfoncer davantage en elle. Non !

— Ce n'est pas un viol, tu t'es librement vendue à moi, et tu vas accepter mon argent.

— Parce que j'ai faim ! Parce que je n'ai pas mangé depuis deux jours. Parce que je dois survivre.

— Putain, répéta-t-il doucement. Tu y prends du plaisir. Tu aimes ça, n'est-ce pas ?

— Non ! hurla-t-elle en tentant de se dégager. Non !

Il ne lui restait plus rien. Plus aucune dignité, plus aucune intimité, plus aucune identité. Elle n'avait plus de vêtements, des genoux puissants l'écartelaient, elle était envahie jusqu'au plus profond de son corps.

Non, non. Non !

Elle était assise sur le lit, en nage, tremblant comme une feuille. C'était toujours le même cauchemar, celui qu'elle faisait toutes les nuits. On aurait pu s'attendre que le visage livide de Hobson revienne la hanter dès qu'elle sombrait dans le sommeil, mais non, c'était celui de l'homme à l'horrible balafre qui lui avait pris la dernière chose qu'elle pouvait encore donner – ou vendre.

Fleur se leva et alla se rafraîchir à la fenêtre. Parviendrait-elle à l'oublier un jour ? À oublier son visage et ses mains sur son corps ?

Avait-il réellement prononcé ces paroles terribles ? Elle ne s'en souvenait plus. Quoi qu'il en soit, son visage et son corps les avaient proclamées, même s'il ne les avait pas formulées à haute voix.

Elle doutait qu'il existe homme plus laid et plus malfaisant au monde. Il lui avait pourtant offert un repas et avait insisté pour qu'elle mange, se rappela-t-elle.

Et il l'avait payée trois fois le prix demandé. Il ne lui avait rien fait contre sa volonté.

Et il lui avait apporté de quoi nettoyer le sang qui la souillait et apaiser la douleur.

Elle enfouit son visage entre ses mains. Elle devait absolument oublier. Elle devait accepter ce bienfait d'une nouvelle vie que la providence lui accordait.

— C'est un très joli dessin, ma chérie, déclara distraitement la duchesse de Ridgeway en déposant un baiser sur la joue de sa fille. Je vais certes la recevoir, Nanny, enchaîna-t-elle. Je tiens à ce qu'il soit bien clair qu'elle sera sous tes ordres et ne devra pas obliger Pamela à faire ce qu'elle ne veut pas.

— Elle s'attend à faire la connaissance de la petite ce matin, milady, observa la nourrice, mais je lui ai expliqué que le matin, lady Pamela préfère être tranquille dans la nursery.

— Il faut que je rencontre ma nouvelle gouvernante, maman ? intervint Pamela. C'est papa qui l'a envoyée ?

— Il l'a fait pour me provoquer, c'est évident, reprit la duchesse à l'adresse de la nourrice. Il a dû entendre parler de ma réception et il a voulu se venger en envoyant un dragon de gouvernante pour ma petite chérie. J'ai tout de même le droit de voir des amis, non ? Autant que lui, qui profite de la Saison à Londres. Il ne s'imagine tout de même pas que je vais me morfondre ici toute seule à longueur d'année ?

Les récriminations de la duchesse se terminèrent dans une quinte de toux.

— Je t'avais bien dit de mettre un manteau hier, mignonne, la réprimanda la nourrice en lui tendant un mouchoir. Nous ne sommes encore qu'au printemps, même si le soleil brille. Tu ne viendras jamais à bout de ce rhume si tu ne prends pas soin de toi.

— Ne fais pas tant d'histoires, Nanny, s'impatienta la duchesse. Je tousse depuis cet hiver, alors que je n'ai pas cessé de m'emmitoufler comme tu me le disais. Tu penses qu'il va rentrer s'il est au courant ?

— Oh, certainement, mignonne ! C'est ce qu'il fait toujours.

— Il ne supporte pas que j'aie des amis ou des distractions. Je le hais, Nanny ! Vraiment.

— Chut ! Pas devant la petite.

— Envoie cette Mlle Hamilton dans mon boudoir, ordonna la duchesse en caressant les boucles brunes de sa fille. Adam l'a peut-être engagée, mais c'est à moi qu'elle rendra des comptes, et nous allons le lui faire comprendre. Après tout, Adam...

— Chut, mignonne, intima fermement la nourrice.

La duchesse déposa un baiser sur la joue de sa fille et quitta la pièce d'un pas vif, son déshabillé de soie voletant autour d'elle.

— Tu crois qu'elle a aimé mon dessin, Nanny ? s'inquiéta l'enfant.

— Mais bien sûr, ma jolie. Maman adore sa petite fille et tout ce qu'elle fait, assura la nourrice en l'embrassant.

— Et papa, tu crois qu'il l'aimera ? Il va venir ?

— Nous allons le garder jusqu'à son retour.

Quand on introduisit Fleur dans le boudoir de la duchesse, il était vide. Elle attendit, les mains sagement croisées devant elle. La pièce était petite, mais absolument délicieuse. Elle était ovale, avec un plafond arrondi soutenu par de délicates colonnes corinthiennes. Les murs ivoire ornés de panneaux peints ajoutaient à la délicatesse pleine de féminité de la pièce.

L'attente ne fut pas longue. La porte à l'autre bout de la pièce s'ouvrit sur une petite femme vêtue de mousseline bleue, ses boucles d'or encadrant un visage aux traits délicats. La duchesse, une véritable beauté, paraissait plus jeune qu'elle, qui n'avait que vingt-trois ans, se dit Fleur.

— Mademoiselle Hamilton ?

— Votre Grâce, salua Fleur en s'inclinant.

— Mon mari vous a envoyée pour servir de gouvernante à ma fille ? interrogea la duchesse d'une voix douce, son regard d'azur la détaillant ouvertement de la tête aux pieds.

Fleur acquiesça d'un signe de tête.

— Vous vous rendez certainement compte qu'une enfant de cinq ans n'a pas encore besoin d'instruction ?

— Il y a une foule de choses qu'une enfant de cet âge peut apprendre sans passer la journée assise devant des livres, Votre Grâce.

— Auriez-vous le front de me contredire ?

Fleur garda le silence.

— Mon mari vous a engagée. Quelle est la nature de vos relations avec lui, je vous prie ?

— Je n'ai jamais rencontré Sa Grâce, répondit Fleur en rougissant. J'ai eu un entretien avec M. Houghton dans un bureau de placement.

— Comme vous l'avez peut-être deviné, je ne partage pas l'opinion de mon époux concernant l'éducation de ma fille. C'est une enfant délicate qui a surtout besoin de l'affection de sa mère et des soins de sa nourrice. Vous ne devrez pas lui encombrer l'esprit de savoirs inutiles, mademoiselle, et vous prendrez vos instructions auprès de Mme Clement, la nourrice de lady Pamela. Vous voudrez bien vous considérer comme une domestique dans cette maison et rester dans votre chambre ou dans les pièces réservées au personnel quand vos services ne seront pas requis. Je n'entends pas vous voir à cet étage à moins que je ne vous y appelle. Vous m'avez bien comprise ?

La duchesse avait débité sa tirade sur un ton presque amical, en la fixant de ses grands yeux bleus. Cette mère aimante avait peur de voir son enfant grandir, songea Fleur, compatissante en dépit des propos autoritaires tenus par la duchesse.

— Parfaitement, Votre Grâce, répondit-elle.

— Je ne vous retiens pas. Vous pouvez aller passer une demi-heure avec ma fille sous la supervision de Mme Clement. Mademoiselle Hamilton, ajouta la duchesse comme elle s'apprêtait à sortir, j'approuve votre tenue et votre coiffure. J'espère approuver toujours votre apparence.

Fleur la rassura d'un signe de tête. Comme elle portait l'une de ses dernières acquisitions, une sévère robe de cotonnade grise simplement agrémentée d'un col de dentelle blanche, et qu'elle avait tiré ses cheveux en un chignon bas, elle voyait parfaitement ce que la duchesse voulait dire.

Le duc avait-il coutume de harceler ses jeunes domestiques ? Était-ce pour cette raison que Sa Grâce lui avait demandé la nature de leurs relations ? Elle espérait de tout cœur qu'il allait rester longtemps dans la capitale, dans ce cas.

On l'avait prévenue que ni la duchesse ni Mme Clement ne seraient ravies de la voir, mais elle n'avait aucune raison de se plaindre. Aucune des deux ne s'était montrée ouvertement hostile. Elles se radouciraient sûrement lorsqu'elles verraient que Fleur n'avait pas l'intention de confiner lady Pamela toute la journée dans la salle d'étude et de la faire marcher à la baguette.

M. Snedburg achevait une dure journée de travail. Il était donc en droit d'accepter un siège dans le salon de lord Brocklehurst, et même un verre de porto.

— Je vous remercie, milord. On a les pieds en feu à force de marcher, et la tuyauterie toute desséchée à force de poser des questions. Mlle Fleur Hamilton, c'est ça. Ce serait vraiment une sacrée coïncidence si c'était pas la même, pas vrai ? Et elle correspond à votre description.

Il s'abstint de préciser qu'aussi bien Mlle Fleming que la propriétaire de la jeune femme lui avaient décrit

Fleur Hamilton comme une jeune personne très ordinaire, avec des cheveux roux tout aussi ordinaires. Il avait fort bien compris que son client avait un faible pour sa cousine, quand bien même c'était une meurtrière et une voleuse. Et si un homme amoureux se laissait aller à des envolées lyriques, c'était excusable. Comme le soleil de midi et le crépuscule mêlés, vraiment ? Cela suffisait à donner la nausée à M. Snedburg.

— Et ? s'impatienta lord Brocklehurst en se servant à son tour un verre de porto.

Il avait fallu une bonne semaine au détective privé pour faire enfin son rapport, malgré sa réputation.

— Et elle a été engagée comme gouvernante pour la fille d'un certain M. Kent, dans le Dorsetshire. Par un monsieur… qui a attendu quatre jours entiers au bureau de placement une certaine Fleur aux cheveux roux. Elle est déjà en chemin.

Le verre de lord Brocklehurst s'arrêta à un doigt de ses lèvres.

— Il ne doit pas y avoir une armée de Kent dans le Dorsetshire, reprit M. Snedburg. Je vais étudier la question et voir si on peut placer celui qui nous intéresse quelque part sur une carte.

— Kent ? répéta pensivement lord Brocklehurst. Pas les Kent Ridgeway, tout de même ?

— Comme le duc de Ridgeway, vous voulez dire ? Il s'appelle Kent ? s'étonna le détective en se grattant le crâne.

— J'ai connu son demi-frère. Ils vivaient effectivement dans le Dorset. À Willoughby Hall.

— Je vais voir ce que je peux trouver, milord. On va lui mettre la main dessus en moins de temps qu'il n'en faut pour le dire, je vous le garantis, assura Snedburg en se curant l'oreille.

— Fleur, murmura pensivement son employeur. Elle se mettait dans tous ses états quand elle était enfant parce que mes parents refusaient d'utiliser ce prénom.

C'était apparemment ainsi que l'appelaient ses parents. Je l'avais oublié.

— Oui, eh bien, je vais voir ce que je peux trouver sur ce duc et sa gouvernante, déclara M. Snedburg avant de vider son verre.

— Trouvez-la-moi rapidement.

— Rapidement, ou même avant. Je vous en fiche mon billet.

— Vous m'avez été recommandé comme le meilleur des détectives privés, observa lord Brocklehurst, il vous a toutefois fallu plus d'une semaine pour m'apporter ces renseignements.

L'intéressé préféra ne faire aucun commentaire, ni sur le compliment ni sur la critique. Il salua avec raideur et sortit sans demander son reste.

4

Fleur ne fut pas débordée au cours de ses deux premières semaines à Willoughby. Elle avait ordre de suivre les instructions de Mme Clement, et Mme Clement ne voyait apparemment pas plus que la duchesse l'utilité pour lady Pamela de recevoir un minimum d'instruction. La nouvelle gouvernante pouvait s'estimer heureuse si on consentait à lui octroyer une heure matin et soir avec son élève.

Elle était gênée, et même un peu inquiète, de ne pas se rendre plus utile et craignait que le duc ou M. Houghton trouvent qu'elle ne méritait pas son salaire et ne la renvoient à leur arrivée. Elle s'efforçait cependant de suivre le conseil de Mme Laycock et de faire au mieux en attendant l'arrivée de Sa Grâce, qui ne tarderait certainement plus, pour peu qu'il ait entendu parler de la réception prévue par la duchesse.

En attendant, Fleur se familiarisait avec sa nouvelle demeure, où elle commençait à se sentir à l'aise. Elle disposait de longues heures calmes et paisibles où elle pouvait laisser les frayeurs anciennes disparaître et les vieilles blessures cicatriser. Il lui arrivait maintenant de passer une journée entière sans regarder avec anxiété par-dessus son épaule pour voir si elle était suivie. Elle était parfois capable de dormir toute une nuit sans que l'affreux balafré vienne lui dire ce qu'elle était devenue en faisant le nécessaire pour qu'elle le devienne.

Elle était bien nourrie et avait repris un peu de poids, sa chevelure apparaissait plus épaisse et plus brillante, les cernes bleuâtres sous ses yeux avaient pratiquement disparu et elle avait repris des couleurs. Elle regagnait des forces et commençait à se sentir de nouveau jeune.

Durant ces deux semaines, Mme Laycock trouva le temps de lui faire visiter la plus grande partie du parc. Au fil de leurs conversations, Fleur en apprit beaucoup sur sa nouvelle demeure et la famille pour qui elle travaillait.

— Ce parc a été dessiné pour donner une impression de naturel, lui expliqua la femme de charge. On a creusé le lac, fabriqué les cascades et planté les arbres de façon à procurer des perspectives agréables où qu'on se trouve. C'est un peu ridicule, à mon avis. La nature se débrouille fort bien sans l'aide de ces « paysagistes » qui demandent des fortunes pour arranger les jardins des riches. Personnellement, je préférerais un jardin classique avec de grands massifs de fleurs, mais ce n'est que mon avis.

Fleur aimait beaucoup ce parc vallonné, avec ces vastes pelouses parsemées de bouquets d'arbres. Elle aimait les allées sinueuses, les temples et autres folies disséminées ici ou là. Il lui semblait qu'elle pourrait le parcourir sans jamais se lasser des promenades et des vues qu'il offrait ni de l'impression de paix qu'il lui procurait.

Sa Grâce, lui apprit Mme Laycock, avait combattu dans l'armée anglaise en Espagne et à la bataille de Waterloo. Il avait déjà succédé au défunt duc quand il était allé en Belgique.

— Il n'a jamais esquivé ses devoirs. Beaucoup pensaient que son devoir était justement de rester en sécurité ici pour administrer ses domaines, mais cela ne l'a pas empêché de partir.

— Et il est revenu sain et sauf, remarqua Fleur.

— Nous avons connu des jours affreux, soupira Mme Laycock. Il était tellement heureux avant de retourner combattre, quand ce tyran s'est échappé de l'île d'Elbe. Il venait de se fiancer à Sa Grâce, à l'époque l'Honorable demoiselle Sybil Desford, et il était heureux comme un roi. Cela faisait des années qu'ils étaient promis l'un à l'autre, mais c'est seulement à ce moment-là qu'il en est vraiment tombé amoureux.

— Il lui est revenu, et tout s'est bien terminé.

— Nous l'avons cru mort, reprit Mme Laycock. On nous avait écrit qu'il avait été tué dans la bataille. Son ordonnance était rentrée anéantie – cela faisait des années qu'il était avec Sa Grâce. Je n'aime pas me rappeler cette époque, mademoiselle Hamilton. D'abord le vieux duc, ensuite notre garçon. Écoutez-moi donc ! pouffa-t-elle. Notre « garçon » a la trentaine.

Elles s'étaient assises sur un banc de fer forgé qui dominait un lac avec une petite île au centre de laquelle se dressait un pavillon à la grecque.

— Lord Thomas, le demi-frère de Sa Grâce, avait déjà repris le titre. S'ils se ressemblent physiquement, ils sont aussi différents que le jour et la nuit. Certains préfèrent lord Thomas à cause de ses sourires et de son naturel enjoué. Il s'était même fiancé à Sa Grâce, enfin, à Mlle Desford.

— Si vite ? Mais l'erreur a dû être rapidement découverte ?

— Il a fallu toute une année, avoua la femme de charge. Sa Grâce avait été laissé pour mort et on lui avait pris tous ses vêtements sur le champ de bataille. Ces Français ou je-ne-sais-qui se sont comportés comme des barbares. Enfin, des gens bien ont fini par s'apercevoir qu'il respirait encore et l'ont soigné. Il était grièvement blessé. Il a déliré pendant des semaines et quand il est revenu à lui, il ne se souvenait plus de grand-chose. Pendant des mois, il n'a pas su qui il était. Ensuite, il a eu du mal à se convaincre de son identité, le pauvre.

— On l'a donc cru mort pendant toute une année ?

— Je n'oublierai jamais le jour où il est revenu à la maison. Il boitait encore et il était défiguré, le pauvre.

— Qu'est devenu lord Thomas ?

— Il est parti. Il a tout simplement disparu trois mois environ après le retour de Sa Grâce. Certains assurent qu'il n'y avait pas place pour deux dans cette maison et que le duc lui a ordonné de partir. D'autres ont une version différente. Je ne sais pas ce qu'il en est. En tout cas, il n'est jamais revenu.

— Et la duchesse a fini par épouser le duc. Tout est bien qui finit bien.

— Oui, elle l'a épousé, mais quand elle a découvert que lord Thomas était parti, elle a poussé de tels hurlements que j'ai eu le plus grand mal à faire taire les commérages du personnel. Et Sa Grâce, qui était tellement heureux d'être de retour chez lui, qui l'avait soulevée dans ses bras et l'avait fait tournoyer à peine descendue de voiture.

Elles avaient repris leur promenade, perdues dans leurs pensées respectives. Que le duc passe tant de temps loin de chez lui alors qu'il adorait Willoughby, qu'il était amoureux de la duchesse et qu'il avait un sens aigu du devoir était vraiment étrange.

Fleur n'avait pas que du temps libre, bien entendu. Elle passait environ deux heures par jour avec son élève, une petite fille frêle aux cheveux de jais, qui deviendrait peut-être jolie un jour si elle perdait cet air boudeur qu'elle affichait si souvent. Elle devait tenir de son père, car elle ne ressemblait en rien à sa mère.

C'était une enfant difficile, qui n'aimait pas les livres, qui n'aimait pas les histoires, qui n'aimait pas les travaux d'aiguille, qui, lorsqu'elle peignait, gâchait le papier et la peinture, et boudait lorsque Fleur insistait pour qu'elle nettoie.

Fleur s'efforçait de se montrer patiente. Lady Pamela n'était qu'une très jeune enfant, après tout, et elle devait savoir que sa mère et sa nourrice prenaient toujours son parti. Fleur faisait de son mieux pour donner envie d'apprendre à l'enfant.

Il y avait un vieux clavecin dans la salle d'étude, et un jour où lady Pamela refusait toutes les activités que Fleur lui proposait, celle-ci se mit à jouer. Elle s'aperçut très vite que la petite s'était arrêtée pour l'écouter, mais fit comme si de rien n'était.

— Je veux jouer, déclara lady Pamela lorsque la jeune femme s'arrêta enfin.

— On t'a appris ? sourit Fleur.

— Non. Je veux jouer. Levez-vous.

— S'il vous plaît.

— Levez-vous. Je veux jouer ! répéta lady Pamela.

— S'il vous plaît, s'entêta Fleur.

— Vous êtes une domestique, lui rappela Pamela avec hauteur. Levez-vous, sinon je le dirai à Nanny !

— Je me lèverai avec plaisir si tu me le demandes gentiment.

La petite s'en alla immédiatement gifler une vieille poupée qu'elle avait apportée avec elle.

Fleur se remit à jouer sans sourciller. Cela lui rappelait tant de souvenirs. Cousine Caroline et Amelia, désagréables et hautaines parce que, après la mort de ses parents, elles étaient tout à coup devenues lady Brocklehurst de Heron House et l'Honorable Mlle Amelia Bradshaw.

Et si elles la traitaient aussi mal, c'était parce qu'elles étaient obligées de la garder dans cette maison où elle avait toujours vécu. Amelia avait pris sa jolie chambre chinoise et on l'avait reléguée dans une autre plus petite à l'arrière de la maison.

Fleur eut tout de même quelques bons moments avec son élève. Un matin où lady Pamela se réjouissait d'aller en visite avec sa mère, on leur annonça pendant le déjeuner que la duchesse était fiévreuse et que le médecin lui avait prescrit du repos.

Fleur, qui déjeunait à la nursery, vit la déception se peindre sur le visage de la petite, les larmes dans ses yeux, son menton tremblant. Elle ne passait pas suffisamment de temps avec sa mère, certes, mais Fleur avait deviné que ce qui la chagrinait surtout, c'était de ne pas jouer avec les jeunes Chamberlain et leurs chiens. Lady Pamela avait rarement l'occasion d'avoir des compagnons de son âge.

— Je pourrais peut-être emmener lady Pamela rendre visite à ses amis ? proposa-t-elle à Mme Clement lorsque la petite se fut éloignée.

Elle s'attendait à une rebuffade, or, pour une fois, la nourrice réfléchit à sa suggestion, puis décida qu'elle allait consulter Sa Grâce. Une demi-heure plus tard, Fleur eut le plaisir de voir le visage de son élève s'illuminer au point qu'elle en devint presque jolie. Pamela se mit à sautiller sur place en criant de joie jusqu'à ce que sa nourrice lui ordonne de se calmer.

Fleur avait enfin fait quelque chose qui avait rencontré l'approbation de la fillette.

Une fois en voiture, elle sourit en voyant son élève saluer de la main la femme du gardien tout en bavardant de tout et de rien, et surtout des chiens des Chamberlain.

— Maman ne veut pas que j'aie un chien ou un chat. Ou un lapin.

Pour la première fois depuis qu'elle l'avait rencontrée, son élève ressemblait à une enfant.

M. Chamberlain était un veuf d'une quarantaine d'années qui vivait avec sa sœur et ses trois enfants dans un élégant manoir qui ressemblait à la tranquille gentilhommière dont elle avait rêvé en arrivant dans le Dorsetshire.

Fleur expliqua à Mlle Chamberlain, une élégante jeune femme d'une trentaine d'années qui portait un bonnet de dentelle sur sa chevelure brune, que Sa Grâce était souffrante et que lady Pamela avait été déçue à l'idée de ne pas jouer avec les enfants. Elle demanda l'autorisation de s'asseoir une petite heure dans le quartier des domestiques.

— Mais il n'en est pas question, mademoiselle Hamilton, protesta Mlle Chamberlain. Vous êtes la gouvernante de lady Pamela. Vous allez prendre le thé avec Duncan et moi pendant que les enfants s'amusent, si vous voulez bien.

Fleur suivit son hôtesse au salon, où M. Chamberlain ne tarda pas à les rejoindre. Il s'inclina courtoisement devant elle et ne parut pas contrarié de devoir prendre le thé avec une simple gouvernante en lieu et place d'une duchesse.

— Les aboiements ne vont certainement pas tarder à couvrir notre conversation, prévint le maître de maison avec un sourire. Les enfants vont traîner ces pauvres bêtes dans la nursery et jouer avec. C'est ce qu'ils font toujours quand lady Pamela est là. Elle n'a pas suffisamment l'occasion de jouer avec d'autres enfants ou des animaux, il me semble.

— Et on lui a appris que les chevaux sont dangereux, ajouta Mlle Chamberlain en tendant une tasse à Fleur.

— Se montrer trop protecteur avec un enfant unique doit être tentant, admit M. Chamberlain. Quel dommage qu'Adam ne soit pas là plus souvent. Savez-vous s'il va revenir pour le bal, mademoiselle Hamilton ?

— Je l'ignore, malheureusement.

— Les bals à Willoughby Hall sont toujours splendides, mais ce ne sera pas la même chose sans lui. Les avis sont partagés lorsqu'il s'agit de savoir lesquels sont les plus beaux, à l'intérieur ou à l'extérieur. Emily les trouve plus romantiques à l'extérieur, n'est-ce pas, ma chère ?

— Plus romantiques, oui, sans aucun doute ! Je ne sais pas s'ils sont plus splendides, en revanche. Longer la galerie des portraits éclairée de centaines de chandelles sous l'œil de générations de Ridgeway tandis que la musique emplit le hall procure une émotion unique. Vous vous plaisez à Willoughby Hall, mademoiselle Hamilton ?

Fleur passa un très agréable moment à bavarder avec le frère et la sœur avant d'aller se promener avec eux dans le jardin. Ni l'un ni l'autre ne semblaient perturbés par les cris et les éclats de rire provenant de la maison.

— Nous avons une bonne d'enfants pour s'occuper des plaies, des bosses et des cheveux tirés, la rassura M. Chamberlain lorsque Fleur déclara qu'elle espérait que lady Pamela se conduisait convenablement. Et je supporte aisément le bruit.

— En t'enfermant dans ta bibliothèque. On pourrait hurler à l'oreille de Duncan quand il est en train de lire qu'il ne s'en apercevrait pas, précisa Emily Chamberlain en riant.

L'espace d'une heure, Fleur eut l'impression de redevenir une personne à part entière. « Redevenir » n'était peut-être pas le terme qui convenait, se dit-elle en tirant une lady Pamela plus que réticente jusqu'à la voiture. On ne lui avait jamais témoigné beaucoup d'égards quand elle vivait à Heron House.

— Nous vous rendrons votre visite avec les enfants un après-midi, assura M. Chamberlain en aidant Fleur à monter en voiture. Merci d'avoir amené la petite, mademoiselle Hamilton. Je suis certain que cette sortie lui a fait du bien. Et merci de votre visite.

— Je ne connais pas vos horaires de travail, mais j'imagine que vous avez un peu de temps libre, renchérit Mlle Chamberlain. N'hésitez pas à venir quand bon vous semble. Votre visite me fera plaisir.

— Un des chiens a mordu le derrière de Randal pendant qu'il grimpait sur une chaise, raconta lady Pamela. Leur nourrice a dit que c'était parce qu'il avait excité le chien, mais c'était tellement drôle !

Si Fleur rit avec elle, elle résista à l'envie de l'embrasser. C'était trop tôt.

Fidèle à sa promesse, M. Chamberlain amena sa sœur et ses enfants quelques jours plus tard. Pendant que Mlle Chamberlain prenait le thé avec la duchesse, il conduisit les enfants à l'étage, où il trouva lady Pamela au beau milieu d'une leçon d'arithmétique.

— Je vous demande pardon, mademoiselle Hamilton. Puis-je m'attirer votre colère inextinguible en vous demandant de libérer un peu plus tôt lady Pamela pour la laisser jouer avec mon trio ? Je suis certain qu'elle mettra les bouchées doubles demain. N'est-ce pas, Pamela ?

— Oui ! cria l'enfant en bondissant sur ses pieds.

— C'est une petite menteuse hors pair, comme tous les enfants, déclara-t-il tranquillement en souriant à Fleur. Puis-je vous proposer une promenade afin qu'ils puissent courir, crier et se chamailler sans nous casser les oreilles ?

— Quelle bonne idée !

Fleur les précéda dans l'escalier et les fit sortir par une porte à l'arrière qui ouvrait sur une vaste pelouse semée de grands arbres. Les enfants s'élancèrent en courant derrière la balle qu'un des garçons avait apportée. Quand M. Chamberlain lui offrit le bras, elle eut un instant d'hésitation. Était-ce convenable ? Elle n'était qu'une employée, et lui un invité.

Elle accepta tout de même.

— Si nous marchons un peu plus lentement, les petits seront suffisamment loin pour que ne soyons pas obligés d'écouter leurs gros mots et leurs insultes. La meilleure chose à faire avec les enfants, je le sais d'expérience, c'est de devenir aveugle, sourd et muet. Et, bien sûr, d'avoir une nourrice compétente et une sœur dont le dévouement confine à l'abnégation. Mais parlons un peu de vous. Qu'est-ce qui vous a amenée ici ?

Fleur n'eut d'autre choix que de mentir ou d'asséner des demi-vérités, et elle en éprouva une certaine culpabilité.

— Assisterez-vous au bal ? s'enquit-il en prenant congé un peu plus tard. J'espère bien danser avec vous, mademoiselle Hamilton.

Elle aussi l'espérait. Et elle l'espéra encore plus ardemment lorsque, ayant ramené Pamela à la nursery, elle dut affronter le regard glacial de Mme Clement et ses remarques acerbes sur les joues en feu et les cheveux en désordre de la petite. De retour dans la salle d'étude pour ranger les livres, elle se mit à virevolter, le manuel d'arithmétique serré contre sa poitrine.

C'était tellement bon de se sentir de nouveau jeune, heureuse et pleine d'espoir ! Et qu'un séduisant gentleman avoue souhaiter danser avec vous à un bal.

Non pas qu'elle s'autorisât à faire le moindre projet d'avenir, bien sûr. Tout ce à quoi elle avait droit, désormais, c'était à une esquisse de flirt. Si le mariage était bien évidemment exclu, un petit flirt n'était pas à dédaigner. En tout cas, elle s'en contenterait.

Sa Grâce allait rentrer au château, apparemment. Lady Pamela, qui traînait généralement des pieds pour entrer dans la salle d'étude, s'y rua un après-midi pour lui annoncer la nouvelle.

— Papa revient ! s'écria-t-elle triomphalement. Maman a reçu une lettre. Il va arriver bientôt, avant les invités de maman.

La duchesse attendait une vingtaine d'invités au cours de la semaine.

— Je suis contente pour toi, assura Fleur. Tu dois être heureuse de revoir ton papa, n'est-ce pas ?

— Non ! Je suis en colère après lui.

— Vraiment ? Et pourquoi cela ?

— Parce que ça fait des siècles qu'il est parti. Et parce qu'il vous a envoyée.

Fleur réprima un sourire. Si elle avait fait des progrès avec son élève, c'était en dehors de la salle d'étude, apparemment. Enfin, Rome ne s'était pas faite en un jour.

— Si nous regardions un peu l'alphabet ? suggéra-t-elle.

— J'ai la migraine. Je veux dessiner.

— Tu veux faire un dessin pour ton papa ? C'est une excellente idée. Mais nous allons d'abord regarder le livre dix minutes.

La bataille était engagée.

— Je dirai à papa de vous renvoyer !

— C'est vrai ? Tu te souviens de cette lettre ? questionna Fleur en tenant la fillette par le bras pour l'empêcher de se lever.

— P comme pomme, énonça lady Pamela sans même prendre la peine de regarder. C'est facile. Je ne me souviens pas des autres, j'ai la migraine.

Oui, songea Fleur, le duc la renverrait peut-être. Elle ne travaillait pas plus de deux heures par jour et durant ces deux heures, essayer d'enseigner des choses simples à lady Pamela relevait de l'utopie.

Mieux valait ne pas penser au renvoi et à ses conséquences. Elle refusait de nourrir des idées noires. Vivre et être heureuse était trop merveilleux.

Houghton était un employé modèle. Cela faisait plus de cinq ans qu'il était au service du duc – pratiquement depuis son retour de Waterloo, en fait. C'était un garçon plein de bon sens, travailleur et discret, et le duc avait fini par se reposer de plus en plus sur lui pour les affaires courantes.

Une des qualités qu'Adam appréciait particulièrement chez son secrétaire, c'était sa faculté de deviner immédiatement l'humeur de son employeur et d'adapter son comportement en conséquence. À Londres, ils prenaient leurs repas ensemble et abordaient souvent toutes sortes de sujets, mais lorsque le duc n'avait pas envie de parler, son secrétaire ne se sentait pas obligé de faire la conversation.

Ce jour-là, tandis qu'ils approchaient de Willoughby, Houghton contemplait le paysage sans mot dire, ce dont son employeur lui était reconnaissant.

Le duc était de nouveau en proie à la nostalgie de l'amour. Ils longeaient le mur du parc et en franchiraient bientôt la grille. Il rentrait chez lui et se demandait si tout le monde éprouvait la même chose que lui pour sa propre demeure. Elle faisait partie de son identité, elle était une part de lui-même.

Il pensait en particulier à ce moment poignant lorsque, six ans plus tôt, il était revenu après une si longue et si douloureuse absence. La femme du gardien avait fondu en larmes – alors qu'à présent son visage ridé s'illuminait tandis qu'elle s'inclinait au passage de sa voiture. Il lui rendit son sourire et la salua de la main. Tous les domestiques étaient sortis sur la terrasse pour l'accueillir, se rappelait-il, ils l'avaient même acclamé, et il aurait juré que leur joie était sincère.

Il y avait aussi Thomas. Les souvenirs se ternirent tout à coup. Sottement, il n'avait pas pensé à ce que son année d'absence avait signifié pour son frère. Pendant tout ce temps, il avait été duc de Ridgeway, et voilà que tout à coup, il redevenait simplement lord Thomas Kent.

Le duc avait toujours cru que Thomas lui était attaché, malgré leurs différends et bien qu'ils ne soient que demi-frères – Thomas était le fils de la seconde épouse de son père. Peut-être lui avait-il été attaché, mais peut-être se voir soudain privé d'un titre, d'un château et d'une fortune qu'on avait crus siens avait-il été insupportable.

Et un peu plus tard ce même jour, Sybil...

Sybil, dont il avait rêvé pendant des semaines, depuis qu'il avait retrouvé la mémoire. Sybil de nouveau dans ses bras, l'espace d'un instant. Plus belle que jamais.

Il refusait d'y penser. Il rentrait chez lui, et il en était heureux bien que Sybil s'y trouvât.

Mme Laycock et Jarvis, le majordome, les attendaient sur le perron. Comme cette image familière lui était chère. Aussi loin que remontaient ses souvenirs, Mme Laycock avait été en charge de Willoughby Hall.

Quant à Jarvis, il y avait passé toute sa vie, gravissant tous les échelons, de valet de pied jusqu'à sa position actuelle, qu'il occupait depuis quatre ans.

Mme Laycock le salua d'une révérence tandis que Jarvis s'inclinait avec une raideur nettement plus prononcée depuis qu'il avait pris ses nouvelles fonctions. Le duc leur rendit leur salut, le sourire aux lèvres.

Sybil ne s'était pas donné la peine de descendre pour l'accueillir. Elle était dans son boudoir, l'informa Mme Laycock.

Il alla la trouver près d'une heure plus tard, après s'être baigné et changé, sachant qu'elle n'apprécierait pas qu'il vienne la saluer dans ses vêtements de voyage froissés.

Sa femme était allongée sur un lit de repos. Elle ne se leva pas à son entrée.

C'était toujours la même beauté fragile, aux grands yeux d'azur, dont il était tombé amoureux autrefois.

— Adam, sourit-elle. Vous avez fait bon voyage ?

— Comment allez-vous ? s'enquit-il en se penchant pour l'embrasser.

Elle tourna la tête pour lui présenter sa joue, qu'il trouva un peu empourprée.

— Bien. Je m'ennuie à mourir. Sir Cecil Hayward a donné un dîner l'autre soir et nous a servi toutes ses histoires de chasses ! Je suis partie tôt. J'ai cru mourir d'ennui.

— C'est le type même du gentilhomme campagnard, je le crains. Vous êtes remise de votre refroidissement ?

— Vous n'allez pas en faire toute une histoire, j'espère ? Nanny s'en charge déjà.

— Il ne faudra pas que j'oublie de la remercier, dans ce cas. Comment va Pamela ?

— Bien, malgré tout, la pauvre chérie. Il faut absolument vous débarrasser de cette gouvernante, Adam. Qu'est-ce qui vous a pris de l'engager ?

— Elle ne convient pas ?

— Pamela est trop petite pour passer des heures enfermée dans une salle d'étude. Et elle n'aime pas sa gouvernante. Quant à moi, j'aimerais savoir ce qu'elle est pour vous.

— C'est Houghton qui l'a engagée. Qui avez-vous invité, à part Chesterton ?

— Juste quelques amis. Je m'ennuyais tellement après votre départ.

— Vous auriez pu venir avec moi, vous le savez très bien. Je vous l'avais proposé. Nous aurions emmené Pamela et nous lui aurions fait visiter Londres.

— Et vous auriez joué les maris jaloux dès que j'aurais souri à un autre gentleman. Vous faites toujours cela. Vous détestez que je m'amuse. Êtes-vous revenu pour tout gâcher une fois de plus ? Comptez-vous être désagréable avec mes invités ?

— En aurai-je besoin ?

— Vous êtes tellement méchant avec moi, se plaignit-elle, ses grands yeux bleus brillant de larmes. Vous êtes au courant pour le bal ?

— Quel bal ?

— J'ai prévu un bal le lendemain de l'arrivée du dernier invité. Et j'ai invité tout le monde. Vous n'avez pas de raison de vous inquiéter, Adam, je ne vexerai personne.

— Vous aviez prévu un bal en mon absence ? Nos voisins n'auraient-ils pas trouvé cela étrange ?

— Est-ce ma faute si vous partez vous amuser à Londres à la première occasion ? J'imagine que tout le monde aurait plutôt tendance à me plaindre. Le bal aura lieu dans le parc. L'orchestre s'installera dans le pavillon. On va monter un parquet pour danser sur la rive ouest, à l'endroit habituel. Les lanternes, le buffet, tout est déjà prévu. J'espère juste qu'il ne pleuvra pas !

— Et tout cela est censé avoir lieu dans quatre jours ? Je suis heureux que vous ayez pensé à m'en parler aujourd'hui, Sybil. Je déteste les surprises.

— Et moi, je déteste ce ton sarcastique. Vous ne me parliez jamais sur ce ton, avant. Vous étiez gentil avec moi. Vous m'aimiez...

La fin de sa phrase se perdit dans une quinte de toux.

— Il fait tellement chaud ici, se plaignit-elle en portant un mouchoir à ses lèvres. Je vais devoir me reposer, à présent. Le médecin me l'a ordonné. Vous êtes pressé de me quitter et d'aller vaquer à vos occupations, de toute façon.

— Laissez-moi vous conduire jusqu'à votre lit. Si j'avais su que vous n'étiez pas rétablie, j'aurais amené un médecin londonien. Hartley ne vous est visiblement pas bien utile.

— Vous n'écrivez jamais pour vous informer de ma santé. Je me reposerai très bien ici, je vous remercie, Adam.

Ne me touchez pas.

Elle ne l'avait pas dit, mais ses gestes parlaient pour elle. Ce léger mouvement de recul devant sa main tendue, ce refus d'être aidée, cette façon de lui offrir sa joue lorsqu'il l'avait saluée... Toujours ces mots si familiers, certains prononcés à voix haute, les autres simplement sous-entendus.

Pamela serait-elle dans la salle d'étude ou dans la nursery ? se demanda-t-il en quittant la pièce. Il allait bien voir.

Elle lui avait tellement manqué.

5

Fleur lisait une histoire à lady Pamela tout en sachant qu'elle ne l'écoutait pas. Cela faisait plus d'une heure que l'enfant avait vu par la fenêtre de la nursery son père arriver. Mme Clement ne l'avait toutefois pas autorisée à courir à sa rencontre. Elle l'avait envoyée dans la salle d'étude peu après.

La petite était partagée entre l'impatience de voir son père et l'orgueil qui la poussait à prétendre qu'elle s'en moquait.

Elle avait beau se montrer la plupart du temps capricieuse et boudeuse, Fleur avait parfois envie de la prendre dans ses bras, de la câliner et de la rassurer en lui disant qu'elle était aimée, qu'on se souciait d'elle et qu'on ne l'oubliait pas.

Elle comprenait ce qu'elle ressentait, même si elle n'avait pas connu aussi jeune ce sentiment d'abandon. Et quand cela lui était arrivé, elle était suffisamment grande pour savoir que ses parents n'en étaient en rien responsables. Elle avait toujours réussi à se consoler en se rappelant qu'ils l'avaient aimée sans condition et qu'elle avait été au centre de leur monde.

Peut-être la situation de lady Pamela était-elle pire que la sienne, au fond. Sa mère venait rarement la voir, même si elle la couvrait de baisers et lui passait tous ses caprices quand elle montait. Et son père était parti depuis des semaines.

Mais il était enfin revenu. Un pas énergique résonna dans le couloir en même temps qu'une voix grave. Fleur était heureuse pour lady Pamela, dont le visage s'était illuminé. Elle alla ranger le livre sur une étagère pour laisser au père et à la fille un peu d'intimité.

La porte s'ouvrit dans son dos et elle sourit en entendant un cri enfantin. Pour être franche, elle était nerveuse. Le duc de Ridgeway ! Elle se l'était toujours imaginé comme un personnage extrêmement impressionnant.

— Papa, papa ! Je t'ai fait un dessin, et j'ai perdu une dent, regarde ! Qu'est-ce que tu m'as apporté ?

Il y eut un rire masculin, le bruit d'un baiser sonore...

— Je croyais que c'était moi que tu étais contente de voir, mon ange. Qu'est-ce qui te fait croire que je t'ai apporté quelque chose ?

— Qu'est-ce que tu m'as apporté ? s'entêta la fillette.

— Nous verrons cela plus tard. Tu as un drôle de sourire, sans ta dent. Tu vas en avoir une grande à la place.

— Quand plus tard ?

De nouveau, le duc de Ridgeway s'esclaffa.

Fleur se retourna, honteuse de sa nervosité. Elle était la fille d'un baron, après tout. Elle avait vécu dans une demeure seigneuriale, elle aussi, la plus grande partie de sa vie. Elle n'avait aucune raison d'être intimidée par un duc. Elle se redressa, croisa les mains devant elle dans une attitude qu'elle espérait naturelle, et leva les yeux.

Il avait sa fille dans les bras et riait tandis qu'elle s'accrochait à son cou. Seul le côté balafré de son visage était visible.

Fleur eut tout à coup l'impression de se trouver dans un tunnel, un interminable tunnel obscur balayé par un vent glacial. Le vent lui sifflait aux oreilles, et cependant il n'y avait pas suffisamment d'air pour respirer.

Quand leurs regards se croisèrent, elle sentit un grand froid l'envahir. Le sifflement du vent devint assourdissant et ses jambes se dérobèrent sous elle.

— Mademoiselle Hamilton ? fit le duc en reposant sa fille sur le sol. Bienvenue à Willoughby Hall, ajouta-t-il en s'inclinant légèrement.

Si elle parvenait à respirer calmement assez longtemps, le voile noir qui lui obscurcissait les yeux se déchirerait, et le sang recommencerait à circuler dans ses veines.

— J'espère que vous avez trouvé tout ce qu'il vous faut ici, reprit-il en désignant la salle d'étude.

Respire lentement, s'ordonna-t-elle. *Ne te laisse pas aller à la panique. Ne va surtout pas t'évanouir !*

— Papa ! Qu'est-ce que tu m'as apporté ?

Les yeux noirs se reportèrent sur lady Pamela. Il sourit à sa fille, mais le coin de sa bouche tourné vers Fleur, la partie balafrée, resta figé.

En proie à une terreur sans nom, la jeune femme dut s'appuyer contre le mur et chercher de nouveau son souffle.

— Nous ferions aussi bien d'aller voir, sinon tu ne me laisseras pas une seconde en paix, n'est-ce pas ? Sidney a récriminé tout le long du chemin à cause de ton cadeau. J'espère juste qu'il te plaira, sourit le duc en tendant à sa fille une grande main aux ongles soignés.

— Sidney est bête, décréta lady Pamela.

— Je n'ose imaginer ce que Sidney dirait s'il t'entendait.

— Sidney est bête, Sidney est bête ! chantonna la petite en s'emparant de sa main.

Il la regardait de nouveau, Fleur le sentait, mais elle s'obligea à garder les yeux rivés sur lady Pamela.

— Mlle Hamilton va venir avec nous, et elle te ramènera avant que Nanny n'ameute la terre entière.

Fleur les précéda jusqu'au double escalier qui s'élançait depuis le grand hall.

— Mademoiselle ?

Il lui offrait son bras libre. Fleur s'entendit émettre un son inarticulé, et s'écarta tellement de lui qu'elle aurait pu se fondre dans le mur. Il se retourna vers lady Pamela, qui babillait joyeusement.

Fleur entendait l'écho de leurs pas résonner sur le marbre, elle vit comme en songe le valet de pied leur ouvrir la porte d'entrée, sentit l'air frais sur son visage, compta machinalement les marches avant de s'engager dans l'allée menant aux écuries.

— On va où ? s'écria lady Pamela en tirant sur la main de son père. Qu'est-ce que c'est ?

— Tu le verras bien assez tôt. Pauvre Sidney !

— Sidney est bête !

Il s'agissait d'un chiot, un petit colley au nez allongé. Il avait le museau, une partie du cou, le ventre et deux pattes blancs. Le reste était noir.

On l'avait enfermé dans un enclos de fortune fait de quatre bottes de paille, et il protestait, gémissant et grattant énergiquement lesdites bottes de paille.

— Oooh !

Lady Pamela lâcha la main de son père et se laissa tomber à genoux pour prendre la petite boule de poils. Le chiot cessa de geindre aussitôt et se mit à lui lécher le visage, lui arrachant des rires ravis.

— Sidney a eu le visage et les doigts très propres pendant tout le voyage, et quelquefois les genoux mouillés.

— Il est pour moi, papa ? Je peux le garder ?

— Sidney n'en veut pas, à mon avis.

— Je vais l'emmener dans ma chambre. Il va dormir avec moi !

— C'est « elle », corrigea le duc. Et ta mère et Nanny auront peut-être leur mot à dire.

Lady Pamela ne l'écoutait plus, occupée qu'elle était à jouer avec le chiot et à rire aux éclats parce qu'il lui mordillait les doigts.

Fleur, très droite, le menton haut, les mains croisées devant elle, garda les yeux fixés sur l'enfant et l'animal tandis que le duc se tournait vers elle.

— Vous ne vous doutiez de rien ? s'enquit-il calmement.

Elle était incapable de bouger. Si elle battait seulement des paupières, elle s'effondrerait.

— Vous ne vous doutiez de rien, constata-t-il avant de s'accroupir à côté de sa fille.

Il fut décidé que le chiot resterait aux écuries jusqu'à ce qu'il soit dressé. Pamela pourrait aller le voir aussi souvent qu'elle le souhaiterait, dès lors que cela n'empiétait ni sur ses leçons ni sur son temps de repos. Elle aurait le droit ensuite d'emmener l'animal avec elle dans la maison, sachant qu'il ne serait pas autorisé à se promener dans l'étage noble, le risque que la duchesse ne s'évanouisse ou que Sidney ne pique une colère étant trop grand.

Le duc s'attarda aux écuries tandis que Fleur repartait avec la fillette qui ne cessait de babiller. La petite chienne était la plus jolie du monde, les Chamberlain seraient morts de jalousie quand ils la verraient, elle allait lui apprendre à s'asseoir, à faire la belle et à la suivre partout.

Et son papa était le plus merveilleux des papas.

Fleur emprunta le même chemin jusqu'à la nursery, où les attendait Mme Clement. Le babillage de lady Pamela gagna en vitesse et en volume pour le bénéfice de son nouvel auditoire.

— Les leçons sont finies pour aujourd'hui, mademoiselle Hamilton, trancha la nourrice.

Fleur ne se le fit pas dire deux fois. Elle regagna sa chambre le plus vite qu'elle put. Elle s'adossa à la porte, comme pour empêcher le monde d'entrer, avant de se ruer dans le cabinet de toilette, où elle vomit et vomit encore jusqu'à en avoir l'estomac douloureux.

— Sa Grâce le duc a quitté Londres, annonça M. Snedburg, le front moite et le visage rouge comme un homard. Il a emmené son secrétaire, un certain

M. Houghton, qui se trouve être aussi l'homme qui a engagé Mlle Fleur Hamilton.

— C'est elle, sans aucun doute, et c'est chez le duc qu'elle a dû aller, marmonna son client, qui le regarda s'éponger le visage d'un air désapprobateur. Quel prétexte pourrais-je inventer pour me rendre là-bas ? Vous n'avez pas découvert l'adresse de lord Thomas Kent, par hasard ?

— Je n'ai pas encore enquêté de ce côté-là. Je le pourrais, certes, mais est-ce bien nécessaire, milord ? Si la jeune dame est recherchée pour meurtre, je peux tout simplement aller là-bas sur vos dires en tant que juge de paix avec un mandat afin de l'arrêter et de la ramener ici. Elle ne m'échappera pas, soyez-en sûr, et elle se balancera au bout d'une corde en un rien de temps, milord.

Le frisson de lord Brocklehurst échappa au détective.

— Trouvez-moi lord Kent, ou trouvez-moi une raison plausible de me rendre dans cette maison, et vous aurez terminé votre mission. Je me chargerai de la ramener.

— Dans ce cas, il vous suffit d'aller la chercher, milord. Si la gouvernante de Sa Grâce est une voleuse et une meurtrière, vous n'avez pas besoin de prétexte, objecta M. Snedburg en louchant vers la cave à liqueurs.

— Merci de vos conseils. Je ferai à ma façon. Apportez-moi l'information que je vous ai demandée, et nous nous en tiendrons là.

— Il va y avoir un bal à Willoughby Hall. Je vais vous dénicher la liste des invités et les noms de ceux qui sont encore à Londres.

— Le plus vite possible, je vous prie.

— Faites-moi confiance, milord. Et si lord Thomas est en Angleterre, je vous le harponnerai.

Une fois seul, lord Brocklehurst se servit un verre, bien mérité selon lui. Ce ne pouvait être qu'Isabella. Mais pourquoi gouvernante chez le duc de Ridgeway ?

Et engagée par son secrétaire, qui l'avait attendue quatre jours dans un bureau de placement ?

Qu'est-ce qui pouvait bien se tramer ? Si Ridgeway, ou qui que ce soit d'autre l'avait seulement touchée... Il serra le poing.

Il irait la trouver, et elle finirait bien par se rallier à son point de vue. Elle n'aurait pas vraiment le choix, d'ailleurs. Il n'avait jamais eu l'intention de la menacer, tout simplement parce qu'il n'avait jamais pensé que cela serait nécessaire.

L'entêtement de la jeune fille l'avait toujours stupéfié et il n'avait jamais compris sa façon de raisonner. Certes, les femmes perdaient tout bon sens quand elles étaient amoureuses. Et elle s'était imaginé être amoureuse de cette poule mouillée de Daniel Booth. Ce qu'Isabella pouvait trouver à cet ecclésiastique qui n'était encore que simple pasteur lui échappait complètement. Des cheveux blonds et des yeux bleus, c'était apparemment suffisant pour une femme qui ignorait ce qui était bon pour elle.

Il ferma les yeux et se remémora la chevelure d'or rouge d'Isabella, en sentit entre ses doigts la douceur soyeuse, en huma le parfum.

Bon sang, il avait maintenant les moyens de l'amener à de meilleurs sentiments. Et s'il fallait menacer, il n'hésiterait pas. Un nœud coulant ne faisait pas un collier très attirant...

Il se ferait pardonner plus tard.

Songer que dans deux jours, le parc qu'il aimait tant serait envahi par une foule d'intrus mettait le duc en colère.

Il aimait pourtant recevoir à Willoughby. Il aimait donner des concerts et de grands bals quand il en avait la possibilité, recevoir ses voisins à dîner ou pour des parties de cartes. Il aimait également avoir des invités pour quelques jours, mais il détestait que sa demeure soit remplie de gens uniquement intéressés par des distractions futiles – le genre de gens qu'aimait Sybil.

Il avait vu la liste des invités, et cette réception ne ferait pas exception à la règle.

Il se dirigea vers le potager et les pelouses à l'arrière de la maison.

Que ne donnerait-il pas pour retrouver sa liberté, se dit-il, mais aussitôt il se rappela Pamela, tellement heureuse de jouer avec sa chienne – elle avait décidé de l'appeler Tiny[1], bien qu'il lui ait expliqué que le chiot allait grandir. Il revit son petit visage ensommeillé et ses cheveux emmêlés quand il était monté la voir, la veille au soir, ignorant qu'elle serait déjà au lit. Il se remémora ses bras autour de son cou, son baiser mouillé et sa question.

— Tu ne vas pas repartir, papa ?

— Je vais rester longtemps, cette fois-ci.

— Tu promets ?

— Je te le promets. Dors maintenant. Nous nous verrons demain matin.

Une enfant avait besoin de stabilité et de ses deux parents, même si ceux-ci n'avaient rien de parents modèles. Il avait eu tort de rester si longtemps loin d'elle uniquement pour trouver un peu de paix.

Il s'arrêta en apercevant une femme près des serres.

Elle était différente du souvenir qu'il en avait gardé. En fait, quand il s'était retrouvé en face d'elle la veille, il avait d'abord cru que Houghton s'était trompé et avait engagé une autre personne.

Mais c'était bien elle.

Chaque fois qu'il avait pensé à elle au cours des semaines écoulées, il se l'était représentée pâle et maigre, absolument pas jolie, tout juste vaguement attirante. Il y avait bien ses longues jambes minces, ses hanches bien galbées et ses seins hauts et fermes, mais ce n'était pas suffisant. Une jeune fille de bonne famille

1. « Minuscule » en anglais. *(N.d.T.)*

qui avait connu des revers, avait-il deviné, et qu'il s'était cru obligé d'aider sans bien savoir pourquoi.

Et il l'avait aidée.

Elle était différente à présent. Elle avait repris du poids et sa silhouette était maintenant attirante, malgré les vêtements sobres. Elle avait bonne mine et son visage n'avait plus rien de hagard. Quant à ses cheveux, d'un roux éteint dans son souvenir, ils étincelaient d'or et de feu.

Mlle Fleur Hamilton, avait-il découvert la veille, surpris et contrarié, était une véritable beauté.

Elle restait cependant fidèle à son souvenir sur un point. Elle avait tout d'une statue de marbre, froide, lointaine, passive. Elle lui avait à peine dit un mot au cours de leur première rencontre, alors qu'elle ne l'avait pas quitté des yeux pendant qu'il prenait son plaisir. Elle n'avait pas dit un mot la veille. Elle ne lui avait même pas fait la révérence.

Elle s'était simplement écartée, folle de peur et de répulsion, quand il lui avait offert son bras en haut de l'escalier. Pourquoi diable avait-il offert le bras à une domestique, de toute façon ?

Ne me touchez pas !

Elle aurait pu en remontrer à Sybil en matière de répulsion…

Il se dirigea vers elle et sut, avant même de l'avoir rejointe, qu'elle avait perçu sa présence, même si elle n'en laissait rien paraître.

— Bonjour mademoiselle Hamilton, la salua-t-il en s'immobilisant à quelques pas d'elle.

Elle ne répondit pas, se contentant de le considérer de ce regard froid et direct dont il avait gardé le souvenir.

— Vous êtes matinale, vous aussi ? C'est le moment de la journée que je préfère pour me promener.

— Je ne serai pas votre maîtresse, articula-t-elle d'une voix sourde.

— C'est vrai ? Je vous demande pardon, mais vous l'ai-je demandé ?

— C'est tellement évident. J'ai tout de suite compris quand je vous ai vu hier. Je ne serai pas votre maîtresse.

— À ma connaissance, vous avez été engagée comme gouvernante de ma fille. J'attends de vous que vous vous consacriez entièrement à cette tâche, mademoiselle.

— C'est répugnant, siffla-t-elle. Vous êtes un homme marié, et vous m'avez amenée sous le même toit que votre femme et votre fille. Vous attendez de moi que je passe quelques heures chaque jour à lui donner des leçons, et que je fasse ensuite la catin. C'est pour cela que vous m'avez aussi bien payée et que vous m'avez offert à dîner ? Pour que je vous sois redevable ? Je préférerais retourner dans le ruisseau plutôt que vous laisser me toucher. Vous me répugnez.

Il était furieux contre cette fille, absolument furieux. Comment osait-elle l'accuser de l'avoir fait venir dans la maison de ses ancêtres comme gouvernante de Pamela pour pouvoir se livrer à toutes sortes de privautés dans les greniers ou les buissons ?

— Permettez-moi d'éclaircir un point, mademoiselle Hamilton. Si j'ai demandé à mon secrétaire de vous trouver un emploi, c'était parce que vous aviez désespérément besoin d'un gagne-pain autre que celui que vous aviez choisi. Il m'a déclaré vous avoir attribué un poste pour lequel vous aviez les qualités requises, et je lui ai donné mon aval. Vous êtes mon employée, avec un salaire et des conditions de travail satisfaisantes, vous en conviendrez. Je n'ai pas pour habitude de frayer avec mes employées, et encore moins de coucher avec elles. Quand j'ai besoin d'une prostituée, je fais appel aux services d'une professionnelle, et je la paie en conséquence. Me suis-je bien fait comprendre ?

Fleur Hamilton rougit jusqu'aux oreilles mais ne pipa mot.

— Il me semble vous avoir déjà dit que lorsque je posais une question, j'attendais une réponse. Répondez-moi.

— Oui, Votre Grâce.

— Vous pouvez continuer votre promenade. Bonne journée, mademoiselle.

Quant à lui, il rebroussa chemin, sa matinée gâchée par cet accès de colère. Il remercia l'armée de lui avoir appris à se dominer et à se contenter d'exprimer verbalement ses humeurs.

Il avait eu envie de secouer cette femme jusqu'à ce qu'elle en ait le tournis, il avait eu envie de la blesser, de la meurtrir.

Il obliqua vers le lac et ralentit volontairement le pas pour calmer le cours de ses pensées. C'était encore une habitude prise à l'armée, et qui lui permettait de réfléchir froidement et non sous l'empire de la colère.

Si elle pensait ce qu'elle avait dit, et c'était visiblement le cas, il devait reconnaître qu'elle avait fait preuve d'un courage remarquable. Cracher au visage d'un duc – car c'était ce qu'elle avait fait symboliquement parlant – n'était certainement pas chose facile pour une femme dans une situation aussi précaire.

Elle avait été moralement outrée par les buts qu'elle lui prêtait. Une prostituée dotée d'une morale pointilleuse ? Pourquoi pas, après tout ? Il y avait tellement de femmes respectables qui en manquaient cruellement.

Il lui répugnait, avait-elle dit. Faisait-elle simplement allusion au comportement dont elle l'avait cru capable ? Ou était-ce sa personne qu'elle trouvait répugnante ?

C'était sans doute la seconde proposition, en partie du moins. Il s'était entièrement déshabillé devant elle, ce qu'il n'avait jamais fait devant aucune femme, depuis qu'il avait été blessé du moins. Et il était resté debout devant elle, bien visible, tout le temps de leur rapport.

Il l'avait fait délibérément, il s'en rendait compte maintenant, pour soulager la souffrance, la gêne et l'humiliation qu'il ressentait depuis six ans. Il avait voulu qu'une femme le voie, une femme qui ne pourrait pas se permettre de montrer son dégoût ni de se refuser à lui.

Et cette courageuse Fleur n'avait pas détourné les yeux un seul instant alors que pour elle, il s'agissait d'une épreuve terrible, dont il ne s'était rendu compte que trop tard.

Ainsi, elle le trouvait répugnant. Était-ce si surprenant ? Et quelle importance, au fond ? Elle n'était que l'une de ses innombrables domestiques. S'il lui avait offert un emploi, c'était parce qu'elle en avait besoin et qu'elle n'aurait jamais réussi comme prostituée. Il s'était efforcé de racheter à la fois son infidélité et le fait d'avoir été partie prenante de la déchéance de cette fille.

Cela n'avait pas d'importance. Il avait fait ce qu'il devait et n'avait plus à se soucier d'elle. Si elle ne se révélait pas une bonne gouvernante pour Pamela, il lui trouverait un autre emploi dans l'une de ses nombreuses propriétés.

Le regard perdu vers le lac, il souhaita de toutes ses forces que ses terres, son parc et sa maison retrouvent le charme enchanteur qu'ils avaient toujours eu pour lui.

6

Lady Pamela recula un peu et se mit à genoux tandis que la chienne essayait de courir vers elle. La petite boule de poils trébucha et roula dans l'herbe, se remit sur ses pattes et poursuivit sa course à la grande joie de sa jeune maîtresse qui riait aux éclats.

Elle ramassa le chiot et se laissa tomber sur le dos, le tenant suffisamment près pour qu'il puisse lui lécher le visage.

Fleur n'eut pas le cœur de lui rappeler qu'elles étaient sorties pour peindre et qu'elle avait eu beaucoup de mal à persuader Mme Clement de l'autoriser à l'emmener dehors. On ne leur avait accordé qu'une heure. Lady Pamela semblait s'amuser si rarement – sauf avec les enfants Chamberlain et la veille, quand son père était arrivé.

— Regarde, reprit-elle, une fois son élève un peu calmée. D'ici, on voit le pavillon de l'île encadré par les arbres, et son reflet dans l'eau. Tu avais raison, cela fera un très joli dessin.

— Oh ! Ne mords pas, Tiny ! gloussa lady Pamela.

— Peut-être qu'aujourd'hui tu préférais peindre Tiny en train de se rouler dans l'herbe, suggéra Fleur.

— Oh oui ! Vous ne trouvez pas qu'elle est drôle, mademoiselle Hamilton ? Et que papa est merveilleux ?

— Absolument ! acquiesça une voix masculine derrière Fleur. Mais que vois-je ? Une feuille blanche et des pinceaux secs ? Et de l'herbe dans tes cheveux, Pamela, et partout sur ta robe ? Que va dire Nanny ?

— Elle me grondera, rétorqua Pamela sans s'émouvoir. Papa, viens toucher le nez de Tiny, il est tout froid.

Sans prêter attention à Fleur, le duc de Ridgeway alla s'accroupir près de sa fille.

Fleur demeura figée devant son chevalet. Après leur rencontre de ce matin, où elle s'était sentie tellement humiliée, elle avait espéré ne pas le voir avant longtemps.

Il était hors de lui et chaque mot qu'il avait prononcé l'avait cinglée comme un coup de fouet. Elle s'était alors souvenue qu'il avait servi plusieurs années dans l'armée de Sa Grâce le duc de Wellington. Et elle l'avait cru.

S'il l'avait engagée, c'était parce qu'il avait pitié d'elle, pas parce qu'il la désirait.

Et elle l'avait attaqué en lui déclarant qu'elle ne serait pas sa maîtresse. Au duc de Ridgeway ! Son employeur !

— Vous l'avez amenée ici pour peindre ? demanda-t-il en se redressant.

— Oui, Votre Grâce.

— Et vous n'avez pas insisté pour qu'elle fasse ce qui était prévu ?

— Elle est tellement heureuse avec sa petite chienne, Votre Grâce.

— N'avions-nous pas convenu que le chien ne doit pas empiéter sur le temps d'étude de ma fille ?

— Si, Votre Grâce.

Elle soutint les noires profondeurs de son regard et étouffa la terreur que lui inspiraient sa haute taille, ses épaules larges, sa chevelure de jais et ses traits aquilins. L'affreuse balafre qui lui zébrait le visage lui rappela les autres blessures sur son corps, qui étaient bien plus horribles que des cicatrices ordinaires.

— Parfois, avec les jeunes enfants, le programme des leçons demande à être aménagé. Nous avons parlé cet après-midi des dents du chiot, je lui ai expliqué pourquoi elles étaient si petites et n'étaient pas définitives, comme celles de lady Pamela. Nous avons parlé de la forme de sa tête et de la façon dont elle s'allongera en grandissant. Je lui ai expliqué comment vos palefreniers vont la dresser pour qu'elle puisse vivre à la maison. Nous avons...

— Je n'avais aucune intention de vous renvoyer, mademoiselle, coupa le duc, mais vous avez très bien répondu. Quel était le but de la leçon de dessin ?

— Je comptais décrire à lady Pamela les colonnes corinthiennes et l'entablement du pavillon, et lui montrer comment le reflet inverse tout. Mais votre fille n'a que cinq ans, Votre Grâce. Je voulais surtout lui permettre de profiter du bon air et lui apprendre à se servir de la peinture.

Fleur haussa le menton. Il pouvait bien la réprimander s'il le souhaitait, sa fille avait une vie trop bien réglée pour son âge.

— Une bonne réponse de plus. C'est une de vos spécialités ?

Que répondre à ce genre de question ?

— Vous avez sans doute remarqué que le temple est la réplique en miniature de la partie centrale du château ? reprit le duc.

— L'escalier à double révolution en moins. L'intérieur est-il également semblable ?

— Pratiquement, jusqu'aux fresques du dôme, mais il n'y a pas de galerie. Le temple a été bâti pour ajouter du pittoresque, comme toutes les constructions du parc, et il sert de pavillon de musique pour les fêtes et les parties de campagne. On y logera l'orchestre pour le bal dans trois jours. On vous a dit que vous pouvez y assister ?

— Oui, Votre Grâce.

— Allons jusqu'au bord de l'eau, proposa-t-il en se tournant vers sa fille. Le pavillon est plus imposant de là-bas, et on aperçoit le pont et les cascades au loin. Porte la chienne, Pamela. Elle est trop petite pour marcher jusque-là.

— Mais nous devons rentrer, objecta Fleur.

— Et pourquoi cela ? répliqua le duc en arquant un sourcil.

— Mme Clement nous attend, Votre Grâce, répondit Fleur en s'empourprant.

— Eh bien, elle attendra.

Pamela s'éloigna en gambadant sans se préoccuper d'emprunter l'allée qui serpentait en pente douce jusqu'à la berge. Le duc tendit la main à Fleur pour l'aider à descendre.

Elle se retrouva soudain dans le même tunnel obscur, sentit le même souffle glacé. Elle ne voyait plus que cette main aux longs doigts qui lui avait écarté les cuisses avant de la fouailler.

— Faites attention, conseilla-t-il tandis que sa main retombait le long de son flanc, à moins que vous ne désiriez prendre un bain.

Elle parvint, Dieu sait comment, à sortir du tunnel et à le suivre jusqu'à l'allée qui longeait la rive, où le chiot sautillait joyeusement.

Ils longèrent le lac et remontèrent par un autre chemin. Le duc lui détailla les différentes perspectives qui s'offraient à eux avec beaucoup plus d'érudition que Mme Laycock. Le parc avait été dessiné par William Kent – « aucun lien de parenté », avait-il précisé – pour son grand-père, qui avait souhaité remplacer les larges allées au cordeau et les grands parterres de fleurs.

— Je crois que ma grand-mère a exprimé la plus vive réprobation. C'était une femme du XVIIIe siècle, qui était convaincue qu'un parc à la française constituait un signe d'opulence et de puissance.

Il porta le chiot la plus grande partie du chemin et le caressa doucement sous le menton tandis qu'il s'endormait. Il tendit l'animal à Fleur pour se lancer à la poursuite d'une Pamela ravie qui courait en tous sens sur la pelouse.

Le père et la fille étaient quelque peu chiffonnés quand ils posèrent le pied sur la terrasse devant le château.

— Les invités de maman vont bientôt arriver, papa ?

— Après-demain, si personne n'a d'empêchement.

— Je pourrai voir les dames ?

— Tu en as envie ?

— Je pourrai ? Maman dira non, je sais bien.

— Ta maman a peut-être de bonnes raisons, remarqua-t-il en lui lâchant la main pour récupérer la chienne. Ce ne sont pas des dames que tu souhaiterais rencontrer.

— Mais papa…

— Il est temps de rentrer, maintenant. Je vais ramener Tiny aux écuries, lança-t-il avec un regard dur à Fleur, qui avait retiré sa main comme si un scorpion l'avait piquée lorsqu'il l'avait effleurée en reprenant l'animal.

Fleur regagna la nursery avec lady Pamela. Celle-ci était fatiguée, décoiffée et incroyablement sale, ce que ne manqua pas de faire remarquer Mme Clement.

Fleur se réfugia à la fenêtre de sa chambre, les oreilles bourdonnantes après la réprimande cinglante qu'elle venait d'essuyer. La duchesse ne manquerait pas d'être informée de la terrible insubordination dont elle avait fait preuve en gardant lady Pamela bien au-delà de l'heure autorisée et en la ramenant sale comme un épouvantail et tellement épuisée qu'elle serait sans doute malade le lendemain.

Fleur contempla d'un œil mélancolique les vastes pelouses qui donnaient une impression de paix tellement trompeuse. Elle s'était crue à l'abri, elle s'était crue au paradis, et elle avait commencé à s'autoriser à être heureuse.

Devait-elle partir avant d'être renvoyée ?

Où irait-elle, et que ferait-elle ? Si elle avait tout ce dont elle avait besoin à Willoughby Hall, elle n'avait pas encore été payée. Le seul argent dont elle disposait, c'étaient les quelques pièces qui restaient de l'avance qu'on lui avait accordée pour s'acheter des vêtements. Ce n'était même pas suffisant pour retourner à Londres.

Le souvenir de la capitale suffit à lui donner la nausée. Elle ne connaissait que trop ce qui l'attendait là-bas.

Elle n'était toujours pas remise de ce qui lui était arrivé. Cet emploi lui avait été offert par l'homme qui hantait ses cauchemars. Et cela n'avait rien d'un hasard. Il lui avait confié ce poste parce qu'il avait eu pitié d'elle. C'était en tout cas ce qu'il disait, et elle ne savait pas si elle devait le croire ou pas.

Et soudain, toutes ses autres terreurs la submergèrent de nouveau. L'avait-on recherchée ? La recherchait-on toujours ? Serait-elle pendue si on la retrouvait ? Même s'il s'agissait d'un accident ? Pouvait-on être pendue même s'il s'agissait de légitime défense ?

Certainement pas.

Mais il n'y avait d'autre témoin que Matthew, et Matthew était baron et juge de paix. Ce serait sa parole contre la sienne, et il l'avait traitée de meurtrière devant le corps de Hobson.

Elle serait pendue. On lui attacherait les chevilles et les mains, on lui mettrait un sac sur la tête et on lui passerait une corde autour du cou.

Elle se détourna vivement de la fenêtre.

Elle refusait d'y penser, comme elle refusait de penser à Daniel. Sa longue silhouette dans ses sombres vêtements ecclésiastiques, son doux sourire, ses yeux bleus et ses cheveux blonds s'imposaient pourtant à son esprit.

Il ne l'avait jamais embrassée. Il avait juste déposé un baiser sur sa main, une fois. Elle avait toujours eu envie qu'il l'embrasse, pourtant la seule fois où elle le lui avait demandé, il avait refusé. Il la voulait pure le jour de leur mariage, lui avait-il expliqué avec son sourire plein de bonté.

Un baiser aurait donc suffi à la rendre impure ?

Que dirait-il s'il apprenait ce qu'elle avait fait ? Il serait profondément peiné, mais lui pardonnerait-il ? Sans doute, comme Jésus avait pardonné à la femme adultère. Ce n'était cependant pas son pardon qu'elle voulait, c'était son amour et le refuge de ses bras. Ce qu'elle voulait, c'était trouver la paix.

Elle ne pourrait jamais trouver la paix, même si pendant deux semaines elle s'était persuadée du contraire. Elle avait tué un homme et ne pourrait jamais rentrer chez elle. Elle serait pendue si on la retrouvait. Et elle ne pouvait effacer ce qu'elle avait fait avec le duc de Ridgeway. Et voilà que maintenant, elle était prise au piège chez lui tel un oiseau en cage.

Elle dénoua ses cheveux et les brossa rageusement. Dût-elle rester un siècle dans cette maison et le voir tous les jours, jamais elle n'éprouverait autre chose qu'une abominable terreur et la plus profonde répulsion lorsqu'elle se trouverait en face de lui.

Il pourrait s'habiller élégamment, elle le verrait toujours comme il lui était apparu dans cette chambre du *Bull and Horn*, grand, athlétique, et nu. Elle se rappellerait les horribles cicatrices violacées, et la terrifiante érection qui l'avait si douloureusement blessée, et de manière irrévocable.

Une brutale virilité avait exercé sans scrupule son pouvoir sur la faiblesse, la pauvreté et le désespoir.

Son intelligence lui murmurait qu'il était peut-être injuste de le haïr. Il l'avait payée pour ce qu'elle lui avait librement offert – et plus que ce qu'elle avait demandé. Et il avait fait preuve de bonté en lui offrant ce repas et cet emploi.

Elle le haïssait cependant avec tant de force, il lui inspirait une telle horreur et un tel dégoût qu'elle était prête à fuir cette maison sans argent et sans savoir où aller, comme elle avait fui Heron House deux mois plus tôt.

Elle ferma les yeux et la brosse s'immobilisa. Devant ses yeux dansait l'image de sa main caressant doucement le chiot, et elle dut faire un effort pour ravaler sa nausée.

Le lendemain matin, le duc de Ridgeway frappa à la porte du boudoir de la duchesse, qui l'avait envoyé chercher. Il pénétrait rarement dans les appartements de son épouse sans y avoir été invité.

— Bonjour, Sybil, la salua-t-il. Comment allez-vous aujourd'hui ?

Comme d'habitude, elle tourna la tête quand il se pencha pour l'embrasser en lui prenant la main.

— Mieux. J'étais un peu fiévreuse cette nuit, mais je me sens mieux ce matin, assura-t-elle en libérant sa petite main délicate.

— Il faut prendre soin de vous. Je ne voudrais pas que vous retombiez malade comme vous l'avez été tout l'hiver.

— J'ai donné ordre à Houghton de payer Mlle Hamilton et de la renvoyer, et il m'a dit qu'il devait d'abord vous consulter. Qu'allez-vous faire à ce sujet, Adam ?

— Vous demander pourquoi vous voulez renvoyer la gouvernante. Qu'a-t-elle fait ou que n'a-t-elle pas fait ?

— Je parlais de Houghton. Comptez-vous le laisser me parler ainsi ?

En déshabillé de soie et de dentelle blanc, ses longs cheveux d'or cascadant sur ses épaules et ses grands yeux pervenche humides de larmes, elle était d'une beauté à couper le souffle. Et aussi fragile que la jeune fille qui lui avait ravi son cœur avant son départ pour la guerre.

— Houghton est mon secrétaire personnel, expliqua-t-il posément, et il ne prend ses instructions qu'auprès de moi, Sybil. Je le mettrais à la porte sur l'heure s'il exécutait l'ordre d'une autre personne sans m'en avoir parlé avant.

— Donc, votre secrétaire a plus d'importance que moi à vos yeux. Cela n'a pas toujours été le cas, Adam. Vous m'aimiez autrefois, du moins l'ai-je cru. Je me trompais, apparemment.

— C'est moi que vous devez venir trouver si quelque chose vous ennuie, vous devriez le savoir. Un bon secrétaire ne peut pas prendre ses ordres de deux personnes. Qu'est-ce qui ne va pas avec Mlle Hamilton ?

— Vous ne devriez même pas me poser cette question ! Que je souhaite qu'elle parte devrait vous suffire. Je ne pense pas qu'elle ait les compétences pour s'occuper de ma fille, c'est tout. Je vous en prie, Adam, renvoyez-la.

— Vous savez que je ne renvoie pas sans raison sérieuse même le plus humble de mes domestiques, Sybil. Vous ne vous rendez pas compte visiblement à quel point les domestiques vivent au seuil de la pauvreté. Je ne renverrai personne pour satisfaire un caprice.

— Un caprice ! s'exclama-t-elle. Mais je suis votre femme, Adam !

— Oui, il paraît.

— Je suis la duchesse de Ridgeway, précisa-t-elle en baissant les yeux.

— Cela me semble correspondre davantage à la réalité, rétorqua-t-il d'un ton las. Devons-nous avoir encore et toujours ce genre de discussion ? Dois-je toujours faire figure de tyran ? Excusez mes sarcasmes. Qu'est-ce qui ne va pas avec Mlle Hamilton ?

— Elle a emmené Pamela dehors hier après-midi, malgré le vent froid et le soleil brûlant. Elle a insisté auprès de Nanny jusqu'à ce que celle-ci le lui permette, pour une heure seulement, et elles sont revenues plus de deux heures après. Pamela était sale et tellement fatiguée qu'elle est malade et ne veut pas se lever ce matin, la pauvre chérie ! Mlle Hamilton a délibérément désobéi à Nanny, Adam. Vous ne pouvez pas l'excuser !

— Elles étaient avec moi, et j'ai refusé qu'elles rentrent quand Mlle Hamilton en a émis le souhait.

— Elle était avec vous ? se redressa la duchesse. Pendant plus de deux heures ?

— Vous vous trompez de pronom, Sybil. *Elles* étaient avec moi, Pamela, Mlle Hamilton et la petite chienne. Si Pamela s'est salie, c'est parce que je me suis roulé dans l'herbe avec elle. Si elle était fatiguée, c'est parce que j'ai couru et joué avec elle. Il est normal qu'une enfant rentre fatiguée après des jeux en plein air.

— C'est intolérable, s'écria la duchesse, livide. Je vous l'ai déjà dit, Adam, vous êtes bien trop brusque avec Pamela. C'est une enfant délicate, qui doit être confiée aux soins de Nanny et aux miens. Et ce chien ! Elle pourrait attraper Dieu sait quelle maladie. Oh, je me doutais que ce genre de choses arriverait dès que vous reviendriez ! Vous ne faites aucun cas de ma sensibilité. Vous êtes si égoïste. Vous m'avez tellement déçue.

Il la fixa sans ciller, puis :

— Je continuerai à passer le plus de temps possible avec Pamela. Elle a besoin de l'attention d'un de ses parents plutôt que des soins d'une vieille nourrice, Sybil. Et elle a besoin d'activité, aussi bien physique qu'intellectuelle. Maintenant, j'aimerais vérifier que je vous ai bien comprise. Mlle Hamilton prend ses ordres auprès de Nanny ?

— Bien sûr ! Ma petite chérie est encore un bébé.

— À l'avenir, ce sera le contraire. Je compte sur vous pour informer Nanny du changement. Elle récriminera certainement, mais cela ne fait aucune différence. J'informerai moi-même Mlle Hamilton de ces nouvelles règles.

— Vous êtes cruel et dépourvu de cœur, Adam ! Vous feriez n'importe quoi pour me contrarier, n'est-ce pas ? s'écria la duchesse, tandis que deux larmes roulaient sur ses joues pâles. Parce que vous m'avez rendu service un jour, il faudrait que je vous en sois éternellement reconnaissante ?

— Vous savez pertinemment qu'il n'en a jamais été question. Et que ce ne sera jamais le cas. Sauf dans votre imagination. Parfois, vous réussiriez presque à me persuader que je suis effectivement un tyran et un bourreau.

— Il faut donc que je me résigne à ce qu'on m'enlève ma fille, et qu'on l'enlève aussi à sa nourrice, pour la confier à votre catin ? Très bien, Adam, je m'incline, soupira-t-elle en se tamponnant les yeux. Je suis trop faible pour me battre.

— Ma catin ? Surveillez vos paroles, Sybil. Je pourrais vous suggérer de faire en sorte que je n'aie pas besoin des services d'une catin.

Comme elle lui jetait un regard stupéfait, il ajouta :

— Je me doutais que cette idée ne vous sourirait pas.

— J'ai parfois l'impression que vous voulez m'obliger à vous haïr, murmura-t-elle d'une voix tremblante.

— Vous vous répétez. J'aurais dû insister pour que vous vous fassiez examiner par un autre médecin, enchaîna-t-il comme une autre quinte de toux la secouait. Hartley me semble incapable de venir à bout de cette toux. Laissez-moi envoyer chercher un médecin à Londres. Laissez-moi faire quelque chose pour vous, Sybil. Qu'il y ait enfin un peu de bonté entre nous.

— J'aimerais être seule. J'ai besoin de repos.

— Je n'ai jamais voulu cela, soupira-t-il. Je n'ai jamais voulu que nous nous chamaillions et nous opposions l'un à l'autre constamment. Je n'aurais jamais imaginé que vous en viendriez à me considérer comme un tyran et qu'un jour je serais obligé de me conduire comme tel. J'espérais un mariage heureux. Je n'aurais jamais imaginé que nous en viendrions à nous haïr.

— Parfois, rétorqua-t-elle, le visage enfoui dans son mouchoir, je vous déteste d'être revenu vivant. Je vous déteste d'avoir chassé Thomas alors que vous saviez ce que nous étions l'un pour l'autre. Parfois, j'ai beaucoup de mal à ne pas vous haïr, même si je fais des efforts. Vous êtes mon mari, après tout.

Elle recommença à tousser, sans pouvoir s'arrêter cette fois.

Inquiet, Adam traversa la pièce, s'agenouilla près d'elle et lui tendit son propre mouchoir. Elle repoussa violemment sa main.

— Sybil, murmura-t-il en lui soutenant la tête.

Elle s'écarta, se leva d'un bond et courut se réfugier dans sa garde-robe, dont elle claqua la porte.

Le duc demeura immobile, se demandant, comme il l'avait fait des douzaines de fois, si elle l'avait jamais aimé. L'avait-elle prétendu uniquement pour être duchesse et maîtresse d'un des plus beaux châteaux du royaume ? Tous ses baisers, ses sourires enjôleurs et ses regards enamourés n'avaient-ils été que des ruses ?

Il avait grandi en sachant qu'un jour il l'épouserait. Cette perspective ne lui avait jamais pesé, mais il n'était vraiment tombé amoureux d'elle qu'à son retour d'Espagne. Elle était alors devenue cette beauté éthérée qui le contemplait avec admiration. Il en était tombé profondément, éperdument amoureux.

Ce sentiment avait-il jamais été partagé ? Mentait-elle quand elle l'assurait de son amour ? Peut-être s'était-elle retrouvée prisonnière des anciennes promesses, elle aussi. Peut-être avait-elle essayé de tomber amoureuse de lui ou au moins d'éprouver de l'estime pour lui. Peut-être avait-elle fait de son mieux.

Elle avait dû ressentir un peu d'affection pour lui quand son visage était intact, quand on pouvait encore le qualifier de bel homme. Jamais il n'oublierait l'expression d'incommensurable dégoût qu'il avait surprise sur son visage quand il l'avait soulevée dans ses bras lors de leurs retrouvailles.

Elle l'avait profondément blessé, mais il s'était attendu qu'elle s'habitue à sa nouvelle apparence. En vain. Il était vrai qu'à son retour, elle était déjà fiancée à Thomas. Il avait fait trop peu de cas de ce fait.

Si on lui avait dit avant Waterloo que son amour pour Sybil finirait par s'éteindre, il aurait ri, songea-t-il en se relevant. Un amour comme le sien ne pouvait pas s'éteindre.

Au temps pour l'amour, pensa-t-il cyniquement.

Il se dirigea vers la porte, conscient que sa femme toussait toujours dans sa garde-robe. Il ne restait plus la moindre étincelle capable de raviver les braises de son amour pour elle. Tout juste un peu de pitié pour les souffrances qu'elle avait indubitablement endurées. Ainsi que le vague espoir que la paix finirait par s'installer entre eux et qu'il n'aurait pas toujours le mauvais rôle dans leur vie commune.

Mais la paix semblait le fuir.

7

Ce fut Peter Houghton qui vint dans la matinée informer Fleur des nouvelles dispositions, tandis qu'elle attendait dans la salle d'étude une élève qui ne viendrait pas parce que sa nourrice prétendait qu'elle était malade après les fatigues de la veille.

Fleur avait un peu peur de Peter Houghton parce qu'il savait sans aucun doute qui elle était et ce qu'elle était. Il l'avait cependant traitée avec la plus parfaite courtoisie depuis deux jours qu'il était arrivé à Willoughby. Ils prenaient leurs repas ensemble à la table de Mme Laycock et jamais il n'avait laissé deviner par un mot ou un geste la moindre répugnance à se voir placé sur un pied d'égalité avec elle. Elle n'avait pas non plus entendu le moindre murmure sur elle parmi les autres domestiques.

Ces nouvelles dispositions lui furent un soulagement, non pas parce qu'elle avait soif d'autorité, mais parce qu'elle voulait se sentir utile et mériter son salaire.

Le duc amena lui-même sa fille dans la salle d'étude en début d'après-midi. Fleur s'inclina devant lui sans le regarder. Toutefois, comme elle s'en aperçut au bout de quelques minutes, il n'avait pas l'intention de s'en aller. Il s'assit tranquillement dans un coin pour les observer.

Elles travaillèrent un moment l'alphabet en s'amusant. Chacune devait trouver un mot étrange commençant par la lettre choisie, puis essayer ensuite de se rappeler la lettre et le mot en même temps.

— Faribole ! lança le duc comme lady Pamela cherchait depuis quelques secondes.

Elles éclatèrent de rire en même temps.

Ce fut la seule contribution de Sa Grâce à la leçon.

Elles comptèrent jusqu'à cinquante, à l'endroit et à l'envers, et firent quelques additions simples sur papier. Elles examinèrent ensuite une nappe que Fleur avait trouvée dans un tiroir de sa chambre. Elle nomma à la fillette les différents points et lui promit qu'elle pourrait commencer le lendemain un mouchoir et apprendre un des points.

— Je pourrai choisir les couleurs que je voudrai ?

— Toutes celles que tu voudras.

— Des pâquerettes rouges avec des tiges bleues ?

— Rouges, bleues ou jaune canari si tu veux, assura Fleur.

— Mais tout le monde se moquera de moi !

— Il faut savoir si tu préfères choisir les couleurs que tu veux et risquer qu'on se moque de toi ou choisir les mêmes couleurs que tout le monde pour que personne ne se moque de toi. C'est aussi simple que cela, et c'est à toi de décider.

Les sourcils froncés, la petite considéra sa gouvernante d'un air perplexe.

Elles parlèrent ensuite du pavillon, qu'elles n'avaient toujours pas dessiné. Fleur décrocha du mur un grand paysage peint pour montrer à son élève les différentes couleurs et nuances utilisées pour figurer le ciel, l'herbe et les arbres.

— Mais c'est toujours toi qui choisis, vois-tu. Ton travail d'artiste est d'aider ceux qui regardent ton œuvre à voir ce que tu vois. Et personne ne peut te dire quoi voir, car nous voyons tous les choses différemment.

— Je veux que vous me jouiez du clavecin, déclara lady Pamela quand elles eurent épuisé le sujet.

— Peut-être aimerais-tu t'asseoir sur le tabouret pour que je te donne une leçon ? suggéra Fleur, parfaitement consciente de la présence attentive de son employeur.

Lady Pamela avait déjà essayé de jouer et s'était vite aperçue qu'elle ne parvenait pas à produire les mêmes sons que Fleur. Elle avait également compris qu'une ou deux leçons ne suffiraient pas à acquérir la maîtrise de l'instrument.

— Asseyez-vous et jouez pour moi, ordonna la fillette.

— S'il vous plaît, rectifia tranquillement Fleur, en priant silencieusement pour une coopération qu'elle savait illusoire.

— Jouez !

— S'il vous plaît.

— C'est idiot ! Qu'est-ce que cela change de dire « s'il vous plaît » ?

— Cela change tout. Avec « s'il vous plaît », c'est une demande et non un ordre. C'est beaucoup plus agréable pour moi.

— C'est idiot, trancha lady Pamela.

— S'il vous plaît, mademoiselle Hamilton, voudriez-vous jouer un morceau pendant que Pamela va se reposer ?

Fleur se raidit. Elle n'avait pas entendu le duc les rejoindre.

— S'il vous plaît, mademoiselle Hamilton, répéta lady Pamela après avoir adressé un regard exaspéré à son père.

Fleur aurait tout donné pour faire autre chose que jouer du pianoforte. Elle avait les mains moites. Elle s'assit cependant sur le tabouret et joua une cantate de Bach, compensant de son mieux la touche qui se coinçait.

— À ton tour, à présent, Pamela, proposa-t-elle une fois le morceau achevé.

— Vous jouez bien, la complimenta le duc. Avez-vous vu les instruments qui sont dans le grand salon et dans le salon de musique ?

Elle les avait vus quand Mme Laycock lui avait fait visiter le château, mais elle n'aurait jamais osé en toucher un. Le pianoforte du salon devait être meilleur que celui de Heron House, devinait-elle, le précieux trésor de sa mère. Quant au grand pianoforte du salon de musique, il lui avait immédiatement inspiré le respect.

— Oui, Votre Grâce. Je les ai vus à mon arrivée.

— Viens, Pamela, nous allons écouter Mlle Hamilton dans le salon de musique, fit-il en prenant la main de sa fille. Et nous n'oublierons pas de dire « s'il vous plaît ».

— Oui, papa.

Fleur les suivit, hébétée, mais néanmoins très excitée à l'idée de jouer sur ce magnifique instrument.

Si seulement elle avait été seule, se dit-elle en pénétrant dans la pièce. Elle s'approcha du pianoforte, en frôla respectueusement les touches.

Si seulement il n'était pas là.

— Je vous en prie, mademoiselle Hamilton, dit-il avant de s'éloigner avec sa fille.

Elle choisit une sonate de Beethoven. Cela faisait si longtemps. On ne pouvait pas jouer Beethoven au clavecin. Les débuts furent un peu hésitants, puis ses doigts se délièrent et la musique l'emporta au point qu'elle oublia complètement où elle se trouvait.

La musique avait toujours été sa consolation. Elle lui avait permis d'échapper à la langue acérée de cousine Caroline, à la causticité d'Amelia, au chagrin dû à la perte de ses parents, à la stricte discipline et à la monotonie des journées en pension. Tout cela cessait d'exister dès qu'elle touchait un clavier.

Lorsqu'elle eut achevé son morceau, elle demeura penchée sur le clavier.

— Je peux aller voir Tiny maintenant, papa ? articula une petite voix, la ramenant au présent.

— Oui. Demande à un valet de t'accompagner. Et n'oublie de dire « s'il vous plaît ».

— C'est idiot, papa.

Fleur entendit la porte s'ouvrir et se refermer dans son dos.

— Vous avez beaucoup de talent, mais vous manquez de pratique, remarqua le duc.

— Oui, Votre Grâce.

— Pour donner des leçons à ma fille, il faut que vous jouiez impeccablement vous-même. Une demi-heure de leçon par jour pour elle, et une heure d'exercices pour vous.

— Où cela, Votre Grâce ?

— Ici, bien sûr.

— Je ne suis pas autorisée à venir à cet étage, Votre Grâce.

— Vraiment ? C'est un ordre de Nanny ?

— De Sa Grâce la duchesse.

— Elle vous l'a ordonné personnellement ?

— Oui, Votre Grâce.

— Vous passerez une heure et demie ici tous les jours, et c'est moi qui vous l'ordonne, personnellement. Je l'expliquerai à Sa Grâce.

Elle ne pouvait décemment pas rester toute la journée sur son tabouret à lui tourner le dos. Rassemblant son courage, elle se leva et pivota pour l'affronter. Il était assez près et, un instant, la terreur familière l'envahit.

— Vous avez eu l'occasion de jouer du pianoforte toute votre vie.

C'était une affirmation, pas une question.

— Vous avez dit à Houghton que votre père était décédé récemment en laissant des dettes.

— Oui.

— C'est vrai ?

Fleur soutint son regard en silence.

— Il est mort criblé de dettes ?

— Oui.

— Et votre mère ?

— Il y a longtemps qu'elle est morte.

— Et vous n'avez pas d'autre famille ?

Elle n'avait jamais été une bonne menteuse, même si elle avait accumulé les mensonges ces derniers temps.

Elle secoua la tête en pensant à cousine Caroline, à Amelia et à Matthew.

— De quoi avez-vous peur ? Uniquement de moi ?

— Je devrais être avec lady Pamela.

— Non. Mes ordres passent avant les vôtres, mademoiselle Hamilton. Pamela est une élève difficile ?

— Elle n'a pas l'habitude de faire ce qui ne lui plaît pas, Votre Grâce.

— Je vous autorise à insister, à condition de ne pas faire de sa vie un enfer.

— Ce n'est qu'une enfant. Mon plus grand plaisir, c'est de la voir sourire et de l'entendre rire.

— Pouvez-vous lui enseigner ces matières ? Je ne vous ai jamais vue sourire, ni entendue rire.

— Je peux lui offrir toute mon attention, la féliciter quand elle le mérite et l'encourager lorsque les félicitations ne s'imposent pas. Et je peux lui offrir suffisamment de liberté pour qu'elle vive sa vie d'enfant.

Il chercha son regard, elle dut résister à la panique qui menaçait. Elle regrettait de ne pas s'être écartée de lui quand elle s'était levée. Cela aurait paru tout naturel. Son visage était trop près d'elle, comme dans ses cauchemars, lorsqu'il était penché au-dessus de son corps dénudé.

— Votre journée de travail est terminée. Vous pouvez disposer. Quant à moi, je vais rejoindre ma fille aux écuries.

Le ton avait changé, il était froid, cynique.

— Bien, Votre Grâce, murmura-t-elle avant de se détourner.

— Mademoiselle Hamilton ?

Elle le regarda.

— Je suis content de l'aperçu que j'ai eu de votre travail cet après-midi.

Elle demeura un instant immobile, puis quitta la pièce. Après avoir pris une profonde inspiration, elle monta directement dans sa chambre.

Lord Brocklehurst fit porter sa carte à l'un des clients du Pulteney Hotel, puis se mit à arpenter le hall.

Il avait de la chance, même si le détective ne lui avait apporté le renseignement que la veille en bombant le torse comme s'il avait fait preuve d'une intelligence et d'une habileté supérieures.

La liste des invités de Willoughby Hall s'était révélée décevante. Elle ne comportait que deux vagues connaissances, et il n'avait pas le temps de nouer avec l'un ou l'autre une amitié suffisamment étroite pour s'inviter au château. De toute façon, tous, à l'exception d'un couple qu'il ne connaissait absolument pas, avaient déjà quitté Londres.

Il lui fallait donc faire ce qu'il aurait souhaité éviter, à savoir, descendre dans le Dorsetshire en tant que magistrat, arrêter Isabella et la ramener pour être jugée. Il lui répugnait d'en arriver à de telles extrémités, et il renonçait à regret aux autres solutions.

Il ne voulait pas voir ce joli cou entouré d'un nœud coulant !

Snedburg lui avait remis la liste en lui expliquant que lord Thomas Kent était introuvable en Grande-Bretagne, Matthew l'avait réglé, mais le lendemain, le détective était revenu lui annoncer en se rengorgeant comme un dindon que Sa Seigneurie avait débarqué le matin même d'un vaisseau de la compagnie des Indes orientales.

— Je sais d'expérience que lorsqu'un noble disparaît de nos rivages, c'est souvent pour prendre du service avec une des compagnies. Enquêter de ce côté n'avait rien de compliqué, même si cela prend beaucoup de temps. Et j'ai eu la chance de découvrir non seulement que Sa Seigneurie était allé aux Indes, mais qu'il en rentrait.

Lord Brocklehurst avait payé le détective plus généreusement qu'il n'aurait dû. Décidément, vivre dans la capitale coûtait les yeux de la tête.

Un employé de l'hôtel vint lui annoncer que lord Thomas Kent l'attendait dans sa suite.

Lord Thomas Kent avait quelques années de moins que lui. Si les deux hommes n'avaient jamais été intimes, ils avaient fréquenté les mêmes cercles de jeu et les mêmes tavernes quelques années plus tôt.

Les années n'avaient pas été cruelles avec lord Thomas, qui lui parut plus séduisant que jamais, avec son teint hâlé, ses cheveux de jais et sa silhouette mince mais vigoureuse.

— Bradshaw, fit-il en lui tendant la main. Il m'a fallu un moment pour te remettre, avec ce nouveau titre. Ainsi, ton père est décédé ?

— Il y a cinq ans. Tu as bonne mine, Kent.

— Je ne me suis jamais senti aussi bien. Je pensais que tout le monde ignorait mon retour et que j'allais devoir faire le tour de tous les clubs et déposer ma carte dans tous les salons de Mayfair. C'est une agréable surprise.

— Je l'ai appris par hasard. Tu es resté à l'étranger un bout de temps, non ?

— Plus de cinq ans. Juste après ma débâcle avec le duché. Je suis parti la queue entre les jambes, tu as dû en entendre parler.

— Oui. Une regrettable affaire. Tu as toute ma sympathie.

— Je ne suis pas certain que cette vie sédentaire m'aurait convenu, avoua Kent en haussant les épaules. Ni la vie conjugale. Trop monotone pour moi. Les Londoniennes sont toujours aussi jolies, Bradshaw ? Et aussi accueillantes ? Je me languis d'une beauté anglaise ou de deux… ou même d'une vingtaine.

— Elles sont toujours aussi chères, sinon plus, rétorqua lord Brocklehurst. Tu rentres chez toi ?

— À Willoughby ? Ce n'est peut-être pas conseillé, vu les propos qui ont été échangés avant mon départ. Avoir dans les jambes un homme qui a porté votre titre et a été fiancé à votre femme n'a probablement rien d'agréable. D'un autre côté, voir la tête que ferait Ridgeway m'amuserait.

— Les vieilles blessures guérissent facilement, surtout à l'intérieur des familles. Il serait probablement ravi de te voir.

— Le retour de l'enfant prodigue et le veau gras ? Cela m'étonnerait. Je meurs de faim et je déteste déjeuner dans les hôtels. Le *White's* est toujours debout ?

— Je serais heureux de t'y inviter.

— Vraiment ? Heron House est un domaine qui rapporte ? Je me rappelle l'époque où nous n'avions pas un liard en poche, toi et moi. Entendu pour le déjeuner, et nous pourrons peut-être passer la soirée en quête de vin, de femmes et de parties de cartes, encore que je puisse me passer des cartes. Mon valet va te servir un verre pendant que je m'habille.

Seize personnes arrivèrent à Willoughby Hall, toutes le même jour. Le duc de Ridgeway les accueillit dans le grand hall avec sa femme, puis circula parmi eux lorsqu'ils prirent le thé dans le salon un peu plus tard.

Ce n'étaient pas des gens qu'il aurait choisi de fréquenter, mais Sybil était radieuse et semblait heureuse. Elle avait droit à un peu de joie, après tout, ce qu'il avait été apparemment incapable de lui offrir depuis leur mariage.

Et il en avait plus qu'assez de faire de laborieux efforts de conversation quand ils dînaient en tête à tête.

— Vous avez beaucoup de gibier par ici ? s'enquit sir Ambrose Marvell.

— Mon garde-chasse m'a dit que les cerfs se reproduisaient dans des proportions intéressantes.

— Et la pêche ? questionna M. Morley Treadwell.

Il n'était pas difficile de deviner qui était l'invité de cœur de Sybil. Il fallait qu'il y en ait un – il y en avait toujours. Sir Philip Shaw, paraissait-il, n'avait pas vraiment besoin d'une maison à lui, puisqu'il passait le plus clair de son temps chez l'une ou l'autre de ses innombrables maîtresses et flirts. Les plaisantins ajoutaient qu'il était inutile de lui attribuer une chambre à coucher, puisqu'il se montrait ravi d'en partager une avec une dame, généralement la maîtresse de maison.

Les femmes trouvaient apparemment irrésistibles son indolence, ses manières presque efféminées et son regard somnolent. Sybil s'illuminait à ses côtés. Où diable l'avait-elle rencontré ? Certes, elle partait parfois séjourner sans lui chez des amis. Elle ne lui proposait jamais de l'accompagner, et il ne lui en voulait pas. Dernièrement, elle avait passé une quinzaine de jours chez sa sœur, en compagnie d'autres invités triés sur le volet, semblait-il.

Le duc retint un soupir. Il espérait ne pas avoir à jouer une fois de plus la comédie du mari protégeant ses droits conjugaux. C'était profondément ennuyeux, et plus qu'humiliant. Et, bien entendu, cela ne faisait qu'ajouter à l'image de tyran rigide que sa femme avait de lui. Ce qu'il était peut-être, après tout. Qui sait ?

Quand pourrait-il s'échapper sans apparaître grossier ? Et pour aller où ? Les leçons de sa fille étaient terminées. Il était en tout cas heureux que Mlle Hamilton ait fait ses exercices tôt ce matin, à un moment où il avait pu l'écouter tranquillement. Il avait entrouvert la porte entre la bibliothèque et le salon de musique en veillant cependant à révéler sa présence, car il ne voulait surtout pas donner l'impression qu'il l'espionnait.

Elle avait un réel talent. Elle apportait de la vie et de la chaleur à des morceaux qu'il jouait passablement. L'heure qu'il avait passée à l'écouter l'avait davantage apaisé que la promenade à cheval qu'il avait envisagée.

Il n'était pas entré dans la pièce, n'était même pas allé jusqu'au seuil pour la regarder. Il aurait fallu être aveugle pour ne pas remarquer la profonde répulsion qu'il lui inspirait. Qu'importait, après tout ? Il n'avait pas l'intention d'avoir de relations avec elle. Tout ce qu'il espérait, c'était qu'elle fasse du bien à Pamela.

Et il aimait la musique.

— Adam, mon cher !

La voix était légèrement voilée, le parfum capiteux. Lady Victoria Underwood, une veuve qui avait décidé la Saison précédente qu'ils étaient suffisamment amis pour se passer des formalités d'usage, lui souriait d'un air enjôleur.

— Quelle splendide demeure ! Pourquoi ne m'avez-vous pas invitée plus tôt ? roucoula-t-elle en se penchant vers lui.

Étrangement, lady Victoria n'avait jamais trouvé sa cicatrice repoussante.

— Elle fait de vous l'homme le plus attirant que je connaisse, lui avait-elle susurré à l'oreille au cours de l'une des nombreuses soirées où elle n'avait pas réussi à l'attirer dans son lit.

Il se demandait souvent pourquoi il ne lui avait jamais cédé. Elle n'était pas belle, mais elle possédait un charme sensuel indéniable. Et coucher avec elle aurait certainement constitué une expérience plus gratifiante qu'avec Fleur Hamilton.

Il regretta immédiatement cette pensée. Inconsciemment, il avait fait de gros efforts pour dissocier Mlle Hamilton, la gouvernante qui s'occupait de Pamela et vous transportait avec Mozart et Beethoven, de la prostituée maigrichonne et sans attraits qu'il avait emmenée un mois plus tôt dans la chambre minable d'une taverne.

— Je croyais que vous n'aimiez pas quitter Londres, milady.

— Victoria, corrigea-t-elle en fixant sa bouche. Je crois que j'accepterais une invitation au pôle Nord si je savais que vous vous y trouviez, mon cher Adam.

— Vous ne risquez rien, il fait trop froid pour moi.

— Certes, mais quel délicieux prétexte pour se pelotonner sous la couverture ! Avec la bonne personne, bien entendu.

Il rit poliment et profita d'une assiette de petits fours qu'un valet présentait pour attirer les Mayberry dans la conversation.

À Londres, même s'il préférait une conversation sérieuse entre amis, il endurait sans trop de mal le flirt et les bavardages creux. Il pouvait toujours rentrer chez lui quand il en avait assez, alors qu'ici, il était déjà chez lui.

Fort heureusement, les invités ne s'attardèrent pas. Tous ou presque avaient fait un long voyage et ne demandaient qu'à se rafraîchir et à se reposer dans leurs chambres. Les yeux brillants et les joues en feu, la duchesse se retira aussi dans ses appartements.

Le duc décida d'aller prendre l'air. Il prit la direction des écuries en se demandant si Pamela était allée voir son chiot, et si Mlle Hamilton était avec elle ou si un valet l'avait accompagnée comme la veille.

Pamela était perchée sur la barrière du manège, les jambes pendantes, tandis que Fleur, à l'intérieur, chatouillait du bout du pied le ventre de Tiny. Elle riait et arborait une expression si insouciante qu'il recula pour ne pas être vu.

Le palefrenier Ned Driscoll, accoudé à la barrière, sa casquette rabattue sur les yeux, riait de bon cœur avec elle.

— J'ai l'impression qu'elle aime cela, déclara Fleur.

— Qui n'aimerait pas, mademoiselle ? lança hardiment Ned avant d'apercevoir le duc.

Il se redressa en hâte, souleva sa casquette, puis fila.

Fleur ne leva pas les yeux et continua de chatouiller le chiot, mais son rire mourut sur ses lèvres, et Adam comprit que sa présence avait été remarquée.

— Papa, maman avait promis de m'appeler pour le thé, s'écria Pamela, ses éclats de rire oubliés. Nanny m'avait habillée, mais maman ne m'a pas envoyé chercher, et Mlle Hamilton n'a pas voulu me laisser descendre si elle ne m'appelait pas.

Le duc se tourna vers Fleur, qui gardait les yeux baissés.

— Je lui ai expliqué que les invités devaient être fatigués et que Sa Grâce avait dû décider d'attendre un autre jour, dit-elle. Je l'ai amenée ici dans l'espoir de lui faire oublier sa déception.

— Elle avait promis, papa ! Et Mlle Hamilton n'a pas voulu me laisser descendre. Nanny m'aurait laissée, elle.

— Je ne pense pas. Et Mlle Hamilton a eu raison. Maman a dû décider qu'un autre jour conviendrait mieux, Pamela. Je le lui rappellerai.

— Tu es méchant. Vous êtes méchants tous les deux ! Je le dirai à maman ! hurla la petite avant de sauter à bas de la barrière et de s'éloigner à toutes jambes.

— Je vais la rattraper, dit Fleur.

— Laissez-la, ordonna le duc. Il ne peut rien lui arriver, et parfois, il vaut mieux être seul quand on est en colère.

La porte du manège était cadenassée. Fleur avait dû enjamber la barrière. Il la vit rougir tandis qu'elle rassemblait soigneusement ses jupes avant de poser le pied sur le barreau du bas, puis d'enjamber celui du dessus. Il ne fit pas mine de l'aider ; il savait que son aide n'aurait pas été la bienvenue.

Mais sa jupe s'accrocha à une arête du bois et elle se retrouva coincée en haut de la barrière. Il s'approcha, se pencha pour détacher le tissu et la prit par la taille pour la déposer sur le sol.

Il n'avait pas remarqué son parfum lors de leur première rencontre. Il est vrai qu'elle ne devait pas avoir autre chose que de l'eau pour se laver. Le soleil faisait de sa chevelure un halo d'or bruni, et sa taille était plus charnue.

Elle tressaillit violemment et se dégagea avec vivacité en laissant échapper un cri semblable à celui qu'elle avait étouffé quand il l'avait pénétrée. Elle porta une main tremblante à sa bouche, et ferma les yeux comme si elle était sur le point de s'évanouir.

Il ne trouva rien à dire, ne bougea pas.

Elle rouvrit les yeux. Il crut qu'elle allait parler, mais apparemment elle se ravisa et se pencha pour ramasser la petite chienne.

— Je vais la ramener dans son panier, articula-t-elle.

— Entendu.

Il la regarda s'éloigner d'un pas pressé et sentit le poids énorme du découragement s'abattre sur lui.

Et pourquoi cela ? Une gouvernante, une catin devenue gouvernante plutôt, manquait de vomir quand il la touchait. Là-haut, une des invitées, veuve d'un baronnet, ne demandait qu'à l'accueillir dans son lit. Cette dame trouvait sa cicatrice attirante et ne cillerait peut-être même pas s'il lui révélait les autres, bien plus affreuses.

Pourquoi se tourmenter ? Peut-être devrait-il encourager lady Underwood. Peut-être lui rendrait-elle l'estime de soi qu'il avait perdue. Peut-être devrait-il en faire sa maîtresse pour la durée de son séjour, et profiter de la présence d'une femme qui le désirait.

Auquel cas, il ferait exactement ce qu'il ne voulait pas que Sybil fasse. Il transformerait Willoughby en un lieu de débauche et se rendrait indigne du privilège d'en être le maître.

Il était toujours devant la barrière lorsque Fleur sortit des écuries, les mains vides. Elle regarda de son côté, détourna abruptement la tête et se hâta vers le château.

Bon sang, qu'est-ce qu'il lui avait pris de l'envoyer ici ? S'il n'avait certes pas l'intention à ce moment-là de la suivre si rapidement, il savait bien que tôt ou tard, il finirait par revenir à Willoughby. Il ne pouvait rester loin de chez lui plus de deux ou trois mois.

Pourquoi ici ? Il y avait tant d'endroits où il aurait pu l'envoyer. Il aurait pu aussi lui trouver un emploi chez des amis ou connaissances. Dans un cas comme dans l'autre, il n'aurait pas eu à la revoir.

Pourquoi avait-il demandé à Houghton de l'envoyer ici ?

Il n'était pas trop tard pour qu'elle aille ailleurs, bien sûr. Sybil serait enchantée, Nanny triompherait, et Pamela n'aurait pas le cœur brisé. Fleur elle-même serait immensément soulagée.

Et lui ?

Il se dirigea vers un bouquet d'arbres entourant les ruines d'une tour que son grand-père aimait tout particulièrement. Il réfléchirait à cela un autre jour. Il n'était là que depuis trois jours et se méfiait des décisions hâtives.

Il était en outre persuadé qu'avec le temps, elle ferait du bien à Pamela.

Et puis, elle avait besoin du pianoforte du salon de musique. Aucune de ses autres propriétés ne possédait un instrument de cette qualité.

Cette idée suffit à le ragaillardir.

8

À part une promenade dans le parc le lendemain de leur arrivée, les invités ne firent pas beaucoup d'exercice. Tous se réservaient pour le grand bal qui devait, c'était maintenant une certitude, avoir lieu à l'extérieur, le beau temps s'étant maintenu.

Les domestiques s'affairaient depuis l'aube pour répondre aux besoins des seize invités, leur préparer un grand banquet, décorer les alentours du lac et dresser le buffet.

Lady Pamela mourait d'envie d'assister aux préparatifs. Elle était certaine que sa mère lui permettrait d'admirer les dames dans leurs belles robes. Fleur l'était beaucoup moins. La duchesse ne monta pas voir sa fille de la journée, et il était probable qu'elle l'oublierait complètement jusqu'au lendemain.

Elle allait faire son possible pour que la petite s'amuse un peu, décida-t-elle. Après une matinée de leçons ne demandant pas trop d'attention de la part de son élève, elle l'emmena jusqu'au promontoire d'où elles avaient projeté de peindre le pavillon. De là, elles pouvaient surveiller les préparatifs sans être dans les jambes de qui que ce soit.

— Oh, regardez les lanternes ! s'émerveilla la petite en désignant les centaines de lampions colorés qu'on suspendait aux arbres entourant le lac, dans l'île, et dans les allées venant du château. Ce sera magique ce soir, mademoiselle Hamilton !

L'orchestre venait d'arriver et ses membres se reposaient un peu tandis qu'on emportait leurs instruments sur l'île. Sur la pelouse à l'ouest du lac, la plus plate et la plus proche du château, on assemblait un plancher pour la danse. Au nord, on dressait les tables du buffet et d'autres plus petites recouvertes de nappes blanches.

Tout ce qui comptait dans le voisinage et jusqu'à la ville de Wollaston était invité, avait dit Mme Laycock. Et tout le personnel qui n'était pas de service était autorisé à assister au bal.

Heron House avait organisé des bals après des parties de chasse, et Fleur y avait toujours pris un grand plaisir. S'habiller et voir tous ses amis et connaissances sur leur trente et un dans une salle de bal pleine de fleurs et brillant de mille feux était fort excitant, mais les bals qu'elle avait connus ne pouvaient se comparer à celui de ce soir, elle en était certaine.

Elle n'était qu'une domestique, bien sûr. Elle n'avait ni belle robe ni bijoux splendides, et il était peu probable que qui que ce soit l'invite à danser. Mais si, pourtant ! Entre la découverte de l'identité de son employeur et la crainte que l'un des invités la reconnaisse, elle avait été tellement tourmentée ces derniers jours qu'elle en avait presque oublié que M. Chamberlain espérait danser avec elle.

Elle priait pour que lui n'ait pas oublié. Elle avait hâte de le revoir et attendait le soir comme une enfant à qui on a promis une friandise.

— Maman me laissera venir voir les dames ? s'inquiéta lady Pamela.

— Je ne sais pas, ma belle, répondit Fleur, qui ne le savait que trop. Si nous allions voir Tiny ? Tu n'es pas allée jouer avec elle aujourd'hui, elle doit s'ennuyer.

— Oui, murmura la fillette en se détournant à regret. J'aurais dû demander à papa quand il est venu ce matin. Il aurait peut-être dit oui.

— Je verrai ce que je peux faire.

Les domestiques dînèrent tôt ce soir-là. Fleur remonta avant l'heure du coucher de son élève. Elle vit de la lumière dans la nursery et alla frapper à la porte.

— Oh, je croyais que c'était maman ! s'écria Pamela, visiblement déçue, quand elle entra.

— Maman est occupée, ma jolie. Elle viendra et restera longtemps avec toi demain, assura Mme Clement. Tu sais combien maman t'aime.

— Les invités sont encore en train de dîner. Peut-être que si tu te couvres bien, je pourrais t'emmener voir les lanternes allumées, suggéra Fleur en jetant un coup d'œil à la nourrice.

— Oh ! Je peux, Nanny ? Je peux ? supplia Pamela.

— Je veillerai à ce qu'elle ne croise pas les invités, assura Fleur.

— Elle risque d'attraper froid, et Sa Grâce sera certainement fâchée si elle voit sa fille dehors après le dîner. Mais puisque le duc a décrété que c'était vous qui décidiez, faites comme bon vous semble, maugréa Mme Clement.

Fleur lui sourit aimablement, puis emmena Pamela, qui s'était déjà ruée sur sa cape.

Elle n'avait pas vraiment besoin de cape, car il faisait très doux. Malheureusement, la nuit n'étant pas complètement tombée, les lanternes allumées ne produisaient pas encore l'effet escompté.

Elles restèrent plus longtemps que prévu, et lady Pamela finit par voir les lumières scintiller dans la nuit et se refléter sur le lac, tandis que les musiciens accordaient leurs instruments dans le pavillon, les portes grandes ouvertes.

Les premiers invités qui n'avaient pas assisté au dîner arrivaient déjà et la petite eut tout loisir de s'émerveiller devant les belles robes des dames, les tenues de soirée des messieurs, et les joyaux étincelants.

Les dîneurs sortirent au moment où elles prenaient le chemin du retour. Fleur entraîna lady Pamela dans l'ombre des arbres.

— Ne fais pas de bruit, chuchota-t-elle. Ta maman n'aimerait pas te savoir dehors à cette heure-ci.

Elle n'avait pas besoin de s'inquiéter, la fillette était ravie d'être une simple spectatrice. Fascinée, elle regarda sa mère passer en riant gaiement au bras d'un monsieur. Le duc, une dame à son bras, suivait un peu plus loin avec d'autres convives.

— Maman est la plus belle, n'est-ce pas, mademoiselle Hamilton ? C'est la plus belle de toutes les dames !

— En effet, acquiesça Fleur, et elle ne mentait pas.

Lady Pamela était fatiguée quand elles rentrèrent et ne fit aucune difficulté pour s'abandonner aux soins de sa nourrice.

Fleur se dépêcha d'aller se changer. Sa plus belle toilette, une robe de mousseline bleue très simple, qui lui avait paru une véritable extravagance quand elle l'avait achetée avec l'argent de M. Houghton, semblait maintenant bien ordinaire comparée aux splendides toilettes qu'elle venait d'admirer.

Mais peu importait. Elle n'était qu'une employée, après tout. Et ce soir, rien ne pourrait refroidir son enthousiasme. Elle s'habilla et se coiffa avec soin, moins sévèrement que d'ordinaire.

Elle était aussi tendue qu'une débutante à son premier bal, nota-t-elle en dévalant l'escalier, d'où lui parvenait déjà l'écho de la musique, des rires et des conversations. Bien entendu, elle n'avait jamais fait ses débuts dans le monde.

Ils avaient un temps idéal, constata le duc. Même la nuit tombée, l'air était encore doux et la fraîcheur du lac bienvenue pour les danseurs. La brise soufflait juste assez pour agiter doucement les lanternes et les soieries de ces dames sans mettre en danger leurs coiffures.

Il avait toujours aimé ces réceptions qui avaient fait la réputation de Willoughby, et ce bal ne faisait pas exception. Il avait certes trouvé tout au long de la journée la conversation de ses invités plutôt insipide, mais ce soir, ses voisins étaient là, et il avait toujours mis un point d'honneur à être en bons termes avec eux.

Il ouvrit le bal avec son épouse, qui éclipsait sans peine toutes les autres femmes. Sybil avait compris d'emblée qu'une robe de soie et de dentelle blanche accrocherait la lumière et étincellerait sous la brise. Elle recherchait toujours le maximum d'effet.

Le duc fit danser plusieurs de ses invitées et voisines, et bavarda avec les messieurs. Il laissa même lady Underwood le persuader, quand il l'invita à danser, d'aller se promener sur l'île, comme d'autres invités, mais il résista à ses avances.

Il regarda son personnel danser, profiter du buffet et s'amuser, et fit en sorte de bavarder avec le plus grand nombre possible.

Il se garda bien d'approcher Fleur Hamilton. Elle était ravissante, la lumière des lanternes nimbant d'un halo d'or sa chevelure cuivrée. La simplicité de sa toilette et de sa coiffure faisait paraître les autres femmes trop apprêtées.

Si la duchesse étincelait de tous ses feux, Fleur rayonnait d'une lumière douce tandis qu'elle dansait avec Houghton, le pasteur, Ned Driscoll, Chesterton, Shaw et Chamberlain – deux fois.

Il se garderait bien de l'approcher, avait-il décidé, car s'il avait appris une chose à son sujet depuis son retour à Willoughby, c'était qu'elle avait peur de lui et qu'il lui répugnait. C'était compréhensible, d'ailleurs. Lui seul pouvait révéler ce qu'elle avait été une seule fois. Et le souvenir qu'elle avait de cette unique fois et du rôle qu'il y avait joué ne devait pas être particulièrement agréable, c'était le moins qu'on puisse dire.

Entre deux danses, il alla rejoindre Duncan Chamberlain. Enfants, ils n'avaient pas été particulièrement proches, car Chamberlain avait une dizaine d'années de plus que lui, mais ils étaient devenus amis plus tard, tout particulièrement après son retour de la guerre.

— Nous craignions tous que vous ne soyez pas de retour pour le bal. La fête n'aurait pas été la même sans vous, Adam.

— Ai-je jamais manqué un seul de mes bals ? sourit le duc. Comment allez-vous, Duncan ? Mlle Chamberlain n'est pas là ? Je ne l'ai pas vue.

— Oh, mais si ! Elle a dansé toutes les danses.

— Je me demandais si vous ne l'aviez pas laissée à la maison avec les enfants. Ils vont bien ?

— Si saccager une nursery, rendre folle une pauvre nourrice et nous casser les oreilles toute la sainte journée sont des signes de bonne santé, soupira Chamberlain, alors ils se portent comme des charmes.

— Je crois me rappeler que l'année dernière, quand votre sœur aînée les a pris un mois, vous erriez comme une âme en peine, observa le duc.

— Eh bien, j'imagine que les Vikings ont dû manquer à nos ancêtres quand leurs raids ont cessé. Où avez-vous trouvé votre gouvernante ?

La vision de Fleur, cachée dans l'ombre devant le théâtre de Drury Lane, traversa fugitivement l'esprit d'Adam.

— À Londres. C'est Houghton qui l'a engagée. Ce garçon vaut son pesant d'or. Je suis très content d'elle. Elle fait beaucoup de bien à Pamela.

— Je sais. Elle a amené votre fille un jour où la duchesse ne se sentait pas bien, et elle n'a pas cillé quand je lui ai dit que les chiens devaient jouer à saute-mouton avec les enfants. Bien entendu, à ce moment-là, elle n'avait pas vu les chiens et ignorait qu'ils avaient la taille d'un veau.

— Elle a emmené Pamela ? J'en suis heureux.

— Moi aussi, sourit Chamberlain. Vous pouvez nous l'envoyer quand vous voulez, Adam. Et vous n'êtes pas obligé d'envoyer aussi lady Pamela pour nous chaperonner.

— Ah ! Je vois.

— Emily me serine qu'il me faut une épouse. Je ne suis pas du tout certain qu'elle ait raison, et je suis encore moins certain de trouver une femme suffisamment folle pour adopter mon trio, en plus de ma personne, mais j'y réfléchis. L'idée est intéressante.

— L'idée de perdre une bonne gouvernante ne me plairait guère.

— Vous feriez bien ce sacrifice par amitié pour moi. Excusez-moi, l'orchestre a l'air de se remettre en ordre de marche, et je l'ai justement invitée à danser.

— Une troisième fois ?

— Vous avez compté ? Nous ne sommes pas à Londres, Adam. Je pense que la réputation de Mlle Hamilton survivra à trois danses avec le même partenaire. Et c'est une valse.

Aucune dame ne paraissant manquer de partenaire, le duc s'approcha du buffet.

Fleur Hamilton et Duncan Chamberlain… Duncan était plutôt bel homme, encore svelte, ses cheveux bruns grisonnant à peine aux tempes. Ils formaient un beau couple. Le duc se demanda ce qu'elle pensait de son cavalier. Elle avait accepté une troisième danse avec lui et elle lui souriait avec une vivacité qui paraissait tellement plus sincère que l'animation de Sybil.

Comment prendrait-elle une demande en mariage de Duncan ? Lui avouerait-elle la vérité ? Ou trouverait-elle une autre explication à la perte de sa virginité ?

Le duc regrettait amèrement de ne pas l'avoir interrogée cette nuit-là avant de faire ce qu'il avait à faire. Il aurait dû comprendre rien qu'à son apparence et à la façon dont elle l'avait abordé – ou plutôt dont elle ne l'avait pas abordé – que ce n'était pas une professionnelle. Il aurait dû deviner la vérité à la façon dont, une fois dans la chambre, elle avait attendu qu'il lui dise quoi faire, puis s'était dévêtue sans chercher à l'aguicher.

Il aurait pu la sauver, lui épargner la ruine.

Mais ce qui était fait était fait, et il se surprit à les regarder – non, à la regarder, elle – et à s'émerveiller qu'il s'agisse de la même femme que la prostituée maigrichonne dont il avait sollicité les services un mois plus tôt.

Si seulement il avait compris à ce moment-là ! Si seulement il n'avait pas été aussi aveugle ! Comment s'étonner qu'elle le fuie et qu'elle tremble comme une feuille dès qu'il l'effleurait ?

Le duc se détourna et alla se chercher un verre.

Fleur s'amusait énormément. Danser en plein air par une nuit étoilée, à la lumière des lanternes qui se reflétaient dans le lac, et au milieu de tous ces gens élégants qui riaient gaiement, était incroyablement romantique.

Elle avait décidé un peu plus tôt de s'amuser, et c'était ce qu'elle faisait. Sa vie avait été un tel cauchemar depuis six semaines, elle pouvait bien s'offrir un répit, ne serait-ce que d'une semaine, ou même d'une journée. Elle ne voulait pas penser à l'avenir, juste à cette nuit.

Elle avait espéré danser – après tout, M. Chamberlain l'avait invitée par avance –, mais jamais elle n'aurait imaginé danser autant et avec un aussi grand nombre de cavaliers. Elle s'était même vu inviter par des hôtes du château, qui avaient appris sa position dans la maison.

M. Chamberlain l'avait invitée à quatre reprises, et avait bavardé chaque fois que les pas le permettaient. Sa conversation était légère et amusante, comme il convenait à une réception. Après la quatrième danse, il avait porté la main de Fleur à ses lèvres et lui avait expliqué en souriant qu'il devait se montrer raisonnable et ne pouvait priver les autres messieurs de la plus jolie femme de la soirée. Il l'avait emmenée un peu à l'écart de la piste de danse, là où le duc de Ridgeway bavardait avec une dame.

Fleur aurait été ravie qu'il l'emmène n'importe où plutôt que là. Le seul point noir de la soirée, le seul détail qui avait menacé de gâcher sa joie, c'était justement la présence de Sa Grâce le duc de Ridgeway. Pas une fois elle n'avait tourné le regard dans sa direction et pourtant, elle avait toujours su où il se trouvait et avec qui il bavardait ou dansait.

Comme tous les messieurs, il portait un habit de soirée noir sur une chemise et un gilet d'un blanc de neige, pourtant il apparaissait différent des autres. Sa haute taille et sa chevelure de jais accentuaient ce qu'il y avait de ténébreux en lui.

Il était incroyablement séduisant, pour peu qu'on regarde son profil droit, et non l'affreuse cicatrice qui barrait son profil gauche. Pourquoi une cicatrice obtenue en combattant pour son pays la terrifiait, elle n'aurait su le dire. Même défiguré, peut-être était-il encore séduisant aux yeux de ceux qui ne l'avaient pas vu s'approcher dans l'ombre du théâtre de Drury Lane, grande silhouette sombre et menaçante, pour lui demander si elle cherchait un emploi pour la nuit.

Elle s'efforça de ne pas s'accrocher de façon trop visible au bras de M. Chamberlain, et de garder le sourire.

— Madame Kendall, dit M. Chamberlain, connaissez-vous Mlle Hamilton, la gouvernante d'Adam, ou plutôt de lady Pamela ?

Fleur sourit à Mme Kendall.

— C'est une soirée magnifique, Adam, peut-être la plus belle que j'aie vue à Willoughby, enchaîna M. Chamberlain avant de s'incliner devant Mme Kendall. M'accorderez-vous cette danse, madame ?

Avant que Fleur ait compris ce qu'il se passait, ils étaient partis.

— Mademoiselle Hamilton ? fit le duc. Voulez-vous danser ?

Elle regarda sa main tendue, et le cauchemar recommença. Elle n'aurait même pas une soirée de répit.

La main de Sa Grâce retomba le long de son corps.

— Allons plutôt faire quelques pas, suggéra-t-il avant de s'engager dans l'allée qui longeait le lac du côté le moins fréquenté et le moins éclairé. Vous passez une bonne soirée ?

— Excellente, je vous remercie, Votre Grâce.

— Les réceptions de Willoughby ont toujours été réputées, et j'en ai toujours été fier. Quand on a eu le privilège d'hériter de tout cela, il me semble juste de le partager un peu avec ses voisins.

Si des invités déambulaient le long des grandes allées et des vastes pelouses sur l'autre rive du lac, ils étaient seuls de ce côté-ci, et Fleur était bien plus terrifiée que lorsqu'elle l'avait suivi à la sortie du théâtre. À ce moment-là, elle était surtout résignée au sort qui l'attendait.

— Vous dansez bien, reprit-il. Vous en avez souvent l'occasion ?

— Un peu, Votre Grâce.

— Mais vous n'avez pas fait vos débuts dans le monde, n'est-ce pas ? Je ne vous ai jamais vue à Londres durant la Saison.

Si, une fois, corrigea mentalement Fleur, *et pas à un bal de débutantes*.

— Non, Votre Grâce.

Elle sentait son regard sur elle et devait faire appel à toute sa volonté pour mettre un pied devant l'autre. Si elle devait crier, l'entendrait-on ? La musique et le brouhaha des conversations résonnaient au-dessus du lac.

— Où avez-vous appris à danser ?

— En pension. Nous avions un maître de danse français. Les filles se moquaient de lui parce qu'il agitait les bras et avait toujours un mouchoir à la main, mais il était plus gracieux que n'importe laquelle d'entre nous, expliqua-t-elle, souriant à ce souvenir. Et il dansait comme personne. J'ai toujours aimé la danse. J'ai toujours aimé partager mon amour de la musique, que ce soit en dansant ou au pianoforte.

— Vous faites très bien l'un et l'autre.

— Parfois… parfois je pense que sans musique, la vie serait dépourvue de douceur et de beauté.

La musique en provenance du pavillon ajoutait à la splendeur de la nuit. Elle était empreinte d'espoir, et Fleur oublia sa peur et la présence de son compagnon.

— Dansons, proposa-t-il, la ramenant brutalement à l'instant présent.

Son visage était dans la pénombre, et elle ne voyait de lui que sa main tendue.

Le bras de Fleur lui parut de plomb lorsqu'elle s'empara de la main offerte, et son cœur bondit douloureusement dans sa poitrine lorsque les doigts du duc se refermèrent sur les siens. Il la prit par la taille, et elle posa sa main libre sur son épaule.

Elle ferma les yeux lorsqu'ils commencèrent à danser, lentement au début. Peu à peu, elle s'abandonna à la musique. Son cavalier était un excellent danseur, il la faisait virevolter au rythme de la valse. Il la tenait fermement et, à un moment, la pointe de ses seins effleura son torse. Tant que durait la danse, elle pouvait oublier avec qui elle valsait, dans quels bras elle se trouvait.

Ils avaient marché un moment avant de commencer à danser, si bien que la valse était presque finie. Elle se termina finalement, beaucoup trop tôt.

Elle fut de nouveau consciente de la main refermée sur la sienne et de celle qui lui enserrait la taille, de l'épaule solide sous sa paume et du parfum de son cavalier.

Elle rouvrit les yeux et recula d'un pas.

— Rebrousser chemin sera plus rapide que faire le tour du lac, remarqua-t-il d'un ton détaché. Avez-vous faim ?

— Non, je vous remercie, Votre Grâce.

— Vous avez emmené Pamela chez les Chamberlain, m'a-t-on dit. C'est gentil de votre part. Elle a si rarement l'occasion de voir d'autres enfants.

— Je crois que cette sortie lui a fait plaisir, Votre Grâce.

— J'en suis certain. Vous avez dansé plusieurs fois avec Chamberlain, ce soir. Je crois que vous lui plaisez.

— Il s'est montré fort gentil, comme d'autres messieurs, Votre Grâce.

— Gentil, répéta-t-il. Oui. J'aperçois Mlle Chamberlain près du buffet. Voulez-vous la rejoindre ?

— Avec plaisir.

Un instant plus tard, alors que le duc l'avait laissée avec Emily Chamberlain, elle dut se forcer pour sourire au valet qui lui proposait un bol de punch, et lui assurer qu'elle n'avait pas soif, alors qu'elle avait la gorge aussi sèche que de l'amadou. Elle craignait que ses mains ne tremblent trop fort pour prendre le bol.

9

Depuis son retour, le duc de Ridgeway avait pris l'habitude de passer une partie de la matinée dans la salle d'étude. Souvent, il emmenait ensuite Pamela aux écuries pour jouer avec sa chienne jusqu'au déjeuner. Fleur n'avait eu d'autre choix que d'accepter la situation.

Il n'y eut pas de leçons le lendemain du bal, lady Pamela s'étant couchée tard. Dans l'après-midi, Fleur l'emmena dans le couloir devant la salle d'étude pour contempler les tableaux et lui en montrer des détails importants. Elle espérait surtout que la fillette serait sensible à la beauté de ces peintures. Elle avait l'œil lorsqu'il s'agissait des formes et de la couleur, mais son impatience naturelle la poussait à bâcler son travail quand elle peignait.

Le duc fit son apparition en haut de l'escalier avant qu'elles aient terminé, et Fleur retint un soupir. Elle avait eu l'espoir ne pas le voir de la journée. La duchesse était partie en promenade avec la plupart des invités. Elle préférait ne pas se souvenir de leur rencontre de la veille, de sa peur tandis qu'ils suivaient cette allée déserte, de la nausée qui l'avait envahie dès qu'il l'avait touchée, et de la magie inattendue de la valse quand, les yeux fermés, elle avait oublié que c'était avec lui qu'elle dansait.

Elle avait eu beau faire, toute la nuit, alors qu'elle avait vécu tant de moments merveilleux, c'était cette danse qu'elle s'était rappelée, jusqu'à ce qu'elle sombre dans le sommeil et le retrouve penché sur elle, la déchirant et lui chuchotant qu'elle faisait cela parce qu'elle y prenait du plaisir.

Lady Pamela courut vers son père et leva le visage vers lui, attendant un baiser.

— La semaine prochaine, c'est l'anniversaire de Timothy Chamberlain, papa, lui annonça-t-elle. Je suis invitée, avec Mlle Hamilton. Tu crois que maman me permettra d'y aller ? Tu viendras aussi ?

— Cela m'a tout l'air d'une véritable fête. Je ne suis pas sûr de pouvoir venir, nous avons des invités dont je dois m'occuper. Je verrai ce que je peux faire.

Il resta jusqu'à ce que Fleur libère Pamela.

— Tu vas rejoindre Nanny dans la nursery ? s'enquit-il en se levant.

— Elle veut me laver les cheveux, maugréa sa fille. J'aimerais mieux aller voir Tiny avec toi.

— Nous y sommes déjà allés avant le déjeuner. Si Nanny dit qu'il faut te laver les cheveux, elle a sûrement raison. Allez !

La petite sortit à contrecœur.

Fleur pensa qu'il allait partir avec sa fille, comme d'habitude, et commença à ranger les livres.

— Les tableaux de cet étage sont limités par leur nombre et leur variété. Vous devriez montrer à Pamela ceux du premier étage, si vous pensez que cela l'intéresse.

Ne sachant quoi répondre, Fleur garda le silence.

— Vous avez vu la galerie ?

— Oui, avec Mme Laycock, Votre Grâce.

— Ah ! Mme Laycock est la première à reconnaître qu'elle n'est pas la mieux placée pour commenter les œuvres d'art de Willoughby, et que ses talents la portent vers des sujets plus terre à terre. Les portraits de la galerie pourraient servir de base à toute une série de leçons d'histoire. Un enfant n'est jamais trop jeune pour découvrir l'histoire de sa famille. Vous avez un moment ?

Fleur, qui ne pouvait pas passer la journée à faire semblant de ranger les livres, fut bien obligée d'acquiescer.

— Descendons, dans ce cas. Je vais vous présenter mes ancêtres.

Elle le suivit en silence jusque dans le hall, passant devant des valets immobiles, à l'exception de celui qui se précipita pour leur ouvrir les portes de la galerie des portraits inondée de soleil.

— J'aime cette pièce. Même s'il n'y avait aucun tableau, je crois que je l'aimerais. C'est un endroit très agréable quand il fait mauvais. On peut prendre un peu d'exercice en s'y promenant. Nous y passions des heures quand nous étions enfants, mon frère et moi. Je suis sûr qu'il doit y avoir encore quelque part des cordes à sauter, des toupies, des jeux de mikado et d'échecs. Ma femme et Nanny ont toujours préféré garder Pamela à l'étage, mais peut-être pourriez-vous l'amener ici de temps en temps.

Ils commencèrent par l'autre extrémité de la galerie et il passa l'heure qui suivit à lui commenter les tableaux, à lui parler des artistes qui les avaient peints et à lui résumer la vie de l'aïeul portraituré, avec compétence, fierté et même une pointe d'humour.

— Savoir qu'on descend d'une telle lignée a quelque chose de réconfortant, avoua-t-il. Je préfère être le huitième duc que le premier. Vous constaterez que mon nez existait déjà chez le quatrième duc. Je ne peux donc rien reprocher à ma mère.

Le quatrième duc, en plus d'un nez busqué, avait une longue perruque frisée.

Le duc ne la quittait pas des yeux, et elle devait se surveiller pour ne pas se raidir.

— Et votre famille ? s'enquit-il. Elle a aussi une longue histoire ?

Fleur pensa à ses parents, à ses grands-parents, qu'elle n'avait pas connus, à quelques portraits à

Heron House que personne n'était capable d'identifier avec certitude. Elle avait grandi sans racines, avec la soif de savoir d'où elle venait. Elle avait toujours été convaincue que si son père et sa mère avaient deviné qu'ils la quitteraient aussi tôt, ils lui auraient parlé d'eux, de leur enfance, de leurs parents et de leurs grands-parents. Peut-être l'avaient-ils fait, après tout, quand elle était trop petite pour y prêter attention et comprendre que le moment viendrait où elle regretterait de pas connaître cette histoire.

— D'où venez-vous ? Qui était votre père ? Qui êtes-vous ?

— Fleur Hamilton, répondit-elle en priant pour qu'ils passent au portrait suivant.

Hamilton était le nom de jeune fille de sa grand-mère. Comment le savait-elle ? Quelqu'un avait bien dû le lui dire.

— La gouvernante de votre fille, Votre Grâce, précisa-t-elle.

Et votre catin au moins une fois, ajouta-t-elle en silence.

— Avez-vous eu une enfance malheureuse ? voulut-il savoir. Votre père ne vous aimait pas ?

— Mais si ! s'insurgea-t-elle. J'ai été très heureuse jusqu'à leur mort quand j'avais huit ans.

— Vos parents sont morts en même temps ?

— Oui.

Il était trop tard pour ravaler ses paroles. Elle avait dit à Houghton que son père était mort récemment. Elle ne ferait décidément jamais une bonne menteuse.

Le duc poursuivit sa description des portraits. Fleur n'avait pas remarqué le sien au cours de sa visite avec Mme Laycock. Peut-être celle-ci parlait-elle d'autre chose quand elles étaient passées devant.

L'aurait-elle reconnu si elle avait été plus attentive ? Cette fois, elle étudia avec attention le jeune homme mince, très jeune, en costume d'équitation, une cravache à la main, un chien à ses pieds. Un beau jeune homme fringant, à l'expression fière et au visage intact.

Non, elle ne l'aurait pas reconnu.

Pour une raison qu'elle ne s'expliquait pas, elle était tout à coup au bord des larmes.

— C'était avant Waterloo, quand je croyais que le monde m'appartenait, et que je voyais la vie comme un trésor inestimable. C'est probablement une illusion propre à la jeunesse. Vous aussi, vous pensiez cela lorsque vous étiez très jeune ?

— Non, dit-elle.

Et pourtant il y avait eu Daniel, leur amour partagé et la perspective d'un avenir sans nuages où elle serait désirée, où on aurait besoin d'elle.

— Enfin, autrefois peut-être, il y a longtemps.

Était-ce seulement quelques mois plus tôt ? Cela lui paraissait si loin.

— Vous vous êtes couchée tard et l'après-midi a été chargé, déclara le duc abruptement. Vous avez sans doute envie d'aller vous reposer.

Il s'effaçait déjà pour la laisser franchir le seuil lorsque la porte du hall s'ouvrit sur un groupe d'invités revenant de promenade.

Fleur aurait voulu battre en retraite, mais le duc se trouvait juste derrière elle, lui barrant le chemin.

— Ah, Ridgeway et la délicieuse Mlle Hamilton ! s'exclama sir Philip Shaw.

— Ridgeway, vieux filou, renchérit un homme au teint rubicond, pendant que nous allons cuire au soleil, vous tenez compagnie à la gouvernante, bien au frais à l'intérieur.

— Je regrette parfois de ne pas avoir de filles, soupira sir Hector Chesterton.

— Permettez-moi de présenter Mlle Fleur Hamilton à ceux qui n'ont pas fait sa connaissance hier soir, intervint le duc. Mlle Hamilton est la gouvernante de Pamela.

— Vous pouvez disposer, mademoiselle. Faites servir le thé au salon, Jarvis !

Cette voix douce appartenait à la duchesse.

Horriblement gênée, Fleur tourna les talons sans demander son reste et regagna sa chambre en courant presque.

Malgré sa fatigue, elle n'avait aucune envie de s'allonger. Si elle s'endormait, elle était sûre de faire un cauchemar. Elle s'accouda alors à la fenêtre pour profiter de la brise.

Il avait été jeune, beau et insouciant, autrefois. Il avait cru que le monde lui appartenait, qu'il pouvait croquer la vie à belles dents. Avant Waterloo, avait-il précisé d'une voix triste, comme si ces rêves s'étaient révélés illusoires, sans valeur. Qu'est-ce qui pouvait manquer au duc de Ridgeway ? Il avait tout ce qu'on pouvait désirer.

Elle avait encore envie de pleurer, se rendit-elle compte soudain. Et était en proie à une tristesse sans nom qui l'oppressait.

— Nom d'une pipe, Sidney, je ne vais pas à un banquet chez le roi !

— J'aurais déjà fini si vous acceptiez de garder le menton levé un instant, observa, imperturbable, le valet de chambre du duc en mettant la dernière main à son nœud de cravate. Vous avez des invités à dîner, après tout, monsieur.

— Allez au diable ! Vous avez terminé, à présent ?

— Oui, Dieu merci, monsieur. Je vais me tenir éloigné de vous et de votre mauvaise humeur dès que j'aurai rangé tout cela.

— Vous n'auriez pas à aller où que ce soit si cet obus était passé trois pouces plus près à Waterloo.

— C'est certain, Votre Grâce, mais vous n'auriez pas non plus à vous habiller pour dîner, dans ce cas, fit judicieusement remarquer le valet.

Sidney ignora superbement la réplique de son maître. Ses années dans l'armée de Sa Gracieuse Majesté l'avaient immunisé contre toutes les grossièretés et obscénités possibles.

Le duc contempla d'un œil noir son reflet dans le miroir et le nœud de cravate élaboré qui allait faire l'admiration des invités de sa femme. Il détestait jouer les dandys à Londres, alors chez lui ! Et deux soirs d'affilée ! En matière de mondanités, le bal de la veille lui suffisait pour un mois au moins.

Il avait négligé ses hôtes durant la journée. La plupart ne s'étaient pas levés avant midi, et il avait prétexté les affaires du domaine pour rester à la maison tout l'après-midi. Il avait bien droit à un peu d'intimité, tout de même !

Mais ils demeuraient ses invités, et il ne pouvait se soustraire à ses obligations.

Il devait également se consacrer à Pamela, bien sûr. C'était encore une enfant, elle avait besoin de son temps et de sa présence, et il s'était attaché à lui offrir les deux pendant que Sybil se divertissait avec ses amis. C'était du moins ce qu'il s'était dit un peu plus tôt.

Il devait lui consacrer moins de temps – la prudence le lui commandait – ou alors l'emmener plus souvent avec lui. Il était grand temps qu'elle apprenne à monter à cheval, du reste, même si elle n'avait jamais été très attirée par l'équitation.

Quoi qu'il en soit, il lui fallait s'éloigner de la salle d'étude. S'il était honnête avec lui-même, il admettrait que ce n'était pas seulement, ni même principalement, Pamela qui le poussait à se rendre là-bas, ou dans la bibliothèque dès potron-minet.

Pas plus tard que ce matin, alors qu'il se levait en bâillant après une nuit particulièrement courte, Sidney avait déclaré qu'il devait être dérangé.

Sidney avait peut-être raison.

Il s'était réveillé en pleine nuit, au milieu d'un rêve où il dansait dans une allée déserte avec une femme aux yeux fermés dont la chevelure d'or et de feu tombait tel un rideau de soie jusque sur ses mains.

Cela ne pouvait pas durer. Il aurait dû demander à Houghton de l'envoyer ailleurs. La faire venir à Willoughby avait été une folie.

La porte de sa garde-robe s'ouvrit brusquement sur la duchesse, plus belle que jamais dans sa robe de dentelle vieux rose, et paraissant bien plus jeune que ses vingt-six ans.

— Oh, vous êtes occupé ? Sidney peut-il nous laisser ? s'enquit-elle d'une voix douce.

Sur un signe de son maître, le valet obtempéra.

— Que puis-je pour vous, Sybil ?

— Je n'ai jamais été aussi humiliée de ma vie, articula-t-elle une fois la porte refermée. Adam, comment avez-vous pu me faire cela, et devant nos invités, qui plus est ?

— Vous faites allusion à cet incident avec Mlle Hamilton, je suppose ?

— Pourquoi l'avez-vous fait venir ici ? Pour me blesser ? Je ne me suis jamais plainte de vos séjours prolongés à Londres. J'en ai toujours connu la raison, et j'ai supporté ces humiliations sans vous en faire le reproche. Mais dois-je maintenant supporter la présence d'une de vos catins dans cette maison ? Et pour s'occuper de ma fille ? C'est plus que je n'en peux supporter !

— Quel dommage que vous n'ayez pas d'autre public que moi. Votre tirade était très émouvante, Sybil. Pour un peu, on s'imaginerait que vous vous souciez de moi. Nous sortions de la galerie des portraits. Cela vous paraît vraiment l'endroit idéal pour un rendez-vous clandestin ?

— Puisque vous mettez un point d'honneur à vous montrer sarcastique et à piétiner mes sentiments, je suppose que vous n'hésiterez pas à mentir. Niez-vous avoir une liaison avec Mlle Hamilton ?

— Absolument. Toutefois, dans la mesure où vous m'avez déjà traité de menteur, votre question est superflue, non ? Du reste, cela paraîtrait-il si surprenant que je prenne une maîtresse ?

— C'est ce que j'ai appris à attendre de vous et à accepter. Mais quand bien même votre amour pour moi est mort, Adam, je pensais qu'il vous resterait un peu de respect pour l'épouse que je demeure.

— Une épouse, ironisa le duc. Je n'aurais pas besoin de maîtresse si j'avais une épouse, Sybil. Mais peut-être souhaitez-vous protéger vos intérêts un peu plus activement ?

S'approchant, il lui souleva le menton pour l'embrasser sur les lèvres. Elle tourna précipitamment la tête pour l'éviter.

— Non, je vous en prie !

— Je ne m'attendais pas que l'idée vous sourie. Ne vous inquiétez pas, Sybil, je ne vous ai jamais forcée, et ce n'est pas maintenant que je vais commencer.

— Je ne me sens pas bien. Je ne suis pas encore remise de ce refroidissement.

— Cela me semble évident. Et vous avez maigri, non ? Votre visite avait-elle un autre objet ?

— Non, répliqua-t-elle d'une voix tremblante. Je sais que vous mentez, Adam. Vous êtes bel et bien l'amant de la gouvernante. Vous pourrez nier autant que vous le voudrez, je sais que c'est vrai.

L'image de Fleur les cuisses couvertes de sang lui traversa fugitivement l'esprit.

— Nous sommes apparemment prêts à descendre nous occuper de nos invités. Nous y allons ensemble ? suggéra-t-il en lui offrant son bras.

Elle y posa la main, petite femme à la beauté délicate, qui semblait aussi innocente qu'une enfant.

Le duc trouvait parfois difficile d'accepter que ce mariage dont il avait tant rêvé adolescent soit maintenant son unique avenir. Mais tous ses rêves étaient morts et aucun autre ne viendrait les remplacer.

Sauf peut-être des rêves inopinés au milieu de la nuit.

Ses pensées retournèrent à Fleur, à la première vision qu'il avait eue d'elle, tapie dans l'ombre devant le théâtre, et au désir soudain qui l'avait saisi. Le désir de passer une nuit au creux des bras et du corps d'une femme qui l'accepterait tel qu'il était, le désir de s'endormir sur le sein d'une femme, le désir d'oublier sa solitude.

Il se rappela le sang et la main de la jeune femme tremblant si fort qu'il avait dû y mettre lui-même le linge humide. Il se rappela sa faim et la discipline qu'elle s'était imposée pour ne pas se jeter sur la nourriture. Et son humiliation quand il lui avait glissé des pièces dans la main en paiement de ses services.

Le valet de pied ouvrit la porte à double battant du salon, et le duc fit son entrée, sourire aux lèvres, sa femme à son bras.

Fleur fit ses exercices en toute intimité le lendemain matin. La porte entre la bibliothèque et le salon de musique resta fermée.

Elle se découvrit moins à l'aise que les autres matins. Était-il là ? Écoutait-il derrière la porte fermée ? Allait-il l'ouvrir tout à coup pour signaler une erreur ou lui annoncer qu'elle n'était plus autorisée à utiliser le pianoforte ? Peut-être n'était-il pas là. Était-elle vraiment seule ?

Elle était incapable de se concentrer sur les morceaux qu'elle étudiait, et tout aussi incapable de se perdre dans ceux qu'elle connaissait par cœur et qu'elle aurait pu jouer les yeux fermés. Ses doigts demeuraient raides et peu coopératifs.

Toute la matinée, tandis qu'elle faisait travailler lady Pamela, elle guetta son pas dans le couloir. En vain.

La matinée s'écoula paisiblement. Lady Pamela se montra inhabituellement calme et docile, jusqu'à ce que tout à coup, elle saisisse sans crier gare une paire de ciseaux, coupe le fil de soie et se mette à lacérer le mouchoir qu'elle brodait.

Stupéfaite, Fleur resta l'aiguille en l'air. Elle venait juste de commencer une histoire.

— Elle a dit que je pouvais descendre. Elle l'a dit ! Et il l'a dit une autre fois. Il a dit qu'il lui rappellerait. Ça fait des jours qu'il l'a dit. Ils ne me laisseront jamais descendre. Ça m'est égal ! Je ne veux pas y aller ! cria la petite.

Fleur posa son ouvrage et se leva.

— Et maintenant, vous allez leur dire que j'ai été méchante, et ils vont venir me gronder ! hurla de plus belle Pamela. Maman va pleurer parce que j'ai été méchante, mais ça m'est égal. Ça m'est égal !

Fleur lui prit les ciseaux et les restes du mouchoir des mains avant de s'agenouiller devant elle.

— C'est votre faute. Maman a dit que je pouvais descendre, et c'est vous qui n'avez pas voulu. Je vous déteste, je vais dire à maman de vous renvoyer ! Et je vais aussi le dire à papa !

Fleur serra la fillette contre elle, mais celle-ci se débattit de toutes ses forces. Elle se mit à hurler tandis que Fleur la soulevait dans ses bras et allait s'asseoir avec elle devant la fenêtre en la berçant et en lui parlant doucement.

Soudain, la porte s'ouvrit à la volée.

— Qu'avez-vous fait à cette pauvre petite ? s'écria Mme Clement. Qu'est-ce qu'il y a, ma jolie ?

Elle tendait déjà les bras vers Pamela, mais cette dernière se mit à crier de plus belle et à lui donner des coups de pied en s'accrochant au cou de Fleur. Mme Clement sortit précipitamment.

Lady Pamela pleurait doucement lorsque la porte se rouvrit sur le duc. Il la referma et embrassa la scène du regard. Fleur, la joue appuyée sur la tête de l'enfant, ne leva pas les yeux vers lui.

— Que se passe-t-il ? demanda-t-il en s'avançant dans la pièce. Pamela ?

La petite continua de pleurer.

— Mademoiselle Hamilton ?

— Les promesses non tenues, expliqua calmement la jeune femme.

Il réfléchit un instant avant de venir s'asseoir de biais à côté d'elles, son genou effleurant celui de Fleur. Il caressa doucement le bras nu de sa fille passé autour du cou de la jeune femme.

Éclairée par la fenêtre, sa cicatrice était bien visible sur son visage las. Il avait été remarquablement beau garçon autrefois, son portrait en témoignait, malgré son regard d'encre, ses cheveux de jais et son nez aquilin – ou peut-être à cause d'eux. Il était encore séduisant, et la balafre, plutôt que le défigurer, ajoutait à son charme viril.

Si elle ne l'avait pas rencontré dans des circonstances aussi effrayantes, si elle avait réussi à se défaire de ses cauchemars et de la vision de son visage au-dessus d'elle alors qu'il lui infligeait des choses douloureuses et humiliantes, peut-être l'aurait-elle toujours trouvé beau.

— Que puis-je faire, Pamela ? Que puis-je faire pour me racheter ?

Il aurait tout aussi bien pu s'adresser à elle, songea Fleur.

— Rien du tout ! Va-t'en !

— Maman avait promis de te laisser voir les dames, c'est cela ? Et moi, j'avais promis de le lui rappeler, et je ne l'ai pas encore fait. Je suis désolé, Pamela. Tu me pardonnes ?

— Non !

— Tu veux bien me donner une chance de me racheter ? soupira-t-il en lui caressant les cheveux. Il y a un pique-nique prévu tout à l'heure. Veux-tu venir, toi aussi ?

— Non ! Je veux rester avec Mlle Hamilton et apprendre le français. Elle va me donner une leçon cet après-midi.

— S'il te plaît, Pamela. Et si nous persuadions Mlle Hamilton de remettre la leçon à demain ?

— Nous apprendrons le français demain, si tu veux, suggéra Fleur avant de déposer un baiser sur la tempe de la fillette. Il fait un temps idéal pour un pique-nique. Toutes les dames porteront certainement des robes de mousseline avec de jolis chapeaux et de belles ombrelles.

— J'ai entendu dire qu'il y aurait des feuilletés de homard, renchérit le duc. Tu ne veux pas venir ?

— Si Mlle Hamilton vient aussi, déclara Pamela, à leur grande surprise.

Fleur croisa le regard du duc.

— Mais ton papa et ta maman voudront t'avoir pour eux seuls, dit-elle.

— Mlle Hamilton serait contente d'avoir un après-midi de libre. Elle n'en a pas beaucoup, rappela le duc.

— Alors, je ne viens pas !

— Aimez-vous les feuilletés de homard, mademoiselle Hamilton ?

— Je les ai toujours adorés.

Lady Pamela bondit des genoux de Fleur et repoussa ses cheveux en bataille.

— Je vais dire à Nanny de me mettre ma robe rose et mon chapeau de paille, décida-t-elle.

— Demande-lui, ce sera mieux, suggéra son père en se levant. Je suis désolé que vous ayez eu à subir cette crise seule, reprit-il après le départ de sa fille. Mme Clement a envoyé Houghton me chercher en lui disant que Pamela hurlait et que vous l'étrangliez à demi. J'ai eu tort d'espérer qu'elle oublierait son envie de rencontrer les dames.

Sans répondre, Fleur entreprit de ramasser ce qui restait du mouchoir déchiqueté.

— Je vais prendre les arrangements nécessaires pour le pique-nique. Si cela peut vous consoler, mademoiselle Hamilton, j'ai l'impression que votre élève commence à s'attacher à vous.

Fleur n'avait aucune envie d'aller à ce pique-nique. Elle était prête à tout pour y échapper, sauf à briser une promesse faite à lady Pamela. Elle n'avait donc pas le choix.

Elle repensa avec nostalgie à ses deux premières semaines à Willoughby, où elle avait été heureuse en dépit de l'hostilité de la duchesse et de Mme Clement.

Si seulement le duc de Ridgeway n'était pas qui il était. Dans ce cas, elle n'aurait pas eu cet emploi, bien sûr. Elle serait toujours à Londres dans sa misérable petite chambre et serait devenue une prostituée expérimentée.

Elle lui devait bien un peu de reconnaissance, supposait-elle.

Et s'il était vrai que lady Pamela commençait à s'attacher à elle – ce dont elle n'était pas convaincue –, il était tout aussi vrai qu'elle commençait à s'attacher à son élève. Bien qu'irritable et têtue, la fillette était sensible. Et elle avait besoin de Fleur, même si elle n'était pas prête à l'admettre. C'était bon de se sentir utile.

Elle devait donc se préparer pour un pique-nique, apparemment.

10

— Nous y sommes, annonça le séduisant jeune homme brun en se penchant vers la fenêtre comme la voiture s'engageait sur le pont. C'est impressionnant, n'est-ce pas ?

— Très, acquiesça le jeune homme blond. Je comprends pourquoi on l'admire autant. Et tout cela t'a appartenu pendant quelques mois, Kent !

— Être tout à coup très demandé sous prétexte qu'on est propriétaire de tout cela constitue une expérience amusante, avoua lord Thomas Kent. Presque comme si c'était le château qui me possédait, et non le contraire. Je croyais bien ne plus jamais le revoir.

— Ton frère a certainement parlé sous le coup de la colère lorsqu'il t'a interdit de revenir. Il va te recevoir à bras ouverts, assura lord Brocklehurst.

— Je me le demande, sourit lord Thomas. Je ne regrette pas que tu m'aies convaincu de revenir, en tout cas. J'ai hâte de voir la tête qu'ils feront tous, Ridgeway, les domestiques. Et revoir ma belle-sœur sera également une expérience intéressante. Ils n'étaient pas encore mariés quand je suis parti, tu sais.

— Splendide ! s'émerveilla lord Brocklehurst en contemplant la façade tandis que la voiture s'arrêtait. Absolument splendide. Tu as bien fait de me persuader de t'accompagner.

— Vu que c'était toi qui m'avais convaincu de rentrer, c'était la moindre des choses.

L'expression du majordome qui vint accueillir au pied de l'escalier ces visiteurs inattendus dut combler toutes les attentes de lord Thomas. Son impassibilité de domestique stylé l'abandonna durant trois secondes entières, le temps qu'il fallut au frère de Sa Grâce pour descendre de voiture.

— Jarvis ! s'écria ce dernier. Ainsi donc vous avez fini par l'avoir, cette promotion ? Vous comptez rester ici à bayer aux corneilles, ou vous allez vous décider à envoyer quelqu'un s'occuper de nos bagages ? Mon frère est dans les parages ?

— Sa Grâce se trouve près des ruines avec Sa Grâce la duchesse et leurs invités, répondit Jarvis en s'inclinant avec raideur. On va s'occuper de votre voiture et de vos bagages, milord. Si vous voulez bien vous donner la peine d'entrer.

— Je n'ai certes pas l'intention d'attendre sur le perron la permission de Son Auguste Grâce, ricana lord Thomas en entraînant lord Brocklehurst dans son sillage. À boire dans le salon, je vous prie, Jarvis. Qu'est-ce qu'ils sont allés faire près des ruines ?

— Ils pique-niquent, milord.

— Ils sont partis depuis longtemps ? Rien n'a changé ici, à ce que je vois.

— Une heure environ, milord.

— Une heure ? Cela me laisse le temps de te faire les honneurs et de te montrer les pièces de réception, Bradshaw - enfin, quand nous aurons bu un verre et que nous nous serons changés. Faites préparer mon ancienne chambre, Jarvis, et demandez à la femme de charge d'en faire préparer une autre pour lord Brocklehurst. C'est toujours Mme Laycock ?

Jarvis s'inclina.

— Allez, alors, mais occupez-vous d'abord des boissons. Eh bien, reprit lord Thomas, nous allons sentir la tension monter. Je me demande si Ridgeway s'étranglerait sur son os de poulet s'il savait que je suis dans son salon.

— Quoi qu'il en soit, je suis content d'être ici, déclara lord Brocklehurst. Cela fait longtemps que je rêve de visiter Willoughby Hall.

Le duc de Ridgeway regarda sa fille s'éloigner avec sa gouvernante en direction des écuries. Il aurait aimé les accompagner et jouer une demi-heure avec elles et le chien. Malheureusement, il avait lady Underwood à son bras et les Grantsham venaient juste d'engager la conversation.

Le pique-nique s'était bien passé. Sybil s'était alarmée lorsqu'elle avait appris que Pamela venait, et son visage s'était fermé quand il lui avait rappelé qu'elle n'avait pas tenu sa promesse de lui laisser voir les dames le jour de leur arrivée.

Elle n'aurait pas besoin de s'occuper de sa fille, de toute façon, puisque, à la demande de Pamela, sa gouvernante serait là.

Pamela était d'excellente humeur et avait remporté un vif succès auprès des dames et de quelques messieurs. Quand ils étaient arrivés aux ruines, elle était passablement excitée et parlait trop fort. Fleur lui avait alors murmuré quelque chose à l'oreille et l'avait prise par la main pour aller visiter l'intérieur de la tour. Sir Ambrose Marvell s'était empressé de les suivre.

Fleur avait réussi à rester dans l'ombre tout l'après-midi. À la demande de la duchesse, elle avait aidé à remplir les assiettes et n'avait fait aucune objection à se voir traiter comme une domestique ordinaire. En fait, elle était sans doute heureuse d'avoir quelque chose à faire, lui avait-il semblé.

Ils étaient maintenant de retour et, avec un peu de chance, il aurait quelques heures à lui avant le dîner, à moins que lady Underwood ne le retienne.

— Des visiteurs vous attendent au salon, Votre Grâce, annonça Jarvis.

Qui pouvait bien venir si tard dans l'après-midi ? Pourvu que les importuns ne s'attardent pas.

— Des visiteurs ? s'étonna la duchesse tandis que le duc s'excusait auprès de lady Underwood.

Sybil avait été d'excellente humeur tout l'après-midi, car Shaw n'avait cessé de bourdonner autour d'elle.

Le duc s'arrêta sur le seuil du salon. Curieusement, il n'était pas particulièrement surpris, songea-t-il en contemplant le visage tanné de son frère, sa mise élégante et son sourire ironique. Il avait toujours su que Thomas reviendrait un jour.

— On dirait que tu as vu un fantôme, Adam ! Tu ne me souhaites pas la bienvenue ?

— Bienvenue à la maison, Thomas, fit le duc en rejoignant son frère, la main tendue.

Thomas sourit, et regarda par-dessus l'épaule d'Adam tandis qu'il s'emparait de sa main.

— Thomas.

Le nom avait été à peine murmuré, mais ce murmure emplissait le salon.

— Sybil, fit lord Thomas, dont le regard et le sourire s'adoucirent.

Il s'approcha de sa belle-sœur.

— Dieu, que vous êtes belle !

— Thomas, répéta-t-elle tandis que ses mains fines disparaissaient dans les grandes mains bronzées.

— Je suis rentré à la maison, Sybil. Tu connais Bradshaw ? reprit-il en se tournant vers le duc. Matthew Bradshaw, lord Brocklehurst, de Heron House, dans le Wiltshire. Il a été le premier de mes amis à me rendre visite à mon retour des Indes. C'est lui qui m'a persuadé de revenir à Willoughby. Je l'ai invité à venir passer quelques semaines ici.

— Enchanté de faire votre connaissance, Brocklehurst. Soyez le bienvenu, fit le duc en serrant la main du nouveau venu.

— Vous êtes allé aux Indes, Thomas ? s'écria la duchesse, ses mains toujours dans celles de son beau-frère.

— Oui, avec la compagnie des Indes orientales. Je suis revenu voir si la vieille Angleterre était toujours à sa place. Vous êtes donc duchesse de Ridgeway, finalement ?

— Vous êtes resté aux Indes tout ce temps ? dit-elle avant de se mettre à tousser.

— Je vous accompagne à votre chambre, Sybil, proposa le duc en notant ses joues en feu. Cet après-midi en plein air vous a fatiguée.

À son grand étonnement, elle accepta son bras. Le duc demanda à son frère de tenir compagnie à leurs invités jusqu'au dîner.

Elle ne dit pas un mot tandis qu'il la ramenait dans son boudoir, se contentant de regarder droit devant elle, comme une enfant étonnée.

— Armitage, demanda-t-elle à sa femme de chambre, aidez-moi à me déshabiller et brossez-moi les cheveux, s'il vous plaît. Je veux m'allonger.

Le duc de Ridgeway sortit et referma doucement la porte. Il ne se souvenait pas d'avoir jamais été aussi furieux.

Lord Thomas Kent sifflotait. C'était bon d'être de retour chez soi. S'il avait juré de ne jamais revenir avec autant de véhémence que son frère en avait mis à lui ordonner de ne jamais y remettre les pieds, Willoughby demeurait la maison de son enfance, celle de son père. Et elle lui avait appartenu durant les quelques mois où Adam avait été déclaré mort.

Oui, c'était bon. Et la figure qu'avait faite Adam méritait le voyage. Son éducation lui avait permis d'afficher l'expression qu'on attendait de lui, et Brocklehurst n'avait probablement pas remarqué la froideur de son accueil, mais Thomas connaissait suffisamment son frère. Il était fou de rage.

L'heure du dîner était encore loin. Il n'avait pas encore de cravate et son valet était en train de brosser son habit lorsqu'on frappa à la porte.

— Vous pouvez disposer, Winthrop. Je vous sonnerai quand j'aurai besoin de vous. Eh bien, Sybil ? sourit-il une fois le valet sorti.

— Thomas, tu es revenu ! s'émerveilla-t-elle, plus ravissante que jamais dans son négligé de soie lavande, ses longs cheveux flottant sur ses épaules.

— Comme tu vois.

— Tu as eu le courage de revenir, alors qu'il t'avait chassé !

Il lui ouvrit les bras, et elle courut s'y jeter.

— Tu croyais que j'étais parti à jamais ?

— Oui. Il t'avait ordonné de ne plus revenir, j'ai pensé que je ne te reverrais jamais, gémit-elle, ses grands yeux brillant de larmes. Je l'ai épousé.

— Je sais, mon ange, je sais.

Il chercha ses lèvres et, lorsqu'il prit sa bouche, elle lui rendit son baiser avec ardeur.

— Tu es tellement belle, Sybil. Plus belle que jamais ! Comment aurais-je pu rester à jamais loin de toi ?

— Je n'ai pas vécu pendant tout ce temps, dit-elle d'une voix que l'émotion rendait suraiguë. J'étais une morte vivante, Thomas. Je ne savais pas que tu étais aux Indes. J'ignorais où tu étais, ou même si tu étais encore en vie. Il ne le savait probablement pas non plus, et s'il l'avait su, il ne me l'aurait pas dit. Pourquoi n'as-tu pas écrit ? Pourquoi ne m'as-tu jamais donné de nouvelles ?

— Ce n'était pas souhaitable, tu le sais bien. Mieux valait te laisser croire que j'étais parti pour toujours. Tu étais une morte vivante sans moi, ce qui ne t'a pas empêchée de l'épouser. Je n'aurais pas cru cela de toi,

Sybil. Je pensais que tu resterais fidèle à ma mémoire. Ou du moins que tu le rejetterais.

— Je n'avais pas le choix ! Tu étais parti. Oh, Thomas, j'ai cru mourir ! gémit-elle en se serrant contre lui. Je voulais mourir, mais il venait tous les jours me supplier de l'épouser. Et tout m'était égal puisque tu n'étais plus là. Je l'ai épousé. Je le détestais, et pourtant je l'ai épousé.

— Chut, mon ange, chut. Je suis là, maintenant. Je suis de retour, et tout va s'arranger, tu vas voir, chuchota-t-il avant de l'embrasser de nouveau. Il est déjà l'heure de descendre dîner ?

— Non. Nous avons le temps.

— Tu crois ? fit-il en reculant d'un pas.

Ils se comprenaient parfaitement. Elle leva ses mains tremblantes vers les boutons de sa chemise tandis qu'il écartait les pans de son négligé de soie.

— Adam te traite bien ? s'enquit-il en prenant ses seins nus en coupe.

— Non. Thomas, ne parle pas de lui, s'il te plaît ! Je ne devrais pas être ici. Je devrais m'en aller. Je voulais juste te parler en privé.

— Il y a bien des façons de parler, observa-t-il en riant. Et je me suis tellement langui de toi, Sybil. Ne me laisse pas maintenant. Il ne va pas te chercher ?

— Non. Ce n'est pas mal, n'est-ce pas ? souffla-t-elle tandis qu'il la soulevait dans ses bras. Je n'ai jamais aimé que toi. Tu me crois, au moins ?

— Moi aussi, je n'ai jamais aimé que toi, assura-t-il en l'allongeant sur le lit avant de la débarrasser de son déshabillé. Pourquoi suis-je revenu, selon toi ?

— Pour moi ? Tu es revenu pour moi ?

— Mmm, fit-il en la couvrant de son corps. Dieu, que tu es belle, Sybil ! Comment as-tu pu croire un seul instant que je ne te reviendrais pas ?

En dépit de son désir, il eut une pensée pour les portes de la chambre et de la garde-robe qui n'étaient pas verrouillées, et se demanda non sans amusement ce qui arriverait s'il prenait la fantaisie à son frère de venir le trouver.

Oui, décidément, songea-t-il en s'enfonçant en elle, c'était bon d'être de retour à la maison.

Le duc de Ridgeway n'avait échangé que des banalités avec son frère. Lorsque les messieurs rejoignirent les dames au salon après le dîner, il constata que sa femme semblait plus heureuse que jamais, et serra les mâchoires.

Il était monté voir son frère avant le dîner, puis s'était ravisé – mieux valait laisser retomber sa colère avant d'agir.

Il attendrait le lendemain avant de demander une explication à Thomas et de prendre une décision.

— J'ai envoyé chercher Pamela. Elle sera ici d'un instant à l'autre, expliquait la duchesse à Mme Grantsham et à lady Mayberry.

Voyant que son mari était tout près, elle l'inclut dans un radieux sourire.

— Ne devrait-elle pas être couchée, à cette heure-ci ? objecta-t-il. Cet après-midi a dû la fatiguer.

— J'avais fait dire à Nanny de ne pas la coucher tout de suite. Je veux qu'elle fasse la connaissance de son oncle, déclara la duchesse. Comment pourrais-je empêcher ma petite chérie de partager le plaisir de son retour ? ajouta-t-elle, suave.

Comment, en effet !

— Vous demanderez à Nanny de l'emmener se coucher au bout de cinq minutes, dans ce cas, ordonna-t-il, les dents serrées.

— C'est Mlle Hamilton qui va nous l'amener, Adam.

Que manigançait donc sa femme ?

Il n'eut pas longtemps à attendre. Pamela, habillée et coiffée comme une poupée, toute rose de plaisir, les yeux brillants d'excitation et de fatigue, fit son entrée avec Fleur qui, après une révérence, se posta discrètement près de la porte.

— Tu voulais voir les dames en robe de soirée, ma chérie, eh bien, les voilà, fit la duchesse en prenant sa fille par la main. Qu'en penses-tu ?

La petite, visiblement ravie, adressa à sa mère un grand sourire.

— Je veux te présenter quelqu'un. Quelqu'un que tu ne connais pas, mais dont je t'ai beaucoup parlé, et papa aussi, je pense. Un monsieur très important. Voici ton oncle Thomas, ma chérie. Fais-lui une belle révérence.

Lady Pamela s'exécuta et considéra avec curiosité cet oncle qui ressemblait tellement à son père, en moins sévère.

— Tu es donc Pamela, fit-il en lui soulevant le menton. Tu n'as pas grand-chose de ta maman, dis-moi. Tu es tout le portrait de ton père.

Incapable d'en supporter plus, le duc tourna la tête. Fleur était toujours à côté de la porte, mais elle avait perdu son impassibilité. Son visage était si blême que ses lèvres paraissaient bleues. Il s'apprêtait à la rejoindre lorsqu'il vit la main de la jeune femme – qui tremblait aussi fort que lors de ce premier soir –, chercher à tâtons la poignée de la porte et la tourner maladroitement.

Et elle disparut, laissant la porte ouverte.

Ce n'était pourtant pas la première fois qu'elle se trouvait avec leurs invités. Elle avait assisté au bal deux soirs plus tôt, et au pique-nique cet après-midi. Pourquoi cette frayeur subite ? Était-ce la présence de Thomas ? L'avait-elle déjà rencontré ? À Londres, peut-être ?

Son frère avait-il été un autre de ses clients ? S'il savait qu'il avait été le premier, il s'était souvent demandé s'il avait été le dernier. Cinq jours s'étaient écoulés entre leur rencontre et celui où Houghton l'avait engagée.

Par quelque étrange coïncidence, Thomas l'aurait-il possédée, lui aussi ? Une rage sauvage s'empara de lui à cette pensée.

Ou peut-être était-ce Brocklehurst ? Elle ne l'avait pas vu avant ce soir, lui non plus. Avait-il été son client ? Était-ce sa vue qui l'avait amenée au bord de la syncope ?

— Où est donc passée Mlle Hamilton ? s'écria la duchesse. Elle n'a pas compris qu'elle devait attendre Pamela ?

— Je lui ai donné la permission de partir. Je lui ai dit que j'allais ramener moi-même Pamela à la nursery.

— Mais je voulais présenter la gouvernante de ma fille à Thomas, et à lord Brocklehurst, bien sûr. Eh bien, ce sera pour une autre fois. Monte te coucher, ma chérie. Avec papa.

Elle s'était déjà retournée vers lord Thomas quand Pamela prit la main de son père.

— C'était elle, la catin d'Adam, expliqua la duchesse à mi-voix. Je voulais que tu la voies, Thomas, et que tu saches quelle humiliation il m'inflige.

— C'est fini maintenant, murmura lord Thomas en portant la main de la duchesse à ses lèvres. Je ne le laisserai plus te faire du mal, Sybil.

Fleur avait cru sa journée terminée. Après cette semaine bien remplie, Mme Laycock était fatiguée et n'avait pas invité Fleur, comme elle le faisait souvent, à passer la soirée avec elle dans son salon. La jeune femme soupira lorsque Mme Clement la fit appeler à la nursery pour l'informer, l'air pincé, que Sa Grâce avait demandé qu'elle emmène lady Pamela au salon après le dîner.

— Mais lady Pamela ne sera pas couchée à cette heure-ci ?

— Lord Thomas Kent est de retour. Sa Grâce veut que lady Pamela fasse la connaissance de son oncle.

Fleur trouvait que lord Thomas Kent aurait tout aussi bien pu monter à la nursery le lendemain matin, mais elle garda ses réflexions pour elle et retourna enfiler sa robe la plus élégante et se recoiffer.

Elle n'était pas à son aise en descendant avec son élève. Lord Thomas Kent avait jadis été un ami de Matthew. Il ne la connaissait pas, certes, mais sa présence à Willoughby lui rappelait quelle menace pesait sur elle. Elle demeura près de la porte, les yeux modestement baissés, en espérant que personne n'aurait l'idée saugrenue de la remarquer, et que la duchesse ne garderait pas longtemps lady Pamela. La petite était surexcitée, et très fatiguée.

Lorsque la duchesse vint chercher sa fille, Fleur leva les yeux et chercha lord Thomas Kent du regard. Il ressemblait trait pour trait au duc, même s'il était un peu plus petit, et que son visage était moins anguleux et moins austère. Avec son sourire aimable, il était très séduisant.

Elle jeta un coup d'œil au duc. Il observait son cadet en train de parler à lady Pamela de cet air sévère qui le caractérisait. Comment deux hommes pouvaient-ils être à la fois si semblables et si différents ?

Son regard s'égara derrière Sa Grâce et s'arrêta sur un homme blond, un peu plus petit que le duc lui aussi, avec une tendance à l'embonpoint. Il la dévisageait, une lueur de… quoi ? plaisir ? amusement ? triomphe ? dans les yeux.

Le cœur battant, les genoux tremblants, elle se hâta de baisser les yeux. Le grand salon, les invités, le brouhaha de voix et de rires, tout s'effaça tout à coup.

Elle étouffait, ses mains tremblaient irrépressiblement.

La porte était là, derrière elle. Elle chercha la poignée, ne la trouva pas, la heurta et l'agrippa. Elle refusait de tourner. Et puis soudain, la porte s'ouvrit miraculeusement.

Elle s'enfuit en courant, hésita au pied de l'escalier, traversa le hall, ouvrit la porte sans un regard pour le valet de pied et dévala l'escalier en fer à cheval.

L'air. La pénombre. L'espace.

Elle se mit à courir.

Elle était déjà dans l'allée de tilleuls lorsqu'elle dut s'arrêter, à bout de souffle. Elle s'appuya au tronc d'un arbre tandis que l'air pénétrait douloureusement dans ses poumons.

Mon Dieu, mon Dieu, faites que ce ne soit pas vrai ! Je vous en supplie.

Matthew.

Il l'avait retrouvée.

Il était venu la chercher.

Elle se remit en route en titubant. Quand était-il arrivé ? Pourquoi ne l'avait-on pas appelée et arrêtée ? Comment se faisait-il que personne au salon n'ait fait attention à elle, ne l'ait accusée ? À quel jeu jouait-il ?

Elle s'appuya contre un autre arbre et posa sa joue contre le tronc noueux.

Qu'allait-il lui arriver ? Allait-il la ramener seul, ou y aurait-il un garde ? Serait-elle ligotée ? Enchaînée ? Elle ignorait comment se passait ce genre de choses. Combien de temps resterait-elle en prison avant d'être jugée ? Combien de temps resterait-elle en prison après le procès, avant d'être...

Oh, mon Dieu ! S'il vous plaît, mon Dieu !

S'enfuir ne servirait à rien. Il l'avait suivie jusqu'ici, elle ne lui échapperait pas.

Elle resta longtemps là où elle était avant de reprendre lentement le chemin du château. Arrivée au pont, elle s'accouda au parapet pour contempler sans les voir les cascades qui luisaient sous la lune et écouter sans l'entendre le fracas de l'eau.

Elle décela sa présence bien avant qu'il ne la rejoigne. Matthew. Ce ne pouvait être que lui. S'attendait-il qu'elle lui résiste une fois de plus ? Qu'elle tente de fuir de nouveau ? Était-il accompagné ? Il n'était pas seul la dernière fois, et elle avait tué son compagnon.

Peut-être avait-il compris en la voyant qu'elle n'avait plus la force de fuir. Elle n'en pouvait plus de fuir, de courir. Elle n'en pouvait plus de vivre.

Il s'était arrêté à l'entrée du pont.

— Qu'y a-t-il ?

Ce n'était pas Matthew.

C'était *lui*. En toute autre circonstance, elle aurait été terrifiée, comme deux soirs plus tôt, de se trouver seule avec lui en pleine nuit, loin de la maison. À présent, seule sa fin inévitable était encore capable de lui inspirer de la terreur.

— Rien. J'avais besoin d'air.

— Et vous avez abandonné Pamela dans le salon ?

— Je suis désolée, fit-elle en le regardant, je n'y ai pas pensé.

— Qu'y a-t-il ? C'est mon frère ? Vous le connaissez ?

— Non.

— Lord Brocklehurst, alors ?

— Non.

— L'un des deux a-t-il été votre client ? hasarda-t-il en s'approchant lentement.

— Bien sûr que non !

— Je suis donc le seul à vous effrayer de la sorte, alors ?

Elle se tourna sans répondre et baissa les yeux sur l'eau bouillonnante.

— C'est de moi que vous aviez eu peur ? insista-t-il. Vous aviez eu peur que je ne manigance une rencontre comme celle-ci ? Comme pendant le bal ?

— Je n'ai pas eu peur. J'étais simplement fatiguée, et je me suis sentie mal. J'avais besoin d'air.

— Vous êtes tellement mystérieuse, murmura-t-il en s'accoudant au parapet à côté d'elle. Je ne vous connais pas du tout, mademoiselle Hamilton, n'est-ce pas ?

— Vous n'avez pas besoin de me connaître, Votre Grâce. J'ai été votre catin et maintenant, je suis la gouvernante de votre fille. Je n'existe que pour vous procurer un service.

— J'aimerais que vous compreniez que je ne suis pas votre ennemi. Vous avez besoin d'un ami, je pense.

— Les hommes ne se lient d'amitié ni avec leurs catins ni avec leurs domestiques.

— Si vous êtes une catin, moi je suis adultère. Nos péchés sont équivalents. Vous au moins aviez une bonne raison de faire ce que vous avez fait. L'espace d'une nuit, vous avez fait la catin. Ne laissez pas cette nuit gâcher toute votre vie. Vous avez survécu, c'est le principal.

— Oui, le principal, c'est de survivre, approuva-t-elle amèrement.

Le duc posa doucement le bout des doigts sur sa main, et une vague de dégoût lui monta à la gorge. Elle voulut se dégager et s'éloigner de lui, mais elle se sentait si seule, si désespérée, qu'elle n'en fit rien, même si elle tremblait comme une feuille.

Si seulement ç'avait été quelqu'un d'autre. Elle aurait aimé pouvoir franchir les deux pas qui les séparaient, s'appuyer contre lui et poser la tête sur son épaule. Elle le désirait de toutes ses forces et méprisait sa faiblesse. Elle avait toujours été tellement seule depuis la mort de ses parents, quand elle avait compris que les étrangers venus habiter dans sa maison ne voulaient pas d'elle. Elle s'était toujours montrée farouchement jalouse de son indépendance et ne s'était jamais autorisée à s'apitoyer sur elle-même.

Comme Daniel lui manquait !

Les doigts du duc, ces doigts qui l'avaient touchée jusque dans son intimité, se refermèrent sur sa main. Elle ne put réprimer un frisson, mais ne se libéra pas. Elle prit appui sur le parapet et ferma les yeux comme lorsqu'ils avaient valsé ensemble.

Il porta sa main à ses lèvres, les y pressa.

Oh, mon Dieu !

Il lui retourna la main et garda sa paume contre ses lèvres avant de la poser sur sa joue – sa joue intacte.

— Je sais que je suis la dernière personne au monde à pouvoir vous réconforter. Ce que je vous ai fait aussi bien que mon apparence me rendent repoussant à vos yeux, je ne l'ignore pas. Mais si jamais vous n'avez personne vers qui vous tourner, venez à moi, Fleur.

— Je suis capable de me défendre seule. Je l'ai toujours fait.

— Depuis la mort de vos parents quand vous aviez huit ans ?

C'était la première fois qu'on l'appelait Fleur depuis la disparition de ses parents, et c'était aussi délicieux que douloureux.

— Rentrons, vous avez froid.

Elle le laissa poser au creux de son coude la main qu'il tenait toujours et ils rebroussèrent chemin. Si seulement il était quelqu'un d'autre ! Elle mourait d'envie d'appuyer la tête sur cette épaule solide, de se lover dans ses bras, de le supplier de ne pas la laisser seule cette nuit, sa dernière nuit de liberté. Si seulement il était Daniel…

Elle imagina la réaction de Daniel à une telle invitation. Il serait outré, blessé et chagriné.

Le duc s'arrêta au pied de l'escalier en fer à cheval.

— Je pensais ce que j'ai dit. Cette nuit-là, Fleur, j'étais en colère contre ma propre faiblesse et je vous ai utilisée grossièrement et cruellement. J'ai beaucoup à me faire pardonner, et j'aimerais vous rendre service.

— Vous l'avez déjà fait. Vous m'avez donné à manger, vous m'avez payée plus que ce que j'avais gagné, et vous m'avez offert cet emploi.

Il ne répondit pas, mais chercha son regard avec tant d'intensité qu'elle sentit le vieil effroi l'étreindre de nouveau.

Puis elle se rappela ce qu'elle allait devoir affronter à l'intérieur. Elle lâcha le bras du duc et gravit l'escalier d'un pas vif. Pourvu qu'on ne l'enchaîne pas ! À cette idée, elle se mit à courir. Pourvu...

Elle ouvrit la porte sans attendre que le duc l'ait rejointe et traversa le hall en courant comme si tous les démons de l'enfer étaient à ses trousses.

11

Le visage impassible à cause du valet, le duc de Ridgeway la regarda s'éloigner.

Était-ce lui qu'elle fuyait ? Elle avait eu un frisson de répulsion quand il l'avait touchée, mais elle avait surmonté sa répugnance, comme lorsqu'ils avaient dansé ensemble. Avait-elle eu peur qu'il ne veuille l'emmener dans sa chambre ?

Non, elle devait avoir compris qu'il ne songeait pas à la séduire, qu'il s'inquiétait juste à son sujet.

Quelle terreur sans nom lui avait donc fait fuir le château ?

Il se sentait responsable de tout son personnel, et d'elle plus encore que des autres. C'était lui qui avait irrévocablement changé le cours de son existence, et d'une façon si terrible qu'elle en resterait marquée sa vie entière.

Il ne l'avait pas embrassée, ne l'avait pas prise dans ses bras, ne l'avait pas caressée. Il s'était contenté de s'asseoir, de lui ordonner de se déshabiller, puis l'avait regardée faire. Il lui avait demandé de s'allonger tandis qu'il se dévêtait, l'avait mise dans la position qu'il souhaitait, une position dans laquelle il pouvait affirmer sa domination sur elle et sur toutes les autres femmes – une domination qu'il avait exercée sans la moindre douceur.

Quand il l'avait emmenée dans cette taverne, c'était pourtant de la douceur et de la compassion qu'il recherchait. Le silence et le sang-froid de la jeune femme l'avaient mis en colère. Ce qu'il aurait voulu, c'était qu'elle le prenne dans ses bras comme personne ne l'avait fait depuis tant d'années. Au lieu de quoi elle avait montré la résignation d'un agneau à l'abattoir.

Étouffant un juron, il regagna le salon. Là, il se surprit à observer avec curiosité lord Brocklehurst, qui bavardait. Il se joignit à son petit groupe.

— Oui, elle s'est endormie, assura-t-il à lady Mayberry, qui lui demandait des nouvelles de Pamela.

— Votre fille est charmante, déclara aimablement lord Brocklehurst.

— Elle est tout pour ma femme et moi.

— La perspective d'avoir des enfants aussi adorables donne envie de convoler, avoua Brocklehurst.

— Vous êtes fiancé ? s'enquit le duc.

— Non, pas encore. Bien sûr, avoir des enfants et vouloir leur assurer le meilleur ne doit pas être facile. Comment choisir une bonne gouvernante ou un bon précepteur, par exemple ? Votre gouvernante m'a tout l'air d'une jeune personne très bien. Elle est avec vous depuis longtemps ?

— Non, mais nous sommes extrêmement satisfaits d'elle.

— Vérifier les références de son personnel pour s'assurer qu'on ne vous trompe pas doit prendre beaucoup de temps.

— J'ai un secrétaire pour ce genre de choses. Vous connaissez Mlle Hamilton ?

— Non, non, même si le nom m'est familier. Et son visage aussi, maintenant que j'y songe. Il me semble que je connais sa famille. Je l'ai peut-être rencontrée une fois.

— Ah, Mlle Dobbin va nous jouer un morceau ! Je vais me rapprocher. Excusez-moi, Brocklehurst.

C'était Brocklehurst, il en était certain. Et son visiteur était aussi discret que Fleur sur leurs relations.

Ne faisait-il pas une montagne d'une taupinière ? Avait-elle été juste embarrassée de se trouver face à un invité susceptible de la reconnaître et de la voir dans un emploi subalterne ?

Qui était-elle ? Et qu'avait-elle été ? Elle n'avait pas suscité sa curiosité au début. Les renseignements fournis étaient plausibles, il n'empêche qu'elle avait menti au sujet de ses parents. Son père était peut-être mort lourdement endetté, mais pas récemment. Or, quelque chose lui était arrivé récemment.

Et que lui importait, après tout ? S'était-il jamais interrogé sur le passé de Houghton ou de n'importe lequel de ses employés ? Le passé de Fleur Hamilton ne regardait qu'elle.

Pourquoi avait-elle menti au sujet de son père, cependant ? Pourquoi avait-elle prétendu ne pas connaître Brocklehurst ? Et, plus étrange encore, pourquoi avait-il menti sur ses liens avec elle ?

Sa femme, constata-t-il du coin de l'œil, flirtait à la fois avec Shaw et avec Thomas.

Le lendemain matin, Fleur se rendit tôt dans le salon de musique pour jouer du Beethoven – pas bien du tout. Elle ne travailla pas de nouveau morceau, mais s'efforça simplement de trouver un peu de paix en se perdant dans ceux qu'elle connaissait. Hélas, la magie n'opéra pas ! Elle trébuchait, faisait des fausses notes, perdait la cadence.

Elle aurait frappé le clavier si la porte de la bibliothèque ne s'était ouverte un peu plus tôt – comme tous les jours, sauf la veille –, lui laissant entrevoir la silhouette du duc.

Elle n'avait pas fermé l'œil, lui semblait-il. Elle avait tout de même dû s'assoupir un peu, puisqu'elle avait fait des cauchemars dans lesquels se mêlaient le regard fixe de Hobson, un voyage en voiture enchaînée, la potence et la certitude qu'en dessous l'attendait un cercueil, le visage balafré penché au-dessus d'elle et ces doigts qui s'insinuaient en elle...

Oui, elle avait dû finir par s'endormir.

Combien de temps cela allait-il durer ? Combien de temps lui restait-il ?

Que jouait-elle, Beethoven ou Mozart ?

Elle entendit la porte donnant sur le hall s'ouvrir dans son dos et cessa de jouer. Elle n'eut pas besoin de se retourner pour savoir de qui il s'agissait.

— Ah, Isabella ! Non, je te demande pardon, Fleur, c'est cela ? ironisa une voix familière.

Elle se leva et pivota. Matthew souriait, comme souvent. Elle posa un doigt sur ses lèvres en désignant la porte entrouverte de la bibliothèque, puis se dirigea vers le hall.

— Il y a des pelouses derrière le château. Je crois qu'il ne pleut plus.

Que le temps ait changé et que les nuages se soient amoncelés paraissaient appropriés. Ce qui lui semblait étrange, en revanche, c'était de se rendre compte que sa propre voix était absolument normale.

— Il m'a suffi de poser quelques questions pour connaître tes habitudes, dit-il.

— Elles n'ont rien de secret.

Elle le fit passer par une porte de service et ne prit pas la peine d'emporter un manteau. Il faisait frais, mais elle s'en aperçut à peine.

— Je ne ferai pas de difficultés, assura-t-elle en le précédant à travers le potager. Je ne sais pas si tu as amené des gardes. Je ne sais pas si tu as prévu de m'enchaîner, mais tu n'en auras pas besoin. Je ne ferai pas de difficultés.

Même les nuages étaient beaux. Même sentir l'herbe détrempée mouiller ses chaussures était agréable. Elle se rappela son arrivée à Willoughby et ses premières semaines ici, sa joie et l'impression qu'espérer était possible. Elle se rappela sa visite aux Chamberlain et leur venue. Elle se rappela sa promenade sur ces mêmes pelouses avec M. Chamberlain, et les enfants qui couraient après leur balle. Elle se rappela les jeux avec la petite chienne, et elle se rappela une valse à la lueur des lanternes dans une allée déserte.

— Le meurtre est passible de la potence, Isabella.

— Je sais. Je sais également, et toi aussi, Matthew, que je ne suis pas une meurtrière. Ce qui s'est passé était un accident, et je me défendais. Bien entendu, qui le croira quand nous témoignerons tous les deux ?

— Pauvre Hobson, soupira-t-il. Tout ce qu'il voulait, c'était t'empêcher de tomber. Quel dommage que tu te sois mise dans un tel état parce que je t'avais fait quelques remontrances pour ton bien ! Il serait toujours en vie.

— Oui, tu es très convaincant, Matthew. Et j'ai fait la bêtise de m'affoler et de m'enfuir, ce qui est un signe de culpabilité. Quelle est la procédure ? Est-ce que je serai attachée ?

Il rit tout bas.

— Tu m'as l'air de t'en être très bien sortie toute seule, encore que tu aies pu revenir à la maison. Tu n'avais pas besoin de t'abaisser à devenir gouvernante. Le duc semble très content de toi et cela n'a rien d'étonnant s'il avait ordonné à son secrétaire de faire le planton quatre jours entiers dans un bureau de placement avant de trouver la candidate idéale.

Pour la première fois, elle le regarda. Il arborait toujours le même sourire ironique.

— Tu es sa maîtresse ? Tu es très en beauté, en tout cas.

— Je suis la gouvernante de sa fille. Je l'étais, en tout cas. Je suis ta prisonnière à présent, j'imagine.

— Voir une corde autour de ce joli cou me briserait le cœur, tu sais. Peut-être t'es-tu effectivement méprise sur les intentions de Hobson, après tout. Peut-être as-tu pensé devoir te défendre. Qui suis-je pour en juger ? Peut-être s'agit-il d'un regrettable accident, finalement.

— Qu'est-ce que tu dis ?

— Rien que la vérité. Je veux, dans la mesure du possible, te laisser le bénéfice du doute. Tu sais que je t'aime, Isabella.

— Je pourrais entrer dans ton jeu, mais je ne te comprends que trop bien. Tu es prêt à déclarer que la mort de Hobson était un accident si j'accepte d'être ta maîtresse. C'est bien cela ?

— Pourquoi te mettre en colère ? J'ai un pistolet ? Des chaînes ? Des cordes ? Tu vois un policier ou un garde derrière moi ? Tu crois vraiment que je t'ai cherchée tout ce temps afin que tu sois exécutée ? Tu me connais donc si peu ?

— Parle sans détour, Matthew, pour une fois dans ta vie ! Si je refuse de devenir ta maîtresse, que se passera-t-il ? Réponds franchement.

— Je suis un invité ici, Isabella. Je suis venu avec un vieil ami, lord Thomas Kent, passer quelques semaines dans un domaine que j'ai toujours eu envie de connaître. Il se trouve, par une heureuse coïncidence, que tu y occupes un emploi de gouvernante. Bien entendu, nous ne pouvons faire autrement que d'évoquer ce regrettable décès, qui n'a toujours pas été éclairci puisque tu as pris la fuite aussitôt après. Mais rien ne nous oblige à nous dire maintenant tout ce que nous avons à nous dire, n'est-ce pas ? Tu ne risques pas de partir dans les semaines qui viennent, et moi non plus.

— Je me doutais bien que tu n'accepterais pas d'être franc. Cela ne m'empêche pas de savoir exactement comment tu envisages les choses. Je te connais depuis toujours, ou presque. Je vais vivre avec une épée de Damoclès au-dessus de la tête. Tu me manipuleras comme une marionnette.

— Tu as dû apprendre que le révérend Booth a été… déçu par ton attitude. C'est l'aînée des demoiselles Hailsham qui se voit maintenant l'heureuse destinataire de ses attentions, il me semble.

Daniel ! Du regard, elle défia Matthew.

— Quand nous partirons, je ne crois pas nécessaire d'étaler notre linge sale devant le duc et la duchesse, enchaîna-t-il. Tu ne souhaites certainement pas non plus décevoir Sa Grâce en lui donnant des espoirs inutiles dans les semaines à venir, n'est-ce pas ?

— Ne t'inquiète pas, il n'y a rien entre le duc et moi.

— C'est donc simplement dans ses habitudes de faire une petite promenade matinale derrière le château ? railla Matthew.

Fleur jeta un coup d'œil par-dessus son épaule. Sa Grâce venait en effet dans leur direction.

— Bonjour, lança lord Brocklehurst. Votre parc est aussi beau à l'arrière qu'en façade !

Le duc avait une cape sur le bras. Sans un mot, il la drapa sur les épaules de Fleur.

— Mon grand-père s'était adressé au plus grand jardinier-paysagiste de l'époque. Vous avez passé une bonne nuit, Brocklehurst ?

— Excellente, je vous remercie. Et comme vous l'avez deviné, Votre Grâce, Mlle Hamilton et moi nous étions bel et bien déjà rencontrés. Nous échangions des nouvelles de nos familles respectives.

— Mademoiselle Hamilton, fit le duc, je vais donner à Pamela sa première leçon d'équitation tout de suite après le petit déjeuner. Amenez-la aux écuries, je vous prie. Vous pouvez disposer pour le moment.

— Bien, Votre Grâce.

Elle aurait donc droit à un répit, finalement. Il était prêt à lui accorder sa liberté, en échange de ce qu'il convoitait depuis plus de trois ans. Sauf que par le passé, elle pouvait se permettre de mépriser ses avances, tandis que maintenant, il pensait avoir barre sur elle.

Et c'était le cas. Toute au soulagement d'avoir un peu de répit, elle pouvait se dire qu'elle refuserait son offre quand il déciderait que l'heure du départ avait sonné. Elle pouvait s'imaginer le toiser et lui déclarer qu'elle préférait être pendue plutôt que de devenir sa maîtresse.

Mais en aurait-elle le courage le moment venu ?

C'était tout Matthew, bien sûr. Cela faisait longtemps qu'il la désirait. Pourquoi l'abandonnerait-il plus volontiers à la potence qu'à Daniel ?

Quelle sotte elle était de ne pas y avoir pensé.

Elle déboutonnait machinalement la cape que le duc avait apportée lorsqu'elle se rendit compte qu'il s'agissait de la sienne – celle qui était rangée dans sa penderie.

Le duc avait dû envoyer une femme de chambre la chercher.

Il lui avait également demandé d'amener lady Pamela aux écuries.

Elle avait donc une nouvelle journée devant elle, sans chaînes, sans long voyage avec cachot humide à l'arrivée. Pas tout de suite du moins.

Son pas se fit plus léger. Elle avait une nouvelle journée devant elle.

Il était encore tôt lorsque le duc et lord Brocklehurst reprirent le chemin de la maison. Il avait le temps de régler une ou deux choses avant le petit déjeuner.

Il envoya un valet demander à lord Thomas de le rejoindre s'il était déjà levé. Il devait parler à son frère. Il n'était pas question de mettre la tête dans le sable et de faire comme si de rien n'était.

Il songea à la nuit passée. Incapable de trouver le sommeil, il avait fait ce qu'il faisait rarement. Il s'était rendu à une heure tardive dans les appartements de sa femme. Il s'était attendu à trouver la chambre vide et le lit intact.

Or, elle était là, bien réveillée, fiévreuse et en proie à de violentes quintes de toux.

— Vous n'êtes pas bien ? s'était-il inquiété en tâtant son front brûlant.

Il était allé chercher un linge humide et l'avait posé sur son front.

— Ce n'est rien, avait-elle rétorqué en se détournant.

— Sybil, voulez-vous que je le renvoie ? L'éloigner vous soulagera-t-il ?

— Non, avait-elle murmuré sans le regarder, tandis qu'une larme glissait lentement sur sa joue.

Elle n'avait rien ajouté et il avait quitté la chambre.

Ce matin, la femme de chambre l'avait informé que Sa Grâce était tout à fait remise de son accès de fièvre.

Après un voyage de plusieurs jours, il s'attendait que son frère dorme tard, pourtant, à peine quinze minutes plus tard, Thomas pénétrait dans la bibliothèque, son éternel demi-sourire aux lèvres.

— Cela me rappelle de vieux souvenirs, dit-il. Combien de fois avons-nous été appelés ici pour recevoir une bonne correction ? Moi plus souvent que toi, il faut le reconnaître. C'est pour cela que tu m'as fait appeler ?

— Pourquoi es-tu revenu ?

— On est censé tuer le veau gras pour le retour de l'enfant prodigue. Tu n'as pas bien suivi tes cours d'instruction religieuse, Adam !

— Pourquoi es-tu revenu ?

— Le mal du pays, j'imagine. Quand j'étais aux Indes, l'Angleterre me manquait. Et à mon retour en Angleterre, c'est Willoughby qui m'a manqué, même si je n'y suis pas le bienvenu. N'être qu'un demi-frère est parfois difficile.

— Cela n'a rien à voir, tu le sais parfaitement ! Enfants, nous ne faisions aucune différence. Nous étions frères, tout simplement.

— Mais à cette époque, aucun de nous n'était duc, et l'un n'avait pas peur que l'autre gaspille un peu de ses vastes richesses.

— Là encore, tu sais que cela n'a jamais été mon cas. J'ai fait de mon mieux pour te persuader de rester. Je voulais partager Willoughby avec toi. Tu étais mon frère, ta place était ici. C'est quand tu as insisté pour partir que je t'ai dit de ne pas revenir. Je voulais dire jamais.

— C'est long, jamais. C'est étrange. Quand j'étais aux Indes, je n'arrivais pas à me représenter clairement cette pièce, mais maintenant, tout me revient, remarqua rêveusement lord Thomas en détaillant le lion de mosaïque sur le manteau de la cheminée. Rien ne change jamais à Willoughby, n'est-ce pas ?

— Tu ne pouvais pas la laisser en paix ?

— Parce que tu t'imagines qu'elle est en paix depuis qu'elle t'a épousé ? ricana lord Thomas. Je n'ai pas l'impression qu'elle nage en pleine félicité conjugale. Tu ne t'en rends pas compte ? Tu es toujours amoureux d'elle ?

— Elle avait fini par se faire une raison et s'était habituée à l'idée que tu ne reviendrais jamais.

— Elle n'a pas l'air particulièrement malheureuse de me revoir, en tout cas. Son accueil a été moins pincé que le tien.

— Et comment fera-t-elle quand tu repartiras ?

— Qui a dit que j'allais repartir ? Je vais peut-être rester, cette fois-ci.

— C'est trop tard maintenant. Elle est mariée avec moi.

— Ah oui, c'est vrai ! s'esclaffa lord Thomas. Mon pauvre Adam ! Je pourrais bien te la prendre.

— Non, ce serait bien trop de tracas pour toi. Tu vas te contenter de lui ravir de nouveau son cœur, de la convaincre que tu l'aimes, elle croira en toi comme elle l'a toujours fait, et quand tu en auras assez, tu la quitteras.

— Je suppose que tu as joué au galant homme et que tu as pris tous les torts sur toi. Je m'attendais à un tombereau de reproches, or, elle m'a accueilli à bras ouverts. Tu es le roi des idiots, Adam.

— Il se trouve que je l'aimais profondément. J'aurais donné ma vie pour lui épargner toute souffrance. Je savais qu'elle ne pourrait plus m'aimer – si tant est qu'elle m'ait jamais aimé –, alors je l'ai laissée penser de moi pis que pendre. C'était peut-être le cas avant, d'ailleurs. Après tout, j'avais déjà tout gâché en revenant vivant.

— Et tu l'as même épousée, reprit lord Thomas. Tu as de la chance que Pamela n'ait pas hérité des cheveux roux de ma mère. Tu aurais été la risée de la bonne société.

— Oui, je l'ai épousée, puisque tu t'y refusais. Je ne crois pas que j'aurais supporté de la voir déshonorée, même si je ne l'avais pas aimée. Et tu n'as même pas eu la décence de rester au loin. J'aurais peut-être dû lui révéler la vérité. Au moins, elle saurait à quoi s'en tenir à présent.

— Sauf que tu ne l'as pas fait parce que tu as toujours adoré jouer les chevaliers sans peur et sans reproche. Sinon, tu ne serais pas parti à la guerre. Si j'ai le temps, je vais peut-être ajouter un fils à ta nursery avant de repartir – si jamais je repars. Avec un peu de chance, lui non plus ne sera pas roux. J'ignore pourquoi, mais tu m'as l'air incapable d'engendrer toi-même un héritier. Ou peut-être faut-il surveiller le tour de taille de ta gouvernante.

Le duc fit deux pas en avant et lord Thomas se retrouva sur la pointe des pieds, à demi étranglé par sa cravate.

— J'aurais pu te faire jeter dehors, grinça le duc. J'en connais beaucoup qui me traiteraient d'imbécile, mais tu es mon frère et tu es ici chez toi. J'ai encore suffisamment d'affection pour Sybil pour ne pas t'enlever à elle avant que vous ayez pu faire la paix. Souviens-toi juste d'une chose, Thomas : elle est ma femme, et Pamela est ma fille, et je défendrai les miens contre tout déshonneur ou souffrance inutile. Et tu ferais bien de te mettre dans la tête que mes employés, y compris la gouvernante de Pamela, sont sous ma protection, et que je les protégerai de la manière que je jugerai nécessaire.

— Si je suis revenu, c'est parce que cela faisait plus de cinq ans que je n'avais pas vu Willoughby et l'Angleterre, et que j'avais le mal du pays, plaida son frère en rajustant d'une main tremblante son col de chemise et sa cravate. Tu devrais savoir ce que c'est, Adam. Je pensais que tu m'avais pardonné, je me trompais, apparemment. Je ferais peut-être aussi bien de m'en aller tout de suite.

Le regard de son aîné, qui n'avait rien d'amène, aurait pu passer pour un encouragement.

— Ah, mais j'oubliais ! s'exclama Thomas en riant. J'ai amené Bradshaw. Ce ne serait pas très courtois de partir à peine arrivés, n'est-ce pas ? Je vais rester un peu, finalement.

Lord Thomas le gratifia d'un salut désinvolte et s'éclipsa.

Le duc se laissa tomber dans le fauteuil derrière le bureau. Il savait que discuter avec Thomas ne servirait pas à grand-chose. Il avait espéré néanmoins faire appel à son sens de l'honneur. Enfant, il n'avait jamais remarqué à quel point son frère en était dépourvu. Ils s'étaient plutôt bien entendus malgré leurs cinq années de différence, et on aurait pu s'attendre que l'incapacité à assumer ses responsabilités dont son père s'était toujours plaint disparaîtrait à l'âge adulte. Enfin, il était trop tard maintenant pour que son frère reparte comme il était venu. Et trop tard pour Sybil. Maintenant qu'elle l'avait revu, les vieilles blessures avaient dû se rouvrir.

Il avait compris depuis longtemps qu'elle n'avait jamais cessé d'aimer Thomas. Elle n'avait jamais éprouvé le moindre sentiment pour son mari ou pour les amants qu'elle avait pris depuis leur mariage. Thomas était l'amour de sa vie.

Adam l'ignorait et ne l'avait pas soupçonné quand il était tombé amoureux d'elle et qu'ils s'étaient fiancés à son retour d'Espagne. Elle semblait plutôt bien disposée à son égard, impatiente même. Elle lui avait dit qu'elle l'aimait et s'était laissé embrasser et caresser.

Certes, il était duc de Ridgeway à l'époque et passait pour un héros. Les parents de Sybil avaient des ambitions pour elle et elle lui était destinée depuis toujours.

Il n'avait pas suspecté ce qu'elle lui avait déclaré par la suite lorsqu'elle voulait le blesser, à savoir qu'elle était éprise de Thomas du plus loin qu'il lui en souvienne.

Il ne l'avait découvert qu'à son retour de Waterloo, quand il l'avait retrouvée fiancée à son frère et que sa réapparition l'avait horrifiée. Elle était prête à épouser le cadet même s'il n'était plus duc de Ridgeway ni propriétaire de Willoughby. Elle l'aimait corps et âme.

Mais Thomas, qui ne demandait pas mieux que de l'épouser quand il était duc de Ridgeway, comme si elle faisait partie des trophées hérités de son frère mort au champ d'honneur, n'en avait plus eu envie une fois redevenu lord Thomas Kent.

Il n'avait pas eu le courage cependant de le lui dire en face. Il était devenu son amant, lui avait juré un amour éternel, l'avait mise enceinte, et s'était dépêché de prendre le large lorsqu'elle le lui avait annoncé.

Il avait averti son frère de son départ et des raisons de celui-ci, mais n'avait rien dit à Sybil.

Adam avait fait tout ce qui était en son pouvoir pour persuader Thomas de rester. Il aimait tellement Sybil qu'il ne supportait pas l'idée qu'elle souffre de cet abandon alors qu'elle était dans une situation délicate.

Thomas n'en était pas moins parti.

Quand elle était arrivée avec son père deux jours plus tard, il leur avait appris le départ de son cadet sans leur en donner la raison. Et lorsqu'elle l'avait accusé d'avoir chassé son frère parce qu'il n'y avait pas de place pour deux à Willoughby, il s'était contenté de secouer la tête tant il avait de peine pour elle. Il n'avait pas fallu longtemps pour qu'elle fasse de ses conjectures une certitude.

Elle était enceinte de trois mois quand ils s'étaient mariés.

À cette époque déjà, il savait qu'il avait fait une erreur, qu'il aurait dû lui révéler la vérité, l'obliger à l'écouter, dût-elle en souffrir. Elle avait le droit de savoir et seule la vérité aurait donné à leur mariage une chance de succès. Mais il l'aimait trop, et elle lui faisait tellement pitié. Il aurait préféré mourir plutôt que la faire souffrir.

Et voilà qu'il avait permis à Thomas de revenir – chez lui et dans la vie de Sybil.

Avait-il perdu l'esprit ?

Il se leva abruptement. L'heure du petit déjeuner avait sonné, il avait des invités dont il fallait s'occuper, une leçon d'équitation à donner et une journée à endurer.

Remâcher le passé ne servirait à rien.

12

Sa Grâce s'impatientait, Fleur s'en aperçut tout de suite tandis qu'elle tirait une lady Pamela plus que réticente jusqu'aux écuries. Il les attendait accoudé au manège, tête nue, frappant machinalement sa botte du bout de sa cravache.

Avec sa tenue d'équitation noire, il avait l'air plus ténébreux et plus menaçant que jamais.

— Vous voilà enfin !

Fleur esquissa une révérence, lâcha la main de Pamela, et pivota sur ses talons.

— Je peux monter avec toi sur Hannibal, papa ? s'enquit Pamela.

— Certainement pas, répliqua son père. Tu n'apprendras jamais rien de cette façon. Tu as cinq ans maintenant, il est grand temps d'apprendre à monter seule. Où allez-vous, mademoiselle Hamilton ?

— Au château, Votre Grâce. Vous vouliez que je fasse autre chose ?

— Où est votre costume d'équitation ? s'agaça-t-il en considérant avec irritation sa cape et sa robe de cotonnade vert pâle.

— Je n'en ai pas, Votre Grâce.

— Des bottes, peut-être ?

— Non plus, Votre Grâce.

— Il faudra faire sans, dans ce cas. Passez demain matin au bureau de Houghton. Il fera le nécessaire pour que vous alliez à Wollaston vous commander un costume d'amazone et des bottes.

Un palefrenier tenait par la bride deux chevaux et un poney sellés, et les faisait trotter autour du manège. Elle était censée monter, elle aussi ? La journée s'illumina d'un coup, comme si le soleil venait de percer entre les nuages.

— Ne me dites pas que vous avez peur des chevaux, vous aussi, grommela le duc.

— Non, Votre Grâce. Non, je n'ai pas peur des chevaux, assura-t-elle en réprimant un sourire.

Pour un peu, elle aurait dansé de joie.

— Je vais monter avec vous, mademoiselle Hamilton, déclara lady Pamela.

— Tu vas monter seule, trancha son père. Ce poney est bien trop doux pour te faire tomber, même s'il lui en prenait l'envie. Tu vas marcher à côté de moi, et je tiendrai la bride. Mlle Hamilton sera de l'autre côté. Entre nous deux, tu ne risques absolument rien.

— Monter à cheval est une sensation merveilleuse, assura Fleur en s'accroupissant pour prendre les mains de l'enfant. Je ne connais pas de plus grand sentiment de liberté et de joie.

— Mais maman dit que je pourrais me rompre le cou ! Je préfère rester ici avec Tiny.

— Tu pourrais te rompre le cou si tu ne savais pas monter, expliqua Fleur. C'est pour cela que ton papa veut t'apprendre. Il t'empêchera de tomber. Et moi aussi.

Lady Pamela n'était qu'à demi convaincue. Elle laissa toutefois son père la jucher sur le poney tandis que Fleur faisait signe au palefrenier de l'aider à grimper sur la jument.

Tous trois arpentèrent au pas les pelouses derrière le château pendant près d'une demi-heure. Peu à peu, la fillette se détendit et perdit son expression effrayée. Quand ils regagnèrent l'écurie, fière comme Artaban, elle demanda au palefrenier s'il l'avait vue.

— Pour sûr, milady. Je parie que dans un rien de temps vous suivrez les chasses à courre !

— La prochaine fois, je veux un grand cheval !

— Laissez lady Pamela jouer un peu avec son chien, ordonna le duc, et ramenez-la ensuite auprès de sa nourrice. Allons-y, ajouta-t-il à l'adresse de Fleur.

Elle eut un coup au cœur. Avoir le duc pour compagnon ne réussirait pas à gâcher la beauté de cette matinée. Elle avait passé une demi-heure au pas avec une enfant et son père, et voilà qu'elle avait la possibilité de galoper librement ?

Sa Grâce avait déjà fait pivoter sa monture vers les pelouses qui s'étendaient sur des lieues en direction du sud.

Cela faisait-il seulement deux nuits qu'il avait décidé de ne plus la voir ? Le duc de Ridgeway avait du mal à le croire. Il passa au trot et écouta la jument derrière lui accélérer l'allure.

La plupart des messieurs s'étaient offert une partie de pêche tandis que les dames se rendaient à Wollaston. Il avait dit à deux de ses invités qu'il les rejoindrait probablement dans la salle de billard après la leçon d'équitation de sa fille.

Quel idiot il était de s'être attendu à la voir arriver en tenue d'amazone. Quand il l'avait engagée, il avait ordonné à Houghton de lui donner de quoi s'acheter les vêtements nécessaires. Le secrétaire avait dû lui allouer le strict minimum, et il n'y avait certainement pas assez pour une tenue d'équitation, à supposer que Mlle Hamilton en ait eu l'idée.

Il avait parfois du mal à appréhender les réalités de la pauvreté.

Aurait-il eu l'idée de cette heure volée si elle ne lui avait pas souri ? À vrai dire, ce n'était pas à lui qu'elle avait souri, mais à la perspective de monter à cheval. Elle s'était visiblement méprise et avait cru qu'elle devait se contenter d'amener lady Pamela.

C'était la première fois qu'il la voyait sourire aussi franchement. Et ce sourire avait illuminé tout son visage, lui avait conféré un éclat irrésistible. Il aurait juré que tous les rayons du soleil avaient convergé sur elle, alors même que de gros nuages obscurcissaient le ciel.

Il en avait été purement et simplement ébloui. Et puisqu'elle aimait tellement l'équitation, il avait décidé, tandis qu'ils se promenaient avec Pamela, de l'emmener faire une véritable chevauchée.

Un coup d'œil par-dessus son épaule lui apprit qu'elle n'était pas du tout perturbée par l'allure qu'il avait adoptée. C'était de toute évidence une cavalière confirmée. Il éperonna Hannibal et passa au galop.

Sybil détestait l'équitation. Elle préférait aller tranquillement d'un point à un autre en voiture, en toute sécurité, avait-elle coutume de dire.

Il chevauchait donc généralement en solitaire.

Mlle Hamilton le rejoignit et il comprit, à la fois surpris et ravi, qu'elle voulait faire la course avec lui. Elle lui décocha un sourire lumineux – et cette fois, il lui était bel et bien destiné –, et il décida de relever le défi.

Ils s'élancèrent à travers le parc. La jument de sa compagne ne pouvait certes pas rivaliser avec Hannibal, pourtant il se laissa rattraper avant de reprendre la tête. Si elle avait parfaitement compris son jeu, elle refusait de s'avouer vaincue. Et elle riait.

Il obliqua brusquement et se dirigea droit sur le mur qui séparait le parc des pâturages environnants. La barrière était là… C'était un pari dangereux, il le savait, pour son cheval comme pour celui de la jeune femme, mais la course l'avait grisé.

La barrière franchie, il tira sur les rênes d'Hannibal pour regarder la jument, menée d'une main sûre, la franchir à son tour, Fleur couchée sur son encolure. Elle ne riait plus lorsqu'elle ralentit la jument pour l'amener à côté d'Hannibal. Elle ne portait pas de chapeau, la plupart des épingles qui retenaient son chignon strict s'étaient perdues en route, et sa chevelure formait un halo d'or autour de sa tête.

— Vous avez été battue à plate couture, déclara-t-il. Reconnaissez-le !

— Mais c'est vous qui avez choisi mon cheval, et vous en avez délibérément pris un boiteux. Reconnaissez-le.

— Touché ! admit-il en riant. Proclamons l'armistice. Vous êtes une excellente cavalière. Vous avez déjà suivi des chasses à courre ?

— Non. Je plaignais trop le pauvre renard ou le cerf. Je monte pour le plaisir. Il y a beaucoup de belles promenades autour de Her… de l'endroit où j'habitais.

— Isabella, dit-il doucement.

À peine avait-il murmuré ce prénom qu'il le regretta. L'enchantement de cette demi-heure, leur merveilleuse complicité venaient de s'évanouir, comme si une porte s'était brusquement refermée.

— Je m'appelle Fleur.

— Hamilton ? Est-ce également sujet à caution ?

— Je m'appelle Fleur.

— Puisque vous vous connaissez à peine, lord Brocklehurst et vous, il ne faut pas s'étonner qu'il se trompe sur votre prénom.

— Absolument.

— Ce qui est tout aussi surprenant, c'est qu'il vous appelle par votre prénom alors que vous vous connaissez si peu.

Tout à coup, elle avait le même regard de bête traquée que la veille, quand il l'avait rejointe sur le pont. En cet instant, il se détesta. De quoi se mêlait-il, après tout ? S'il y avait un mystère dans son passé, si elle vivait sous un nom d'emprunt, en quoi cela le regardait-il ? C'était une excellente gouvernante et elle aimait beaucoup Pamela.

Mais Isabella ? Quant à lui, il refusait de l'appeler autrement que Fleur.

Leurs chevaux longeaient maintenant le mur du parc.

— Vous le connaissez bien, n'est-ce pas ?

— À peine. Je ne l'avais même pas reconnu jusqu'à ce qu'il vienne se présenter ce matin.

— Vous a-t-il harcelée par le passé ? Avez-vous peur de lui ?

— Non !

— Vous n'avez aucune crainte à avoir. Vous êtes chez moi et vous êtes mon employée. Vous êtes donc sous ma protection. S'il vous a ennuyée ou s'il vous a menacée, dites-le-moi tout de suite, Fleur, et il aura quitté Willoughby avant la fin de la journée.

— Je le connais à peine.

Ils s'immobilisèrent devant une grille et il se pencha pour ouvrir le loquet. Il le referma lorsqu'ils l'eurent franchie.

— Avez-vous vu les folies de ce côté-ci ? s'enquit-il.

— Non.

Il lui désigna en passant un arc de triomphe qui ne menait nulle part, une grotte qui n'avait jamais vu de nymphes ni de bergers, et un petit temple en ruine.

— Ils offrent tous une vue pittoresque sur le lac, expliqua-t-il. M. William Kent avait un œil très sûr.

En remontant du lac vers le château, il lui parla de l'Espagne et de la traversée des Pyrénées avec l'armée de Wellington, et elle lui posa des questions pleines d'à-propos. Comment ils avaient abordé le sujet, il aurait été bien en peine de le dire.

Il regrettait amèrement que ces moments enchantés aient été si brefs. Il regrettait de s'être laissé aller à la curiosité, ou du moins de ne pas avoir attendu un moment plus propice pour l'interroger.

L'espace d'une demi-heure, il s'était senti plus heureux et plus libre qu'il ne l'avait été depuis des années. Et elle, avec son visage rayonnant et ses cheveux d'or bruni en désordre, lui était apparue plus belle et plus désirable que toutes les femmes qu'il avait connues jusqu'à présent. Et cette fois, ses regards et ses sourires n'étaient adressés qu'à lui seul.

Non, songea-t-il tandis qu'ils pénétraient dans la cour des écuries, il valait mieux que les choses se soient passées ainsi. La situation devenait périlleuse. Il était tenté comme il l'avait été dès qu'il l'avait vue devant le théâtre de Drury Lane.

C'était la gouvernante de Pamela, une de ses employées. Elle était sous sa protection, comme il le lui avait rappelé un peu plus tôt. Il lui appartenait de la protéger des importuns, pas d'en être un lui-même.

— Je pense que Pamela a pris plaisir à cette petite récréation.

— Oui. Nous allons devoir commencer les leçons un peu plus tôt cet après-midi.

Aidée par un palefrenier, Fleur était descendue de sa monture et regardait le duc, incertaine.

— Je dois voir le palefrenier en chef. Vous pouvez retourner au château, mademoiselle Hamilton.

— Bien, Votre Grâce, fit-elle avant de s'éloigner.

En la suivant du regard, il se demanda si la vie n'offrait jamais le bonheur autrement qu'à petites doses.

La leçon de français s'était très bien passée, celle d'histoire aussi. Lorsque Fleur prit la grosse mappemonde pour un peu de géographie, lady Pamela lui demanda où se trouvaient les Indes.

— Mon oncle Thomas y est allé, expliqua-t-elle.

Aidée par Fleur, elle suivit du doigt la route qu'avait dû emprunter lord Thomas pour rentrer en Angleterre.

— Je ne l'aime pas, ajouta-t-elle candidement.

— Pourquoi cela ? Tu ne l'as vu qu'une fois, et tu étais fatiguée.

— Il ne m'aime pas non plus. Il s'est moqué de moi.

— Sans doute parce qu'il n'est pas habitué aux petites filles. Les gens qui ne connaissent pas les enfants en ont souvent un peu peur et ne savent pas comment leur parler.

— Il a dit que je ne ressemble pas à maman, que je suis tout le portrait de papa. J'aimerais ressembler à maman. Tout le monde l'aime.

— Et tu crois qu'on ne t'aime pas parce que tu es brune comme ton papa ? Je pense que tu as tort. Être brune n'empêche pas d'être très belle. L'une de tes aïeules était très brune et très belle. C'est toi qu'elle m'a rappelée quand j'ai vu son portrait dans la galerie.

— Vous dites ça pour me faire plaisir.

— Tu devrais peut-être aller voir ce portrait. Il est temps que tu te familiarises avec la famille de ton papa. Elle remonte à plusieurs centaines d'années, bien avant ta naissance ou celle de ton papa.

La plupart des dames, y compris la duchesse, étaient encore à Wollaston, Fleur le savait. Le duc était allé inspecter ses domaines avec plusieurs messieurs, malgré le crachin tenace qui avait repris. Elle pouvait donc emmener lady Pamela visiter la galerie des peintures, comme Sa Grâce le lui avait demandé.

Elles commencèrent par le portrait de Van Dyck représentant la duchesse brune, accompagnée de son mari, de leurs enfants et des chiens de la famille.

— Elle est belle ! s'extasia lady Pamela en s'accrochant à la main de Fleur. Vous trouvez vraiment que je lui ressemble ?

— Oui. Je pense que tu lui ressembleras beaucoup quand tu grandiras.

— Pourquoi les hommes ont les cheveux si drôles ?

Elles étudièrent les chevelures, les barbes et les vêtements des ancêtres de lady Pamela pour constater comme les modes avaient changé au fil des ans. Apprendre que très récemment encore, les messieurs portaient des perruques amusa beaucoup la petite.

— Et les dames aussi. La grand-mère de ton papa devait porter une perruque poudrée pour qu'elle soit toute blanche.

Elle l'emmena voir un autre tableau pour appuyer sa démonstration. C'était une leçon informelle, sans plan ni but particulier, mais il était évident que la fillette était intéressée. Il lui faudrait l'emmener quand elles ne risqueraient pas d'être dérangées. Si elle le pouvait, elle veillerait à ce que, contrairement à elle, lady Pamela ne grandisse pas en ignorant le passé de sa famille.

Comme il était prévisible, la petite se fatigua vite.

— Qu'est-ce qu'il y a dans ces placards ? demanda-t-elle en pointant le doigt.

— Ton papa m'a dit, je crois, qu'il y avait les jouets qu'ils utilisaient quand il pleuvait, ton oncle Thomas et lui, lorsqu'ils étaient enfants.

— Comme maintenant, remarqua avec à-propos lady Pamela avant de s'accroupir pour ouvrir ledit placard.

Elle en sortit une toupie et deux cordes à sauter. Elle délaissa la toupie, mais déroula une des cordes à sauter.

— À quoi ça sert ?

Fleur était un peu ennuyée. On lui avait permis d'amener lady Pamela ici pour étudier les tableaux, mais personne ne lui avait expressément donné la permission d'y jouer. Il était l'heure de mettre un terme à la leçon, et par ce temps, sortir était exclu.

— On saute par-dessus. Tu prends une poignée dans chaque main et tu fais passer la corde au-dessus de ta tête. Il faut sauter par-dessus quand elle touche le sol.

— Montrez-moi, intima lady Pamela en lui tendant une des cordes.

— S'il vous plaît, corrigea machinalement Fleur.

— S'il vous plaît. C'est idiot.

Il fallut un moment à la petite pour comprendre qu'il fallait tourner les poignées et qu'il était inutile de s'arrêter après chaque saut. Elle finit pourtant par sauter trois fois de suite avant de s'emmêler les pieds dans la corde.

— Comment vous faites pour y arriver si longtemps ?

— C'est une question d'entraînement, comme pour le pianoforte, expliqua Fleur en riant.

Elle n'avait pourtant pas sauté à la corde depuis plus de quinze ans.

— Charmant ! s'exclama une voix nonchalante depuis le seuil, si loin que ni Fleur ni lady Pamela n'avaient entendu la porte s'ouvrir. Deux charmantes enfants, n'est-ce pas, Kent ? Ah, mais non, l'une d'entre elles est la ravissante Mlle Hamilton, maintenant que j'ai ma lorgnette.

Fleur sentit son visage empourprer. Lord Thomas Kent et sir Philip Shaw se dirigeaient vers elles, et elle se dépêcha de rouler sa corde à sauter.

— J'apprends à sauter à la corde, expliqua fièrement lady Pamela.

— C'est ce que je vois, concéda lord Thomas avec un clin d'œil à l'adresse de Fleur. Comment va ma nièce préférée ? Est-ce que tu saurais sauter sur toute la longueur de la galerie ?

— Je ne crois pas, reconnut la petite.

— C'est à toi si tu y arrives, annonça-t-il en sortant une pièce de sa poche.

Lady Pamela prit une profonde inspiration et s'élança en trébuchant tous les trois pas, suscitant les rires des messieurs.

— J'ai oublié de lui dire qu'elle devait réussir sans tomber, s'amusa lord Thomas en lui emboîtant le pas.

— Quel charmant tableau vous faisiez, commenta sir Philip. Je regrette amèrement d'avoir parlé si vite. Cela faisait longtemps que je n'avais pas vu une aussi jolie paire de chevilles.

Fleur avait déjà trouvé ce monsieur un peu trop entreprenant quand elle avait dansé avec lui le soir du bal, aussi rangea-t-elle la corde à sauter dans le placard sans prendre la peine de répondre. Lorsqu'elle se releva, sir Philip, appuyé au mur, la contemplait, les yeux étrécis.

— Où vous cachez-vous quand vous n'êtes pas avec la petite, mon ange ? À l'étage ?

Fleur le gratifia d'un sourire poli, en priant pour que lady Pamela revienne vite.

— Vous devez vous sentir bien seule, là-haut, continua-t-il en s'inclinant pour l'embrasser dans le cou.

— Non ! ordonna-t-elle fermement.

L'interruption qu'elle appelait de ses vœux arriva sous une forme indésirable. Les portes de la galerie venaient de s'ouvrir sur deux dames, et l'une d'entre elles était la duchesse.

— Eh bien, ma chérie, tu es devenue amie avec oncle Thomas ? lança-t-elle en embrassant sa fille tandis que sir Philip s'absorbait dans l'examen d'un portrait.

— Regarde, maman, je sais sauter à la corde ! Je vais te montrer.

— Une autre fois, ma chérie. Mademoiselle Hamilton, voulez-vous ramener ma fille auprès de sa nourrice et m'attendre dans mon boudoir ?

— Le dragon va cracher du feu, marmonna sir Philip sans cesser de regarder le tableau. Quand elle sourit et parle d'un ton suave, il faut s'attendre au pire. Mes plus plates excuses, ma belle. Je me ferai pardonner une autre fois.

Fleur traversa la moitié de la galerie la tête haute et les yeux baissés, esquissa une révérence devant la duchesse, prit la corde des mains de lady Pamela, qu'elle entraîna dans son sillage.

— Mais maman, gémit celle-ci, je voulais te montrer !

Fleur entendit lord Thomas demander d'un ton railleur :

— C'était un jeu interdit, Sybil ? Quel scandale !

Fleur attendit une demi-heure dans le boudoir de la duchesse. Pendant cinq longues minutes, elle entendit des quintes de toux dans la garde-robe adjacente. La porte s'ouvrit enfin sur Sa Grâce qui, sans un regard pour Fleur, alla s'installer devant un secrétaire et s'empara d'une lettre. La lire prit cinq longues minutes de plus.

La duchesse posa enfin la lettre, se tourna et balaya Fleur de la tête aux pieds.

— Traînée ! lança-t-elle d'une voix suave.

Fleur ne broncha pas.

— Qui vous a permis d'entrer dans la galerie ?

— Sa Grâce.

— Je vous demande pardon ?

La voix était toujours aussi douce, l'expression surprise.

— Sa Grâce le duc m'y a autorisée, Votre Grâce.

— Et qui a autorisé ma fille à s'amuser avec ces jouets ?

— Moi, Votre Grâce.

— Je vois.

La duchesse prit un livre sur un guéridon, puis alla s'asseoir gracieusement sur son lit de repos.

Fleur attendit calmement tandis que Sa Grâce tournait lentement les pages.

— Est-il dans vos habitudes, reprit enfin la duchesse, avec dans la voix tout juste une aimable curiosité, de laisser le premier venu vous tripoter ?

— Non, Votre Grâce.

— Vous n'êtes pas satisfaite de votre salaire ?

— J'en suis très satisfaite, Votre Grâce, je vous remercie.

— J'ai pensé que c'était peut-être une question d'argent, reprit la duchesse. Je peux comprendre que certains domestiques soient tentés d'augmenter leurs gages de cette façon. Dans votre cas, il semble que vous ayez tout simplement un tempérament de catin.

Fleur garda le silence.

— Je ne vous veux aucun mal, poursuivit Sa Grâce. Vous êtes ce que vous êtes, mademoiselle Hamilton. Peut-être avez-vous tout simplement la malchance d'avoir une maîtresse trop sensible, mais penser que vous êtes proche de ma fille et que vous risquez de l'influencer m'est insupportable. J'attendrai demain matin que Houghton vienne m'informer de votre démission. Je regrette d'être contrainte de faire une telle requête, croyez-le. Vous pouvez disposer.

— Les attentions de sir Philip Shaw n'étaient ni demandées ni bienvenues, Votre Grâce.

La duchesse posa son livre et regarda attentivement autour d'elle, avant de se tourner vers Fleur.

— Je vous demande pardon, y a-t-il quelqu'un d'autre dans cette pièce ? s'enquit-elle avec un petit rire.

— C'est à vous que je m'adressais, Votre Grâce.

— À moi ? Vous avez la fâcheuse habitude de ne pas identifier la personne à qui vous vous adressez, mademoiselle Hamilton. Je vous ai dit que vous pouviez disposer, je crois.

Avant que Fleur ait le temps de tourner les talons, sir Thomas Kent fit son entrée.

— Toujours là, mademoiselle Hamilton ? s'étonna-t-il. Vous devez à peine tenir debout. Vous ne lui avez pas offert un siège, Sybil ? Quelle désinvolture de votre part !

— Vous pouvez disposer, mademoiselle Hamilton, répéta la duchesse.

— Ma belle-sœur veut dire que vous pouvez quitter cette pièce, mais certainement pas cette maison. Sa Grâce a un caractère très versatile, voyez-vous, cependant, une fois calmée, elle n'a pas de rancune, sourit-il. Vous constaterez avant la fin de la journée que vous avez toujours un emploi, j'en suis certain. En attendant, vous feriez mieux de sortir avant de vous effondrer. Cela doit faire près d'une heure que vous êtes debout.

Peut-être ferait-elle aussi bien de donner sa démission, à supposer qu'elle ait le choix. Peut-être ferait-elle mieux de partir avant le lendemain matin, avant le dîner même.

Mais si elle partait, Matthew penserait que c'était lui qu'elle fuyait. Il se lancerait à sa poursuite, la rattraperait et l'emmènerait en prison cette fois. Le répit qu'il lui avait accordé se révélerait vraiment très bref.

De toute façon, quand bien même elle parviendrait à s'enfuir, que ferait-elle ? Elle n'avait ni argent ni références. Elle se retrouverait dans une situation tragiquement familière, sauf que cette fois, elle saurait comment cela se termine.

Elle verrouilla la porte de sa chambre et se jeta sur son lit.

Quelques heures plus tôt, elle vibrait d'allégresse. Cette promenade à cheval, cette impression de liberté et cette course folle l'avaient rendue tellement heureuse. Que ce soit le duc son compagnon n'avait pas réussi à entacher sa joie. Cela faisait des années qu'elle n'avait pas été aussi heureuse. Encore plus que pendant le bal. Quant au bonheur éprouvé aux côtés de Daniel, il était d'une tout autre nature, plus paisible, moins intense.

Daniel ! Elle ne devait plus penser à lui. Son désespoir serait trop insupportable si elle s'autorisait à penser à lui.

— Thomas, c'est intolérable ! s'indigna la duchesse de Ridgeway. On dirait que tu cherches à saper mon autorité, alors que j'ai déjà du mal à me faire respecter à cause de ma gentillesse.

— Tu es fâchée contre moi ? Tu veux te disputer avec moi ? Me frapper ? s'amusa-t-il en l'allongeant sur la méridienne pour l'embrasser.

— Je suis sérieuse, assura-t-elle en lui caressant la joue. J'étais déterminée à faire preuve de sévérité, et tu as complètement ruiné tous mes effets.

— Qu'a fait cette pauvre fille ? Permis à un invité qui s'ennuyait de goûter à ses lèvres ? Shaw n'a pas besoin d'encouragements, Sybil. C'était sans aucun doute lui le séducteur, et elle la séduite, même si elle y a peut-être pris plaisir. Et on ne peut pas blâmer Shaw, c'est une jolie fille. Pour un homme qui ne serait pas déjà amoureux de toi, s'empressa-t-il de préciser devant le regard noir de la duchesse.

— C'est ton cas ?

— Tu sais très bien qu'il n'y a jamais eu personne d'autre que toi, Sybil. Et qu'il n'y aura jamais personne d'autre.

— Cette fille est de mœurs légères. Il faut absolument qu'elle s'en aille. Je tremblais de détresse à l'idée de la renvoyer, mais je sais que j'ai bien fait.

— Tu as dit qu'elle était la maîtresse d'Adam ? reprit lord Thomas en faisant glisser la manche de sa robe. Eh bien, laisse-le s'amuser avec elle. Je me ferai une douce violence pour te consoler. Tu es jalouse ?

Elle arrondit les yeux.

— D'Adam ? Et d'une gouvernante ? Tu crois que je m'abaisserais à être jalouse d'eux ? Je ne peux toutefois pas accepter qu'il se livre à ses débauches ici.

— Laisse-les tranquilles. Et laisse Shaw l'avoir aussi si cela lui chante. Et Brocklehurst. Je les ai aperçus en grande conversation derrière le château ce matin, jusqu'à ce qu'Adam vienne interrompre leur tête-à-tête. Laissons Adam monter la garde auprès de son petit rayon de soleil, je monterai la garde auprès de toi.

— Oh, Thomas, ce n'est pas drôle ! protesta-t-elle en nouant les bras autour du cou. Qu'allons-nous faire ?

— Patience ! Quelque chose finira bien par arriver.

— Mais quoi ? Je suis mariée avec lui, on ne peut rien y changer ! Pourquoi ne m'as-tu pas emmenée quand tu es parti ? Je t'aurais suivi jusqu'au bout du monde !

— C'était impossible. Je ne pouvais pas t'emmener alors que mon avenir était tellement incertain, Sybil, surtout dans ton état. Ç'aurait été trop cruel.

— Parce que m'abandonner dans cet état n'était pas cruel ?

— Chuut. Tout finira par s'arranger, tu verras, chuchota-t-il. Est-ce que quelqu'un risque d'entrer sans y avoir été invité ?

— Non. Mais arrête, Thomas. J'ai peur.

— Tu n'as aucune raison d'avoir peur. Nous appartenons l'un à l'autre, tu le sais. Je vais verrouiller ces portes, ainsi tu te sentiras en sécurité.

Il s'exécuta, puis revint s'allonger sur l'étroit lit de repos et l'embrassa tout en retroussant sa robe de mousseline.

— Oh, Thomas, gémit-elle, cela faisait si longtemps ! Je t'aime tellement.

Il s'empara de ses lèvres en guise de réponse.

13

Sa femme avait les yeux brillants de fièvre, constata le duc de Ridgeway, ce qui ne l'empêchait pas de jouer aux charades avec beaucoup d'enthousiasme. Au fur et à mesure que la soirée avançait, les devinettes étaient devenues de plus en plus paillardes.

L'excursion à Wollaston et l'agitation de ces derniers jours, à commencer par le bal et le retour de Thomas, se révélaient trop éprouvantes pour la santé fragile de Sybil.

Il se demanda si leurs invités se rendaient compte que son frère et sa femme étaient plus proches qu'il n'est d'usage entre beau-frère et belle-sœur. Sans doute. D'ailleurs, ce soir, Shaw avait reporté ses attentions sur Victoria Underwood.

Quoi qu'il en soit, cela n'avait certainement pas dû les choquer. Comme il l'avait deviné avant de quitter Londres, les invités de sa femme n'étaient pas réputés pour leur sens des convenances. Sidney lui avait rapporté qu'une malheureuse femme de chambre avait failli se trouver mal en découvrant lady Mayberry dans le lit de Grantsham, alors que Mme Grantsham se trouvait dans celui de Mayberry.

La politesse l'obligeait à se conduire en hôte aimable et courtois. Il ne pouvait certes pas faire ce dont il rêvait, à savoir se lever et annoncer à l'assemblée que leur petite réunion prendrait fin le lendemain matin.

Cette pensée fut le seul moment amusant de la soirée.

— Vous avez toujours été doué pour les charades, Thomas, fit remarquer la duchesse tandis qu'il prenait place à ses côtés sur une causeuse. Je suis contente d'avoir été votre partenaire. Il nous faut une activité reposante, à présent.

— J'ai bien ma petite idée, commença sir Hector Chesterton.

— J'ai dit quelque chose de reposant ! le réprimanda Sa Grâce en lui donnant un petit coup d'éventail sur le bras. Qui chante ? Walter ?

— J'ai une voix de fausset, s'excusa l'intéressé. Une de ces dames pourrait nous jouer une sonate.

— Pas moi, se défaussa Mme Runstable. Je suis épuisée.

— Je me suis toujours exercée à fuir tout exercice dès que je quitte la maison, assura lady Mayberry.

Un éclat de rire général accueillit ce bon mot.

— Ma proposition n'était pas si ridicule, finalement, se vanta sir Hector en s'asseyant sur l'accoudoir du fauteuil de Mme Runstable.

— La musique est l'essence de l'amour, trancha la duchesse. Je veux de la musique !

— Je regrette vraiment de ne pas savoir chanter, fit lord Thomas en portant la main de sa belle-sœur à ses lèvres.

— Je connais une personne qui joue du pianoforte comme un ange, et n'est pas épuisée par une soirée de charades, intervint lord Brocklehurst.

Le duc fut saisi d'un mauvais pressentiment. Sir Philip Shaw étouffa un bâillement discret, puis demanda :

— Et qui est cette envoyée de la providence ?

— Mlle Hamilton, la gouvernante.

— Ah ! Ainsi vous connaissez suffisamment la demoiselle pour savoir qu'elle joue comme un ange, petit veinard ? Il faut absolument la faire appeler, Sybil !

— Il est tard, intervint le duc. Mlle Hamilton doit être couchée.

— Vous croyez ? s'exclama sir Philip. La suggestion de Chesterton devient plus attrayante à chaque minute qui passe.

— Nous n'avons pas l'habitude de faire appeler nos domestiques en dehors de leurs heures de service, plaida la duchesse.

— Sybil, si la gouvernante joue comme un ange et que l'entendre fait plaisir à Bradshaw, il faut faire plaisir à ton invité, intervint lord Thomas. Et si elle est déjà couchée, il suffit d'annuler les leçons de Pamela demain matin pour lui permettre de se reposer. C'est aussi simple que cela. Bradshaw, la sonnette est à côté de toi, mon vieux. Nous allons demander la gouvernante.

Il était près de minuit. Peut-être aurait-il dû mettre le holà, se dit le duc, mais il était trop tard, Thomas donnait déjà ses instructions à Jarvis.

Quinze minutes s'écoulèrent avant que les portes du salon s'ouvrent sur Fleur, preuve qu'elle était effectivement couchée.

Le duc se leva en même temps que son frère et traversa la pièce pour l'accueillir.

— Mes invités ont demandé à vous entendre jouer pendant une demi-heure, mademoiselle Hamilton.

Elle le considéra calmement, le visage fermé, le regard impénétrable, comme dans cette chambre du *Bull and Horn*, à cette différence près qu'elle avait retrouvé santé et beauté. Il ne s'était pas rendu compte à l'époque qu'elle portait souvent un masque pour dissimuler la véritable Fleur Hamilton, si pleine de vie.

Elle pensait probablement qu'il l'avait trahie, que s'il lui avait donné accès au salon de musique, c'était pour utiliser son talent dans ce genre d'occasion, comprit-il tout à coup.

— Cela ne vous ennuie pas ?

— On nous a dit que vous jouiez comme un ange, renchérit sir Philip Shaw.

« Ce n'était pas moi », plaida le regard de Sa Grâce, qui se durcit face à sa froide impassibilité. C'était cette expression-là qui l'avait mis en colère lors de leur première rencontre, et avait changé le cours de leur vie.

— Elle est timide, intervint lord Thomas en s'inclinant. Mademoiselle Hamilton, voulez-vous nous faire cet honneur, s'il vous plaît ?

Sa Grâce lui tendit la main, mais elle s'était déjà tournée vers son frère et passa devant lui sans un regard.

Elle prit place sur le tabouret, le dos très droit, et demanda à lord Thomas :

— Y a-t-il un morceau en particulier que vous souhaiteriez plus entendre ?

— Quelque chose d'apaisant, s'il vous plaît, sourit-il.

— Une berceuse, par exemple. Quelque chose qui nous préparera au... sommeil, suggéra sir Philip d'un air entendu.

Le duc était resté près de la porte tandis que, parfaitement maîtresse d'elle-même, elle posait les doigts sur le clavier avant d'attaquer la sonate au clair de lune de Beethoven. Sans partition.

Elle joua très bien, et s'il manquait un peu de l'enchantement matinal, lui seul s'en aperçut.

S'il restait près de la porte, il risquait d'attirer l'attention sur lui. Il alla donc s'asseoir à côté d'une des dames, tandis que Brocklehurst se postait derrière la pianiste.

Jouait-elle comme un ange ? Elle ressemblait à un ange, en tout cas. L'élégante simplicité de sa robe bleu pâle, celle-là même qu'elle portait au bal, la splendeur de sa chevelure flamboyante, la calme beauté de son visage, tout la distinguait des autres femmes présentes.

Oui, elle avait tout d'un ange.

Qui était-elle ? Isabella ? Isabella qui ? « Her... », avait-elle commencé lorsqu'elle avait failli nommer la maison où elle avait grandi. Brocklehurst habitait Heron House, dans le Wiltshire...

Le morceau terminé, Adam se leva pour la raccompagner jusqu'à la porte lorsque son frère lança :

— Bravo, mademoiselle Hamilton ! Vous avez du talent. Vous connaissez lord Brocklehurst, il me semble ? Je suis certain de parler au nom de notre petite assemblée en vous remerciant et en nous excusant. Nous nous excusons tous les deux, en fait. Bradshaw ?

— J'avais espéré faire quelques pas dans la galerie avec Mlle Hamilton, intervint lord Brocklehurst. Avec votre permission, Votre Grâce, ajouta-t-il en s'inclinant devant la duchesse.

— Vous avez ma permission, mademoiselle Hamilton. Oubliez temporairement la tâche que je vous ai confiée pour demain matin, mademoiselle, sourit Sa Grâce.

Le duc se rassit et la regarda sortir, l'air aussi calme que lorsqu'elle était entrée, lord Brocklehurst sur ses talons.

— Je vais me coucher, annonça sir Philip. Puis-je vous accompagner jusqu'à votre porte, Victoria ?

— Je crois que tout le monde est prêt à rejoindre son lit. Quant à moi, je n'ai jamais été aussi fatiguée de ma vie, avoua la duchesse.

Le duc se leva pour lui offrir son bras. Il ne put s'empêcher de se demander si son frère et elle avaient fait venir Fleur à une heure aussi tardive à dessein, afin de l'attirer dans un tête-à-tête avec Brocklehurst.

— Vous avez de nouveau de la fièvre, observa-t-il comme ils s'immobilisaient devant la porte de sa femme. Vous avez besoin de repos, Sybil. Pourquoi ne pas rester au lit toute la matinée demain ? Je m'occuperai de nos invités.

— J'irai mieux demain matin. Je suis fatiguée, c'est tout. Et je ne veux pas manquer ne serait-ce qu'une heure en compagnie de mes invités. La vie est tellement ennuyeuse quand ils ne sont pas là. Vous êtes toujours absent ou à vaquer à vos occupations.

— Les choses auraient pu être différentes. Nous aurions pu avoir un véritable mariage, Sybil. Nous aurions au moins pu faire preuve d'un peu de gentillesse l'un envers l'autre.

— Oui, les choses auraient pu être différentes, acquiesça-t-elle. J'aurais pu être heureuse. Il ne m'aurait pas négligée, lui. Il ne m'aurait pas abandonnée des mois entiers pour ensuite me reprocher d'inviter des amis pour me distraire de ma solitude. Avec lui, je n'aurais pas eu besoin d'invités. Je n'aurais pas été seule et je ne me serais jamais ennuyée.

— Je vais faire venir le médecin demain matin si votre fièvre persiste, et envoyer chercher un médecin de Londres s'il ne vous soigne pas mieux que cet hiver.

— Je n'ai besoin de personne d'autre que du Dr Hartley, répliqua-t-elle. Pourquoi avez-vous renvoyé Thomas ? Je ne vous le pardonnerai jamais, vous savez. Je suis heureuse qu'il soit revenu. Heureuse !

Sur ce, elle pénétra dans ses appartements dont elle ferma la porte en hâte. Le duc l'entendit tousser.

Découragé, il regagna les pièces de réception.

Au début, Fleur n'avait pas été mécontente qu'on la réveille. Le visage penché au-dessus d'elle, le corps qui martyrisait le sien et lui infligeait une humiliation sans remède était celui de Daniel. Son visage avenant était déformé par un désir tellement sauvage qu'il en était méconnaissable. Mais elle savait que c'était le sien.

Il lui faisait de plus en plus mal et la traitait de putain.

La femme de chambre qu'on avait envoyée la chercher lui avait annoncé, les yeux ronds, qu'elle devait s'habiller immédiatement et rejoindre ces messieurs et ces dames dans le salon.

Il l'avait dit à tout le monde, se dit-elle en s'habillant à toute allure. Il l'avait dit à tout le monde, et maintenant, il allait l'accuser devant eux, histoire de les amuser.

Sa journée de répit avait pris fin. Elle était devenue son jouet, sa marionnette, et le resterait toute sa vie.

Si elle était lasse à en mourir lorsqu'elle franchit la porte du grand salon, elle ne le laissa pas voir. Ce serait sans doute son dernier geste de femme libre, mais elle se conduirait avec dignité. Ni Matthew ni personne n'aurait la satisfaction de la voir s'effondrer, pleurer ou implorer pitié.

Et voilà que Sa Grâce l'informait qu'on l'avait tirée du lit parce que la fantaisie lui avait pris d'exhiber ses talents musicaux devant ses invités. Elle devait maintenant payer la faveur qu'il lui faisait en lui permettant d'utiliser le salon de musique.

Du moins était-ce ainsi qu'elle interpréta ses quelques mots.

Elle considéra ce visage dur et fermé, la cicatrice qui le défigurait, et elle le haït. Non seulement il lui inspirait crainte et répulsion, mais elle le haïssait. Comment pouvait-il accorder librement une faveur et en demander ensuite le paiement ? Elle le haïssait de prétendre se soucier d'elle et la protéger, et de la traiter en même temps comme une esclave pour satisfaire un caprice.

Elle se rappela leur promenade à cheval, l'excitation de la course, son allure magnifique tandis qu'il galopait devant elle sur son étalon noir, bondissant par-dessus la barrière, s'esclaffant en découvrant qu'elle le suivait. Elle se remémora son rire à elle, sa joie, l'oubli soudain de tout le reste, comme lorsqu'elle avait valsé avec lui.

Et elle le haït.

Elle s'adressa uniquement à lord Thomas, qui lui souriait toujours aimablement, et qui l'avait défendue dans le boudoir de la duchesse. Elle allait jouer pour lui puisqu'il le lui demandait et qu'elle n'avait de toute façon pas le choix.

Le duc l'avait trahie. Jour après jour, elle avait joué avec passion et jamais il ne l'avait dérangée. Il lui avait toujours donné l'impression de l'écouter en respectant son besoin d'être seule avec elle-même. Et voilà qu'il l'exhibait comme un singe savant devant des gens qui avaient trop bu et ne s'intéressaient pas à la musique.

La magie particulière propre à ces matins venait de s'évanouir. Fleur avait conscience de la présence muette, grave et morose du duc à côté de Mlle Woodward. Il écoutait jouer son esclave.

Elle le haïssait, et la force de sa haine la surprenait. Auparavant, il lui faisait juste peur.

Elle n'avait pas remarqué Matthew derrière elle et ne sentit sa présence que lorsqu'elle cessa de jouer et que le duc se leva.

Et soudain, son seul ami se métamorphosa en son pire ennemi. Se méprenant sur la situation et croyant lui faire plaisir, lord Thomas Kent lui proposa de s'éclipser en compagnie de Matthew.

La duchesse acquiesça et retira l'ordre qu'elle avait donné à Fleur de remettre sa démission le lendemain matin.

Elle était victime d'une manipulation sans doute inévitable, mais elle aurait préféré qu'il ne soit pas si tard et ne pas être aussi fatiguée. Elle aurait voulu avoir encore un peu de temps.

Malheureusement, son répit avait pris fin.

Deux valets allumèrent les chandelles de la galerie avant de refermer les portes derrière eux.

— Prends mon bras, Isabella, suggéra Matthew. Autant avoir l'air civilisés. Comment te débrouilles-tu pour être aussi belle même habillée aussi simplement ?

— Que veux-tu, Matthew ? Que veux-tu, si tu ne m'emmènes pas en prison sur-le-champ ? Tu veux que je devienne ta maîtresse ici, à Willoughby ? Il n'en est pas question.

Il soupira.

— J'ai l'air d'une brute, à t'entendre. Ce sont tes suggestions, pas les miennes.

— Dis-moi ce que tu veux, alors, et cesse de jouer au chat et à la souris.

— C'est toi que je veux. Depuis très, très longtemps. Quel mal y a-t-il à cela ?

— Et depuis très, très longtemps, je te répète que tes grandes déclarations ne m'intéressent pas. Si tu m'aimais vraiment comme tu le prétends, tu respecterais mes sentiments, et tu ne te serais pas dressé entre Daniel et moi.

— Daniel Booth, cette mauviette, ricana-t-il. Il ne t'aurait pas rendue heureuse.

— Peut-être, mais c'était à moi de choisir. Pourquoi as-tu manigancé tout cela ?

— Tout cela quoi ?

— Le départ de ta mère et de ta sœur pour Londres afin que je me retrouve seule avec toi, s'impatienta-t-elle. Ce n'était absolument pas convenable, et elles le savaient. Elles seraient intervenues si elles avaient éprouvé un tant soit peu de sentiments pour moi. Et ensuite, refuser de me laisser aller habiter chez la sœur de Daniel quand elle me l'a proposé, et refuser de me laisser épouser Daniel avec dispense de bans. Tu avais tout prévu, n'est-ce pas ? Ma réputation ruinée et sans personne vers qui me tourner, je n'aurais plus eu d'autre choix que de devenir ta maîtresse. Et tu avais tout pouvoir sur moi si je continuais à refuser.

Il s'immobilisa et s'empara de ses mains, les retenant tandis qu'elle essayait de se libérer.

— Il était grand temps qu'Amelia fasse ses débuts, et ma mère ne pouvait pas ne pas l'accompagner, plaida-t-il. T'envoyer avec elles aurait été cruel, Isabella, vous ne vous êtes jamais entendues.

— Il est difficile de s'entendre ou de ne pas s'entendre quand on vous ignore complètement depuis l'âge de huit ans, sauf pour vous critiquer ou vous faire des remarques désobligeantes.

— Quoi qu'il en soit, j'ai trouvé préférable de te garder à la maison, chez toi. Je n'ai jamais demandé à devenir ton tuteur, tu sais. C'est le testament de ton père et la mort du mien qui en sont la cause, jusqu'à ton mariage ou tes vingt-cinq ans.

— Jusqu'à mon mariage, justement ! Si j'avais épousé Daniel, tu aurais été délivré de ce fardeau.

— Ce n'était pas un fardeau. Et en mon âme et conscience, je ne pouvais pas te laisser épouser cette lavette.

— Tu préférais faire de moi ta maîtresse.

— Tu es la seule à avoir jamais prononcé ce mot.

— Tu voulais m'épouser, peut-être ? ironisa-t-elle.

— Tu te trompes de temps, Isabella. Tu es une dame, la fille d'un baron. Comment oses-tu suggérer que j'étais prêt à te déshonorer ?

— C'est étrange que tu n'aies pas pensé à mentionner la pureté de tes intentions plus tôt, rétorqua-t-elle. Ta mère aurait été certainement ravie. Et je suppose que tes tentatives de séduction ce soir-là étaient destinées à marquer ton territoire avant la cérémonie.

— Quelles tentatives de séduction ?

— Je m'apprêtais à quitter la maison, malgré le froid et l'heure tardive. Ma malle était déjà dans la voiture, Miriam m'attendait au presbytère, pourtant tu as refusé de me laisser partir et tu m'as reproché ma désobéissance. Et ce n'était pas dans ma chambre que tu voulais m'envoyer, mais dans la tienne. Tu ne te serais peut-être même pas donné cette peine, du reste. Hobson devait m'immobiliser pendant que tu m'aurais violée dans la bibliothèque.

— Qu'est-ce qui a bien pu te mettre de telles idées en tête, Isabella ? Tu hurlais et te débattais comme une forcenée parce que je refusais de te laisser partir avec un homme que je ne t'avais pas autorisée à épouser. Hobson s'est approché de toi pour t'empêcher de trébucher et de te blesser. Tu t'es retournée, tu l'as frappé et il a perdu l'équilibre. C'était un crime.

— Oui, j'imagine qu'un juge verrait les choses ainsi une fois que tu lui aurais donné ta version.

— Ce qui est regrettable, c'est que la présence des bijoux accrédite la thèse de la préméditation, même s'il ne fait aucun doute que c'était moi qui étais censé être la victime.

Fleur se figea.

— Quels bijoux ? articula-t-elle.

— Ceux, de grande valeur, que ma mère n'avait pas emportés. On les a découverts dans ta malle après ta fuite.

— Et ce n'est pas toi qui les as trouvés, je suppose.

— C'est ta femme de chambre. Tu as certainement agi avec impulsivité. Cela a dû être difficile pour toi de perdre tes parents si jeune, et de voir mon père et sa famille prendre possession de tout ce que tu avais fini par considérer comme tien. Mais tout cela peut t'appartenir de nouveau, à toi et à tes enfants.

— Nos enfants. Ainsi donc, tu as sérieusement l'intention de m'épouser ?

— Je t'aime. Tu n'imagines pas combien j'ai souffert depuis ton départ, alors que j'ignorais si je te reverrais un jour. Tu dois m'épouser, Isabella.

— « Dois » étant le mot qui convient, je pense.

— Je ne t'aurais jamais violentée, je veux que tu le saches.

— Ma réponse est non.

— Tu changeras d'avis.

— Non, je ne changerai pas d'avis. Quand tu partiras d'ici, ce sera seul, Matthew.

Il entoura le cou de Fleur de ses mains, serra doucement et lui releva la tête brutalement.

— J'ai entendu dire qu'avec les bourreaux expérimentés, la mort était instantanée et indolore, murmura-t-il. Malheureusement, ils ne sont pas tous expérimentés.

— Je te remercie. Je viens enfin d'avoir ma réponse. Si je refuse de t'épouser, je serai pendue. Tu me donnes combien de temps pour choisir ?

Il n'eut pas le loisir de répondre. La porte venait de s'ouvrir sur le duc de Ridgeway.

— Vous êtes toujours là ? On perd facilement la notion de l'heure au milieu de tant de tableaux, n'est-ce pas ? Mais la gouvernante de ma fille a besoin de repos, Brocklehurst. Vous continuerez votre visite une autre fois si vous le souhaitez. Vous pouvez remonter dans votre chambre, mademoiselle Hamilton.

Matthew remonta la galerie avec elle, de sorte que tous trois se retrouvèrent ensemble devant la porte. Le duc regarda Matthew d'un air rien moins qu'amène et offrit son bras à Fleur.

— Je vous raccompagne.

Elle lui prit le bras sans un regard pour Matthew. Dès qu'ils furent au pied de l'escalier toutefois, elle le lâcha et s'écarta de lui le plus possible.

Il ne la laissa pas en haut de l'escalier, comme elle s'y attendait, mais l'accompagna jusqu'à sa porte. Il posa la main sur la poignée, cette belle main aux longs doigts qui l'effrayait tant.

— Je suis désolé, mademoiselle Hamilton.

— Désolé pour quoi ? souffla-t-elle en levant les yeux sur ce visage sévère que la lueur des chandelles rendait plus austère encore.

— Pour tout. Pour avoir interrompu votre sommeil, pour avoir permis qu'on vous utilise. Cela ne se reproduira plus.

Fleur refusa de baisser les yeux devant lui.

— Il vous a fait du mal ? Ou vous a importunée de quelque manière que ce soit ?

— Ce n'est pas lui qui m'a fait du mal.

Il allait répondre, mais se ravisa et se contenta de la contempler, l'air sévère. Et elle se demanda, trop lasse pour s'abandonner à la terreur, s'il allait ouvrir la porte, la pousser dans la chambre et lui ordonner de nouveau de se déshabiller.

Et elle se demanda si elle lui obéirait, cette fois.

— Je suis désolé, répéta-t-il tandis qu'elle suivait avec horreur la direction de son regard jusqu'à sa bouche, et que son visage se rapprochait du sien.

Il ouvrit brusquement la porte et la fit entrer.

— Non ! fit-elle en secouant lentement la tête. Non, je vous en prie ! Non !

— Mon Dieu !

Il pénétra dans la pièce et la saisit aux épaules.

— Mais que diable pensez-vous de moi ? Vous croyiez que je voulais entrer avec vous ? Que je pouvais m'excuser, puis tenter de vous séduire l'instant d'après ?

Tremblant de tous ses membres, elle se mordit la lèvre et se contenta de le fixer sans mot dire.

— Fleur ! Fleur, je ne vous ai pas prise contre votre gré ce soir-là. Je ne vous prendrai jamais contre votre gré. Ni même de votre plein gré. Je suis un homme marié qui a commis un unique faux pas en cinq ans et demi de mariage. Vous n'avez pas à craindre pour votre sécurité.

Il plongea le regard dans ses yeux agrandis d'horreur, puis l'attira à lui. Il la serra contre lui jusqu'à ce qu'elle cesse de trembler, la tête appuyée contre sa poitrine, les yeux clos.

— Vous n'avez rien à craindre de moi, lui répéta-t-il à l'oreille en lui caressant doucement la nuque. Vous êtes la dernière personne sur cette terre à qui je voudrais faire du mal, Fleur. Mon Dieu, dites-moi que vous ne pensez plus ce que vous pensiez.

— Je ne le pense plus, murmura-t-elle en s'écartant de lui.

— Bien.

Il la lâcha et la regarda, l'air incertain.

— Bonne nuit.

— Bonne nuit, Votre Grâce.

Elle referma la porte et y appuya le front. Elle n'avait rien à craindre. Il était seul avec elle et aurait pu en profiter. Il aurait pu étouffer ses cris pour que même Mme Clement n'entende rien. Il n'avait pas abusé d'elle.

Il ne la prendrait jamais contre son gré, ni même de son plein gré, lui avait-il assuré.

Elle n'avait rien à craindre, mais elle sentait encore ses bras musclés autour d'elle, elle sentait encore ses doigts sur sa nuque, elle entendait encore les battements de son cœur. Et elle se souvenait de la façon dont elle s'était laissée aller contre lui, s'était abandonnée à sa chaleur, à sa force. À l'illusion du réconfort.

Elle s'obligea à se souvenir qui il était et ce qu'il lui avait fait, à se rappeler son corps viril et ses cicatrices. À se rappeler ses mains…

Et de nouveau, elle eut peur. Elle eut peur parce que lorsqu'il l'avait touchée, elle avait oublié son dégoût, comme lorsqu'elle avait valsé avec lui et chevauché avec lui.

14

Son maître était encore de mauvaise humeur, nota Peter Houghton en entrant dans le bureau le lendemain matin, avec malheureusement cinq minutes de retard. L'allure martiale, le duc tambourinait contre l'appui de la fenêtre.

Ce qu'on murmurait à l'office sur la duchesse et lord Thomas devait donc être vrai, même si tout le monde savait déjà que le mariage du duc et de la duchesse n'était pas heureux. On racontait également que la bonne amie de Sa Grâce avait passé un long moment dans la galerie des portraits, bien après minuit, en compagnie de lord Brocklehurst.

Houghton se demandait cependant si la gouvernante était vraiment la bonne amie de son maître. Il aimait bien la jeune femme, malgré ses préventions initiales. Elle ne faisait jamais d'histoires, se montrait toujours courtoise à l'office et ne prenait pas de grands airs à la table de Mme Laycock, même si chacun de ses gestes et chacune de ses paroles sentait la femme du monde.

— Où diable étiez-vous passé ? grommela le duc, confirmant le pressentiment du secrétaire.

— J'ai aidé Mme Laycock à résoudre une petite difficulté administrative, Votre Grâce.

— Que diriez-vous d'un congé ?

Houghton considéra son maître avec une certaine appréhension. S'agissait-il d'un congé permanent ? Pour cinq minutes de retard ?

— Vous allez faire un petit voyage dans le Wiltshire, reprit le duc. À Heron House. Je ne sais pas où cela se situe exactement, mais vous trouverez.

— Chez lord Brocklehurst, Votre Grâce ?

— Précisément. Je veux que vous me rapportiez tout ce que vous pourrez dénicher au sujet d'une certaine Isabella qui y a vécu jusque très récemment.

— Isabella ? Et son nom de famille, Votre Grâce ?

— Je l'ignore. Et vous devez chercher les réponses en restant invisible et muet. C'est compris ?

— Isabella tout court, Votre Grâce ? Vous n'avez pas d'autre détail ?

— Disons qu'elle ressemble remarquablement à Mlle Hamilton.

Peter Houghton s'abstint de tout commentaire.

— Je peux compter sur votre discrétion, Houghton ? Vous avez besoin d'un congé amplement mérité depuis longtemps.

— Il faut que j'aille voir mon cousin Tom et sa femme, que je ne connais pas encore. Et leur bébé, dont je vais être le parrain, expliqua, impavide, le secrétaire.

— Épargnez-moi vos histoires de famille. Vous feriez bien de partir aujourd'hui même si vous ne voulez pas rater le baptême.

— Je vous remercie, Votre Grâce. Je n'oublierai pas la faveur que vous me faites.

— N'oubliez pas non plus que j'ai donné des instructions pour qu'elle aille à Wollaston ce matin. Réglez cela avant de partir, ordonna le duc depuis le seuil de la pièce.

— Je m'en occuperai, Votre Grâce.

En tout cas, le duc était bien plus discret que la duchesse. Il n'avait pas entendu à l'office la moindre rumeur d'idylle entre Sa Grâce et la gouvernante – la prostituée de Londres. Certes, le palefrenier avait raconté que, la veille, ils étaient allés se promener à cheval seuls pendant plus d'une heure, ce que l'ordre de commander un costume et des bottes d'équitation pour la jeune femme paraissait confirmer.

Elle était donc sa bonne amie, finalement. Et le duc devait être vraiment entiché pour l'envoyer fouiner dans le passé de la pauvre fille. Qui vivait apparemment sous un nom d'emprunt…

Cela dit, on ne pouvait pas blâmer le duc alors que la duchesse ne faisait rien pour cacher sa préférence pour lord Thomas.

Après sa séance de pianoforte, Fleur constata que la pluie qui tombait sans discontinuer interdisait toute promenade, même brève. Et il n'était pas non plus question de leçon d'équitation avec lady Pamela.

Mais les souvenirs de sa promenade de la veille et de la façon dont elle s'était terminée, de sa terreur de la soirée, et surtout, le souvenir de ses bras, de son cœur battant contre son oreille et de son parfum d'eau de Cologne vinrent tempérer ses regrets.

Au fond, il était préférable qu'il pleuve.

Au fil de la matinée, après que lady Pamela eut tracé des rangées de lettres pendant qu'elle lui racontait une histoire en brodant, elle commença à espérer que le duc ne se montrerait pas dans la salle d'étude ce matin, ce qui ne l'empêcha pas de guetter son pas dans le couloir, et de sursauter au moindre bruit.

Elles étaient en train d'examiner la mappemonde lorsqu'il apparut. Cependant, au lieu d'aller s'asseoir à l'écart comme à son habitude, il tendit une lettre à Fleur.

— Elle est arrivée ce matin, en même temps qu'une autre pour moi de la même main. Vous êtes autorisée à accepter cette invitation, mademoiselle Hamilton. Il me semble que Houghton attend votre visite. Avez-vous oublié la course que vous deviez faire ce matin ?

Fleur ne l'avait pas oubliée, mais elle était persuadée que le duc ne s'en souviendrait plus, et elle n'avait pas voulu en parler à M. Houghton au petit déjeuner.

— Je vais demander une voiture pour vous d'ici une demi-heure. Pamela, nous allons jouer un peu tous les deux avec Tiny, puis j'irai rejoindre les autres messieurs. Cet après-midi, tu pourras nous accompagner au presbytère, ta maman et moi. Nos invités ont souhaité visiter l'église, tu en profiteras pour jouer avec les enfants pendant ce temps.

— Oh oui ! s'écria la petite en bondissant de joie.

— Viens, alors, fit-il en lui tendant la main. Bonne journée, mademoiselle Hamilton.

M. Chamberlain l'invitait à dîner avec sa sœur et sir Cecil Hayward, et à les accompagner ensuite au théâtre à Wollaston, où se produisait une troupe itinérante.

En repliant la lettre, Fleur ne put s'empêcher de songer à la vie qu'elle aurait pu avoir à Willoughby et d'éprouver un immense regret. Elle avait un travail qu'elle commençait à aimer, une vie sociale qui l'aidait à se sentir en vie et l'amitié d'un gentleman qui lui permettait de se sentir femme.

Cette relation ne pourrait jamais aller au-delà de l'amitié, bien sûr. Elle l'avait su d'emblée et l'avait accepté. Elle ne demandait rien de plus que la vie qui avait été la sienne durant ses deux premières semaines au château.

Si seulement le duc de Ridgeway n'était pas revenu. Et si seulement Matthew ne l'avait pas retrouvée.

Elle se hâta d'aller écrire un mot pour accepter l'invitation.

Peter Houghton lui remit une lettre pour le tailleur de Wollaston afin que celui-ci envoie la facture au château. Il lui paya aussi son premier salaire, même si le mois n'était pas terminé, en lui expliquant qu'il partait pour le baptême du fils de son cousin et qu'il ne serait pas de retour avant une semaine, voire plus.

Fleur apprécia ses quelques heures en ville. Après son horrible expérience londonienne, être habillée convenablement, voyager dans une voiture élégante, se voir traitée avec déférence parce que la voiture portait les armes ducales, avoir un peu d'argent pour acheter des bas de soie dont elle n'avait pas vraiment besoin, choisir un beau velours pour son costume et un cuir souple pour ses bottes étaient tout simplement délicieux.

Et elle eut l'impression de rentrer chez elle en regagnant Willoughby. Lorsque le château apparut après le pont, elle éprouva une bouffée d'affection pour cette demeure, et une grande tristesse à la pensée de devoir bientôt la quitter.

Elle se hâtait vers l'entrée de service lorsque quelqu'un l'appela. Matthew se hâtait dans sa direction.

— Je suis monté te voir après le déjeuner, mais la nourrice de la petite m'a appris que tu étais à Wollaston. Toute seule ? Pourquoi ne me l'as-tu pas dit, je t'aurais accompagnée. Il faut que j'aille visiter cette maudite église, mais je dois absolument te voir ce soir. Où ? Dans ta chambre, ou en bas ?

— Je ne suis pas libre ce soir.

— Quoi ?

— Des voisins m'ont invitée à dîner et au théâtre.

— Qui est-ce ? Je ne te conseille pas de l'encourager, Isabella. Cela ne me plairait pas du tout.

— Tu ne peux donc concevoir une relation purement amicale ?

— Pas quand il s'agit de toi. Pas avec ton physique. Nous allons rester quelques semaines ici, et j'entends que tu me réserves une bonne partie de ton temps libre, à l'exclusion de tout autre, à commencer par le duc. J'espère qu'il n'est pas resté avec toi hier soir. Je l'espère de tout cœur, pour ton bien.

— Il pleut, et je suis transie, Matthew. Si tu veux bien m'excuser...

Il esquissa un salut et gravit l'escalier de marbre, tandis que Fleur prenait l'entrée de service.

Tôt ou tard, elle aurait ce choix à faire. Épouser Matthew, à supposer qu'il en ait vraiment l'intention, ou être jugée pour meurtre et pour vol, avec Matthew comme seul témoin.

La voiture de M. Chamberlain vint chercher Fleur tôt dans la soirée. Si elle regrettait de n'avoir d'autre robe que celle en mousseline bleue, elle n'allait pas gâcher sa soirée pour si peu. Elle était bien décidée à s'amuser, surtout après sa conversation avec Matthew. Sans cette invitation, elle aurait été obligée de passer la soirée avec lui. Ce n'était que partie remise, bien entendu, il restait la soirée du lendemain, celle du surlendemain, et toutes les autres, mais il serait temps d'y penser le moment venu.

Sir Cecil Hayward, que Fleur se souvenait d'avoir rencontré au bal, ne parlait que chevaux, chiens et chasse, en revanche, Mlle Chamberlain et son frère avaient une conversation intéressante, et Fleur trouva le dîner très agréable.

Elle n'était jamais allée au théâtre, ce qui amusa beaucoup M. Chamberlain.

— Vous n'avez jamais approché un théâtre, mademoiselle Hamilton ? C'est incroyable ! De quoi vivraient les Shakespeare des temps modernes s'il n'y avait que des gens comme vous ?

— Je n'ai jamais dit que c'était par manque d'intérêt, répliqua Fleur en riant, qui ne put s'empêcher de se rappeler en quelles circonstances elle avait approché un théâtre.

— Ce sera comme emmener les enfants en promenade, Emily, dit-il en souriant à sa sœur. Je suppose que nous devons nous attendre que Mlle Hamilton saute de joie et d'excitation.

— Je vous promets de ne pas pousser de cris de souris, en tout cas, assura l'intéressée.

— Ma foi, si vous êtes d'accord pour vous passer de porto, Hayward, nous pouvons y aller.

Le théâtre était beaucoup plus petit que Fleur ne l'imaginait et donc la relation entre les comédiens et le public bien plus intime. L'assistance hua un chanteur, siffla chaque fois qu'une actrice à la poitrine généreuse entrait en scène, acclama le traître, conspua le héros lorsqu'il se montra méprisable, et applaudit à tout rompre la scène d'amour finale.

Fleur adora tout, le texte, l'action et le public.

— C'est une bande d'ignares, lui chuchota M. Chamberlain à l'oreille. Ils ne sont pas venus écouter la pièce, mais s'écouter eux-mêmes. Je reconnais que ce ne sont pas les meilleurs comédiens du pays, et j'espère que cette expérience ne vous dégoûtera pas du théâtre.

— Certainement pas. J'ai passé une soirée merveilleuse.

Mlle Chamberlain était d'un avis différent. La chaleur et le bruit lui avaient donné la migraine. Après avoir déposé sir Cecil, ils la laissèrent donc chez elle avant de prendre la route de Willoughby Hall. M. Chamberlain avait insisté pour accompagner Fleur jusqu'au château vu l'heure tardive.

— Adam n'a pas vu d'inconvénient à ce que je vous enlève toute une soirée ?

— Il m'a dit que je pouvais accepter votre invitation.

— Certains considèrent leurs employés comme des possessions et ne leur reconnaissent aucun droit à une vie sociale. J'aurais dû, bien sûr, me douter qu'Adam était plus éclairé. Je n'ai encore jamais rencontré personne qui soit parvenu à débaucher un de ses employés, même si j'en connais beaucoup qui ont essayé. Il les traite apparemment davantage comme des parents que comme des domestiques.

— Il est toujours très gentil.

— Tout le monde dans les environs s'est réjoui de son retour un an après qu'il eut été déclaré mort. Thomas a probablement été le seul déçu de ne plus être duc.

— Cela ne l'empêche pas d'être charmant.

— C'est vrai. Vous viendrez à l'anniversaire de Timmy ?

Ils bavardèrent ainsi pendant une partie du trajet, avant que le silence retombe – un silence sans gêne aucune.

La voiture arrivait au pont de pierre lorsque M. Chamberlain se tourna vers elle.

— Je passerai la nuit à me traiter de poltron, d'imbécile et de demeuré si je n'essaie pas au moins de vous embrasser avant que cette voiture s'arrête. Me le permettez-vous, mademoiselle Hamilton ?

Que répondre à une telle requête ? Non, supposait-elle, si le monsieur vous déplaisait. M. Chamberlain ne lui déplaisait pas.

— Je vois que mon audace vous a rendue muette. Et j'imagine qu'il est difficile de répondre un poli « oui, monsieur » à une pareille question. J'espère qu'il ne serait pas difficile de dire « non, monsieur » si tel était votre souhait.

Elle le vit sourire dans la pénombre avant de glisser le bras autour de ses épaules. Il se pencha vers elle et lui souleva le menton.

C'était tiède, doux, agréable, toutefois il ne prolongea pas ce baiser.

— J'attends sans broncher une gifle bien sentie, dit-il en s'écartant. J'espère que je ne vous ai pas offensée.

— Non, pas du tout.

— J'attendrai avec impatience de vous revoir dans quelques jours. Nous parviendrons peut-être à échanger quelques mots par-dessus les hurlements des enfants. Je ne sais pas si vous l'avez remarqué, mais les anniversaires font plus de bruit que toutes les autres réjouissances réunies.

Il attendit que le cocher déplie le marchepied, descendit l'aider et l'accompagna jusqu'à la porte principale où il frappa. Après avoir porté la main de Fleur à ses lèvres, il murmura :

— Merci de votre compagnie, mademoiselle Hamilton. J'ai pris plus de plaisir à cette soirée que je ne saurais le dire.

— Moi aussi. Bonne nuit, monsieur.

Une fois la porte refermée, elle inspecta soigneusement le hall, s'attendant à demi à voir le duc ou Matthew surgir de l'ombre. Mais hormis le valet qui lui avait ouvert, il n'y avait personne.

Elle se dépêcha de gagner sa chambre et de se mettre au lit.

Elle ne voulait penser qu'à sa soirée. Cette nuit au moins, elle s'endormirait heureuse en pensant à M. Chamberlain et à ses façons amicales. À son baiser aussi. Elle aurait voulu que cette vie-là ait commencé un mois plus tôt. Elle aurait voulu que Matthew n'existe pas, que le corps de Hobson ne se trouve pas dans un cimetière près de Heron House. Elle aurait voulu ne jamais être allée à Londres, n'avoir jamais eu besoin de survivre. Elle aurait voulu que le duc de Ridgeway n'ait jamais existé et, bizarrement, Daniel non plus.

Elle aurait voulu qu'il n'y ait que Willoughby Hall et Duncan Chamberlain.

Elle repensa à son baiser, qui ne devait pas se répéter, et à ses attentions, qu'elle ne devait pas encourager.

Et elle se rappela des bras vigoureux autour de ses épaules, un torse musclé sous sa joue, et un cœur qui battait sourdement contre son oreille. Elle se rappela une valse dans une allée déserte, une main ferme sur sa taille et ce parfum viril qui ajoutait à la beauté de la nuit.

Et elle s'enfouit plus profondément sous les couvertures.

Le lendemain, la pluie persista. Dans l'après-midi, le duc partit à cheval – en compagnie de deux invités particulièrement audacieux – rendre visite à certains de ses métayers. À son retour, trop tard pour le thé, il découvrit que les distractions de la soirée avaient déjà été organisées. Tout le monde en avait assez des charades, l'informa lady Underwood quand il la croisa dans le hall. Ils allaient danser dans le salon.

— Et qui va jouer ? Mlle Dobbin ?

— Elle le ferait volontiers, mais Walter tient à ce qu'elle puisse danser au moins quelques danses. Il s'intéresse à elle, vous avez remarqué ? Et vous avez sans doute aussi remarqué que je ne m'intéresse pas vraiment à Philip. Il faut toutefois que je m'en contente si je ne veux pas mourir d'ennui.

— Eh bien, ce soir, vous pourrez danser pour vous maintenir en vie, déclara le duc. Qui va jouer quand Mlle Dobbin dansera ?

— La gouvernante. Tout est arrangé.

— Vraiment ? Et qui a fait cette suggestion, je vous prie ?

— Lord Brocklehurst, bien sûr. Il prétend la connaître vaguement, mais si vous voulez mon avis, il la connaît plus que vaguement. Enfin, seul le temps nous dira si je me trompe ou pas. Quoi qu'il en soit, c'est elle qui va jouer. Dites-moi que vous allez danser toutes les valses avec moi, Adam ! Vous valsez divinement.

— Je serai honoré de danser la première avec vous. Si vous voulez bien m'excuser, je dois aller me changer.

Fleur savait-elle qu'on avait disposé de sa soirée ? Lui avait-on demandé son avis ou lui avait-on donné un ordre ? Et surtout, le croyait-elle responsable de la façon dont on disposait de son talent ? Cette idée le tracassait. Elle avait été engagée comme gouvernante de Pamela, pas pour distraire les invités de sa femme.

Il se demanda si quelqu'un avait pensé à pousser les meubles dans le grand salon, à rouler les tapis et à envoyer chercher des partitions.

Il aurait parié que non.

Fleur rêvait d'une soirée paisible avec sa broderie dans le salon de Mme Laycock, mais à peine eut-elle terminé ses leçons de l'après-midi qu'on lui apporta un mot de la duchesse lui ordonnant de venir dans la soirée jouer pour ses invités.

Elle n'en fut pas étonnée outre mesure. Elle s'attendait à demi à être convoquée par Matthew, et s'il était peut-être à l'origine de cette demande, du moins ne serait-elle pas seule avec lui.

Les domestiques n'avaient pas fini de rouler le tapis lorsqu'elle descendit, si bien qu'elle battit en retraite dans le hall.

Elle contempla le magnifique dôme, les ornements sculptés et les chérubins aux joues rebondies qui soufflaient dans des trompettes.

— Cet endroit est censé être dédié à la musique, dit le duc, qui se matérialisa près d'elle. La galerie a été prévue pour abriter un orchestre, malheureusement, nous n'avons pas eu de grand concert ni de bal depuis plus d'un an.

Dans la pénombre du hall, ses yeux paraissaient plus sombres, son nez plus aquilin et sa cicatrice plus visible qu'au grand jour. Il était tout près d'elle et, soudain, son souffle se fit haletant. Elle dut s'appuyer à une colonne.

— Vous avez accepté de jouer pour nous ce soir ?

— Oui, Votre Grâce.

— On vous l'a demandé ?

— Sa Grâce la duchesse m'a envoyé un billet.

— Je vous avais promis que cela ne se reproduirait plus, n'est-ce pas ? Je n'étais pas à la maison cet après-midi. Mademoiselle Hamilton, nous ferez-vous l'honneur de jouer pour nous ? Vous êtes libre de refuser.

Cela ne fait pas partie de vos obligations de gouvernante.

« Il traite ses employés davantage comme des parents que comme des domestiques », avait dit M. Chamberlain. La duchesse avait ordonné, lui demandait.

— Vous aurez peut-être envie de danser quand vous ne jouerez pas. Je suis certain qu'il se trouvera des messieurs qui seront heureux de danser avec vous.

— Je vous remercie, mais je ne préfère pas, Votre Grâce.

— Vous aviez pourtant l'air d'aimer la danse au bal l'autre jour.

— C'était différent.

— Permettez-moi de vous accompagner au salon, dit-il, sans toutefois lui offrir son bras.

Une fois le tapis roulé, le pianoforte déplacé et les sièges alignés le long des murs, le grand salon paraissait encore plus impressionnant.

Avec ses murs bleu pâle et son plafond sculpté rehaussé de filets d'or, c'était l'une des plus belles pièces de la maison, de l'avis de Fleur. De grands miroirs l'agrandissaient encore et multipliaient à l'infini l'éclat du splendide lustre de cristal. Aucun des invités n'était encore descendu, et elle se sentait à l'aise.

— Les tableaux de Philip Hackert et d'Angelica Kauffmann viennent d'Europe, expliqua le duc en voyant qu'elle les regardait. J'ai essayé de rassembler des artistes britanniques dans les autres pièces. Voulez-vous voir les partitions ?

Elle alla s'asseoir au pianoforte pour compulser les partitions que quelqu'un avait tout de même pensé à apporter. Tous les morceaux convenaient à la danse, et il y avait un grand nombre de valses.

Au cour des deux heures qui suivirent, elle prit un certain plaisir à la tâche qu'on lui avait assignée. À part sir Philip Shaw, qui vint lui baiser la main, les autres invités firent à peine attention à elle, sauf pour demander un morceau en particulier. La valse remportait tous les suffrages. Mlle Dobbin semblait avoir oublié qu'elle était censée jouer une partie de la soirée, et Fleur ne s'en plaignait pas.

Vint, hélas, le moment où Matthew la conduisit jusqu'au pianoforte.

— Vous jouez tellement bien, mademoiselle Hamilton, que je regrette de n'avoir pas commencé. Je souffrirais moins de la comparaison, remarqua gentiment la demoiselle.

Fleur lui assura qu'elle n'était pas obligée de prendre la relève si cela l'ennuyait, mais Mlle Dobbin lui avoua qu'elle n'avait jamais beaucoup aimé danser et qu'après le bal et ces deux heures, cela lui suffisait pour le mois.

— Et comment pourrais-je danser avec vous si vous jouez toute la soirée, mademoiselle Hamilton ? intervint Matthew.

— Je ne suis pas ici pour danser, milord, mais pour accompagner les danseurs.

— Cela ne vous empêche pas de danser. S'il vous plaît ?

Que ferait-il si elle refusait ? Se tournerait-il vers l'assistance pour la dénoncer ? Elle en doutait. Se donner en spectacle de cette façon serait fort embarrassant et ne l'avancerait à rien.

La question était purement théorique, bien sûr. Elle ne risquait pas d'essayer, et il la connaissait suffisamment pour le savoir.

— Pouvez-vous nous jouer une valse, s'il vous plaît ? demanda-t-il à Mlle Dobbin en tendant la main à Fleur.

Matthew valsait convenablement, mais elle était bien entendu incapable de s'abandonner à la musique. Elle était employée dans cette maison et n'était pas censée danser avec les invités, malgré l'autorisation du duc. Elle jeta un regard anxieux autour d'elle afin de voir comment réagissait la duchesse. Fort heureusement, celle-ci n'était pas dans la pièce.

Surtout, elle ne pouvait oublier la dernière valse qu'elle avait dansée au bord du lac, les yeux clos. Le duc avait lady Underwood pour partenaire, constata-t-elle du coin de l'œil.

Lorsque la musique s'arrêta, Fleur n'eut même pas la possibilité d'aller s'asseoir derrière le pianoforte comme elle l'avait prévu. Sir Philip Shaw s'inclinait déjà devant elle.

— Mlle Hamilton est fatiguée après tout ce temps passé à jouer, déclara Matthew avec un sourire. D'ailleurs, je m'apprêtais à l'emmener respirer un peu dans le hall.

— Quelle chance vous avez, Brocklehurst ! Je ne peux pas me targuer d'être une vieille connaissance, moi aussi, n'est-ce pas ?

Matthew conduisit Fleur dans la galerie qui courait sous le dôme. Il avait dû dénicher l'escalier qui y menait dans la journée.

Une fois là-haut, il la plaqua contre le mur et couvrit de baisers son visage, son cou et sa poitrine à travers sa robe. Il lui pétrit les seins, insinua le genou entre ses jambes, et, bouche ouverte, s'efforça de franchir le barrage de ses lèvres.

Pendant tout ce temps, Fleur demeura silencieuse et passive.

— Tu ne m'as jamais donné ma chance, Isabella, se plaignit-il. Tu m'as rejeté parce que ma mère et ma sœur étaient désagréables avec toi et que mon père ne s'est jamais donné la peine d'intervenir. Je ne faisais peut-être pas attention à toi quand nous étions enfants, mais je n'ai jamais été méchant avec toi.

— Pas jusqu'à ces dernières années.

— Quand l'ai-je été ? Ah, tu vas encore me jeter Booth à la figure ! Tu ne t'en rends pas compte, mais je t'ai rendu un sacré service. Ce n'est pas l'homme qu'il te faut.

— Et tu l'es, toi ?

— Oui. Je t'aime, Isabella. Je t'adore. Et je t'apprendrais à m'aimer si tu m'en laissais l'occasion, si tu ne te fermais pas à moi.

— Je t'aurais peut-être aimé et respecté si tu m'avais témoigné un peu de respect au lieu de te jeter sur moi et de me faire ensuite de grandes déclarations d'amour. Par le passé, j'étais libre de résister, désormais, je ne le suis plus. Je ne peux pas faire un scandale dans cette maison en criant, alors que j'en ai envie. Je suis une employée, et tu es un invité. Je ne peux pas non plus exiger que tu me laisses tranquille, je ne tiens pas à être pendue. Si tu m'aimais, tu ne jouerais pas à ce jeu cruel avec moi. Et tu ne m'imposerais pas des attentions dont tu sais qu'elles ne sont pas les bienvenues.

— C'est parce que tu refuses de me donner ma chance.

Soudain, il plaqua la main sur la bouche de Fleur. Un bruit de pas retentit et ils virent le duc traverser le hall en regardant autour de lui. Il s'y attarda un long moment avant de se rendre dans la galerie des portraits.

— C'est toi qu'il cherche ? Voir un duc jouer les chiens de garde autour d'une simple gouvernante, ce n'est pas banal, tu ne trouves pas ? Gare à toi si tu lui accordes ce que tu me refuses, Isabella ! Tu seras pendue par le cou jusqu'à ce que mort s'ensuive, je t'en donne ma parole.

— Quelle belle déclaration d'amour !

Il l'embrassa avec brutalité, lui meurtrissant les lèvres.

— C'est la déclaration d'un amoureux jaloux. Je t'aime, Isabella !

Elle n'avait qu'une envie lorsqu'ils redescendirent, regagner sa chambre. Elle avait les lèvres endolories, les cheveux en désordre, elle se sentait sale, mais il la tenait fermement par le coude, et elle avait accepté de jouer pour la soirée, si longue fût-elle.

Elle fut soulagée quand M. Walter Penny lui demanda une valse pour danser avec Mlle Dobbin.

Fleur se rassit au pianoforte en se demandant s'il était tard. Si elle se fiait à sa fatigue, l'aube était proche, croyait-elle. À tort.

15

Danser avait été une bonne idée, songea le duc de Ridgeway. Les invités paraissaient s'amuser, et la danse était sans aucun doute préférable à une autre soirée de charades. La musique était bien choisie, Mlle Dobbin compétente et Fleur Hamilton talentueuse. Et celle-ci ne semblait pas particulièrement ennuyée d'avoir été réquisitionnée.

Ç'aurait été une excellente soirée si tout le monde était resté au salon. Mais comme toujours au cours d'un bal, même informel, des couples s'étaient éclipsés.

Que Mayberry se soit esquivé avec Mme Grantsham ne le dérangeait pas, quand bien même il trouvait agaçant que des gens censés être bien élevés se conduisent si peu convenablement. Non, ce qui l'inquiétait, c'était la disparition de Sybil avec Thomas, et celle de Fleur avec Brocklehurst.

Cela faisait une demi-heure que Sybil et son frère avaient disparu, et il était partagé entre le désir de rester bavarder avec ses invités et le besoin de les ramener avant que les ragots enflent irrémédiablement.

Peut-être était-ce déjà le cas, du reste. Ils ne faisaient à coup sûr pas beaucoup d'efforts pour dissimuler leur attirance réciproque.

Et que lui importaient les ragots ? Était-il disposé à regarder sans broncher l'idylle entre sa femme et son frère pourvu qu'ils se montrent discrets ?

Et soudain Fleur Hamilton quitta la pièce avec Brocklehurst, et son dilemme s'intensifia. Il lui avait promis qu'elle était en sûreté chez lui, qu'elle était sous sa protection. Était-elle harcelée ? Elle souriait, et rien n'indiquait qu'on lui forçait la main. Peut-être que cette occasion qui lui était donnée de se mêler à l'aristocratie, de danser avec les invités et de se voir remarquée lui plaisait-elle.

Il n'avait cependant pas oublié sa terreur le premier soir quand elle avait aperçu le nouveau venu.

Il attendit que les messieurs aient choisi leurs partenaires pour un quadrille, vérifia qu'aucune dame ne restait sans cavalier, puis s'éclipsa.

Le hall était vide. Les valets s'étaient retirés pour la nuit, pourtant il avait entendu des voix en sortant du salon. Derrière les colonnes ? Dans le passage menant à l'escalier ? Il inspecta les alentours, en vain. Et les voix s'étaient tues. Peut-être s'était-il trompé. Les portes menant au salon et à la galerie des portraits étaient closes.

Mais bien sûr, songea-t-il tout à coup en s'immobilisant et s'efforçant de ne pas lever les yeux. La vieille cachette qu'il avait utilisée un nombre incalculable de fois avec Thomas quand ils étaient enfants pour observer les nouveaux venus, écouter les conversations des valets qui se croyaient seuls ou pousser des cris d'orfraie pour effrayer lesdits valets.

Il s'agissait donc de Thomas et de Sybil. Que faire ? Les appeler ? Monter les surprendre ? Leur laisser au contraire le temps de descendre et de regagner le salon ?

La confrontation aurait lieu tôt ou tard, mais il préférait attendre un moment où il n'aurait pas à retourner s'occuper de ses invités.

Et où étaient passés Fleur Hamilton et lord Brocklehurst ? La veille, à la fin de cette horrible soirée, ils étaient dans la galerie des portraits. Il traversa donc le hall, ouvrit la porte et y pénétra.

Éclairée en son centre par un unique candélabre, la pièce était plongée dans une quasi-obscurité.

Ils étaient à l'autre extrémité, étroitement enlacés. Ils ne l'avaient pas entendu et il lui fallut choisir entre s'en aller aussi discrètement qu'il était venu ou faire connaître sa présence. Elle ne résistait pas. Peut-être lui en voudrait-elle de cette intrusion au beau milieu d'une scène romantique. À moins qu'elle n'ait besoin de son aide.

Il s'approcha à pas lents, sans essayer de se dissimuler ou d'étouffer le bruit de ses pas. Il était à mi-chemin lorsqu'ils se séparèrent et se tournèrent vers lui.

Sybil et Thomas.

La duchesse se détourna vivement et regarda vers la fenêtre. Thomas, lui, croisa le regard de son frère et sourit.

— J'ai éprouvé un besoin urgent de renouer avec nos ancêtres mais, hélas, ce n'est pas le meilleur moment de la journée pour admirer des tableaux. Il faudra que je revienne quand il fera jour.

— Oui. Et j'aurai un mot à te dire demain matin, Thomas. Pour l'heure, il y a des dames au salon qui seraient ravies de danser avec toi. Sybil et moi te rejoindrons dans un instant.

— Veux-tu venir avec moi, Sybil, ou avec Adam ? demanda lord Thomas à la duchesse.

— Elle vient avec moi, trancha le duc.

La duchesse garda le silence.

— Très bien, fit Thomas. Je sais que lorsque tu prends ce ton, il vaut mieux ne pas discuter. Et nous ne pouvons pas retourner au salon avec un œil au beurre noir, n'est-ce pas ? Cela va aller, Sybil ?

Comme elle ne répondait toujours pas, il se résolut à partir.

— Eh bien, Sybil ? dit le duc une fois la porte refermée sur son frère.

— Eh bien, Adam, que comptez-vous faire ? s'enquit-elle d'une voix mal assurée.

— Jusqu'où êtes-vous allée ? Vous avez recommencé à l'aimer, je suppose, mais vous n'aviez sans doute jamais cessé. Vous êtes amants ?

Elle laissa échapper un rire bref.

— M'accorderiez-vous le divorce si je vous répondais « oui » ? Le scandale serait retentissant, n'est-ce pas ?

— Non, je ne divorcerai pas, et vous le savez. Vous avez pris un certain nombre d'engagements quand vous m'avez épousé, et vous devez les tenir, pour nous, pour Pamela et pour tous ceux qui dépendent de nous. Thomas appartient à votre passé de façon irrévocable depuis que vous m'avez épousé.

— Quel choix ai-je eu ? s'écria-t-elle. Vous l'aviez chassé à jamais, et j'aurais été déshonorée ! Et vous n'arrêtiez pas de me presser d'accepter votre protection avant que mon père découvre la vérité. Je n'avais pas le choix. Vous êtes diabolique, Adam.

— Peut-être, mais vous n'avez rien non plus de l'épouse idéale.

— Vous m'en voulez de ne pas vous laisser me toucher ? répliqua-t-elle en le regardant avec un dégoût évident. Les gens qui vous ont recueilli auraient mieux fait de vous laisser mourir. Vous n'êtes plus qu'une moitié d'homme.

— Nous ferions mieux de retourner auprès de nos invités.

— Vous me parlez d'engagements, mais pouvez-vous me jurer que vous ne m'avez jamais trompée ? lança-t-elle avec aigreur.

Le duc la fixa sans répondre.

— Vous croyez que je ne connais pas la raison de vos séjours à Londres ? Que je n'ai pas compris pourquoi vous avez décidé tout à coup que Pamela avait besoin d'une gouvernante ? Ne venez pas me faire la leçon, s'il vous plaît. Si j'ai cédé à mon amour pour Thomas, c'est à cause de vos infidélités et de votre cruauté !

Elle chercha un mouchoir qu'elle ne trouva pas, et finit par accepter celui qu'il lui tendait.

— Ce que vous dites est un tissu d'insanités, et vous le savez parfaitement, déclara le duc d'un ton calme. Essuyez-vous les yeux, Sybil, et allons-y. Nous n'avons que trop négligé nos invités.

Sans un mot, elle se dirigea vers la porte. Il l'ouvrit, lui reprit le mouchoir et passa le bras de sa femme sous le sien. En dépit de leur répugnance, ils devaient faire bonne figure devant leurs invités.

Elle en avait conscience, elle aussi, et son beau visage s'illumina dès qu'ils pénétrèrent dans le salon. Fleur Hamilton jouait du pianoforte et pratiquement tout le monde dansait.

Fleur quitta le salon la dernière. Les danseurs étaient tous allés se coucher, quelques domestiques étaient venus dérouler le tapis et remettre les meubles à leur place. Quant à elle, elle avait trié les partitions et décidé de les rapporter dans le salon de musique.

Il était très tard, et elle était épuisée, pourtant elle n'avait pas envie d'aller se coucher. À vrai dire, elle redoutait les cauchemars qui troublaient si fréquemment son sommeil.

Elle avait remis les partitions à leur place et s'apprêtait à sortir lorsque le pianoforte, plus grand et bien meilleur que celui du salon, l'attira comme un aimant. Elle laissa ses doigts courir sur les touches, monta une gamme, doucement, lentement, avant de s'asseoir devant le clavier.

Elle commença par une sonate de Bach, qu'elle joua les yeux fermés. Si elle se concentrait asssez, si elle jouait avec suffisamment d'entrain, peut-être arriverait-elle à noyer ses pensées dans la musique.

Peut-être arriverait-elle à noyer Matthew.

Mais le morceau prit inévitablement fin. Elle n'avait plus qu'à rouvrir les yeux, monter se coucher et accepter ce que le reste de la nuit lui réservait. La soirée avec M. Chamberlain lui paraissait déjà tellement loin.

— J'aimerais jouer aussi bien et chasser mes soucis de cette manière, déclara une voix derrière elle.

Le duc de Ridgeway ! Fleur se leva d'un bond.

— Je ne voulais pas vous faire peur. Quand j'ai entendu la musique, je n'ai pas pu résister à l'envie de m'approcher.

— Je suis désolée, Votre Grâce. J'ai rapporté les partitions, et je n'ai pas pu m'empêcher de jouer un morceau.

— Après avoir joué toute la soirée ? Je vous remercie, mademoiselle Hamilton. Vous avez droit à toute ma reconnaissance.

— Je vous en prie, Votre Grâce.

— C'était vous, dans la galerie, tout à l'heure ? Avec Brocklehurst ?

— Oui, Votre Grâce, souffla-t-elle tandis qu'un grand froid l'envahissait.

— Vous y étiez montée librement ? Il ne vous y avait pas contrainte ?

— Non, Votre Grâce.

— Et ceci ? questionna-t-il en indiquant sa lèvre enflée.

Elle garda le silence.

— C'était avec votre consentement ?

— Ou...

Elle dut s'éclaircir la voix.

— Oui, Votre Grâce.

Il croisa son regard, lèvres pincées. Puis se passa la main sur les yeux

— Venez dans la bibliothèque boire un verre.

Il ne regarda pas si elle le suivait, mais il s'arrêta sur le seuil après avoir ouvert la porte et haussa les sourcils. Fleur traversa le salon de musique et le précéda dans la bibliothèque, où des candélabres avaient été allumés.

Il lui désigna un grand fauteuil de cuir au coin de la cheminée, lui offrit un xérès et se servit un cognac avant de prendre place en face d'elle.

— À votre santé, Fleur Hamilton, et à votre bonheur ! Le bonheur est un état fugitif, vous ne trouvez pas ?

Fleur but une gorgée pour se donner une contenance. Il était détendu, très à l'aise, tandis qu'elle se tenait bien droite dans son siège.

— Parlez-moi de vous, reprit-il. Oh, je ne vous demande pas de dissiper le mystère dont vous aimez vous entourer, rassurez-vous ! Qui vous a appris à jouer ?

— Ma mère, quand j'étais très jeune. Ensuite, mon tuteur a engagé un professeur pour ses enfants et moi. J'ai continué en pension.

— Où êtes-vous allée en pension ? Vous n'avez pas envie de répondre, je suppose. Combien de temps y êtes-vous restée ?

— Cinq ans. J'étais à Broadridge School, comme je l'ai dit à M. Houghton.

— C'est long, cinq ans. Vous vous y êtes plu, indépendamment des leçons de musique et de danse ?

— J'y ai reçu une bonne éducation, mais la discipline était stricte. L'humour, la fantaisie et les sentiments n'y avaient pas leur place.

— Pourtant votre tuteur vous y a laissée tout ce temps. Y avait-il plus de chaleur à la maison ?

— Quand mes parents étaient en vie, notre famille était très heureuse. Après leur disparition, rien ne pouvait me sembler chaleureux. J'étais trop jeune. Je n'ai sans doute pas été une enfant facile.

— Vous étiez une orpheline délaissée, si j'ai bien compris. Ils n'ont pas essayé de vous marier ?

— Si, admit-elle, se remémorant les deux gentilshommes campagnards d'une cinquantaine d'années qui avaient demandé sa main avant même qu'elle ait dix-neuf ans, et la fureur de cousine Caroline quand elle avait décliné leur offre.

— Mais vous avez résisté, devina-t-il. Obstinée. Est-ce ainsi que votre tuteur et sa famille vous décrivaient ?

— Parfois.

— Souvent, j'imagine. Vous n'avez jamais rencontré quelqu'un que vous aviez envie d'épouser ?

— Non, répondit-elle trop vite.

Daniel avait fait irruption dans ses cauchemars, ces derniers temps, et son image se confondait souvent avec celle du duc.

— Et il voulait vous épouser, lui aussi ?

Elle lui jeta un bref coup d'œil, puis baissa les yeux sur son verre.

— Ce n'était pas un parti convenable ? insista-t-il.

— Si.

— On vous en a empêchée, alors. Avez-vous une dot ?

— Oui.

— Mais vous ne pouvez pas en disposer avant de vous marier ou d'atteindre un certain âge, je suppose, et votre tuteur s'y est opposé. Pourquoi vous êtes-vous enfuie, Fleur ? Votre amoureux n'a pas voulu s'enfuir avec vous ? Il était surtout intéressé par votre argent ?

— Non ! Ma fortune ne comptait pas pour Daniel !

— Daniel... Vous l'aimiez ? Vous l'aimez ?

— Non. Tout cela appartient au passé.

Comme les souvenirs d'une autre vie...

— Finissez votre verre, ordonna-t-il avant de vider le sien. Il est temps d'aller se coucher.

Elle s'exécuta, accepta la main qu'il lui tendait et se leva.

— Vous ne voulez pas vous confier à moi ? Vous ne voulez pas me laisser vous aider ? Vous n'aviez pas consenti à cela, n'est-ce pas ? reprit-il en effleurant sa lèvre enflée.

— Il n'y a rien à confier, assura-t-elle en écartant sa main. Il n'y a aucun mystère.

— Vous avez pourtant préféré la vie à laquelle vous étiez réduite à Londres à celle que vous aviez laissée derrière vous. Et votre Daniel n'est pas venu à votre secours.

— Il ignorait que j'allais m'enfuir.

— Si je vous aimais, Fleur, et si je savais que vous m'aimiez, je remuerais ciel et terre pour vous retrouver.

— Non, personne n'aime de cette façon. C'est une illusion. L'amour peut être doux et réconfortant, ou égoïste et cruel, mais ce n'est pas la passion que chantent les poètes. L'amour ne déplace pas les montagnes, et je ne reproche rien à Daniel.

— Et pourtant, si je vous aimais, je déplacerais des montagnes à mains nues si elles nous séparaient.

— Si. « Faire comme si » est un jeu pour les enfants. Avec des « si », on peut effectivement déplacer les montagnes. Dans la vraie vie, c'est une autre histoire.

Elle sut qu'il allait l'embrasser quelques secondes avant que ses lèvres touchent les siennes. Elle aurait pu l'arrêter, il ne l'avait pas emprisonnée dans ses bras ni plaquée contre un mur, pourtant elle n'en fit rien. Elle était pétrifiée, fascinée aussi par ce visage ténébreux non plus penché au-dessus d'elle comme dans ses cauchemars, mais s'approchant lentement du sien.

Son baiser se révéla tellement différent de ceux de Matthew ou de M. Chamberlain qu'elle ne songea même pas à le repousser. Il était loin de la brutalité du premier comme de la fermeté du second. Douces et tièdes, ses lèvres entrouvertes s'étaient posées avec légèreté sur les siennes.

Ce n'était jamais que le troisième homme qui l'embrassait. C'était étrange quand on savait ce qu'il lui avait fait un mois plus tôt. Sauf qu'à Londres, il n'y avait pas eu de baiser.

L'affolement la gagna d'un coup, et elle recula.

Elle eut le temps de voir son expression avant qu'il l'enlace et la serre contre lui. Il avait l'air triste, et perdu.

— Ne me rejetez pas, Fleur. Je vous en prie. Ne serait-ce que durant quelques instants, ne me rejetez pas. N'ayez pas peur de moi.

Toutes les fibres de son corps se rappelaient pourtant – se rappelaient cette virilité arrogante, ces mains qui avaient dévasté sa vie, ces terribles cicatrices violacées. Chaque fibre de son corps se rappelait ces doigts sur sa chair, ces genoux qui lui écartaient les jambes, ce sexe qui la déchirait, ce va-et-vient qui n'avait cessé que lorsqu'il ne restait plus rien d'elle.

Mais il y avait aussi la gentillesse qu'il lui avait témoignée, le souci de son bien-être, la douceur surprenante de son baiser, la vulnérabilité qu'elle avait lue sur son visage et entendue dans sa voix.

Et la terrible solitude dans laquelle elle se débattait.

Ces souvenirs épouvantables et la réalité présente se heurtaient dans son esprit, et elle avait du mal à croire qu'il s'agissait du même homme. Il était difficile d'éprouver dans son corps la répulsion que son esprit lui ordonnait de ressentir.

Elle se laissa aller contre lui, s'obligea à ne pas avoir de mouvement de recul. Ce n'était pas si difficile, après tout.

— Juste quelques instants, murmura-t-il en frottant doucement sa joue contre ses cheveux.

Elle leva les yeux sans même s'en rendre compte et inclina la tête comme pour réclamer son baiser. Elle reconnut la douceur de sa bouche, puis le bout de sa langue qui lui frôlait les lèvres et les entrouvrait pour qu'elle lui accorde ce qu'elle avait refusé à Matthew un peu plus tôt.

De la langue, il explora sa bouche.

Lorsqu'elle s'entendit gémir, elle se força à oublier ce qu'elle faisait et avec qui. Elle ne laisserait pas ses cauchemars interrompre la magie de cet instant. Car il ne s'agissait que d'un instant, d'un instant seulement.

Ses épaules étaient solides comme le roc sous ses mains, sa chevelure de jais aussi douce que la soie.

Ses lèvres quittèrent la bouche de Fleur pour parcourir son visage, ses yeux, son front. Il l'enlaça plus étroitement et appuya la joue sur le sommet de son crâne.

— Mon Dieu, murmura-t-il. Oh, mon Dieu !

Elle sentit son souffle tremblant dans ses cheveux, puis il la lâcha.

— Fleur.

Dès qu'il leva la main pour la poser sur sa joue, elle sut de nouveau à qui cette main appartenait et ce qu'elle lui avait fait.

— Je voudrais pouvoir dire que je regrette. Demain, je vous présenterai mes excuses, mais ce soir, je ne peux rien regretter. Allez vous coucher. Je ne préfère pas vous accompagner, je serais incapable de m'arrêter à votre porte.

Elle se dirigea vers la porte en hâte, chercha la poignée à tâtons, traversa le hall et monta l'escalier en courant, et se rua dans sa chambre comme si elle avait le diable à ses trousses.

Ce n'était pas le duc qu'elle fuyait, cependant. La personne qu'elle fuyait était dans la pièce.

Sous sa robe, ses seins s'étaient durcis, et une vague furieuse palpitait là où il lui avait fait si mal cette horrible nuit. Elle avait sur les lèvres le goût de sa bouche. Tout son corps était en émoi, tandis que sa raison lui rappelait posément qui il était, comment il avait fait d'elle une catin, et combien il l'avait payée.

C'était un homme qui achetait les faveurs des femmes.

Il n'avait été infidèle qu'une seule fois, lui avait-il dit, et elle avait été bien près de le croire. Et maintenant, elle était bien près de croire à cette vulnérabilité sur son visage et dans sa voix. Elle ne demandait qu'à s'abuser. Elle refusait de voir leur rencontre comme le sordide échange qu'elle avait été.

Elle avait permis à un homme marié, son employeur, de prendre des libertés avec elle, et il n'avait pas eu à la contraindre.

Elle l'avait désiré, elle aussi.

C'était d'elle qu'elle avait eu peur, mais elle ne pouvait pas se fuir.

16

Le duc de Ridgeway ignorait si Fleur était allée faire ses exercices dans le salon de musique. Il s'était levé tôt le lendemain pour aller galoper dans la campagne.

Il avait sérieusement envisagé de ne pas revenir au château. Il avait beaucoup à faire sur ses domaines, qu'il avait quelque peu négligés pour s'occuper de ses invités. Il avait les récoltes et le bétail nouveau-né à inspecter et, bien sûr, ses fermiers et ses employés à voir et à écouter.

Il pouvait aussi aller passer la matinée avec Chamberlain, qu'il avait négligé depuis son retour.

Il résista à ces tentations. Il avait deux questions importantes à régler, toutes deux également déplaisantes.

Traînant la jambe, il aboya sur son valet pour réclamer des vêtements propres et ne pas sentir l'écurie au petit déjeuner.

— J'espère que vous n'avez pas martyrisé ce pauvre Hannibal comme vous vous êtes martyrisé, sinon vos palefreniers vont vous maudire, déclara Sidney. Je vais vous aider à enlever ces vêtements sales et vous faire un massage avant de m'occuper des propres. Allongez-vous.

— Gardez vos paroles impudentes pour vous, rétorqua le duc. Je n'ai pas besoin de massage.

— Si vous avez mal toute la journée, vous allez aboyer sur tous les domestiques, et ils vont m'en vouloir. Allongez-vous.

— Balivernes ! Je traite toujours mon personnel avec courtoisie.

Sidney lui jeta un regard entendu et le duc s'allongea. Il ne put retenir un grognement quand les mains de son valet se posèrent sur son côté douloureux.

— Là, ça ira mieux dans une minute, le rassura Sidney comme s'il s'adressait à un enfant.

Fleur n'était pas dans la salle d'étude. Elle n'était pas non plus à la nursery. En revanche, Pamela était levée, et le plaisir inattendu d'avoir son père avec elle pendant qu'elle prenait son petit déjeuner était évident. Elle donnait la croûte de ses toasts à Tiny qui attendait, pleine d'espoir, à ses pieds. La chienne avait été déclarée suffisamment bien dressée pour pénétrer dans la maison – sous certaines conditions, bien sûr.

— Il me semblait que Tiny avait sa nourriture et qu'elle n'était pas censée manger la tienne.

— Ce n'est pas ma nourriture, papa, se défendit la fillette. Nanny était en colère ce matin, ajouta-t-elle à voix basse. Tiny a fait pipi au lit.

— Il me semblait aussi que Tiny n'était pas censée dormir sur ton lit, mais à côté ou en dessous.

— Mais elle pleurait et elle tirait la couverture avec ses dents ! Je ne pouvais pas la laisser par terre, c'était trop cruel.

— Si Nanny va se plaindre à ta maman, Tiny retournera à l'écurie. Tu t'en rends compte, j'espère ?

— Nanny ne dira rien. J'ai nettoyé avec mon mouchoir, et je lui ai dit que son nouveau bonnet était très joli.

— J'aimerais avoir un entretien avec Mlle Hamilton avant la classe du matin, expliqua le duc à Mme Clement, qui s'affairait au fond de la pièce. Pouvez-vous garder Pamela pendant ce temps ?

— Certainement, Votre Grâce. Nous avons eu un petit accident avec le chien cette nuit. Lady Pamela vous en parlé ?

— Oui, et nous avons décidé que cela ne se reproduirait pas.

Fleur n'était toujours pas dans la salle d'étude. Il fit tourner la mappemonde d'une main nerveuse, joua quelques notes de clavecin, examina une aquarelle dont Pamela devait être l'auteur, et une autre probablement peinte par Fleur. Elle était également douée pour la peinture.

La porte s'ouvrit derrière lui et il reposa l'aquarelle. Il regretta tout à coup de ne pas avoir préparé ce qu'il comptait lui dire.

La lèvre de Fleur était encore légèrement enflée, et à en juger par les cernes sous ses yeux, elle avait passé une mauvaise nuit. Elle portait une robe verte qui lui allait bien, nota-t-il. Grande, mince, élancée, avec une silhouette néanmoins très féminine, c'était décidément la plus jolie femme qu'il ait jamais connue.

Il avait du mal à se rappeler la prostituée maigrichonne, au teint pâle, aux cheveux ternes et aux lèvres craquelées, dans une robe de soie bleue chiffonnée. Admettre qu'il s'agissait de la même personne n'était pas facile.

— Mademoiselle Hamilton, je vous dois des excuses, commença-t-il.

— Non, ce n'est pas nécessaire.

— Pourquoi ?

— Vous m'avez dit la nuit dernière que vous ne regrettiez rien et que vous vous excuseriez aujourd'hui. Ce seraient des mots vides de sens, Votre Grâce.

Elle disait vrai, il devait le reconnaître. Il ne regrettait rien. Ces moments lui avaient apporté un instant de bonheur, comme leur folle chevauchée, et il savait qu'il allait chérir longtemps le souvenir de leur baiser.

— Je regrette de vous avoir manqué de respect, mademoiselle Hamilton, et de vous avoir bouleversée. Je regrette également d'avoir manqué de loyauté à ma femme et à mon mariage. Je vous demande d'accepter mes excuses.

Très droite, le port altier, elle affichait le même visage que lorsqu'il lui avait ordonné de se déshabiller. Elle avait enlevé ses vêtements avec la même calme dignité.

— Les acceptez-vous ?

— Oui, Votre Grâce, acquiesça-t-elle après une brève hésitation.

« Adam, faillit-il la reprendre. Je m'appelle Adam. » Il aurait tellement voulu l'entendre prononcer son nom.

— Je ne vais pas vous retarder. Je vais demander qu'on vous envoie Pamela.

— Je vous remercie, Votre Grâce.

Tandis qu'il se dirigeait vers la porte, il s'aperçut qu'il boitait toujours. Ce maudit Sidney perdait la main. Il fit de son mieux pour dissimuler sa souffrance en allant embrasser sa fille avant de descendre pour un autre rendez-vous.

Son frère l'attendait déjà dans la bibliothèque, confortablement installé, un verre à la main malgré l'heure matinale.

— Papa avait une habitude, tu te souviens, Adam ? Il nous convoquait ici et nous faisait attendre une bonne heure. Et nous, plantés devant son bureau, nous n'osions pas faire un geste ou dire un mot parce que nous ne savions jamais à quel moment la porte allait s'ouvrir. C'était presque pire que la raclée qui allait inéluctablement conclure l'entretien, s'esclaffa-t-il.

Le duc alla s'asseoir derrière le grand bureau devant lequel ils avaient si souvent tremblé enfants, Thomas et lui.

— Tu comptes me donner des coups de canne ? reprit son frère.

— Elle est amoureuse de toi, elle l'a toujours été. Elle a eu un enfant de toi. Et maintenant que tu es revenu, tu voudrais t'amuser avec elle et avec moi ?

— Ah, il ne s'agit pas d'une correction, mais d'une conversation sérieuse ! Quel ennui ! Et toi, tu es toujours entiché d'elle ?

— Je l'ai épousée. C'est ma femme, et je me dois de veiller à son bien-être et de la protéger.

— Elle te hait. Tu le sais, n'est-ce pas ? s'amusa lord Thomas.

— Tu couches avec elle ? demanda le duc en regardant son frère droit dans les yeux.

— Avec la femme de mon frère ? Tu ne me crois tout de même pas capable d'une telle perfidie ?

— Est-ce que tu couches avec elle ?

Son frère haussa les épaules.

— Tu es amoureux d'elle ?

— Quelle question idiote ! Comment pourrais-je être amoureux de la femme de mon frère ?

— Si tu l'es, je pourrai peut-être te pardonner. En t'enfuyant il y a cinq ans, tu as peut-être fait une aussi grosse erreur que moi en n'obligeant pas Sybil à entendre la vérité. Nous agissons tous parfois impulsivement et nous devons ensuite en supporter les conséquences toute notre vie. Mais rien n'est gravé dans le marbre.

— Tu me proposes d'échanger nos chambres à coucher pour la durée de mon séjour ? C'est très fair-play de ta part, Adam, je dois le reconnaître.

— Si tu l'aimes autant qu'elle t'aime, reprit le duc, ignorant l'ironie de son cadet, il faut trouver une solution.

— Tu envisagerais le divorce ? Tu imagines le scandale ?

— Il n'est pas question de divorce. Je ne ferais pas cela à Sybil.

Le duc s'interrompit, prit une profonde inspiration.

— En revanche, une annulation est peut-être possible, reprit-il. Il faut que je me renseigne.

— Il n'y a qu'un seul motif valable pour une annulation, tu le sais ?

— Oui.

— Dois-je comprendre… qu'en plus de cinq ans tu n'as jamais bénéficié des faveurs de Sybil ? risqua lord Thomas, retrouvant son sourire railleur. C'est le cas, n'est-ce pas ? Seigneur ! Tu as joué jusqu'au bout l'amoureux transi mais loyal alors qu'elle en pinçait pour moi ? Ou est-ce qu'elle t'a repoussé ? Tu n'as pas quand même eu la bêtise de lui montrer tes blessures ?

— Tu l'aimes ? articula le duc.

— J'ai toujours eu un faible pour Sybil, confessa son frère. C'est une des plus jolies femmes que je connaisse.

— Ce n'est pas ce que je t'ai demandé. L'épouserais-tu si tu en avais la possibilité ?

— Tu ferais cela pour elle ? s'étonna son frère. Ou pour toi ?

— Je le ferais, ou en tout cas je me renseignerais sur la possibilité de le faire, si j'étais convaincu d'offrir à Sybil le bonheur dont nous l'avons privée, toi et moi.

— Et Pamela ? En cas d'annulation, tout le monde saurait que Pamela n'est pas ta fille.

— Oui, admit à regret le duc. J'aimerais avoir ta réponse.

— C'est pour le moins inattendu. J'aurais besoin d'un peu de temps pour réfléchir.

— Prends-le. Mais en attendant, et tant que tu es dans cette maison, Sybil demeure ma femme, Thomas, et je punirai tout manque de respect à son égard.

— À coups de canne sur le postérieur ? Tu t'es entraîné à la faire siffler en l'air ? Je manquais de faire dans ma culotte rien qu'en l'entendant.

— J'attends une réponse la semaine prochaine au plus tard. Si elle est négative, je te demanderai de partir sur-le-champ. Et définitivement.

— J'en déduis que je suis congédié. Très bien, je te débarrasse de ma présence. On m'attend pour une partie de pêche, de toute façon.

Une fois la porte refermée sur son frère, le duc resta perdu dans ses pensées, séduit par ses propres mirages, il s'en rendit rapidement compte.

Il venait de vivre en imagination tout ce qu'il avait fait miroiter à son frère – une annulation rapide et le départ de Sybil qui lui rendrait sa liberté, surtout celle d'approfondir son attirance pour Fleur.

C'était de la poudre aux yeux, purement et simplement. Jamais, au grand jamais, Thomas n'épouserait Sybil. Si Adam avait cru cela possible, il n'aurait jamais fait cette proposition absurde. Un tel arrangement se révélerait peut-être satisfaisant pour Sybil et lui, mais il y avait Pamela. Et le bonheur de Pamela devait passer avant celui de ses parents. Ce n'était qu'une enfant innocente et sans défense.

Il connaissait suffisamment Thomas. Il aimait bien son frère dans leur enfance, quand ses bêtises et son indiscipline n'avaient d'autres conséquences qu'une correction ou une sévère réprimande. Mais Thomas n'était jamais devenu adulte et n'avait jamais abdiqué l'irresponsabilité de la jeunesse. L'année où il avait exercé les prérogatives d'un duc avait suffi à compromettre la prospérité de Willoughby, qui aurait probablement été ruiné s'il en était resté propriétaire.

Thomas, il en était convaincu, était incapable de sentiments profonds. Il aurait sans doute épousé Sybil s'il était resté duc, et peut-être leur union aurait-elle été heureuse, mais il ne l'aurait jamais aimée comme elle l'aimait. S'il l'avait aimée, ne serait-ce qu'un tout petit peu, il ne l'aurait pas abandonnée en la sachant enceinte.

Le duc savait que Thomas continuerait à le défier et à s'amuser avec Sybil tant qu'il en aurait envie. Et cela pouvait durer longtemps. Le seul moyen de se débarrasser de lui, c'était de l'effrayer en lui faisant entrevoir la possibilité de se voir enchaîné pour la vie avec son jouet.

Thomas partirait avant la fin de la semaine, Adam en était convaincu, tellement convaincu qu'il avait mis en jeu l'avenir de Pamela.

Mais Dieu, que c'était une idée séduisante ! Machinalement, son regard se tourna vers le fauteuil que Fleur avait occupé la veille.

Elle avait cessé de trembler quand il l'avait implorée, et elle avait accepté son baiser, et même entrouvert les lèvres. Elle avait glissé les bras autour de son cou et ses doigts avaient joué dans ses cheveux.

Pendant quelques minutes au moins, elle avait oublié sa peur, elle l'avait désiré autant qu'il l'avait désirée. Autant qu'il la désirait.

Le remords le tenaillait, cependant. Il avait été indigné de découvrir Sybil dans les bras de Thomas, et pourtant, il en avait fait autant avec la gouvernante moins de deux heures plus tard.

Fleur. Elle était en passe de dominer ses pensées la journée et hanter ses rêves la nuit. Il vivait dans l'attente des moments où il la verrait, où il l'écouterait jouer, où il entendrait sa voix et sentirait son regard sur lui. Elle illuminait ses journées, leur donnait un sens.

En elle, il entrevoyait la perle inestimable qu'il avait jadis attendue de la vie.

Depuis plus de cinq ans, il s'était imposé une vie difficile, une vie de chasteté, à l'unique exception de cette brève rencontre à Londres.

Avec Fleur. Avec une prostituée menue qui s'était révélée vierge, qui avait obéi à ses ordres sans broncher, qui n'avait émis qu'une plainte rauque quand il l'avait pénétrée. Si sordide que soit la scène, elle avait su faire preuve de dignité. Au plus profond de la déchéance, elle avait refusé d'abdiquer.

Il ne devait plus jamais la prendre dans ses bras, il ne devait plus jamais l'embrasser. Il n'avait pas prévu ce qui s'était passé la veille, et cela ne devait pas se reproduire. Son mariage avait beau être un fardeau, il l'avait contracté librement et resterait fidèle à ses engagements, pour autant que la fragilité humaine le lui permettait.

Peut-être devrait-il proposer à Fleur un autre emploi ailleurs. Il n'était pas sûr qu'il soit possible de vivre entre la femme qu'il désirait plus que tout au monde et son épouse, qu'il avait autrefois aimée et n'avait jamais touchée.

Sybil l'avait repoussé le soir de leurs noces et lui avait crié de sortir de sa chambre. Il lui avait parlé de ses blessures, et la cicatrice sur son visage en offrait un avant-goût suffisamment éloquent. Il l'avait laissée et n'avait plus essayé de l'approcher jusqu'à la naissance de Pamela.

Il avait alors tenté de s'en faire une amie.

Bien entendu, elle lui attribuait le mauvais rôle et était persuadée qu'il avait chassé son amant pour l'obliger à l'épouser, lui. Quel stupide espoir de penser qu'il pourrait se faire aimer d'elle !

La même scène s'était reproduite quand il était allé la retrouver deux mois après la naissance de Pamela – les cris et le dégoût évident. Il en avait parlé avec elle le lendemain et elle lui avait assuré, de sa voix douce, ses grands yeux bleus humides de larmes, que s'il essayait encore de la toucher, elle retournerait chez son père.

C'était probablement à ce moment-là que son amour pour elle avait commencé à décroître. Il avait fini par voir quel être froid et égoïste se dissimulait sous des dehors angéliques.

Tout ce qu'elle lui inspirait désormais, c'était une profonde pitié, car son amour pour Thomas n'était pas feint.

Avec un soupir, Adam se leva et quitta la pièce. Pendant quelques heures au moins, il allait oublier ses soucis pour écouter ceux des autres.

Il était presque arrivé aux écuries lorsqu'il s'aperçut qu'il n'avait pas pris de petit déjeuner.

Ce ne fut que beaucoup plus tard qu'il se rendit compte qu'une visite à Duncan Chamberlain n'était pas indiquée s'il cherchait l'oubli. Duncan lui avait avoué être attiré par Fleur, et il avait été obligé de lui assurer en souriant que cela ne regardait que Mlle Hamilton et lui.

Il se demanda ce que penserait Chamberlain s'il savait qu'il avait été à deux doigts de recevoir le poing de son ami dans la figure.

Peter Houghton revint trois jours plus tard et régala Mme Laycock, Jarvis, Fleur et les autres du récit du baptême de son neveu.

— Des cheveux tout bouclés à deux mois ? C'est tout à fait inhabituel, fit remarquer Jarvis.

— En effet. Mais la femme de mon cousin dit que c'est de famille.

— Et des dents ? À deux mois ? se récria Mme Laycock.

— Eh oui ! C'est extraordinaire, n'est-ce pas ?

— Décrivez-nous la robe de baptême, monsieur Houghton, implora Armitage, la femme de chambre personnelle de la duchesse.

Le secrétaire jugea préférable d'écourter son déjeuner, bien que le duc ne soit pas au château. Le travail devait s'empiler sur son bureau, expliqua-t-il en regrettant son dessert.

Le duc fut absent pratiquement toute la journée. Le matin, il avait emmené les messieurs visiter le domaine après avoir donné à sa fille sa deuxième leçon d'équitation. Il se rendit avec elle au presbytère après déjeuner.

L'après-midi était bien avancé lorsqu'ils rentrèrent et Pamela s'empressa d'aller raconter à Fleur que le cheval à bascule du presbytère, qui était cassé à sa dernière visite, était maintenant réparé. C'était à sa gouvernante que sa fille courait faire des confidences, et non à sa nourrice, nota Adam avec intérêt.

— M. Houghton est de retour, Votre Grâce, l'informa Jarvis.

— Parfait. Il est dans son bureau ?

— Il me semble, Votre Grâce.

Le duc s'y rendit sans attendre.

— Eh bien, vous avez pris votre temps, déclara-t-il en s'immobilisant sur le seuil.

— Un baptême, un bébé, des parents qui veulent tous vous recevoir, vous savez ce que c'est, Votre Grâce.

— Nous sommes entre nous, Houghton, et j'ai mon compte de charades et de devinettes le soir, répliqua le duc une fois la porte refermée. Je vous écoute.

— La dame en question s'appelle Mlle Isabella Fleur Bradshaw, Votre Grâce. C'est la fille d'un défunt lord Brocklehurst, décédé en même temps que son épouse, la mère de Mlle Bradshaw.

— C'est l'actuel lord Bradshaw qui lui a succédé ?

— Son père, Votre Grâce, qui est lui-même décédé il y a cinq ans en laissant une femme, un fils et une fille pour le pleurer.

— Quel est leur lien avec le père de Mlle Ham... Bradshaw ?

— Le dernier baron et lui étaient cousins germains, Votre Grâce.

— Le précédent lord Brocklehurst était son tuteur et l'actuel l'est devenu ? Quelles sont les conditions de la tutelle ? Elle doit avoir dépassé vingt et un ans.

— Ce ne sont pas des renseignements faciles à obtenir quand on est censé bavarder de tout et de rien, Votre Grâce.

— Je suis certain que vous les avez quand même obtenus. Oui, je me doute que cela n'a pas été facile, Houghton. J'apprécie vos qualités sans que vous ayez besoin d'attirer mon attention sur elles. Pourquoi croyez-vous que je vous aie engagé ? Pour votre bonne mine ?

— Elle entrera en possession de sa dot et de la fortune de sa mère quand elle aura vingt-cinq ans, Votre Grâce, ou quand elle se mariera, à condition que son tuteur approuve son choix. S'il ne l'approuve pas, elle devra attendre son trentième anniversaire.

— Quel âge a-t-elle ?

— Vingt-trois ans, Votre Grâce.

— Très bien, Houghton. Ce sont les faits, et je vous félicite de les avoir découverts. Dites-moi le reste, à présent. Tout le reste. Je vois à votre expression que vous mourez d'impatience.

— Le reste ne vous plaira peut-être pas, Votre Grâce.

— Ce sera à moi d'en juger.

— Il pourrait remettre en question la décision que j'ai prise en l'engageant. Bien que, ajouta Houghton en toussotant diplomatiquement, nous parlions de Mlle Bradshaw et non de Mlle Hamilton, n'est-ce pas ?

— Houghton, si vous tenez à terminer votre rapport avec mes mains autour de votre cou, je n'y vois aucun inconvénient, mais je crains que cela ne soit pas très agréable.

— Oui, Votre Grâce.

Se faire étrangler semblerait bénin comparé à ce qui risquait de lui arriver quand le duc apprendrait la vérité sur sa bonne amie, se dit Houghton en reprenant son rapport.

Adam était heureux qu'elle s'appelle vraiment Fleur. Il aurait eu du mal à penser à elle sous le nom d'Isabella. Isabella ne lui allait pas du tout.

Il écouta le récit de son secrétaire pratiquement sans l'interrompre.

— Vous avez obtenu tous ces détails d'une seule source ?

— D'une servante de Heron House, d'un client assidu de la taverne où je logeais, du pasteur et de sa sœur, Votre Grâce. De la sœur surtout. Je pense qu'elle était amie avec Mlle Bradshaw. Son frère s'est montré plus réticent.

— Elle avait donc une amie. Le nom du client de la taverne ?

— M. Tweedsmuir, Votre Grâce.

— Son prénom ?

— Horace, Votre Grâce.

— Avez-vous rencontré ou entendu parler d'un gentleman dont le prénom serait Daniel ?

— Oui, Votre Grâce.

— Et ?

— Il s'agit du vicaire, votre Grâce. Le révérend Daniel Booth.

— Un vicaire... C'est un jeune homme, alors ?

— Oui, Votre Grâce. C'est le plus jeune fils de sir Richard Booth, du Hampshire.

— Vous avez fait un travail remarquable, Houghton, déclara le duc. Avez-vous omis quelque chose ?

— Je ne pense pas, Votre Grâce. Voulez-vous que je m'occupe du renvoi de Mlle Hamilton ?

Le duc se rembrunit.

— Qu'est-ce que Mlle Hamilton a à voir là-dedans ?

— Rien, Votre Grâce.

— Dans ce cas, c'est une étrange question. Vous ai-je laissé suffisamment de travail pour vous occuper le reste de la journée ?

— Certainement, Votre Grâce. Tout sera traité avant que je quitte ce bureau.

— À votre place, je n'y passerais pas la nuit. Vous n'aurez pas trop de votre soirée pour régaler Mme Laycock et quelques autres du récit de ce baptême où vous étiez parrain, lança le duc en ouvrant la porte.

Peter Houghton le regarda sortir. Le duc n'allait pas renvoyer sa bonne amie après tout ce qu'il avait entendu ? Il devait sacrément s'être entiché d'elle.

Et que diable était venu faire Brocklehurst dans cette maison si ce n'était pas pour l'arrêter ? Réprimant un soupir, Houghton commença à fourrager dans le monceau de papiers entassés sur son bureau.

17

Pour toutes sortes de raisons, Fleur attendait avec impatience l'anniversaire de Timothy Chamberlain. Lady Pamela en sautait de joie d'avance, et voir son élève heureuse était toujours un plaisir. L'enfant avait espéré que sa mère l'accompagnerait mais, bien entendu, celle-ci était trop occupée avec ses invités pour consacrer un après-midi entier à sa fille. Et si Pamela espérait encore que son père viendrait, Fleur ne partageait pas cet espoir.

Passer tout un après-midi loin de Willoughby, et surtout loin du duc, lui ferait du bien. Non qu'elle l'ait beaucoup vu depuis qu'il lui avait présenté ses excuses. Il n'était pas revenu dans la salle d'étude et n'avait fait que de brèves apparitions à la porte de la bibliothèque lorsqu'elle faisait ses exercices dans le salon de musique. Il lui avait demandé de l'accompagner pour la deuxième leçon d'équitation de lady Pamela, mais ne lui avait pas proposé de se promener ensuite.

Elle risquait cependant toujours de le rencontrer. Elle avait beau espérer qu'il ne viendrait pas, elle ne pouvait s'empêcher de guetter son pas dans le couloir.

Elle continuait à rêver de lui, sauf qu'il ne s'agissait plus de cauchemars. Dans ses rêves, il l'embrassait, comme l'autre soir, et elle lui rendait son baiser. Ses mains parcouraient les épaules musclées, déboutonnaient fébrilement son gilet et sa chemise avant de lui caresser le torse. Dans ses rêves, elle le désirait physiquement, mais avec tendresse, son grand corps viril sur le sien, sa bouche sur la sienne.

Elle se réveillait en sueur et s'enfouissait sous les couvertures en tressaillant de honte.

Elle avait honte aussi de préférer que le duc ne les accompagne pas chez les Chamberlain alors que c'était tellement important pour Pamela.

Cet après-midi de liberté signifierait également plusieurs heures loin de Matthew. Il n'avait pas menti en lui disant qu'il attendait qu'elle lui consacre une grande partie de son temps libre. Si elle allait se promener le matin ou en début de soirée, il venait avec elle. Une fois, alors qu'elle avait emmené lady Pamela peindre sur le pont, il les avait rejointes et s'était attardé pendant plus d'une heure. Et la veille de l'anniversaire, le jour du retour de M. Houghton et où Sa Grâce était allé au presbytère avec sa fille, il l'avait invitée, avec la bénédiction de la duchesse, à une promenade au bord du lac en compagnie d'un petit groupe.

— Matthew, je ne peux pas aller me promener avec la duchesse et ses invités, avait-elle plaidé quand on l'avait fait appeler dans le hall où il l'attendait. Je suis une employée ici.

— Mais tout le monde sait que tu es une dame, et que nous nous connaissons. En outre, je suis un invité, il faut donc satisfaire mes désirs. Regarde comme il fait beau ! Quelle meilleure façon de passer un après-midi de libre ?

Elle n'avait pas le choix, bien sûr. Tandis qu'ils se dirigeaient vers le lac, un peu à l'écart des autres, elle se demanda quand Matthew mettrait fin à ce petit jeu.

— Combien de temps comptes-tu rester ? s'enquit-elle.

— Combien de temps allons-nous rester ? corrigea-t-il. Je ne sais pas, Isabella. Je ne suis pas pressé, et j'ai pensé que tu préférerais refaire connaissance avec moi ici, où il y a d'autres gens, plutôt qu'à la maison, où nous serions seuls, toi et moi. Voilà quelques semaines, tu semblais penser que ce n'était pas convenable, bien que nous soyons cousins au second degré.

Il avait marqué un point, reconnut-elle.

— J'aimerais annoncer nos fiançailles avant notre départ.

— Non ! Il n'en est pas question, Matthew.

Une fois arrivés au lac, la plupart des couples ne montrèrent aucun désir de rester groupés. Lord Thomas Kent et la duchesse s'installèrent dans une barque pour se rendre sur l'île. Sir Philip Shaw et lady Underwood s'engagèrent dans le sentier qui longeait la berge vers le nord. Mlle Dobbin et M. Penny s'enfoncèrent sous les arbres.

Lord Brocklehurst entraîna Fleur de l'autre côté, là où le bois était plus dense, jusqu'à l'une des folies qui dominait le lac.

— Asseyons-nous, proposa-t-il.

Fleur obtempéra, mais détourna vivement la tête quand il tenta de l'embrasser.

— Donne-moi une chance, Isabella, soupira-t-il en lui caressant les cheveux. Mes intentions sont honorables, crois-moi. Heron House a appartenu à ton père, et ta mère était baronne. Tu pourrais retrouver le manoir et le titre. J'enverrai ma mère et Amelia habiter ailleurs si tu le souhaites.

— Enfin, Matthew, tu ne comprends pas ? Je ne t'aime pas. Je n'éprouve pas pour toi les sentiments qui feraient de moi une bonne épouse. Pourquoi ne pas rentrer, dire la vérité et vivre en bonne intelligence ? Laisse-moi apprendre à te respecter même si je ne peux pas t'aimer.

— L'amour peut venir. Donne-moi une chance, répéta-t-il.

Fleur secoua la tête, découragée.

Matthew lui entoura le cou de ses mains, comme la dernière fois, et serra doucement avant de lui lever la tête d'une secousse. Il posa la bouche sur la sienne.

Elle le laissa faire sans réagir, puis elle se leva et quitta le temple. Pour la première fois, la colère l'emportait sur la peur. Elle n'en pouvait plus d'être une marionnette, de ne plus avoir de prise sur sa vie.

— Je ne t'épouserai pas, Matthew, et je ne serai pas ta maîtresse. Je ne perdrai plus mon temps avec toi ici à Willoughby Hall. Fais ce que tu voudras, ma décision est prise.

Fermant les yeux, elle se rappela ses mains autour de son cou, la brutalité de la secousse.

« Si jamais vous n'avez personne vers qui vous tourner, venez à moi, Fleur », l'avait adjurée le duc.

Elle mourait d'envie de lui révéler toute la vérité, de lui confier ses tourments, de sentir de nouveau ses bras vigoureux autour d'elle.

Et elle lirait dans ses yeux le dédain, le dégoût, la réprobation. Elle se retrouverait seule, comme elle l'avait toujours été depuis la mort de ses parents. S'imaginer que quelqu'un puisse se soucier d'elle et veuille l'aider était une illusion. Elle ne pouvait pas plus compter sur le duc de Ridgeway qu'elle n'avait pu compter sur Daniel. Elle ne pouvait compter sur personne, elle l'avait compris depuis longtemps.

— Tu finiras bien par changer d'avis, déclara Matthew dans son dos. Je te donne quelques jours de plus, Isabella.

Elle ravala la réponse qu'elle avait sur le bout de la langue. À quoi bon ? Changerait-elle d'avis, après tout ? L'alternative était tellement terrifiante.

— Il est temps de rentrer. Tu as besoin de réfléchir.

Dans le hall, ils croisèrent le duc, qui les considéra sans aménité.

— Je vous croyais en haut avec ma fille, mademoiselle Hamilton.

— J'étais allée faire quelques pas avec lord Brocklehurst, Votre Grâce.

— Elle avait hâte de vous parler. Vous feriez mieux de monter sans attendre.

— Certainement, Votre Grâce.

Les joues en feu, Fleur grimpa l'escalier à toute allure, en se demandant si Matthew expliquerait au duc qu'il l'avait invitée à cette promenade avec la permission de la duchesse.

Avec quelle impatience elle attendait le lendemain et un après-midi entier loin de Willoughby.

Le jeune Timothy Chamberlain fêtait son septième anniversaire avec son frère et sa sœur, lady Pamela Kent et cinq autres enfants du voisinage, dont les deux enfants du pasteur.

— Il était heureux pour leur santé mentale et leurs oreilles que le temps soit clément, déclara M. Chamberlain quand Fleur arriva avec son élève. Dès que Timothy aura montré à ses camarades la nursery, qu'ils connaissent déjà, et le jeu de construction qu'il a reçu en cadeau, ils iront jouer dehors.

— À l'entendre, on ne dirait pas que c'est Duncan qui a eu l'idée de ce goûter, sourit Mlle Chamberlain.

L'air contrit de l'intéressé arracha un rire à Fleur. Il ne lui avait pas fallu longtemps pour constater qu'il adorait ses enfants.

Elle se sentait détendue, heureuse même. Lady Pamela et elle avaient quitté le château tout de suite après le déjeuner et ne rentreraient que pour le dîner. Et le duc ne les avait pas accompagnées.

— Timothy a eu des briques ! Je vais demander à papa de m'en acheter, s'écria lady Pamela lorsque les enfants déboulèrent l'escalier.

Ils jouèrent à cache-cache et au ballon sur la grande pelouse derrière la maison, puis M. Chamberlain organisa des courses, jusqu'à ce que la moitié des enfants soit à bout de souffle, tandis que l'autre hurlait plus fort que jamais.

Mlle Chamberlain leur proposa de faire une ronde et de chanter.

— Cela les calmera, dit-elle à Fleur. Duncan n'a jamais compris que fatiguer les enfants ne les calmait pas. Au contraire !

— En tout cas, faire la ronde en chantant serait indigne de moi, déclara Chamberlain en tapotant la joue d'une petite fille, ignorant la main qu'elle lui tendait. Mlle Hamilton et moi allons te laisser t'en occuper, Emily. Nous prendrons le thé ensuite. Il y a des limites à ce que je peux endurer, sourit-il en entraînant Fleur vers la roseraie après lui avoir offert son bras.

— Votre fils a l'air enchanté.

— On n'a l'âge de raison qu'une fois dans sa vie. Demain il aura retrouvé son degré d'agitation habituel. Sans excès.

Ils étaient invisibles au milieu des buissons odorants. Duncan lâcha le bras de Fleur, prit son visage entre ses mains et déposa un baiser sur ses lèvres.

— Vous m'avez manqué.

Elle lui sourit sans répondre.

— Si vous n'étiez pas gouvernante et n'aviez pas un certain nombre de tâches à accomplir, j'aurais probablement hanté Willoughby Hall tous les jours depuis notre sortie au théâtre, avoua-t-il en lui effleurant les lèvres de ses pouces.

Fleur savait que pour elle aussi il y avait des limites à ne pas dépasser.

— Je vous en prie, l'arrêta-t-elle à regret.

— Ce que je m'apprête à vous dire serait mal accueilli ?

— Je ne peux pas.

— Par manque d'inclination ? hasarda-t-il. C'est à cause de moi ? Ou de mes enfants ?

Au supplice, Fleur fit signe que non.

— Il y a un obstacle ?

Elle n'osait le regarder en face. Il y avait cette accusation de vol et de meurtre suspendue au-dessus de sa tête, il y avait la perte de sa virginité, et il y avait la profession qu'elle avait brièvement exercée avant de devenir gouvernante.

Elle hocha la tête.

— Insurmontable ?

— Oui, souffla-t-elle.

Elle le regarda dans les yeux et éprouva une infinie tristesse.

— Absolument insurmontable, ajouta-t-elle.

— Eh bien, dans ce cas…

Il se pencha pour l'embrasser de nouveau, puis il lui tapota le bras.

— Nous n'en parlerons plus. Cette roseraie faisait la fierté de ma femme. Emily vous l'a peut-être dit. J'aime y venir lire, quand les enfants sont occupés dans la maison. Si nous allions prendre le thé ?

— Volontiers.

Toute sa joie s'était évanouie d'un coup. Elle ne se doutait pas que Duncan était si près de se déclarer, mais elle l'avait senti venir dans la roseraie. Elle l'avait blessé, devinait-elle, et elle craignait qu'il ne s'imagine, malgré ses assurances, qu'elle ne le trouvait pas à son goût.

Lorsqu'ils regagnèrent la pelouse, voir le duc de Ridgeway, sa fille perchée sur ses épaules, converser avec Emily Chamberlain l'étonna à peine.

Le regard aiguisé, le sourire aux lèvres, il les regarda approcher.

— J'aurais dû me douter que vous seriez suffisamment avisé pour éviter les jeux et arriver à temps pour le thé. Bienvenue à notre goûter d'anniversaire, Adam.

— Je suis arrivée deuxième à la course des filles, papa ! claironna lady Pamela. Et on aurait gagné la course à cloche-pied si William n'était pas tombé.

Fleur les quitta pour aider Mlle Chamberlain à rassembler les enfants.

Sur le chemin du retour, tandis qu'il écoutait d'une oreille le babillage de sa fille, qu'il avait prise avec lui sur son cheval, Adam regretta que Fleur ne chevauche pas à ses côtés. Cela dit, sans doute valait-il mieux pour sa tranquillité d'esprit qu'elle soit dans la voiture.

Elle faisait décidément beaucoup de bien à Pamela. Il se sentait coupable de l'abandonner quand il s'absentait, même s'il avait toujours su l'amuser et l'avait emmenée le plus souvent voir d'autres enfants. Il ne l'aurait pas aimée davantage si elle avait été vraiment sa fille.

Fleur rendait sa part d'enfance à Pamela. Sybil et Mme Clement la couvaient. Et quand, par extraordinaire, Sybil l'emmenait en visite avec elle, c'était chez des adultes où elle devait rester sagement assise pendant qu'on complimentait sa mère et la félicitait d'avoir une petite fille tellement bien élevée.

Fleur faisait du bien à Pamela. Elle devrait avoir des enfants à elle.

Suivant d'un doigt léger sa cicatrice, Pamela demanda :

— Comment ça se fait qu'ils ont manqué ton œil ?

— Quelqu'un devait veiller sur moi.

— Le Bon Dieu ?

— Certainement.

— Cela t'a fait mal ?

— Oui, j'imagine. Je ne m'en souviens plus.

Pamela se mit à chantonner, et le duc reprit le fil de ses pensées. Il s'en voulait. Duncan l'avait pris à part brièvement.

— Apparemment, Adam, vous ne risquez pas de perdre votre gouvernante dans l'immédiat.

Il avait cherché des indices de ce qu'il s'était passé entre eux. Duncan et Fleur s'étaient isolés avant son arrivée, mais ni leur expression ni leur comportement ne trahit quoi que ce soit.

— Vous avez changé d'avis ?

— On m'a rejeté.

Duncan Chamberlain était son ami, et il souhaitait son bonheur. Quatre ans plus tôt, il avait perdu sa femme, à laquelle il était très attaché. Fleur ferait une épouse parfaite pour lui et une belle-mère idéale pour ses enfants.

Il aurait dû être désolé pour Duncan, or, il avait été immensément soulagé, et s'en sentait coupable. S'était-elle crue obligée de refuser à cause de ce qu'il lui avait fait et fait faire ? Bien sûr.

Et il y avait aussi cet autre. Il devait à tout prix lui parler. Il l'aurait volontiers fait dans la matinée s'il n'avait pas eu peur de gâcher cette journée que Pamela attendait avec tant d'impatience. Il lui parlerait le lendemain.

— Tu as déjà tué quelqu'un, papa ? reprit la petite.

— À la guerre ? Oui, je le crains. Mais je n'en suis pas fier. Je ne peux m'empêcher de penser que ces hommes avaient des mères, et peut-être des femmes et des enfants. La guerre est une chose terrible, Pamela.

— Je suis contente que personne ne t'ait tué, déclara Pamela en appuyant la tête contre son torse.

La voiture s'était arrêtée devant le château alors qu'ils sortaient des écuries.

— Mademoiselle Hamilton, appela-t-il avant qu'elle disparaisse par l'entrée de service. Attendez-moi dans la bibliothèque demain matin, tout de suite après le petit déjeuner, s'il vous plaît.

Elle pâlit. Peut-être lui avait-on rapporté qu'il avait l'habitude de conduire les entretiens déplaisants dans la bibliothèque.

— Bien, Votre Grâce.

Peut-être aurait-il été préférable de ne pas la prévenir et de la faire appeler le moment venu. Elle allait sans doute se tracasser toute la nuit en se demandant ce qu'elle avait fait de mal.

— Tiny doit être triste, fit Pamela en tirant sur sa main. Elle ne m'a pas vue de tout l'après-midi.

— Eh bien, allons voir si elle est contente de te retrouver.

La duchesse s'était couchée en milieu d'après-midi avec de la fièvre et une douleur aiguë dans la poitrine, après une quinte de toux prolongée. Elle avait mis ce malaise sur le compte de la promenade à cheval avec ses invités. Elle n'aimait pas l'équitation, qu'elle considérait comme une activité dangereuse et malsaine.

Une heure avant le dîner, lord Thomas entra dans ses appartements et renvoya la femme de chambre.

— Comment vas-tu ? s'enquit-il en lui prenant la main.

— Mieux, assura-t-elle en lui souriant. Mais je suis trop paresseuse pour me lever. Je descendrai au salon après le dîner.

— Si belle, et si fragile, murmura-t-il en portant sa main à ses lèvres. Tu es exactement la même que lorsque nous étions fiancés. Je me demande si tu paraîtras toujours aussi jeune la prochaine fois que nous nous reverrons.

— La prochaine fois ? répéta-t-elle. Tu ne vas pas repartir, Thomas ? Tu es ici chez toi. Tu ne peux pas repartir !

— Je l'ai promis à Adam, expliqua-t-il en lui baisant à nouveau la main.

— Que lui as-tu promis ?

— De partir dans la semaine. Je ne peux pas lui en vouloir, Sybil. Ce n'est pas comme la dernière fois. Tu es sa femme, à présent.

— Sa femme ? dit-elle avec mépris. Je ne suis sa femme que de nom. Je ne l'ai jamais laissé me toucher, je le jure. Jamais ! Je suis à toi, rien qu'à toi.

— Mais aux yeux de la loi, tu es sa femme. Il faut aussi penser à Pamela. Elle ne doit jamais connaître la vérité. Elle ne le supporterait pas. On m'a ordonné de partir, Sybil, et je dois partir. En mon âme et conscience, je dois partir.

— Non ! cria-t-elle en s'accrochant à sa main. Si tu dois absolument partir, poursuivit-elle dans une quinte de toux, emmène-moi avec toi. Je le quitterai, Thomas ! Je ne peux plus vivre séparée de toi.

— Je ne peux pas t'emmener, chuchota-t-il en l'attirant à lui pour l'embrasser. Je ne t'exposerai pas à un tel scandale. Et Pamela a besoin de ses deux parents. Il va falloir te montrer courageuse.

— Cela m'est égal ! s'écria-t-elle en jetant les bras autour de son cou. Tout ce qui m'importe, c'est toi. Rien d'autre ne compte. Je vais venir avec toi.

— Chut, fit-il en la berçant doucement.

Comme elle commençait à se calmer, il l'embrassa de nouveau et lui caressa les seins.

— Thomas, gémit-elle en se renversant contre ses oreillers, je t'aime.

— Moi aussi, murmura-t-il.

Il repoussa sa chemise de nuit pour couvrir sa gorge de baisers.

Et se redressa prestement en entendant frapper à la porte.

— Vous allez mieux ? s'enquit le duc de Ridgeway en entrant. Armitage m'a dit que vous vous étiez sentie mal cet après-midi.

— Oui, je vous remercie, répondit-elle sèchement en se détournant.

— Tu ferais bien d'aller t'habiller pour le dîner, Thomas, ou tu risques fort d'être en retard.

Son frère lui adressa un sourire et quitta la pièce sans mot dire.

— J'ai fait demander au Dr Hartley de passer demain matin, mais je peux le faire venir immédiatement si vous le souhaitez.

— Je n'ai pas besoin de médecin.

— Vous devez le voir, de toute façon. Peut-être pourrait-il vous donner un médicament à même de faire passer cette toux une bonne fois pour toutes.

Elle tourna soudain la tête pour le regarder.

— Je vous hais, Adam ! lâcha-t-elle avec véhémence. Dieu, que je vous hais !

— Parce que je me soucie de votre santé ?

— Parce que vous avez de nouveau ordonné à Thomas de partir. Vous savez que nous nous aimons, que nous nous sommes toujours aimés. Je vous hais d'avoir gâché nos vies.

— Il vous a dit que je lui ai ordonné de partir ?

— Vous le niez ?

Il contempla longuement cette femme qu'il avait passionnément aimée et pour qui il n'éprouvait plus que pitié.

— Je suppose que ce que j'ai dit revenait à cela.

— Je vais partir avec lui, lança-t-elle en se détournant de nouveau. Je vais vous quitter, Adam.

— Je doute qu'il vous emmène.

— Vous le connaissez. Vous savez qu'il ne me ferait de mal pour rien au monde. Mais il m'emmènera quand il comprendra que je suis plus malheureuse ici, avec vous, votre titre et la respectabilité que vous m'apportez.

— Je doute qu'il vous emmène, répéta-t-il. Il est temps de regarder la vérité en face, Sybil. Je suis désolé pour vous. Je vais vous excuser auprès de nos invités et je reviendrai vous voir un peu plus tard.

— C'est inutile, Adam. Je ne veux plus vous voir, ni ce soir ni jamais.

Il tira le cordon de la sonnette et attendit la femme de chambre.

— Sa Grâce a besoin de vous, Armitage, dit-il avant de tourner les talons.

18

Le valet ouvrit la porte de la bibliothèque devant Fleur sans même frapper ou l'annoncer, puis la referma lorsqu'elle fut entrée.

Le duc, qui écrivait à son bureau, posa aussitôt sa plume et sécha sa lettre avec un buvard avant de se lever pour la saluer.

La tête haute, elle soutint sans broncher ce regard pénétrant qui la déconcertait toujours, en se demandant comme elle l'avait fait toute la nuit s'il allait simplement la réprimander pour quelque faute inconnue, la renvoyer ou tenter de la séduire. Mais peut-être n'avait-il rien de grave à lui annoncer, après tout.

— L'honorable Mlle Isabella Fleur Bradshaw, de Heron House, dans le Wiltshire, déclara-t-il calmement.

Ainsi Matthew l'avait prise au mot. Il avait tout dit au duc. Elle se redressa davantage.

— Une voleuse et une meurtrière, présumée du moins, tout suspect étant présumé innocent tant que sa culpabilité n'a pas été prouvée.

Elle le fixa sans ciller.

— Êtes-vous une voleuse et une meurtrière ?

— Non, Votre Grâce.

— Ni l'une ni l'autre ?

— Non, Votre Grâce.

— On a pourtant trouvé dans votre malle des bijoux de grande valeur appartenant à vos cousines.

— Oui, Votre Grâce.

— Et il y a eu mort d'homme.
— Oui, Votre Grâce.
— Après que votre cousin vous a surprise en train de commettre un meurtre, vous vous êtes enfuie avec pour tout bagage ce que vous portiez, une robe de soie bleue et une cape grise. Une fois à Londres, vous vous êtes cachée et avez survécu comme vous pouviez.
— Oui, Votre Grâce.
— Mais vous n'avez ni volé ni mendié ?
— Non, Votre Grâce.
— Vous avez vendu uniquement ce qui vous appartenait.
— Oui, Votre Grâce.
Il contourna son bureau, traversa la pièce et s'immobilisa devant elle.
— Allez-vous me dire ce qui vous est arrivé ? Nous risquons de rester ici la journée entière si vous ne répondez à mes questions que par monosyllabes.
Fleur ne pipa mot.
— Pourquoi ne pas expliquer ce qu'il s'est passé ?
— On ne me croirait pas. Quand tout cela arrivera devant un tribunal, lord Brocklehurst présentera la version qu'il vous a racontée, et on le croira comme vous l'avez cru. C'est un homme et il est baron. Je suis une femme et une simple gouvernante. Et une prostituée. Il est inutile que je gâche ma salive.
— Je n'ai rien appris de lord Brocklehurst. Tout ce que je sais, je l'ai appris par moi-même. Je l'ai entendu vous appeler Isabella. Vous aviez failli révéler le nom de votre ancienne maison, « Her... ». J'ai donc envoyé Houghton à Heron House en lui demandant de trouver tout ce qu'il pouvait sur une certaine Isabella.
— Pourquoi ? souffla-t-elle.
Il haussa les épaules.
— Parce que votre passé est enveloppé de mystère. Parce que j'ai compris, malheureusement trop tard, que seules des circonstances exceptionnelles avaient pu vous forcer à être ce que vous êtes devenue en ma compagnie.

Parce que j'ai lu sur votre visage la terreur que vous inspirait Brocklehurst quand vous l'avez vu dans le salon. Parce qu'il était évident que l'un comme l'autre vous mentiez sur vos relations. Parce que c'est important pour moi.

— C'est peut-être aussi bien ainsi. Vous avez tenté de faire d'une menteuse, d'une voleuse et d'une meurtrière votre maîtresse.

— Vous pensez vraiment cela de moi, Fleur ?

— Oui.

— Même après que je vous ai envoyée vous coucher sans vous escorter jusqu'à votre chambre parce que j'avais peur d'aller trop loin ? Alors que je vous ai évitée depuis, sauf pour vous présenter mes excuses ? Venez vous asseoir.

— Non.

— Fleur, voulez-vous ouvrir la porte ?

À regret, elle lui obéit.

— Refermez-la. Qu'avez-vous vu ?

— Le valet qui m'a fait entrer.

— Vous le connaissez ?

— Bien sûr. C'est Jeremy.

— Vous le connaissez bien ? Vous l'aimez bien ?

— Il est toujours aimable et courtois.

— Il a ordre de rester où il est jusqu'à ce que vous sortiez, ou jusqu'à ce qu'on l'appelle ou que je le renvoie. Si vous vous mettiez à crier, il se précipiterait à la rescousse. Venez vous asseoir.

Très raide, elle prit place sur un fauteuil près de la fenêtre.

— L'homme qui est mort était le valet de votre cousin ? Qu'avez-vous à voir avec sa mort ?

— C'est moi qui l'ai tué.

— Mais vous ne vous qualifiez pas de meurtrière. Pourquoi ?

— C'était un homme grand et vigoureux. Il était censé me tenir pendant que Matthew abusait de moi. Quand il est passé derrière moi, je l'ai poussé et il a perdu l'équilibre. Nous étions tout près de la cheminée. Il est tombé et s'est fracassé le crâne.

— Et il est mort ?

— Sur le coup.

— Votre cousin avait-il exprimé ses intentions ?

— Il m'avait dit que lorsque je quitterai la maison, plus aucun autre homme ne voudrait de moi. Je crois que je me débattais et que je criais. Je l'ai vu adresser un signe de tête à Hobson.

— Le valet ?

— Oui. C'est à ce moment qu'il est passé derrière moi.

— La mère et la sœur de Brocklehurst étaient à Londres. Pourquoi vous avaient-elles laissée sans chaperon ?

— Elles ne se soucient pas de moi.

— Vous comptiez aller au presbytère, chez Mlle Booth. Pourquoi avoir attendu le soir ?

— Vous êtes très bien informé. Vous savez déjà tout, apparemment.

— Houghton est un homme précieux, il me manque toutefois les raisons.

— Matthew attendait des invités. Ils auraient joué aux cartes et bu toute la soirée. J'aurais pu m'esquiver sans me faire remarquer. Mais ils ne sont pas venus. Sa mère et sa sœur étaient parties le jour même, je pense qu'il voulait passer une nuit seul avec moi.

— Mais vous avez tout de même essayé de fuir ?

— Oui. Il m'en a empêchée. Je pense qu'il avait deviné et m'attendait.

— Et vous n'avez pas volé les bijoux ?

— Non. J'ignorais leur existence jusqu'à ce qu'il m'en parle ici.

— Vous vous êtes donc enfuie avec pour tout bagage les vêtements que vous portiez. Sans argent ?

— Très peu.

— Pourquoi n'êtes-vous pas allée chez le révérend Daniel Booth ?

— Chez Daniel ? C'est le premier endroit où ils seraient allés me chercher. Il n'aurait pas hébergé une meurtrière, de toute façon.

— Même s'il l'aimait ?

Elle ne répondit pas.

— Combien de temps vous a-t-il fallu pour gagner Londres ?

— Une semaine environ.

Le duc alla à la fenêtre et regarda dehors de longues minutes.

— Je suppose que Brocklehurst vous a proposé un marché. Votre corps contre votre vie. Je me trompe ?

— Non.

— Et quelle est votre décision, si tant est que vous en ayez pris une ?

— Il est facile d'être héroïque en imagination. Je ne suis toutefois pas certaine de me conduire héroïquement le moment venu. Il y a deux jours, je lui ai dit que je ne l'épouserais pas et que je ne serais pas sa maîtresse. Et pourtant, quand il m'a donné quelques jours de plus pour prendre une décision, je n'ai pas eu le courage de lui répéter ce que je lui avais déjà dit.

— Vous êtes néanmoins capable de vous montrer très courageuse, Fleur. J'en ai eu la preuve dans une certaine auberge londonienne.

Elle rougit violemment.

— Vous auriez pu me demander mon aide, vous savez. Je vous aurais aidée. Et même en vous la refusant, je n'aurais pas fait pire que ce que je vous ai fait. Mais vous êtes trop courageuse et trop fière, alors vous avez préféré vous vendre plutôt que de supplier.

Fleur baissa les yeux.

— Cela ne se passe pas toujours ainsi, vous savez, reprit-il. Quand on le fait avec amour, c'est une très belle expérience, pour la femme comme pour l'homme. N'ayez pas peur de tous les hommes comme vous avez peur de moi.

Elle se mordit la lèvre jusqu'au sang.

— Qu'allons-nous faire, à présent ? reprit-il. Votre situation n'est pas aussi désespérée que vous le pensez. Il y a plusieurs défenses possibles.

Le rire de Fleur valait tous les discours.

— Me permettrez-vous de vous aider ?

— Il n'y avait pas de témoin, à part Matthew, et c'est ma femme de chambre qui a trouvé les bijoux dans ma malle. La seule défense, c'est la vérité, et la vérité aura tout l'air d'un lamentable mensonge contre la parole du baron Brocklehurst.

Il se pencha soudain et lui prit les mains. Elles étaient glacées, s'aperçut-elle.

— Vous ne serez pas pendue, Fleur, et vous ne finirez pas en prison, je vous le promets. Depuis des semaines, vous vivez avec cette terreur, n'est-ce pas ? Pourquoi n'êtes-vous pas venue me voir ? Oui, bien sûr, je suis la dernière personne vers qui vous vous seriez tournée. Aujourd'hui, et peut-être aussi demain, je veux que, en dehors des heures de leçons avec Pamela, vous restiez avec Mme Laycock. Si Brocklehurst essaie de vous parler, je vous ai ordonné de ne pas l'approcher. C'est compris ?

— Vous ne pouvez pas m'aider.

— Si, je le peux, et je vais le faire, même si vous ne me faites pas confiance. Vous croyez vraiment que je vous ai fait venir ici pour être ma maîtresse ?

— Peu importe.

Elle regardait ces grandes mains qui emprisonnaient les siennes. Elle aurait dû se dégager, mais elle avait envie de s'y accrocher. Elle avait envie de poser la tête sur son épaule, de lui faire confiance et d'oublier tout le reste.

Durant des semaines, ce visage sévère et cette balafre avaient hanté ses cauchemars, cependant, depuis qu'il l'avait embrassée, il avait ranimé en elle un besoin lancinant de tendresse et d'amour.

— Cela importe, au contraire. Fleur, je n'ai jamais eu l'intention de faire de vous ma maîtresse. Ce qui s'est passé entre nous ici n'était pas prémédité. Je suis marié et je ne peux entretenir de relation avec vous. Et si je n'étais pas marié, ce ne serait pas comme maîtresse que je vous désirerais.

Sans la quitter des yeux, il porta chacune de ses mains à ses lèvres avant d'essuyer la larme qu'elle avait sentie rouler sur sa joue.

— Peut-être pourrais-je ainsi réparer un peu du mal que je vous ai fait. Après quoi, je vous enverrai au loin. Si vous devez attendre pour entrer en possession de votre fortune, je vous trouverai un poste avantageux dans une maison où je ne vais jamais. Je vous libérerai et je ne vous suivrai pas. Peut-être qu'avec le temps, vous finirez par me croire et me faire confiance.

Elle se couvrit le visage de ses mains.

— Je vais demander à Jeremy de vous accompagner à l'étage. Ce matin, reposez-vous dans votre chambre. Je donnerai l'ordre qu'on ne vous dérange pas, et je m'occuperai de Pamela.

— Ce n'est pas nécessaire, Votre Grâce. J'ai déjà prévu des leçons.

— Vous ferez tout de même ce que je vous dis.

— Ce n'est pas la peine non plus que Jeremy m'accompagne. Je vous remercie, mais je peux trouver mon chemin toute seule.

— Comme vous voudrez, sourit-il.

Elle regagna donc seule sa chambre, et s'accouda à la fenêtre pour contempler le parc désert à cette heure matinale.

Le duc avait l'intention d'avoir une petite conversation avec lord Brocklehurst dans les meilleurs délais, hélas, une série d'événements vint contrecarrer ses plans.

Le médecin était avec la duchesse, l'informa Jarvis. Son épouse et le médecin passaient avant toute chose, décida-t-il, en demandant au majordome de lui amener le Dr Hartley dès qu'il aurait terminé.

Un refroidissement au cours de l'hiver avait laissé la duchesse avec une faiblesse de poitrine, lui expliqua ce dernier. La santé de Sa Grâce avait toujours été fragile, et le resterait probablement.

— Je recommande une vie plus calme et moins de sorties en plein air. Peut-être qu'un séjour d'un mois ou deux à Bath pour prendre les eaux améliorerait la santé de Sa Grâce.

— Elle tousse sans arrêt et souffre fréquemment de fièvres, fit remarquer le duc. Elle a également perdu du poids. Est-ce juste le résultat d'un mauvais refroidissement ?

— Certaines dames sont de constitution délicate, Votre Grâce, et malheureusement, votre épouse en fait partie.

Le duc le congédia. Sans doute aurait-il dû insister pour faire venir de Londres un médecin plus expérimenté, mais Sybil s'y était toujours opposé énergiquement.

Hier soir, elle avait refusé de le recevoir. Cette fois, il n'attendit aucune autorisation et pénétra dans sa chambre à coucher comme il l'avait fait la veille lorsqu'il l'avait trouvée sur le point de faire l'amour avec son frère.

— Bonjour, Sybil. Vous vous sentez mieux ? s'enquit-il après avoir renvoyé la femme de chambre.

La tête tournée de l'autre côté, elle garda un silence hostile.

— La fièvre n'est pas retombée ? constata-t-il après avoir palpé son front brûlant. Le médecin conseille un séjour à Bath. Aimeriez-vous que je vous y emmène ?

— Je ne veux rien de vous. Je vais partir avec Thomas.

— Voulez-vous que je vous amène Pamela un instant ? Elle meurt certainement d'envie de vous raconter l'anniversaire de Timothy Chamberlain.

— Je suis trop fatiguée.

— Je m'occuperai de nos invités aujourd'hui, dans ce cas. Reposez-vous et ne vous faites pas de souci. Le médecin vous a donné d'autres médicaments ? Vous vous sentirez peut-être mieux demain.

Elle ne dit rien, aussi se dirigea-t-il vers la porte. Il s'arrêta, la main sur la poignée, la contempla longuement, puis :

— Voulez-vous que je vous envoie Thomas ?

Comme elle ne lui répondait toujours pas et ne tournait même pas la tête, il la laissa.

Les dames étaient allées à Wollaston avec sir Hector Chesterton et lord Brocklehurst, et lord Mayberry, M. Treadwell et lord Thomas Kent étaient à la pêche, aussi le duc rejoignit-il les autres messieurs pour une partie de billard.

Après le déjeuner, lorsqu'il proposa une promenade à cheval, la plupart acceptèrent avec enthousiasme. Lord Brocklehurst et sir Hector déclinèrent son offre, car ils avaient été invités chez sir Cecil Hayward, qu'ils avaient croisé le matin même à Wollaston.

Avant leur départ, le duc ordonna à Jeremy de se poster dans le couloir menant à la salle d'étude et d'accompagner Mlle Hamilton et lady Pamela partout où elles iraient.

Une heure plus tard, il ne put éviter un entretien qu'il avait prévu de reporter au lendemain.

— Nous sommes condamnés à chevaucher côte à côte, semble-t-il, commenta Thomas, puisque les autres nous ont devancés. Je pense partir demain ou après-demain.

— Seul ?

— Je n'ai pas cru une seconde que tu parlais sérieusement l'autre jour.

— Je n'aurais jamais fait cette proposition si j'avais pensé un seul instant que tu la prendrais au sérieux, assura le duc.

— Il était évident que je ne pouvais pas te prendre au sérieux, Adam. Tu m'imagines emmener Sybil, sachant le scandale que cela provoquerait ? Elle a toujours vécu une vie protégée et n'a aucune idée de ce qui l'attendrait. Et puis, les femmes sont d'incurables romantiques. Elles ne sont pas préparées à la cruelle réalité.

— Il me semble pourtant que tu lui as fait plus qu'entrevoir la cruelle réalité à ton dernier passage.

Lord Thomas se contenta de hausser les épaules.

— En outre, elle est malade, rappela-t-il. Je ne serais pas surpris qu'elle soit phtisique. Je dois aussi penser à l'enfant, enchaîna-t-il comme le duc gardait le silence. Comment te l'enlever et l'arracher à cette maison ? Et comment emmener Sybil sans la petite ?

Le duc se refusait toujours au moindre commentaire, lord Kent reprit son soliloque.

— C'est regrettable que nous soyons tombés amoureux de la même femme. Nous nous entendions bien avant de rencontrer Sybil, conclut le cadet.

— J'aurais pu me consoler de sa perte si j'avais su qu'elle était heureuse avec toi. Je m'en serais remis parce que je l'aimais, mais tout ce que tu as réussi à faire, c'est à détruire toutes ses chances de bonheur et tout mon amour. Oui, nous nous entendions bien… autrefois.

Ces remontrances n'altérèrent en rien le sourire de Thomas.

— Je lui ai fait dire que tu passerais la voir ce matin après ta partie de pêche, précisa Adam. Tu y es allé ?

— Elle est malade. Elle a besoin de repos, j'en suis sûr.

— Oui, je suppose que cela ne vaut pas la peine d'aller la voir si elle est trop mal pour coucher avec toi. J'espère qu'elle admettra un jour la vérité sur ton compte, quand bien même elle ne l'apprendra pas de ma bouche. Je regrette de ne pas la lui avoir révélée d'emblée. Peut-être que le chagrin la guérira de toi et lui permettra de faire enfin quelque chose de sa vie.

Après un nouveau haussement d'épaules, lord Thomas éperonna sa monture pour rejoindre Mlle Woodward et sir Ambrose Marvell.

Peu avant le dîner, on apporta au duc un billet l'informant que lord Brocklehurst et sir Hector Chesterton restaient manger chez sir Cecil Hayward.

Toutes les corvées de la journée étaient donc maintenant derrière lui, même s'il devait reporter au lendemain la tâche la plus déplaisante. Il fit donc dire au valet de chambre de Brocklehurst que Sa Grâce aimerait que son maître se joigne à lui pour une promenade à cheval le lendemain, avant le petit déjeuner.

Il était très tard. Elle aurait dû être couchée depuis longtemps puisqu'elle devait se lever avant l'aube, mais elle était certaine de ne pas dormir. Une fois de plus, elle compta son argent et se maudit d'avoir acheté ces bas de soie dont elle n'avait que faire.

Elle n'était pas certaine d'avoir assez. Si elle avait suffisamment pour son billet, peu importait le reste. Elle pouvait se passer de nourriture pendant quelques jours. Elle l'avait déjà fait.

Elle aurait certes pu emprunter une petite somme à Ned Driscoll, mais elle risquait de ne jamais le revoir pour le rembourser, à supposer qu'elle ait un jour de quoi le rembourser.

Et puis, Ned prenait déjà des risques pour elle. Il avait accepté de l'emmener avant l'aube à Wollaston pour prendre la malle-poste. Il avait hésité, mais elle était certaine que si elle lui avait proposé de l'argent, à supposer qu'elle en ait eu assez, il aurait refusé catégoriquement. Tout ce qu'elle avait à sa disposition, c'était son pouvoir de persuasion et la certitude qu'il avait un faible pour elle.

Il pourrait être renvoyé pour l'avoir aidée, mais elle préférait ne pas y penser. Elle avait déjà assez de soucis comme cela. À part voler un cheval, elle n'avait aucun moyen d'arriver à temps à Wollaston. Et elle n'avait jamais volé quoi que ce soit.

Une fois encore, elle considéra sa vieille cape grise qui lui servait de baluchon et se demanda si emporter les vêtements achetés à Londres avec l'argent du duc était ou non un vol. Seulement, la pensée de remettre sa vieille robe de soie bleue et sa cape lui donnait la nausée.

Elle allait quitter Willoughby Hall, elle l'avait décidé dans l'après-midi. Toute la journée, elle s'était sentie comme un ours en cage. C'était le cas depuis presque trois mois, en fait, et elle n'en pouvait plus. Si elle restait un jour de plus, une part d'elle-même se perdrait, la part la plus intime de son être. Or, c'était tout ce qu'il lui restait.

Elle se rendait au seul endroit où elle pourrait retrouver sa fierté et son intégrité. Elle rentrait chez elle, à Heron House. Ce faisant, elle courait à sa perte, bien sûr, mais il y avait pire, elle l'avait découvert au cours des trois derniers mois, que la perspective d'affronter des accusations contre lesquelles on ne pouvait pas se défendre. Il y avait pire que la crainte du châtiment suprême.

Si elle était pendue, elle perdrait la vie. Si elle restait où elle était, elle se perdrait.

Il pouvait l'aider, lui avait-il assuré. Il ne demandait que cela. Comme Matthew ? Il lui épargnerait la prison et la mort en échange de certaines faveurs ? Il l'avait farouchement nié, et elle l'avait cru – presque.

Mais comment pourrait-il l'aider ? Et pourquoi le ferait-il ? Pour lui, elle n'était qu'une catin dont il avait eu pitié. Ou une catin qu'il espérait attirer dans une relation plus durable.

Elle ne demandait qu'à le croire, qu'à lui faire confiance, et pourtant, elle n'y parvenait pas. Elle avait été seule si longtemps. Même Daniel, qui était tellement bon et généreux, n'aurait pas pu l'aider. Il se serait trouvé face à un dilemme si elle lui avait demandé son aide après avoir avoué qu'elle avait tué Hobson, même si elle avait agi en état de légitime défense.

Elle avait tellement envie de croire le duc.

Parce qu'elle avait appris à le voir comme un homme digne de respect et d'affection, et peut-être même de… Non. Non.

Avait-il tout prémédité ? S'était-il montré simplement plus habile que Matthew dans l'art de la séduction ?

Elle n'était sûre de rien, sauf d'une chose. Elle avait plusieurs raisons de s'éloigner de lui. Il était marié, et il pouvait peut-être lui faire du mal.

Elle le revit soudain dans le jardin des Chamberlain, en train de discuter avec Emily, lady Pamela juchée sur l'épaule.

Toute la journée, elle avait été sa prisonnière. Jeremy était resté devant la porte durant leur entretien dans la bibliothèque et avait passé l'après-midi devant la salle d'étude. Il l'avait escortée à l'office pour le dîner et l'avait raccompagnée à sa chambre après sa soirée avec Mme Laycock.

Était-elle prisonnière ? Ou voulait-il juste la protéger ? Jeremy lui avait dit que Matthew était monté dans l'après-midi et qu'il avait été visiblement contrarié d'apprendre que, sur ordre de Sa Grâce, Mlle Hamilton devait travailler avec son élève tout l'après-midi.

Elle ne s'en était pas moins sentie prisonnière, comme si elle était leur proie à l'un comme à l'autre.

Il fallait qu'elle parte. Il fallait qu'elle rentre chez elle. Matthew l'y suivrait, bien sûr, et ils joueraient la dernière scène du drame qui avait commencé trois mois plus tôt.

La conclusion de ce drame ne faisait aucun doute, mais elle ne ferait plus rien pour l'éviter. Elle devait rentrer chez elle, reconnaître ce qu'elle avait fait et en assumer les conséquences.

Mieux valait rentrer librement que les fers aux pieds. Et mieux valait rentrer seule et maîtresse d'elle-même plutôt que comme fiancée ou maîtresse de Matthew, son intégrité perdue à jamais.

Elle finit par souffler la chandelle et s'allongea tout habillée sur le lit, les yeux grands ouverts dans l'obscurité.

19

Il pleuvait encore le lendemain matin. La longue période de beau temps chaud paraissait définitivement close, songea le duc de Ridgeway.

Ce n'était peut-être pas plus mal, après tout. Il avait eu ainsi davantage de temps pour préparer son entretien avec Brocklehurst. Il regagna son bureau et rangea une lettre inachevée. Essayer de se concentrer était inutile.

Elle n'était pas descendue faire ses exercices dans le salon de musique ce matin. Alors qu'il avait plus besoin que jamais du réconfort de la musique.

Là encore, c'était peut-être aussi bien. Il allait bientôt se séparer d'elle. C'était d'ailleurs le sujet de la lettre qu'il avait commencée pour la comtesse douairière de Hamm, une vieille amie de son père. Quand il aurait eu sa conversation avec Brocklehurst, il prendrait d'autres arrangements pour elle – à moins que, par miracle, elle puisse entrer en possession de sa fortune.

Machinalement, il porta la main à sa hanche douloureuse. Il lui faudrait apprendre à vivre sans musique. Et sans elle. Il lui faudrait aussi trouver une autre gouvernante pour Pamela.

Peut-être Sybil consentirait-elle à ce qu'il emmène la petite à Londres avec lui. Il ne pouvait pas l'abandonner de nouveau si longtemps, avait-il décidé. Mais comment parviendrait-il à supporter la solitude de Willoughby et toutes les contrariétés qui y étaient liées ?

Surtout maintenant qu'*elle* y avait vécu.

Plusieurs invités lui avaient annoncé qu'ils comptaient partir dans les prochains jours.

— Je suis désolé pour la promenade à cheval, dit le duc lorsque le valet introduisit lord Brocklehurst. Asseyez-vous. Puis-je vous offrir un verre ?

— Je viens de prendre mon petit déjeuner, déclina Brocklehurst en se laissant tomber dans le fauteuil que Fleur avait occupé la veille. Quel temps de chien ! Les dames vont mourir d'ennui. Elles adorent les promenades.

— Il faut qu'elles visitent la galerie des portraits, répliqua le duc. Il semblerait que vous envisagiez de me priver de ma gouvernante, enchaîna-t-il en vérifiant discrètement que la porte du salon de musique était entrouverte.

Brocklehurst parut sur ses gardes, tout à coup.

— Mlle Hamilton est très attirante, répondit-il néanmoins en souriant.

— J'ai cru comprendre que vous étiez officieusement fiancés. Vous êtes un homme chanceux.

— C'est ce qu'elle vous a dit ?

— J'espère que je ne la mets pas dans l'embarras. Je suis cependant certain qu'elle n'est pas allée claironner la nouvelle sur tous les toits. Elle a dû juger plus correct de prévenir son employeur à l'avance. Elle va partir avec vous, je crois ?

— Je ne vois aucun inconvénient à ce qu'elle vous ait prévenu, assura Brocklehurst, visiblement plus détendu. J'aurais aimé annoncer officiellement nos fiançailles ici, mais elle s'y est opposée. Le fait qu'elle soit votre employée la gênait.

— Des félicitations s'imposent, dans ce cas. À quand le mariage ?

— Le plus tôt possible. J'espère que son départ ne vous ennuiera pas trop.

— Mlle Bradshaw m'a donné une semaine de préavis.

— Elle vous a dit qu'elle vivait ici sous un nom d'emprunt ?

Le duc hocha la tête, puis :

— Si le mariage doit avoir lieu rapidement, c'est que vous avez décidé de ne pas la poursuivre. Bien sûr, quand il s'agit de vol et de meurtre, la décision ne revient pas à un juge. Vous avez dû considérer que cette mort n'était pas un meurtre et la disparition de ces bijoux n'était pas un vol. Suis-je dans le vrai ?

— Que vous a dit Isabella ? demanda Brocklehurst en agrippant les accoudoirs de son fauteuil.

— Rien du tout. Elle ne m'a même pas informé de votre mariage. J'ai d'autres sources.

— Où voulez-vous en venir ? s'alarma lord Brocklehurst.

— J'ai apparemment employé une gouvernante qui n'est pas ce qu'elle prétend être, qui est peut-être ou peut-être pas une meurtrière, et qui est peut-être ou peut-être pas une voleuse. La sécurité et le bien-être de ma fille sont en jeu. Je veux des précisions de votre part, Brocklehurst. Et j'ai besoin de votre aide.

— Je vais peut-être accepter ce verre, finalement.

— Mlle Bradshaw est-elle une voleuse ? questionna le duc en se dirigeant vers le placard à alcool.

— Je ne sais pas d'où vous tenez vos informations, mais vous savez sans doute que des bijoux de grande valeur appartenant à ma mère ont été trouvés dans une malle qu'Isabella s'apprêtait à emporter avec elle.

— Dans une malle… Comment les a-t-elle volés ? S'ils avaient tant de valeur, ils devaient être sous clef ? À qui votre mère avait-elle confié la clef quand elle est partie ?

— À moi, bien entendu. Isabella a toujours vécu dans cette maison. Elle devait savoir où étaient les bijoux. Peut-être avait-elle une clef.

— Il y en avait plus d'une ?

Brocklehurst haussa les épaules, l'air d'ignorer la réponse.

— Mlle Bradshaw est-elle restée près de sa malle jusqu'au moment de la découverte ? voulut savoir le duc.

— Sa malle a été ouverte et les bijoux découverts après sa fuite.

— Et où était la malle pendant qu'elle s'entretenait avec vous et après qu'elle se fut enfuie, avant que quelqu'un décide de l'ouvrir ?

— Dans le coupé qu'elle comptait emprunter, jusqu'à ce qu'on la remonte dans sa chambre.

— Je vois. Combien de personnes ont eu accès à cette malle après le départ de Mlle Bradshaw ? s'enquit le duc en lui tendant son verre. Était-elle cadenassée, au fait ?

— Cela ressemble fort à un interrogatoire, Ridgeway, observa lord Brocklehurst.

— Mes employés doivent être au-dessus de tout soupçon, et tout particulièrement la gouvernante de ma fille, riposta le duc en retournant s'asseoir. Est-il possible que les bijoux aient été mis intentionnellement dans sa malle ?

— Qui aurait pu faire une chose pareille, et pour quelle raison ?

— Je comprends ce que vous voulez dire. Mais Mlle Bradshaw avait une raison, bien sûr. J'ai cru comprendre que vous aviez refusé de la laisser épouser le vicaire et qu'elle ne devait pas entrer en possession de sa fortune avant au moins deux ans. Elle est probablement partie sans un sou à elle.

— Vos sources sont décidément très bien informées.

— Elles le sont généralement, en effet. Je les paie suffisamment cher. Parlez-moi de ce décès. Il s'agissait d'un meurtre ?

— Elle menaçait de me tuer. Elle était hors d'elle. Mon valet et moi étions inquiets pour elle. Alors qu'il essayait de l'empêcher de se blesser, elle l'a poussé et l'a tué. Il ne serait pas tombé tout seul. Je pense que son acte constitue bel et bien un meurtre.

— Se pourrait-il qu'elle se soit méprise sur vos intentions ? Il me semble qu'elle était seule avec vous, à part les domestiques. Et dans cette pièce en particulier, elle était seule avec deux hommes. Se pourrait-il qu'elle ait cru que vous lui vouliez du mal ?

Lord Brocklehurst s'esclaffa.

— Isabella fait partie de la famille. Ma mère l'a toujours considérée comme sa fille et moi, comme ma sœur. Sauf qu'elle en est venue à signifier davantage à mes yeux. Elle connaît depuis longtemps mon intérêt pour elle et savait que j'espérais l'épouser. Il est impossible qu'elle se soit méprise. Malheureusement, je suis son tuteur et ce jour-là, je me suis vu contraint de m'opposer à elle dans son intérêt.

— Je vois. Si elle a menacé de vous tuer, cela induirait la préméditation, même si, dans son affolement, elle en a tué un autre, finalement. Oui, il s'agit d'un meurtre, vous avez raison. Un crime passible de la peine de mort. Mlle Bradshaw doit être pendue, semble-t-il.

Lord Brocklehurst but une gorgée d'alcool en se gardant de tout commentaire.

— Vous êtes sans doute venu ici pour l'arrêter, reprit le duc. Une chose me laisse cependant perplexe. S'il s'agit d'une meurtrière, et donc d'une dangereuse criminelle, pourquoi ne l'avez-vous pas appréhendée dès votre arrivée ou, à tout le moins, pourquoi ne m'avez-vous pas pris à part pour me prévenir que j'abritais une fugitive sous mon toit ?

— J'étais l'invité de votre frère, et d'autres invités étaient présents. Je n'ai voulu affoler personne. Je comptais l'emmener sans faire d'histoire ni de scandale.

— En attendant, elle aurait pu assassiner ma fille et nous tuer tous dans notre sommeil.

— Je ne pense pas qu'elle soit dérangée.

— Mais elle savait que ce n'était qu'une question de temps avant que vous ne l'arrêtiez. Croyez-en mon expérience de chasseur, un animal n'est jamais plus dangereux que lorsqu'il se sent acculé. Je ne doute pas de votre sincérité, mais vous ne pouvez pas considérer Mlle Bradshaw comme dangereuse, puisque vous êtes prêt à l'épouser envers et contre tout.

— Je n'ai jamais eu l'intention de l'épouser, protesta Brocklehurst. Pas depuis qu'elle a révélé son vrai visage du moins.

Le duc fronça les sourcils.

— Pardonnez-moi, vous ai-je mal compris il y a quelques minutes à peine ?

— J'ignorais ce que vous saviez exactement, plaida Brocklehurst, j'ai donc trouvé plus sage d'aller dans votre sens jusqu'à ce que je comprenne où vous vouliez en venir. Comment pourrais-je envisager d'épouser une femme capable de voler ma mère et de tuer mon valet sous prétexte qu'elle est en colère après moi ?

— En effet. Mais vous ne pensez pas qu'un juge pourrait voir différemment les événements de ces jours derniers et penser que vous avez proposé un marché à Mlle Bradshaw – par exemple, changer votre témoignage en échange de ses faveurs ?

— Cette suggestion est offensante, Ridgeway ! s'indigna Brocklehurst en se levant d'un bond. Quand j'exposerai les faits tels qu'ils se sont passés, pas un juge ou jury n'hésitera à la condamner.

— Vous assisterez à sa pendaison, bien sûr, dit le duc. Prendrez-vous plaisir à voir le nœud coulant passé à son cou et ajusté sous son oreille ? Prendrez-vous plaisir à la voir tomber dans la trappe ?

— Je l'ai aimée, et je l'aime encore, je suppose. Malheureusement, justice doit être faite.

— Oh, je l'espère bien ! J'irai d'ailleurs témoigner à son procès.

— Elle est votre maîtresse, si j'ai bien compris, je doute donc que votre témoignage soit recevable. Ce n'est pas pour votre fille que vous vous faites du souci, c'est pour vous. J'aurais dû m'en douter. Pour la sauver, vous êtes prêt à mentir sur mes intentions à son égard.

— Houghton, fit le duc sans élever la voix, voulez-vous m'apporter un cognac, s'il vous plaît ? Je n'ai pas le courage de me lever.

Effaré, lord Brocklehurst vit le secrétaire de Sa Grâce franchir la porte du salon de musique.

— Vous avez pris des notes, j'espère, même si votre mémoire est excellente ?

— Tout a été consigné, Votre Grâce, confirma Peter Houghton en lui tendant un verre.

— Merci. Vous pouvez retourner à vos occupations, à présent. La pluie rend cette journée particulièrement maussade mais elle est tout de même bienvenue. Je ne vois pas comment j'aurais fait pour cacher un témoin si nous étions partis à cheval. Il me semble que faire entrave à la justice constitue un délit. Façon courtoise de dire que je sais parfaitement que c'en est un. Qu'allons-nous faire ?

— Nous ? s'insurgea Brocklehurst, qui paraissait s'être ressaisi. Isabella est une meurtrière et je vais l'emmener pour être jugée.

— Oui, je suis de votre avis, il y a des charges contre elle. Elle a poussé un homme et il est mort. Cela peut apparaître comme un meurtre. Et c'est dans sa malle qu'on a trouvé les bijoux. Je pense vraiment qu'elle doit être jugée, Brocklehurst, mais pas par vous seul. Je veillerai à ce qu'elle soit convenablement accompagnée. J'assisterai au procès et je demanderai à témoigner si je le juge nécessaire.

— Vous voulez donc faire entrave à la justice, vous aussi ? contre-attaqua Brocklehurst. Vous essayez de me faire chanter ?

— Certainement pas. Je veux simplement que vous disiez toute la vérité sur ce qui s'est passé. Et si la vérité est que Mlle Bradshaw a volé les bijoux de votre mère et délibérément tué votre valet, il me semble qu'un juge et un jury seraient très intéressés d'apprendre que vous êtes venu ici en tant qu'invité et que vous avez passé beaucoup de temps à discuter aimablement avec la personne que vous étiez censé arrêter. Ils seraient très intéressés d'apprendre que vous envisagiez de l'épouser « le plus tôt possible » – je crois que ce sont vos termes exacts. Je me trompe, Houghton ?

— Non, Votre Grâce, répondit le secrétaire depuis le salon de musique.

— Mlle Bradshaw sera probablement pendue, poursuivit le duc. Mais vous aurez certainement des ennuis vous aussi, Brocklehurst, même si je ne sais pas exactement lesquels. Comme juge de paix, je devrais sans doute avoir des connaissances juridiques plus approfondies. Houghton trouvera certainement quelle peine vous encourez ; il trouve toujours tout. Voulez-vous qu'il fasse cette recherche pour vous ?

Lord Brocklehurst pinça les lèvres en guise de réponse.

— Bien entendu, le juge et le jury pourraient aussi acquitter Mlle Bradshaw en considérant que la déposition du seul témoin oculaire est partiale. Peut-être seriez-vous le seul à tomber. Pardon, le mot est mal choisi. Je ne suis absolument pas certain que vous risquiez la peine de mort. La déportation, peut-être ? Encore une fois, ce n'est qu'une supposition. Nous laisserons à Houghton le soin de vérifier.

— Je serai parti d'ici une heure, Ridgeway. Je ne voudrais surtout pas vous encombrer de ma présence.

— Sans Mlle Bradshaw ? Voulez-vous que je veille à ce qu'elle soit jugée ? C'est mon devoir, il me semble. Elle est accusée de deux crimes et, ne serait-ce que pour sa propre tranquillité d'esprit, elle doit être condamnée ou acquittée. À moins que vous ne reconnaissiez publiquement votre erreur. Vous étiez bouleversé par sa désobéissance et le décès accidentel de votre valet, or, l'émotion porte à l'exagération. Tout le monde applaudira le courage dont vous faites preuve en risquant le ridicule dans l'intérêt de la justice.

— Je ferai cette déclaration, grinça lord Brocklehurst.

— Parfait ! conclut le duc. J'attendrai la nouvelle officielle de votre déclaration d'ici une semaine ou deux. Vous avez bien noté, Houghton ?

— Oui, Votre Grâce.

— Quand Mlle Bradshaw aura été lavée de tout soupçon, je verrai avec vous quelles dispositions prendre en attendant son vingt-cinquième anniversaire. Il n'est pas indispensable d'aborder le sujet maintenant. Bonne journée, Brocklehurst. Et bon voyage. Vous comptez rentrer à Heron House ?

— Je n'ai pas encore décidé et je ne crois pas nécessaire de vous faire part de mes intentions, répliqua Brocklehurst, qui se dirigeait déjà vers la porte.

— Je vous comprends parfaitement.

Le duc se détendit enfin lorsque la porte se referma.

— Venez, Houghton ! lança-t-il. Avez-vous jamais rencontré individu plus hypocrite ?

Peter Houghton referma derrière lui la porte du salon de musique et ne jugea pas utile de répondre.

— J'ai eu des sueurs froides, je l'avoue. J'ai bien cru qu'il allait trouver le moyen évident de se sortir de ce guêpier. Vous vous en êtes rendu compte vous aussi, j'imagine ? Et avant moi sans doute.

— Il aurait pu arguer que toutes ses tentatives pour convaincre Mlle Hamil… Bradshaw de l'épouser n'étaient qu'une ruse pour l'emmener sans faire de scandale. Oui, Votre Grâce, j'ai attendu en tremblant une bonne minute qu'il s'en rende compte. Il va se maudire quand il y repensera.

— Vous connaissant, je gagerais que vos notes sont impeccablement ordonnées. Relisez-les tout de même, cependant. Je ne pense pas que nous ayons à nous en servir, mais je tiens à ce qu'elles soient exploitables en cas de besoin.

— Bien, Votre Grâce.

— En attendant, je pense que je vais monter soulager une certaine dame du fardeau qui lui empoisonne la vie depuis trois mois.

Peter Houghton ne répondit pas à son maître, qui quitta la pièce d'un pas alerte. Il ne montra aucun signe d'amusement ou de condescendance et se contenta de secouer tristement la tête. C'était pire que ce qu'il imaginait. Mlle Bradshaw n'était pas la bonne amie du duc, finalement. Elle était sa bien-aimée.

Et Sa Grâce était un homme d'honneur.

Houghton éprouva une indicible pitié pour son employeur.

Fleur eut juste assez d'argent pour aller jusqu'à vingt lieues de Heron House. Vingt lieues à pied, cela paraissait long, d'autant qu'il faisait froid, que son bagage semblait s'alourdir à chaque minute et qu'elle avait le ventre vide.

Elle n'avait pas le choix et se mit donc en route. Elle eut la chance de faire trois ou quatre lieues sur la carriole brinquebalante d'un fermier et le reste dans la charrette d'un autre fermier qui la reconnut et l'amena jusqu'à Heron House. Elle ne put que le remercier chaleureusement en espérant qu'il n'attendait pas une pièce.

Les domestiques semblèrent visiblement désemparés en la voyant. Elle décida de prendre l'initiative.

— Je suis fatiguée, Chapman, dit-elle au majordome comme si elle rentrait de promenade. Faites-moi préparer un bain, et envoyez-moi Annie, s'il vous plaît.

— Bien, mademoiselle Bradshaw, acquiesça le majordome en la regardant comme si elle avait deux têtes. Annie n'est plus avec nous, ajouta-t-il comme elle se détournait.

— Elle est partie ? Lord Brocklehurst l'a renvoyée ?

— On lui a offert une place dans le Norfolk, dans la maison où travaille sa sœur. Elle est partie à regret.

— Envoyez-moi une autre femme de chambre, dans ce cas.

Fleur était déçue. Elle avait tellement hâte de revoir Annie. C'était elle qui avait découvert les bijoux, apparemment. Était-elle seule à ce moment-là ? Était-elle allée prévenir Matthew immédiatement ? Avait-elle cru sa maîtresse coupable ?

Elle n'aurait probablement jamais de réponse à ces questions. Elle ne se souvenait pas d'avoir jamais entendu parler d'une sœur dans le Norfolk. Matthew l'avait probablement renvoyée parce qu'on n'avait plus besoin d'elle.

Retrouvant les objets familiers qui avaient constitué son univers pendant tant d'années, elle fut surprise de constater que rien n'avait été touché. Même les vêtements qu'elle avait entassés dans sa malle avaient été remis à leur place. Elle aurait pu se dispenser d'apporter les neufs, finalement.

Tout était normal. Seuls manquaient cousine Caroline, Amelia et Matthew. Elle avait fui à peine trois mois plus tôt et n'allait pas tarder à craindre de nouveau pour sa vie. Le choc de son retour passé, quelqu'un allait certainement prévenir Matthew ou s'efforcer de la retenir.

Dès qu'on aurait découvert qu'elle avait quitté Willoughby Hall, son cousin se mettrait en route. Peut-être l'était-il déjà et n'aurait-elle même pas une nuit à elle.

Quoi qu'il en soit, elle était là où elle devait être.

Elle prit un bain, se lava les cheveux, enfila une de ses robes et se sentit de nouveau elle-même.

Elle avait deux ou trois choses à faire avant le retour de Matthew et elle s'interdit de penser à lui. Et elle ne voulait pas non plus penser à ces dernières semaines, à lady Pamela et aux moments qu'elles avaient passés ensemble, à la magnifique demeure qu'elle avait presque fini par considérer comme son foyer.

Surtout, elle refusait de penser à lui.

Elle ne pouvait s'empêcher cependant de se rappeler ses cheveux de jais, son beau visage sévère en dépit de la terrible balafre qui lui zébrait la joue. Ses mains qui l'avaient maintenue tandis qu'il lui infligeait souffrance et humiliation, mais l'avaient aussi consolée et avaient essuyé ses larmes.

Elle refusait de penser à lui. Ou si elle ne pouvait faire autrement, elle se souviendrait qu'il lui avait ordonné de se déshabiller, en la regardant comme un animal de cirque. Ou qu'il l'avait traitée de putain... Mais avait-il vraiment dit cela ? N'était-ce pas plutôt dans ses cauchemars ?

Elle refusait de penser à lui. Ou si elle ne pouvait faire autrement, elle se souviendrait qu'il était marié, qu'il avait une femme belle comme le jour et une fille qu'il adorait.

On frappa à la porte.

— Entrez !

C'était une femme de chambre, qui l'informa qu'elle avait de la visite.

Eh bien, elle n'aurait apparemment même pas droit à une nuit paisible. Peut-être avait-elle fait la pire erreur de sa vie en revenant à Heron House.

Mais quel autre choix avait-elle, sinon perdre son âme ?

Le majordome ouvrit la porte du salon et elle y pénétra.

— Isabella ! Nous venons d'apprendre que vous étiez de retour.

Miriam Booth, une petite femme un peu ronde aux cheveux blonds arrangés à la diable, se précipita vers elle, les mains tendues.

Le regard de Fleur s'embua tandis que son amie refermait les bras autour d'elle, mais elle avait eu le temps d'apercevoir Daniel près de la cheminée, grand, blond et séduisant.

— Miriam, articula-t-elle d'une voix hachée. Dieu, que vous m'avez manqué !

20

Le duc de Ridgeway embrassa sa fille et le chiot qu'elle lui présentait.

— Tu n'as pas classe ce matin ? s'étonna-t-il. Tu es en vacances parce qu'il pleut ?

— Je vais dire à Mlle Hamilton de m'emmener sauter à la corde dans la galerie des portraits et regarder la dame brune qui me ressemble.

— Essaie plutôt de lui demander, suggéra le duc. Tu auras davantage de chances d'obtenir ce que tu veux.

— Mlle Hamilton a dû se coucher très tard, observa Mme Clement d'un air pincé. Elle n'est pas encore sortie de sa chambre.

— Et personne n'est allé la réveiller ?

— J'ai frappé à sa porte il y a une heure, Votre Grâce, mais réveiller la gouvernante ne fait pas partie de mes attributions.

— Faites-moi plaisir, s'il vous plaît, Nanny, retournez-y. Pamela, est-ce que Tiny a vraiment le droit de traîner cette couverture à travers la pièce ?

— Nanny a dit que oui parce que c'est une vieille couverture. Regarde !

Gloussant, la fillette tira la couverture, tandis que la chienne tirait de l'autre côté en grondant d'excitation.

Mme Clement revint cinq minutes plus tard, très agitée.

— Mlle Hamilton n'est pas dans sa chambre, Votre Grâce. Le lit est fait, alors qu'aucune femme de chambre n'est entrée ce matin.

— Elle a dû être retenue en bas, murmura le duc.

L'arrivée de Sa Grâce par l'escalier de service sema la panique aux cuisines. Mme Laycock, lui apprit-on, était dans son bureau, derrière l'office.

— Mlle Hamilton n'est pas descendue pour le petit déjeuner, Votre Grâce, assura-t-elle au duc. J'ai supposé qu'elle l'avait pris à l'étage avec lady Pamela, comme cela lui arrive parfois.

— Suivez-moi, je vous prie.

De retour en haut, le duc frappa à la porte de Fleur avant d'entrer.

— Aucune femme de chambre n'est entrée ce matin ? interrogea-t-il.

— Non, Votre Grâce.

Il n'y avait sur la coiffeuse ni peigne, ni brosse, ni épingle à cheveux, ni flacon, ni aucun de ces petits riens qui parsèment d'ordinaire la table de toilette d'une femme. Il ouvrit la porte de l'armoire : seuls pendaient un costume d'amazone de velours vert bouteille et une robe de soie bleue, qu'il frôla discrètement.

— Elle est partie, constata-t-il.

— Mais pourquoi, Votre Grâce ? fit Mme Laycock en ouvrant un tiroir qui se révéla vide. Et pour aller où ?

— Quelle tête de mule, marmonna le duc. Où est-elle allée ? C'est une excellente question. Et comment a-t-elle quitté le château ? À pied ? Il lui aurait fallu pratiquement toute la nuit pour rejoindre Wollaston.

— Et pourquoi serait-elle partie ? répéta Mme Laycock. Elle se plaisait ici, et elle était appréciée.

— Allez interroger les domestiques, s'il vous plaît, et voyez ce que vous pouvez en tirer. Je vais voir les palefreniers.

— Bien, Votre Grâce, acquiesça la femme de charge.

Elle le considéra un instant d'un air pensif, puis s'en alla.

Les palefreniers ne savaient rien. La tête de mule avait dû partir à pied. Le duc se demanda à quel moment de la nuit il s'était mis à pleuvoir, et où elle voulait aller. À Londres, pour se perdre de nouveau ? Elle serait plus difficile à retrouver cette fois. Elle éviterait certainement les bureaux de placement et les théâtres à la mode.

Il se demanda aussi si Houghton lui avait déjà réglé ses gages.

— Driscoll, allez chez le gardien, s'il vous plaît, dit-il au palefrenier. Je veux savoir si Mlle Hamilton a franchi les grilles, et quand.

— Bien, Votre Grâce, fit le jeune homme.

Il demeura pourtant planté là, se dandinant d'un pied sur l'autre.

— Est-ce que je peux vous dire un mot, Votre Grâce ?

Le duc lui fit signe de le suivre hors des écuries.

— J'ai emmené Mlle Hamilton à Wollaston au lever du jour avec le coupé, Votre Grâce.

— Pour quelle raison ?

— Elle voulait prendre la malle-poste, Votre Grâce, avoua Driscoll.

— Qui vous a autorisé à prendre le coupé ?

Ned garda un silence embarrassé.

— Pourquoi avez-vous menti il y a un instant ? reprit le duc.

Driscoll ne répondit pas davantage.

— Au moins un, voire plusieurs des palefreniers devaient savoir que vous aviez pris le coupé.

— Oui, Votre Grâce.

— Ils ont donc menti, eux aussi. Vous deviez savoir que vous seriez découvert, reprit le duc. Que vous risquiez d'être renvoyé.

— Oui, Votre Grâce.

— Elle vous a payé ?

— Non, Votre Grâce ! dit le palefrenier, l'air indigné.

Le duc considéra le jeune homme qui, les yeux obstinément baissés, malaxait sa casquette. Il se rappela une certaine matinée et ce même jeune palefrenier riant et regardant, sans dissimuler son admiration, Fleur taquiner le chiot du bout du pied.

— Je veux que ma berline soit prête d'ici une heure. Informez Shipley qu'il me conduira, décréta le duc. Vous nous accompagnerez. Préparez un bagage, nous serons probablement absents quelques jours.

— Bien, Votre Grâce.

— Si nous ne retrouvons pas sa trace, je vous écorcherai vif et vous ferez le voyage de retour attaché sur le toit de la voiture, Driscoll, déclara froidement le duc avant de tourner les talons.

La duchesse était levée et paraissait beaucoup mieux, constata le duc non sans soulagement. Elle jouait même aux cartes au salon. Il aurait eu scrupule à la quitter si elle avait été malade.

— Sybil, puis-je vous dire un mot, s'il vous plaît ?

— Jessica va vous remplacer, proposa M. Penny. Jessica ?

— Je dois m'absenter quelques jours, expliqua-t-il une fois dans le hall. Vous sentez-vous suffisamment bien pour vous occuper seule de nos invités ?

— Si vous vous souvenez, j'ai invité mes amis en votre absence, alors que vous n'étiez pas censé rentrer. J'ai appris à être seule et à n'attendre aucune aide de vous.

— J'espère être de retour d'ici une semaine.

— Ne vous pressez pas. Les invités vont bientôt partir. Lord Brocklehurst s'en va cet après-midi. Je ne serai probablement plus là à votre retour, moi non plus. Je m'en irai avec Thomas.

— Quand je reviendrai, je vous emmènerai quelques semaines à Bath, Pamela et vous. Les eaux et le changement d'air vous feront du bien, et Pamela sera ravie de voyager. Nous pourrons peut-être prendre un nouveau départ et faire en sorte que notre mariage soit tolérable.

— Je vais être heureuse. Avant votre retour, je vais être heureuse, et je le resterai jusqu'à la fin de mes jours, Adam.

— Sybil, j'aimerais tant vous éviter de souffrir, dit-il en la prenant par les épaules. J'aimerais tant revenir en arrière et tout recommencer. Il ne vous emmènera pas.

— Nous verrons, sourit-elle en levant vers lui son beau visage délicat.

Peut-être devrait-il rester avec sa femme et envoyer Houghton à la recherche de Fleur. Sybil aurait besoin qu'on soit à ses côtés pour la soutenir dans les jours à venir.

Hélas, il était le dernier à pouvoir l'aider. Après le départ de Thomas, elle le haïrait encore plus. Il ne pourrait sans doute jamais parvenir à un semblant de paix avec elle.

Il monta dire au revoir à Pamela et lui assurer qu'il ne serait pas absent longtemps, ce qui ne l'empêcha pas de fondre en larmes et de hurler qu'elle le détestait et qu'il pouvait bien s'en aller pour toujours.

— Je veux Mlle Hamilton !

Il ne pouvait même pas lui promettre de ramener Fleur. Quoi qu'il arrive, c'était impossible.

Il quitta Willoughby avant lord Brocklehurst.

Au relais de poste de Wollaston, il apprit que Fleur avait pris un billet pour un bourg du Wiltshire, probablement près de Heron House. Au moins n'était-elle pas allée à Londres.

Après réflexion, il avait acquis la conviction qu'elle était retournée chez elle. S'il n'avait pas trouvé trace d'elle, c'est là qu'il se serait rendu. Elle avait fui une fois, avec de terribles conséquences, elle ne recommencerait pas.

Pas Fleur.

Il commençait à la connaître, cette tête de mule.

Elle lui faisait donc si peu confiance ? Elle était toujours persuadée qu'il voulait faire d'elle sa maîtresse ? Elle ne s'était pas rendu compte qu'il lui avait fallu une volonté surhumaine pour la laisser monter seule ce fameux soir dans la bibliothèque, alors qu'il se consumait de désir et qu'elle ne demandait qu'à se laisser séduire.

Il aurait pu la faire sienne cette nuit-là. Il aurait au moins ce souvenir.

Pour commencer, il devait essayer d'y voir clair et de comprendre le pourquoi de ce voyage. Il l'avait entrepris pour informer une jeune femme innocente que son cauchemar avait pris fin et qu'elle était libre. Il l'avait entrepris pour prendre les dispositions nécessaires en attendant qu'elle entre en possession de sa fortune et puisse vivre de façon indépendante.

Il l'avait entrepris parce qu'elle était, ou avait été, son employée, qu'elle était, ou avait été, sous sa responsabilité, et qu'il veillait sur tous ses employés.

Il ne l'avait pas entrepris parce qu'il l'aimait.

Même si c'était le cas.

— Où étiez-vous ? Nous étions tellement inquiets, avoua Miriam Booth. Comme c'est merveilleux de vous retrouver !

— J'ai pris peur, et je me suis conduite sottement, expliqua Fleur avec un sourire tremblant. Mais je suis heureuse d'être de retour à la maison.

— Pourquoi ne vous êtes-vous pas tournée vers moi, Isabella ? s'enquit Daniel.

— J'étais affolée. J'avais tué Hobson.

— Mais il s'agissait d'un accident. Vous n'aviez pas l'intention de le tuer, n'est-ce pas ?

— Cela va de soi, intervint Miriam en entourant d'un bras protecteur les épaules de son amie. Je n'ai jamais rien entendu de plus ridicule. C'était un accident. Ils ont tenté de vous empêcher de venir vivre chez nous, n'est-ce pas ?

— Oui.

Fleur ferma brièvement les yeux.

— Malheureusement, en fuyant, vous avez donné l'impression d'être coupable, intervint le révérend. Je regrette que vous ne soyez pas venue me voir.

— Vous m'auriez aidée ?

— C'est mon rôle de soutenir les gens en difficulté. Et dans votre cas, Isabella, ç'aurait été plus que mon rôle.

— Je ne savais pas quoi penser. Je craignais que vous ne me traitiez de meurtrière et ne me renvoyiez chez Matthew.

— Tout ce qu'on peut vous reprocher, il me semble, c'est une colère incontrôlée. Cela n'a rien d'un meurtre.

— Une colère incontrôlée ! répéta Miriam. Mais qu'était-elle censée faire, Daniel ? Lord Brocklehurst ne pouvait pas demander à Isabella de rester seule avec lui. C'était extrêmement inconvenant ! S'il avait essayé de me retenir dans ces conditions, j'aurais probablement utilisé une hache contre lui et son valet.

— Miriam !

— Je n'ai pas volé ces bijoux, reprit Fleur. Je ne savais même pas qu'on m'accusait de vol jusqu'à ce que Matthew m'en parle il y a une quinzaine de jours. Vous me croyez, Daniel ?

— Bien sûr, puisque vous le dites.

— Je vous crois sans que vous ayez besoin de le dire, assura Miriam. Vous avez vu lord Brocklehurst, Isabella ? Et vous lui avez échappé de nouveau ?

— C'est une longue histoire. Oh, que c'est bon d'être avec ses amis et de ne plus avoir à mentir ! Il fallait que je revienne et que je voie l'endroit où tout était arrivé, pour combler certaines lacunes et poser quelques questions.

— Nous ferons tout pour vous aider, la rassura Miriam. Nous ne demandons que cela, n'est-ce pas, Daniel ?

— Je vais tout vous raconter, reprit Fleur. Pouvez-vous faire quelque chose pour moi ? ajouta-t-elle en regardant Daniel.

— De quoi s'agit-il ?

— Il faut que je retourne dans la bibliothèque. Là où tout est arrivé. Mais j'ai peur d'y aller seule.

De nouveau, Miriam passa un bras autour de ses épaules. Déjà Daniel s'était approché et lui offrait son bras. Elle l'accepta avec gratitude.

— Votre détermination à affronter votre passé fait mon admiration. Faites-moi confiance, Isabella, je vous aiderai.

La bibliothèque était toujours la même, bien sûr. Rien n'avait changé. Il n'y avait pas de sang sur la cheminée, pas de trace de lutte, pas de fantôme embusqué derrière les rideaux.

Elle était là, à quelques pas de la cheminée, se rappela-t-elle, en s'écartant de ses amis. Elle faisait face à Matthew, l'accusait de se conduire en geôlier et de tout faire pour restreindre sa liberté.

Il lui avait répondu qu'elle ne pouvait s'abaisser à vivre avec Miriam Booth, qu'elle n'épouserait pas Daniel Booth et qu'elle ne quitterait pas la maison. Elle resterait ici, où était sa place.

Elle avait beau être en colère, elle avait compris ce qu'il avait en tête, et ce que sa déclaration selon laquelle aucun homme ne voudrait d'elle quand elle quitterait cette maison signifiait.

Cela faisait déjà quelques années que les attentions importunes de Matthew lui pesaient. Elle avait fini par éprouver pour lui une certaine aversion, mais elle n'avait jamais eu peur de lui. Et elle n'avait jamais craint pour sa vertu.

En dehors des domestiques, ils étaient seuls dans la maison, et cela lui avait sans doute donné des idées. Elle avait vu à son regard qu'il la voulait, cette nuit même et dans cette pièce.

Elle s'était demandé pourquoi Hobson était là et feignait d'être à l'autre bout de la pièce. Puis elle avait compris. Il ne s'agissait pas d'une impulsion. Il n'était pas dans ses habitudes de garder son valet avec lui au rez-de-chaussée.

Et la peur l'avait emporté sur la colère. Elle avait surpris le regard que Matthew avait jeté à Hobson et avait senti le valet s'approcher dans son dos. Elle avait su ce qui allait arriver.

Elle ne parvenait toujours pas à se rappeler la suite. Quelqu'un avait hurlé, puis Hobson gisait sur le sol, la tête glissant au coin de l'âtre, livide, les yeux révulsés. Matthew s'était agenouillé près de lui. Il avait ensuite levé les yeux vers elle.

— J'espère que tu es satisfaite, Isabella, avait-il dit d'une voix bizarre. Tu l'as tué.

La panique l'avait submergée. Un reste de raison lui avait murmuré qu'elle ne pouvait pas chercher refuge auprès de Daniel, de Miriam ou de qui que ce soit d'autre, parce qu'elle était une meurtrière et serait pendue si on l'arrêtait.

— Ce n'est pas la raison, mais le diable qui vous a conseillé de fuir, déclara Daniel d'une voix calme, et elle comprit qu'elle avait égrené ses souvenirs à voix haute.

— Mon Dieu, Isabella, comme vous avez souffert, murmura Miriam. J'ai toujours pensé que lord Brocklehurst était un tyran, mais je ne l'aurais pas cru capable de desseins aussi noirs. C'est lui qui mériterait d'être pendu. Je le pense vraiment, Daniel. Il est évident qu'il a mis les bijoux dans la malle d'Isabella, au cas où l'accusation de meurtre ne suffirait pas.

Le révérend offrit de nouveau son bras à Fleur, et ils retournèrent au salon. Elle aurait aimé qu'il ne respecte pas les convenances à la lettre, qu'il la prenne dans ses bras, qu'il la laisse poser la tête sur son épaule. Mais c'était sans espoir, à présent. Même s'il ne la croyait pas coupable de meurtre, il y avait désormais cette autre chose qui les séparerait à jamais.

Elle n'avait plus le droit d'aimer Daniel.

Elle leur raconta tout ce qui lui était arrivé, sauf la façon dont elle avait rencontré le duc de Ridgeway et la vraie raison de la venue de Houghton au bureau de placement de Mlle Fleming.

— J'ai donc décidé de rentrer à la maison, conclut-elle. Matthew ne devrait plus tarder. Demain, je serai probablement en prison.

— Balivernes, s'insurgea Miriam. Quoi qu'il en soit, vous devez venir passer la nuit au presbytère. Vous y serez davantage en sécurité.

— Non, je préfère rester ici, mais je vous rendrai visite demain. Je veux voir la tombe de Hobson. Il y avait du monde à ses funérailles, Daniel ?

— Elles n'ont pas eu lieu ici. Il a été enterré dans sa ville natale.

— Où est-ce ? Je dois le savoir. Je veux voir sa tombe. Il me semble que je ne pourrai jamais accepter la réalité de sa mort avant de l'avoir vue. Je ne lui ai jamais voulu de mal. J'étais terrorisée, c'est tout. Je n'ai jamais voulu le tuer. Pouvez-vous vous renseigner pour savoir où il est enterré, Daniel ?

— Je ne vois pas comment. Il vaudrait mieux ne pas y aller, à mon avis. S'il a de la famille là-bas et qu'ils apprennent qui vous êtes, cela risque de les faire grandement souffrir.

— Cela suffit pour ce soir, décréta Miriam. Ma pauvre Isabella, vous devez être épuisée. Et puisque vous ne voulez pas venir au presbytère, c'est nous qui reviendrons ici demain matin pour vous aider à affronter lord Brocklehurst.

— Cela me paraît la meilleure solution, approuva son frère. Dormez bien, et essayez de ne pas vous faire trop de souci. Je témoignerai au tribunal en votre faveur. Bonne nuit, Isabella.

— Bonne nuit, Daniel.

Il porta la main de Fleur à ses lèvres, puis Miriam l'embrassa chaleureusement.

Et pour la première fois depuis des semaines, Fleur dormit d'un sommeil sans rêves ni cauchemars.

Le duc de Ridgeway passa la nuit à l'auberge du village. Il aurait pu se rendre directement à Heron House, mais il ne serait pas arrivé avant minuit, aussi préféra-t-il attendre le lendemain matin. Fleur n'était pas en grand danger. Il avait de l'avance sur lord Brocklehurst, il le savait.

De toute façon, il ne pensait pas que celui-ci tenterait quoi que ce soit contre Fleur Hamilton. Fleur Bradshaw, plutôt. Isabella Fleur Bradshaw.

Fleur.

C'est au milieu de la matinée que sa voiture s'engagea dans l'allée sinueuse qui menait à une belle demeure palladienne. Heron House était flanquée d'une orangerie et d'une serre d'un côté, d'écuries de l'autre. Un jardin bien fleuri se déployait devant la façade. Le soleil tentait une percée quand la berline s'arrêta en face de l'escalier de marbre.

— Mlle Bradshaw, je vous prie, dit-il en tendant sa canne et son chapeau au majordome.

— Mlle Bradshaw est à Londres avec lady Brocklehurst, monsieur.

— Mlle Isabella Bradshaw.

— Qui dois-je annoncer ?

— Personne. Conduisez-moi auprès d'elle, je vous prie.

Quelque chose dans les manières du duc persuada le domestique de s'exécuter et de l'escorter jusqu'à un salon en façade. Elle avait dû l'entendre et le voir arriver...

Il pénétra dans une grande pièce carrée baignée de soleil.

Elle était debout devant la chaise où elle devait être assise un instant plus tôt. Elle se tenait très droite, la tête haute, les mains nouées devant elle. Elle portait une jolie robe de mousseline et un chignon bouclé très élégant.

Jamais elle n'avait été aussi belle, malgré sa pâleur et son visage crispé.

Et soudain son expression changea, et toute tension disparut.

— Je croyais que c'était Matthew ! s'écria-t-elle. Je croyais que c'était la voiture de Matthew. Je croyais qu'il était revenu...

Il fit un pas vers elle, craignant qu'elle ne s'évanouisse, ouvrit les bras. Elle traversa la pièce et s'y jeta.

— Je croyais que c'était Matthew, répéta-t-elle tandis qu'il l'enlaçait et humait avec délice le doux parfum de ses cheveux.

— Ce n'est que moi, mon ange. Il ne vous fera plus jamais de mal. Personne ne vous fera plus jamais de mal.

— Je pensais ne plus jamais vous revoir, souffla-t-elle, le regard embué, en effleurant sa cicatrice du bout du doigt.

— Je suis là. Vous ne sentez pas mes bras autour de vous ? Je vous protégerai, mon ange.

Il chercha sa bouche et l'entendit gémir.

21

La matinée avait été frustrante. Fleur s'était réveillée avec une énergie et un espoir renouvelés après une nuit de sommeil réparateur. La pluie avait cessé, même si les nuages demeuraient. Elle sourit au souvenir de la visite de la veille. C'était bon de savoir qu'elle avait encore des amis.

Elle avait peu de temps, songea-t-elle en descendant prendre son petit déjeuner. Matthew allait arriver d'un moment à l'autre. Il avait sûrement deviné qu'elle irait à Heron House plutôt qu'à Londres. Cela dit, peut-être avait-il pensé aussi qu'elle voulait se cacher pour qu'il ne la retrouve jamais. Si tel était le cas, Londres était la destination idéale. Peut-être était-il allé là-bas.

À moins qu'il ne se soit renseigné au relais de poste.

— Chapman, avait-elle demandé au majordome, où est enterré Hobson ?

Parler aussi ouvertement d'un sujet dont tout l'office devait bruisser l'avait fait rougir.

— Je l'ignore, mademoiselle Isabella.

— Eh bien, envoyez-moi quelqu'un qui le sache.

— Je ne suis pas sûr que qui que ce soit le sache, mademoiselle Isabella.

Chapman n'avait jamais été particulièrement loquace.

— On a bien dû emmener son corps, et quelqu'un a dû assister à ses funérailles, un de ses amis, ou peut-être lord Brocklehurst.

— Sa Seigneurie, oui, mademoiselle. C'est Flynn qui a conduit la voiture, mais il est avec Sa Seigneurie, pour le moment.

— Le corps devait être dans une charrette, je suppose. Qui la conduisait ?

— Yardley, mademoiselle.

— Envoyez-moi Yardley, dans ce cas.

— Il est parti, mademoiselle. Dans le Yorkshire, je crois. Il a trouvé un autre emploi là-bas.

— Je vois. Et si je demandais à parler à celui qui a mis en bière le corps de Hobson, cette personne serait également partie.

— C'est Yardley qui s'en est occupé, mademoiselle, avec lord Brocklehurst. Sa Seigneurie était très affectée par les événements.

Fleur reposa sa serviette. Elle avait perdu l'appétit.

Aux écuries, on lui chanta la même chanson. Personne ne savait où Hobson était enterré. C'était Yardley qui avait emporté le corps, et Flynn avait emmené Sa Seigneurie le lendemain. Personne non plus ne savait d'où Hobson était originaire.

Elle regagna la maison et alla s'installer dans le salon de l'est, sa pièce préférée. Cousine Caroline ne l'aimait pas parce que le soleil lui donnait la migraine, prétendait-elle, et Amelia était rarement levée le matin. Elle avait donc toujours eu cette pièce pour elle seule.

Elle n'avait apparemment aucun moyen de se renseigner. Le plus frustrant, c'était de ne même pas avoir une idée de ce qu'il y avait à découvrir. Elle savait pratiquement tout, maintenant. Elle avait tué Hobson – accidentellement. Matthew avait fait transporter son corps dans son village natal pour y être enterré. Il avait également mis dans sa malle les bijoux de cousine Caroline et fait en sorte que quelqu'un les y trouve. Même si elle parlait à Annie, elle ne pourrait jamais prouver que ce n'était pas elle qui les avait mis là.

Peut-être avait-elle eu tort de ne pas être allée à Londres plutôt que revenir ici. Les domestiques la regardaient comme si elle cachait un poignard dans sa manche… Quand Matthew arriverait, tout commencerait vraiment. Ou plutôt, ce serait le commencement de la fin. Et malgré les assurances de Daniel et de Miriam, elle doutait que rien ni personne puisse la sauver.

Elle n'avait aucun moyen de prouver son innocence.

Cette morne résignation ne dura qu'un instant. Entre les arbres de l'allée, elle venait d'apercevoir une voiture – une voiture qui approchait.

Son cœur cessa de battre et un froid glacial l'envahit tandis que ses oreilles se mettaient à bourdonner.

Elle quitta la fenêtre pour aller s'asseoir au bord d'un fauteuil, luttant pour ne pas s'évanouir.

Elle devait se calmer. Elle avait cinq minutes tout au plus. Elle devait avoir retrouvé son calme quand il entrerait. Il ne devait à aucun prix la voir trembler ou pleurer.

Et elle ne devait pas accepter ce qu'il lui proposerait, à supposer qu'il renouvelle sa proposition. À aucun prix. *Mon Dieu*, pria-t-elle silencieusement, *donnez-moi la force de ne pas perdre mon intégrité, de ne pas me perdre*.

Quand le bruit de la voiture se rapprocha, elle s'interdit de se lever pour aller regarder par la fenêtre. Elle se redressa, carra les épaules, et s'appliqua à respirer lentement.

Lorsque la porte s'ouvrit, elle se leva.

Il lui fallut un moment pour se rendre compte que ce n'était pas Matthew. Son cerveau refusait ce que ses yeux lui disaient. Elle retint son souffle.

— Je croyais que c'était Matthew ! Je croyais que c'était la voiture de Matthew. Je croyais qu'il était revenu…

Ce n'était pas Matthew. Cet homme était tout ce que Matthew n'était pas. Il était la sécurité et le réconfort. Il était le foyer. Il était l'espoir et le soleil. Il fit un pas, lui ouvrit les bras et, avant de s'en rendre compte, elle s'y était jetée.

— Je croyais que c'était Matthew, répéta-t-elle en sentant ses bras se refermer sur elle, en se pressant contre ce torse musclé, en humant cette eau de Cologne qui n'appartenait qu'à lui.

— Ce n'est que moi, mon ange, lui murmura-t-il à l'oreille. Il ne vous fera plus jamais de mal. Personne ne vous fera plus jamais de mal.

Elle s'accrocha à ses épaules, éprouva leur force et leur solidité tandis qu'il lui chuchotait des paroles de réconfort. Elle leva des yeux pleins de larmes sur ce visage sévère qu'elle avait cru ne jamais revoir, qu'elle avait essayé d'oublier, et effleura la cicatrice si familière du bout de l'index.

— Je pensais ne jamais vous revoir.

C'était un miracle. Un miracle qui n'avait pas encore atteint sa conscience, juste ses sens. Son visage se brouillait devant elle.

— Je suis là. Vous ne sentez pas mes bras autour de vous ? Je vous protégerai, mon ange.

Elle plongea ses yeux dans les siens, si sombres, savoura le son de sa voix, et s'abandonna. Elle était en sécurité, désormais, protégée par sa chaleur et sa force. Et tandis qu'Adam s'emparait de ses lèvres, un désir lancinant se déploya en elle, allumant un feu ardent au creux de ses reins et entre ses cuisses.

La bouche d'Adam courait sur sa gorge et sur son cou.

— Vous n'avez plus rien à craindre, mon ange.

Mon ange. Mon *ange*… C'était le duc de Ridgeway. À Heron House. Il avait fait tout le chemin depuis Willoughby Hall pour la retrouver.

Elle s'écarta de lui, se libéra et s'approcha de la fenêtre.

Un silence suivit, puis :

— Je suis désolé. Ce n'était pas ce que j'avais prévu.

Il ne l'avait pas rejointe, comme elle s'y attendait à demi.

— Qu'aviez-vous prévu ? Pourquoi êtes-vous venu ? Je n'ai rien volé chez vous, sauf peut-être les vêtements que j'ai achetés à Londres avec votre argent. Vous pouvez les reprendre si vous voulez.

— Fleur.

— Je m'appelle Isabella, Isabella Bradshaw. Seuls mes parents m'appelaient Fleur.

— Pourquoi vous êtes-vous enfuie ? Vous ne me faisiez pas confiance ?

Elle fit volte-face.

— Non, lança-t-elle, s'obligeant à penser à son client du *Bull and Horn*. Pourquoi vous aurais-je fait confiance ? Et je ne me suis pas enfuie. J'ai cessé de fuir, au contraire. Je suis revenue chez moi. C'est ici que je suis née, vous savez, dans cette maison. Ma place est ici.

— Oui, je vous vois enfin dans votre milieu. Vous attendez le retour de votre cousin ? Vous attendez le pire ?

— Cela ne vous regarde pas. Pourquoi êtes-vous venu ? Je ne rentrerai pas avec vous.

— Je n'ai pas l'intention de vous emmener, Fleur. Vous n'êtes pas à votre place dans la salle d'étude de ma fille, et je ne vous emmènerai plus jamais dans aucune de mes résidences.

Pour se donner une contenance et étouffer la souffrance qui commençait à poindre, elle entreprit d'arranger un bouquet dans un vase.

— Je n'essaierai pas de vous établir où que ce soit, si c'est ce que vous craignez. Je suis venu vous libérer, Fleur.

— Je ne vous dois rien. L'argent que vous m'avez donné, je l'ai gagné. Vous pouvez emporter les vêtements. Je n'ai pas besoin que vous me libériez, rien ne m'a jamais attachée à vous.

Il s'approchait d'elle quand on frappa à la porte. Fleur se figea.

— Mlle Booth et le révérend souhaiteraient vous voir, mademoiselle Isabella, annonça le majordome.

— Faites-les entrer, je vous prie.

Soulagée, elle traversa la pièce d'un pas vif pour embrasser Miriam et saluer Daniel.

— Miriam, Daniel, puis-je vous présenter Sa Grâce le duc de Ridgeway ? Mes amis Miriam Booth et le révérend Daniel Booth, Votre Grâce.

Les hommes hochèrent la tête, Miriam esquissa une révérence. Tous se dévisagèrent avec autant de curiosité que le permettaient les usages.

— Le duc est venu s'assurer que j'étais bien arrivée, expliqua Fleur. Il est rassuré et s'apprêtait à partir.

— Il ne s'apprête à rien de tel, intervint le duc. Dois-je comprendre que vous vous êtes déjà vus tous les trois depuis le retour de Mlle Bradshaw ?

— Nous sommes venus hier soir, confirma le vicaire. Nous aimons beaucoup Mlle Bradshaw, Votre Grâce, et nous nous occuperons d'elle, rassurez-vous.

— Vous serez donc heureux d'apprendre que lord Brocklehurst va faire dans les jours à venir une déclaration publique pour préciser que la mort de son valet était accidentelle, qu'il n'a jamais été question de meurtre, et que ses inquiétudes à propos de bijoux déplacés étaient un malentendu. Il n'y a jamais eu de vol.

Miriam étreignit Fleur avec force.

— Si jamais cette déclaration n'était pas faite, poursuivit le duc, ce qui me paraît peu probable, il y aurait un procès qui verrait certainement l'acquittement de Mlle Bradshaw et l'inculpation de lord Brocklehurst sous divers chefs.

— Je le savais ! exulta Miriam. Je savais que toute cette histoire était ridicule. Isabella, vous êtes glacée.

— J'espère que vous ne donnez pas de faux espoirs à Mlle Bradshaw, Votre Grâce, dit le révérend Booth.

— Je n'aurais pas cette cruauté, rétorqua le duc. J'ai eu une longue conversation avec Brocklehurst et je lui ai arraché la plus grande partie de la vérité, suffisamment pour lui ôter l'envie d'aller plus loin dans ses projets. Et notre entretien a eu un témoin, ce qu'il ignorait.

— Matthew a reconnu la vérité ? souffla Fleur.

— L'essentiel. Je ne pense que vous ayez quoi que ce soit à craindre, Fl... mademoiselle Bradshaw.

Elle se couvrit le visage de ses mains tandis que Miriam s'esclaffait. Elle entendit Daniel aller serrer la main du duc.

— Quelle merveilleuse matinée, dit Miriam, dont la voix lui parut soudain très lointaine. J'avais des scrupules à fermer l'école, mais je ne le regrette pas, à présent.

— Il faut qu'elle s'assoie, dit une autre voix.

Deux mains vigoureuses la saisirent, la firent asseoir, puis la forcèrent à pencher la tête vers ses genoux.

— C'est fini, Fleur. Je vous ai dit que vous n'aviez plus rien à craindre.

Le duc de Ridgeway aimait beaucoup Miriam Booth. C'était exactement le genre d'amie dont Fleur avait besoin. Elle avait du bon sens, elle était gaie et chaleureuse. Une fois la jeune femme remise de son malaise, Miriam l'emmena s'allonger dans sa chambre sans tenir compte de ses protestations.

Il était moins sûr d'aimer Daniel Booth. C'était un beau blond, calme et courtois, qui avait tout pour plaire aux femmes.

Et il était sincèrement attaché à Fleur. À peine les dames sorties, il lui posa des questions précises et judicieuses pour connaître toute l'histoire.

— Un homme comme Brocklehurst ne peut pas occuper une position de notable, déclara-t-il. Il mérite d'être poursuivi, malheureusement, cela risquerait d'ajouter à la détresse d'Isabella. L'arrangement que vous avez négocié est somme toute préférable.

— C'est la conclusion à laquelle je suis arrivé, reconnut le duc. Personnellement, je me ferais une joie de l'écharper, si ce n'était contre l'intérêt de Mlle Bradshaw.

Le révérend Booth le dévisagea d'un œil perçant.

— Mlle Bradshaw ne devrait pas rester ici, reprit le duc, même si je suis certain qu'elle n'a plus rien à craindre de son cousin. Une dame de son rang ne peut retourner chez moi en tant que gouvernante de ma fille. Je compte aller trouver Brocklehurst afin de le persuader de lui accorder une rente confortable en attendant qu'elle entre en possession de sa fortune. Si je n'y parviens pas, j'essaierai de lui trouver une place de dame de compagnie auprès d'une lady.

De nouveau, le regard pénétrant du pasteur sonda son âme.

— Vous avez déjà fait beaucoup, remarqua ce dernier. Isabella a eu de la chance. Mais elle est de nouveau parmi ses amis désormais. Nous avons discuté de son avenir, ma sœur et moi. Maintenant qu'il n'est plus question de procès, nous pouvons lui proposer les solutions envisagées.

Et l'une de ces solutions comprenait le mariage avec le vicaire, devinait le duc. Et peut-être l'épouserait-elle si elle parvenait à oublier un certain événement survenu à Londres. Peut-être était-ce la meilleure solution. Après tout, c'était ce qui était prévu avant que la mort du valet ne vienne bouleverser sa vie. Elle l'aimait probablement, et il paraissait éprouver pour elle une réelle affection.

Décidément, il n'était vraiment pas certain d'aimer Daniel Booth.

Il n'avait plus aucune raison de rester, désormais, et il aurait dû prendre congé. Il allait attendre qu'elle redescende, lui faire ses adieux dans les formes, et prendre le chemin du retour.

Il serait à Willoughby beaucoup plus tôt que prévu et Pamela serait ravie. Il serait peut-être de retour avant le départ de Thomas, à temps pour offrir à Sybil son soutien, quand bien même elle ne le laisserait probablement pas approcher.

Il devrait s'en retourner et s'essayer à l'oublier. Le plus tôt serait le mieux. Pourquoi tarder ?

Il accepta pourtant une invitation à déjeuner et recommença son récit pour une Fleur pratiquement silencieuse et une Miriam Booth frétillant de curiosité. Fleur ne montrait pas le soulagement attendu, mais, bien entendu, la tension de ces derniers mois venait à peine de retomber, et il lui fallait probablement un peu de temps pour s'habituer.

Tout n'était pas fini, bien sûr. Les cicatrices resteraient longtemps. Et une chose au moins la marquerait à jamais. Quand il croisa son regard, ce fut le doute et le chagrin qu'il y lut. Il aurait voulu lui prendre la main, lui demander ce qu'elle avait, et comment il pouvait l'aider.

Sauf qu'il ne pouvait pas l'aider.

Quand elle reviendrait sur les événements des derniers mois, elle s'apercevrait qu'il était le seul à lui avoir fait un mal irréparable. Peut-être s'en était-elle déjà rendu compte.

Le mieux était de partir aussitôt après le déjeuner.

— Vous allez donc prendre le cottage de Mlle Galen et m'aider à l'école, comme nous l'avions décidé ? demandait Miriam. Ce sera merveilleux, pendant quelque temps du moins, en attendant de trouver d'autres arrangements. Peut-être pourrons-nous persuader lord Brocklehurst de consentir à… Enfin, peut-être ne se conduira-t-il plus comme un tyran.

— Il faut que je réfléchisse, Miriam. Mais oui, je pense que c'est une bonne idée. J'ai toujours aimé la maison de Mlle Galen, avec toutes ces roses.

— Isabella a besoin de mettre un peu d'ordre dans ses idées, Miriam, intervint calmement le vicaire. Elle a besoin de temps pour réfléchir. Quant à moi, il faut que je retourne au village. C'est l'après-midi où je rends visite aux malades. Tu m'accompagnes ?

— Oui, à moins qu'Isabella ne préfère que je reste avec elle.

Fleur déclina en souriant.

Miriam se leva. Son frère l'imita et interrogea le duc du regard.

— Je me mettrai en route cet après-midi, annonça ce dernier. Voulez-vous faire quelques pas dans le jardin, mademoiselle Bradshaw ?

Fleur accepta sans le regarder. Le pasteur dévisagea le duc, qui décida qu'il n'aimait pas du tout cet homme.

— C'est gentil d'être venu et d'avoir fait ce que vous avez fait. Je vous remercie, Votre Grâce.

Ils se promenaient dans le jardin, à distance respectable l'un de l'autre.

— Vous n'êtes pas heureuse. Qu'est-ce qui ne va pas ?

— Mais si, je suis heureuse. Comment ne pas l'être ? Je vis depuis des mois avec la certitude que, tôt ou tard, je serai pendue. Cette perspective n'a rien de réjouissant. On ne peut s'empêcher de penser à toutes sortes de détails morbides. Je suis rentrée hier, et tout le monde m'a regardée comme une criminelle. Être reconnue innocente va tout changer.

— Bien sûr. Qu'y a-t-il, alors ?

— Je suis revenue pour essayer de comprendre ce qui s'est passé et peut-être trouver une preuve de mon innocence, commença-t-elle après un long silence. Je n'ai plus besoin de preuves, mais il reste tant de questions sans réponse. Et je me suis heurtée à un mur.

— Mais encore ?

— Ma femme de chambre a trouvé un autre emploi. C'est elle qui a découvert les bijoux, et je voulais savoir où ils étaient, s'ils étaient soigneusement cachés ou juste posés sur mes affaires. Si je les avais volés, j'aurais été stupide de les laisser sur le dessus, n'est-ce pas ?

— Votre malle était cadenassée ?

— Bien sûr que non. J'allais au presbytère.

— Et elle avait été déposée dans le coupé ?

— Oui. Et il aurait fallu être idiote pour laisser là des bijoux de prix. Je ne connais ni leur nombre ni leur taille, mais il aurait mieux valu les garder sur moi ou les sortir d'une façon moins évidente. Enfin, Annie est partie et je ne peux plus l'interroger.

— C'est ennuyeux. Je vais la faire rechercher si vous voulez.

— M. Houghton ? fit-elle en esquissant un sourire. Non, ce n'est pas ce qui me contrarie le plus. Le pire, c'est que je ne retrouve pas Hobson.

— Le valet ? Il n'est pas six pieds sous terre au cimetière ?

— Il a été enterré dans son village d'origine, or, personne ne sait où. Le palefrenier qui a emporté le cercueil travaille désormais dans le Yorkshire et le cocher qui a emmené Matthew est avec lui en ce moment même. C'est celui qui est dans le Yorkshire qui a aidé Matthew à mettre le corps dans le cercueil.

— Vraiment ? s'étonna le duc.

— C'est important pour moi d'aller sur sa tombe. Même si je ne l'ai pas assassiné, je l'ai tout de même tué, voyez-vous. Si je n'avais pas été tellement en colère et affolée, si je ne l'avais pas poussé, il ne serait pas mort. J'ai été l'instrument de sa mort, et je dois apprendre à vivre avec ce poids sur la conscience. Pour y parvenir, il faut que j'aille sur sa tombe.

— Vous affirmer que cet homme a contribué à ce qui lui est arrivé, que votre cousin est également responsable et qu'on ne peut pas vous blâmer ne suffira pas à vous enlever ce poids ?

— Non. Ma raison me le répète, pourtant je n'arrive pas à oublier que je l'ai poussé et qu'il en est mort. Mais je ne veux pas vous retenir, Votre Grâce. Vous devez avoir hâte de vous mettre en route.

— Quelqu'un doit bien savoir d'où venait ce valet. Il avait des amis parmi les domestiques ou au village ?

— Je l'ignore.

— À nous de le découvrir, dans ce cas. Je vais essayer d'égaler Houghton et d'exhumer tout ce qui peut l'être. Je vais me renseigner au village. De votre côté, pouvez-vous interroger de nouveau les domestiques ?

— C'est inutile. Ils ne savent rien. Et puis, ce sont les domestiques de Matthew, pas les miens. Vous avez d'autres soucis, Votre Grâce, et vous devez être pressé de regagner Willoughby.

— Vous croyez ? Je veux vous voir heureuse, Fleur, déclara-t-il en s'immobilisant pour lui prendre les mains. Et complètement libre. Je n'imagine pas m'en aller avant.

— Pourquoi ?

— Vous le savez très bien, murmura-t-il.

Il lui étreignit les mains, puis les lâcha et se dirigea vers les écuries.

Elle courut pour le rattraper.

— À cause de ce que vous m'avez fait ? demanda-t-elle. J'attendais devant le théâtre, et si cela n'avait pas été vous, ç'aurait été quelqu'un d'autre. Peut-être pas cette nuit-là, mais celle d'après.

— Dieu merci, c'était moi. S'il fallait absolument qu'il y en ait un, il valait mieux que ce soit moi. Je repasserai demain matin, avec quelques informations, j'espère.

Il s'éloigna et, cette fois, elle ne le suivit pas.

Une chose était sûre. Elle avait un sursis d'une journée. Le lendemain, il lui ferait ses adieux et partirait pour toujours.

Le lendemain.

Pas aujourd'hui.

22

— On est contents que vous soyez de retour, mademoiselle, si vous me permettez, avoua la petite bonne qui avait remplacé Annie. Comme dit Ted Jackson, ajouta-t-elle à voix basse, vous pouvez pas être coupable de ce qu'on vous accuse si vous êtes revenue. On vous croyait pas coupable, de toute façon.

— Merci, Mollie. C'est gentil.

Depuis le départ du duc, Fleur avait passé deux heures déprimantes à questionner les domestiques. Elle regrettait d'avoir parlé au duc. Il serait déjà en route pour le Dorset, et elle pourrait commencer à réfléchir à son avenir. En l'occurrence, il devait repasser le lendemain et elle était incapable de ressentir l'allégresse que ces paroles auraient dû faire naître en elle.

— Et si vous voulez mon avis, reprit la bonne, je dirais que Hobson a eu ce qu'il méritait. Je l'ai jamais aimé. Il était persuadé d'être un Bon Dieu pour les femmes.

Hobson était plutôt beau garçon et, avec la meilleure volonté du monde, on ne pouvait pas qualifier Mollie de jolie. Fleur devina que celle-ci avait dû se voir dédaignée par lui.

— Il voulait des faveurs sans rien en échange, reprit Mollie. Mais moi, on m'attrape pas avec des mots doux. Il s'est pourtant pas privé d'essayer.

— Est-ce qu'il lui arrivait de parler de lui ?

— Tout le temps, mademoiselle ! C'était son sujet favori.

Il y avait tellement de mépris dans son ton que Fleur ne put retenir un sourire.

— Son père était boucher à Wroxford et il avait bien réussi. C'est comme ça qu'il est arrivé à devenir valet de chambre, mais c'était pas une raison pour prendre ses grands airs.

— Il vient donc de Wroxford ?

— Oh, M. Chapman va me tuer ! Il nous a dit de pas oublier qui payait nos gages et de rien dire.

— De ne rien me dire, à *moi* ?

— Parce que Sa Seigneurie va vous envoyer en prison dès son retour. Moi, je trouve que vous avez rien à y faire, et presque tous les autres aussi. M. Chapman va me tuer, c'est sûr.

— Je ne lui dirai rien, ne vous inquiétez pas, et je vous remercie, Mollie. C'est donc là que Hobson est enterré ?

— Sûrement, mademoiselle. J'en sais rien, et je m'en moque. Wroxford, c'est loin, et je vais sûrement pas marcher trente lieues pour mettre des fleurs sur sa tombe. Qu'il vente ou qu'il grêle, je préfère Ted Jackson, même s'il est seulement aide-jardinier. Ted, il sait comment traiter les filles.

— Merci, Mollie. Je vais descendre dîner, à présent.

Fleur ne savait trop pourquoi elle avait pris la peine de se changer puisqu'elle dînait seule. Probablement parce qu'elle était heureuse de retrouver les usages du monde.

— Vous pouvez prendre votre soirée, Mollie, je n'aurai pas besoin de vous plus tard. Ted est aussi libre ce soir ?

— Pour sûr, mademoiselle.

La petite s'arrêta, la main sur le bouton de porte. Elle inspecta la pièce, comme si elle s'attendait à voir le majordome surgir de derrière un meuble.

— J'étais amie avec Annie, vous savez, chuchota-t-elle. Elle s'est occupée de moi quand je suis arrivée ici. Cette nuit-là, vous avez laissé une paire de gants dans votre garde-robe et Annie est redescendue les mettre dans votre malle.

— Oui ? l'encouragea Fleur.

— Il y avait pas de bijoux, pourtant, quand on a rentré la malle et qu'Annie l'a rouverte, ils étaient là, sur les gants ! Et juste quand elle l'ouvrait, Sa Seigneurie et M. Chapman sont entrés dans votre chambre sans frapper. Elle leur a dit ce que je viens de vous dire et le lendemain, elle a été renvoyée.

— Comment l'avez-vous su ?

— Elle m'a tout répété, mais elle avait peur et elle m'a fait jurer d'en parler à personne. Ils lui ont donné beaucoup d'argent. M. Chapman va me tuer s'il sait que je vous l'ai dit.

— Il n'en saura rien. Je crois que dans quelques jours, lord Brocklehurst va expliquer publiquement que cette histoire de bijoux est un malentendu. Mais je suis heureuse d'en avoir la preuve. Je vous remercie. Vous êtes la plus courageuse des domestiques de cette maison, et je ne l'oublierai pas.

Wroxford, à trente lieues. Mollie avait raison, c'était trop loin pour que quiconque aille sur la tombe de Hobson. Elle devait cependant au moins essayer d'apaiser sa conscience en s'y rendant.

Trente lieues. Elle ne pourrait pas faire l'aller et retour dans la journée.

— Wroxford est au moins à trente ou trente-cinq lieues ! s'écria le révérend Booth. Je ne comprends pas votre obstination à aller là-bas, Isabella. Tout ce que vous trouverez, ce sera une pierre tombale.

Il était tôt, le lendemain matin. Fleur n'avait pas pu attendre. Elle avait hâte de se mettre en route. Tant qu'elle ne serait pas allée à Wroxford, elle ne connaîtrait ni repos ni paix.

— En m'enfuyant, expliqua-t-elle, je n'ai pas mis de point final à cette histoire. Malgré ce que nous a dit le duc hier, j'ai l'impression que rien n'est terminé, et je pense que j'aurai toujours ce sentiment même quand Matthew aura fait sa déclaration. Je suis responsable d'un décès, et je n'ai pas assisté aux obsèques. Je crois que c'est précisément la raison d'être des obsèques : aider ceux qui restent à accepter la réalité de la mort.

— Vous avez la chance d'être blanchie. Pourquoi ne pas laisser tout cela derrière vous ? Oubliez toute cette histoire et commencez une nouvelle vie, Isabella.

— Je le pourrai quand je serai allée à Wroxford, Daniel. J'ai réfléchi, et je pense que la proposition de Miriam est la meilleure solution. Je me plairai dans le cottage de Mlle Galen, et je serai ravie d'enseigner avec Miriam. Je vais prendre un nouveau départ, mais il faut d'abord que j'aille à Wroxford. J'espérais que vous m'accompagneriez.

— Enfin, Isabella, vous avez perdu tout sens des convenances ? Vous ne devriez même pas être seule avec moi en ce moment même, or, il nous faudrait deux jours pour aller à Wroxford et en revenir.

— Je sais, mais je pensais que vous ne voudriez pas que je m'y rende seule.

— Je ne le veux pas, en effet, confirma-t-il, exaspéré. Oubliez cette folie. Vous venez d'échapper à un scandale, je ne veux pas que l'ombre d'un autre vous effleure. Je veux que vous deveniez ma femme, et peut-être que lord Brocklehurst consentira à notre mariage, à présent. Sinon, nous ferons comme nous étions convenus, et nous nous marierons avec une dispense de bans. C'est bien ce que vous voulez, Isabella, n'est-ce pas ?

— Non, Daniel. C'est hors de question désormais.

— À cause de ce scandale ? Mais c'est de l'histoire ancienne. Il n'y a pas si longtemps, vous étiez heureuse de m'épouser. Vous m'aviez dit que vous m'aimiez.

— Je ne peux pas vous épouser, Daniel. Il s'est passé trop de choses.

Il se détourna et fit mine de déplacer des papiers sur son bureau, avant de reprendre :

— Je trouve curieux que le duc de Ridgeway ait fait tout ce chemin pour vous innocenter des charges pesant contre vous. Je voulais vous demander ce qu'il en était exactement, Isabella.

— C'est un homme bon, qui se soucie de ses employés. Il est aimé et respecté de tous ses domestiques.

— Et de vous ? Vous l'aimez autant que vous le respectez ?

— Bien sûr que non.

— Et quels sont ses sentiments à votre égard ? Il est marié, n'est-ce pas ?

— Je viens de vous le dire. Il se soucie de ses employés et prend ses responsabilités très au sérieux.

— Il n'a donc rien à voir avec le fait que vous refusiez de m'épouser ?

Fleur secoua la tête.

— Nous n'en parlerons plus, dans ce cas, décréta-t-il avec raideur. Quoi qu'il en soit, je suis heureux que vous soyez de retour et en sécurité, Isabella. Et je suis heureux que vous travailliez avec Miriam. Elle a besoin d'aide et elle attache autant de prix à votre amitié que moi.

— Je vous remercie, souffla-t-elle.

Elle le regarda longuement, puis :

— Daniel, j'aimerais vous avouer toute la vérité.

— C'est souvent la meilleure solution. Soulager sa conscience fait toujours du bien.

— Quand j'étais à Londres, je n'arrivais pas à trouver d'emploi et je mourais de faim, commença-t-elle. Je n'avais rien mangé depuis deux jours et il m'est apparu qu'il me restait trois moyens de survivre : mendier, voler, ou… ou vendre mon corps.

Il n'essaya pas de l'aider. Après un silence, elle murmura :

— J'ai fini pas vendre mon corps. Une seule fois. J'aurais recommencé si je n'avais pas trouvé ce poste de gouvernante qui m'a amenée dans le Dorset.

— Vous êtes une prostituée, dit-il doucement.

Elle se couvrit un instant la bouche d'une main tremblante.

— Vous parlez au présent ? C'est donc une chose qui ne peut être qu'au présent ?

— Il devait bien y avoir une alternative.

— Les voleurs londoniens se forment dès leur plus jeune âge ; je ne crois pas que j'aurais pu me mesurer à eux. J'aurais dû mourir de faim plutôt que de devenir une catin, Daniel ?

— Oh, mon Dieu ! souffla-t-il en se détournant. Êtes-vous désolée, Isabella ? Vous repentez-vous ?

— Oui et non. Je regrette plus que je ne saurais le dire ce qui s'est passé, mais je ne regrette pas de l'avoir fait. Je le referai si je n'avais pas d'autre moyen de survivre. Je n'ai pas l'étoffe d'une martyre.

— Comment pouvez-vous espérer que Dieu vous pardonne si vous ne vous repentez pas ?

— Peut-être Dieu me comprend-il. Dans le cas contraire, nous avons un sérieux différend, Lui et moi.

Daniel lui tournait toujours obstinément le dos, accablé.

— Vous voyez, reprit-elle, je ne peux pas vous épouser, ni vous ni personne. Parce que même si je ne regrette pas ce que j'ai fait, je suis une fille perdue, et je suis prête à en assumer les conséquences. Je vais aller à Wroxford. D'ici mon retour, vous aurez décidé, j'en suis sûre, si je suis apte à enseigner avec Miriam.

— Isabella, l'arrêta-t-il alors qu'elle atteignait la porte, n'y allez pas. Ce n'est pas convenable, pour une dame non accompagnée.

— Mais je ne suis plus une vraie dame, n'est-ce pas ? Ne vous inquiétez pas pour moi, Daniel. Je serai de retour dans deux jours.

Elle n'alla pas jusqu'à l'école pour saluer Miriam et les enfants, comme elle en avait eu l'intention. Elle détacha son cheval, se mit en selle et reprit le chemin de la maison.

L'amour qu'elle avait éprouvé pour Daniel lui apparaissait comme le vestige d'un lointain passé, un doux souvenir s'attardant au fond de sa mémoire.

Le duc de Ridgeway avait laissé sa voiture à l'auberge du village et s'était rendu à cheval à Heron House. Il n'avait rien d'important à dire. L'aubergiste et les clients avaient tous connu Hobson, en revanche, personne ne savait d'où il venait ni où il était enterré. Un homme avait certifié qu'il venait de la capitale, mais les autres s'étaient récriés avec indignation. Hobson n'avait jamais eu l'accent faubourien.

Les discussions sur le valet avaient inévitablement mené à Fleur et à son retour inattendu. Personne, apparemment, ne croyait à sa culpabilité. Hobson, d'après ce que comprit le duc, n'avait pas bonne réputation et personne ne semblait avoir beaucoup d'estime pour Brocklehurst.

Sa déclaration publique et l'abandon de toutes les charges contre Fleur ne feraient que confirmer ce que tout le monde pensait.

Adam regrettait de ne pas avoir trouvé l'information que cherchait Fleur. Il aurait voulu faire au moins cela pour elle. Il avait envie de la savoir en paix avec elle-même et avec le monde.

Elle n'était pas à la maison, l'informa le majordome de Heron House, et le duc se demanda si elle était vraiment absente ou si elle refusait de le recevoir. Il n'avait de toute façon rien de particulier à lui annoncer et aucune raison de la voir. Il pouvait donc se mettre en route sans attendre.

— Dites à Mlle Bradshaw que je n'ai pas pu trouver l'information qu'elle cherchait, demanda-t-il au majordome.

Il comptait se rendre à Londres. C'était probablement là qu'irait Brocklehurst. Le retrouver et s'assurer qu'il tienne parole sans délai ne seraient pas difficiles. Il essaierait également de négocier un arrangement financier pour Fleur en attendant son vingt-cinquième anniversaire. Il interrogerait le cocher de Brocklehurst afin de savoir où se trouvait la tombe de Hobson et d'en informer Fleur.

Après quoi, il rentrerait à Willoughby et bannirait définitivement Fleur Bradshaw de son esprit et de sa vie. Il consacrerait toute son énergie à devenir un père exemplaire et finirait peut-être par établir une relation apaisée avec Sybil. Il essaierait, du moins.

Sa décision était prise, pourtant toutes ses belles résolutions vacillèrent lorsqu'il se retrouva nez à nez avec elle au détour d'un chemin. Elle portait une tenue d'amazone et un chapeau de velours noir qui mettait en valeur sa chevelure de feu.

— Oh ! Vous m'avez fait peur ! s'exclama-t-elle.

— Bonjour, Fleur. Je viens de chez vous. Je ne vous apportais pas de nouvelles particulières, mais j'espère vous en envoyer bientôt.

— C'est à Wroxford. Ma femme de chambre l'a laissé échapper hier soir. Tous les domestiques avaient apparemment ordre de rester bouche cousue devant moi.

— Wroxford ? C'est loin ?

— À environ trente lieues. Daniel me trouve ridicule de vouloir y aller, et il a sans doute raison. Mais j'irai quand même.

— Je comprends. Mlle Booth et lui vous accompagnent, je suppose ? dit-il, notant avec quelle habileté elle maîtrisait son cheval.

Elle était si belle, si pleine de vie et d'énergie, si différente de la femme qu'il avait rencontrée devant ce théâtre londonien.

— Non. Miriam a déjà fermé l'école hier à cause de moi, et Daniel ne peut pas m'accompagner. Ce ne serait pas convenable.

— Et cependant il est prêt à vous laisser partir seule ? C'est encore moins convenable, il me semble.

— À vrai dire, il ne me laisse ni ne m'empêche pas de faire quoi que ce soit. Il n'en a ni le droit ni le pouvoir.

— Vous allez partir ?

— Bien sûr.

La monture de Fleur s'agitait, visiblement impatiente de bouger.

— Il a eu son galop du matin ? s'enquit le duc.

— Pas encore.

— Allons-y, dans ce cas. Cette fois, vous avez choisi votre cheval et je n'ai pas Hannibal. Nous sommes à égalité, remarqua-t-il en quittant l'allée pour s'engager dans le parc.

Le sourire aux lèvres, elle éperonna sa monture.

Il avait eu tort, il le savait. Il n'aurait pas dû s'octroyer cette demi-heure de pur plaisir avec elle. Car ce fut un moment de pur plaisir, comme la dernière fois. Fleur Bradshaw prenait pleinement vie à cheval. Elle le dépassa en riant, et sourit lorsqu'il reprit la tête derrière les écuries.

Il aurait dû lui dire adieu sur le chemin, poursuivre sa route et sortir de sa vie.

Il n'aurait jamais dû venir, pour commencer. Il aurait dû envoyer Houghton, et ne pas nourrir un amour interdit.

Mais il ne la reverrait jamais plus. Bientôt, il allait partir, et elle sortirait définitivement de ses pensées. Le bonheur de bien des gens dépendait de lui, même s'il n'avait pas beaucoup de joie à attendre pour lui-même.

Rien qu'une petite demi-heure. Ce n'était pas grand-chose.

Fleur le dépassa encore une fois avant de ralentir et de reprendre le chemin de la maison.

— J'espère que tu es content, dit-elle en flattant l'encolure de son cheval.

Le duc mit pied à terre devant les écuries, tendit les rênes à un palefrenier, puis aida Fleur à descendre de sa monture. Il attendit, sans lâcher la taille de Fleur, que le palefrenier s'éloigne avec les chevaux.

— Vous retournez dans le Dorset ?

— Je vais d'abord à Londres. J'ai des choses à faire avant de rentrer.

— Vous embrasserez lady Pamela pour moi à votre retour et vous lui direz qu'elle me manque, voulez-vous ?

— Entendu. Fleur...

— Au revoir, l'interrompit-elle sans croiser son regard. Encore merci d'être venu.

Je vous aime. Je vous aimerai toujours, même si je dois vous quitter, aurait-il voulu lui dire.

— Je vous accompagne à Wroxford. Si nous partons maintenant, nous y serons avant la nuit. Vous pourrez voir ce que vous désirez demain matin, et nous devrions être de retour demain soir. Je vais au village récupérer ma voiture.

— Nous ne pouvons pas partir ensemble, Votre Grâce.

— Et vous ne pouvez pas y aller seule non plus. Les routes ne sont pas sûres, et vous devrez vous arrêter pour vous restaurer et pour la nuit. Il est exclu que vous fassiez tout cela sans être accompagnée.

— Pourquoi ? murmura-t-elle. Vous avez une femme et une fille qui vous attendent. Pourquoi vous occuper de moi au lieu d'aller les retrouver ?

— Fleur... Je viens avec vous. Allez vous changer et préparer un bagage. Je serai de retour dans une heure au plus tard.

Elle ne discuta pas et le regarda aller chercher son cheval, puis grimper en selle.

— Une heure ! répéta-t-il en passant devant elle.

Il avait volé une demi-heure et s'était convaincu qu'il s'agissait là d'un péché véniel.

Voilà qu'il s'apprêtait à voler deux jours. Cette fois, il n'était pas certain d'être capable d'apaiser sa conscience.

Elle avait besoin de lui, cependant. Pour une raison qu'elle seule comprenait, elle voulait voir la tombe de l'homme qu'elle avait tué accidentellement. Cette tombe était à trente lieues. Il fallait qu'il l'escorte.

En outre, il l'aimait.

C'était une berline très confortable, constata Fleur en s'adossant aux coussins. La suspension se riait des cahots et des ornières de ces méchantes routes de campagne.

Elle était pourtant loin d'être détendue. Le duc de Ridgeway était assis à côté d'elle, tout près. Tous deux gardaient le silence.

Pourquoi l'avait-il accompagnée ? Pourquoi s'intéressait-il tant à son sort ? Et pourquoi l'avait-elle laissé venir ? Elle aurait pu refuser. Ou au moins protester plus énergiquement.

— Pourquoi êtes-vous venu ici, dans le Wiltshire ? demanda-t-elle finalement. Pourquoi m'emmenez-vous à Wroxford ?

Il regarda par la fenêtre, et elle crut qu'il n'allait pas répondre.

— Vous savez que vous n'avez pas assassiné le valet de votre cousin, et que, dans une large mesure, vous n'êtes pas responsable de sa mort, commença-t-il. Vous devez cependant mener cette histoire à son terme. Vous devez absolument faire ce voyage, ce que peu de gens comprennent. Je ressens un peu la même chose à votre sujet.

Elle comprenait sa réponse. Elle avait du sens à ses yeux.

— Il y a quelque chose que je ne m'explique pas, dit-elle, et que je trouve particulièrement difficile à comprendre. La duchesse est très belle, vous avez une fille qui vous adore, une demeure qui doit être une des plus somptueuses d'Angleterre. Pourquoi des hommes comme vous ont-ils besoin de relations féminines éphémères et sordides ?

— Je ne peux pas répondre pour tous les hommes, mais uniquement pour moi. Je ne vous dirai pas grand-chose de mon mariage, Fleur. Je dois respecter l'intimité de ma femme, sinon la mienne. Tout ce que je peux vous dire, c'est qu'il a été malheureux dès le début. S'il est parfois difficile d'étouffer certains besoins, j'ai cependant toujours été fidèle jusqu'à cette unique soirée avec vous.

Certains besoins ? Il n'avait donc pas une vie conjugale normale ?

— Je ne sais pas ce qu'il s'est passé ce soir-là. Je ne l'avais pas prévu et vous n'avez rien fait pour me séduire. Je ne vous voyais même pas distinctement. Peut-être... peut-être que quelque chose en moi vous a reconnue, reprit-il après un silence. Je ne sais pas.

— Reconnue ? répéta-t-elle.

— La perle inestimable que j'attendais de la vie quand j'étais jeune. Et puis, j'étais en colère. Puisque j'avais décidé d'être infidèle, je voulais une nuit d'oubli. Je voulais pouvoir vous reprocher mon infidélité, mais vous n'avez rien fait. Vous vous êtes contentée de me laisser vous utiliser. Si pour vous, ç'a été une expérience terrible, elle a été extrêmement pénible pour moi, Fleur. J'ai eu ce que je méritais, j'imagine.

— Pourquoi avez-vous envoyé M. Houghton à ma recherche ? Vous aviez des remords ?

— C'est ce que je me suis longtemps dit, reconnut-il en se tournant vers elle pour la première fois. C'est ce que je me répète encore. N'en demandez pas plus, Fleur.

Non, elle n'en demanderait pas plus. Elle ne voulait pas connaître la vérité. Le destin qui les avait réunis était trop étrange, et trop cruel.

Elle avait la main posée sur la banquette, entre eux. Il posa la sienne à côté, sa belle main aux longs doigts qui l'avait terrifiée et la troublait toujours… Elles se touchaient presque.

Ils demeurèrent ainsi un long moment avant qu'il lui caresse doucement l'auriculaire du bout du doigt. Elle tendit le sien et leurs doigts s'accrochèrent l'un à l'autre.

Tous deux les contemplèrent sans mot dire.

23

Ils s'arrêtèrent pour un repas qui n'était ni un déjeuner ni un dîner, avant de poursuivre leur route.

Étrangement, ils étaient beaucoup plus à l'aise maintenant, remarqua le duc. C'était étrange, car ils avaient voyagé plusieurs heures dans un silence quasi complet, et ils avaient déjeuné sans échanger plus de quelques mots. Étrange également car ils se retrouvaient seuls après tout ce qui s'était passé entre eux. Ils auraient dû être gênés, or, c'était tout le contraire.

Quand ils remontèrent dans la berline, il lui reprit la main. Elle ne résista pas, et ils restèrent ainsi, leurs mains jointes posées entre eux sur la banquette.

Il aurait voulu que ce voyage fasse trois cents lieues, ou même trois mille, et non trente.

Il sentait sur lui le regard de la jeune femme, mais il ne tourna pas la tête. Il regretta, comme cent fois déjà depuis leur départ, de ne pas s'être assis de l'autre côté, pour lui offrir son bon profil.

— Comment est-ce arrivé ?

— Ceci ? questionna-t-il en indiquant sa balafre. Je n'ai aucun souvenir précis. C'était à Waterloo. J'étais dans l'infanterie. Nous étions en carré pour contenir une charge de cavalerie. Voir la cavalerie vous charger et n'avoir que des baïonnettes est terrifiant pour les plus jeunes, pour tout le monde, d'ailleurs. Le carré fait une défense pratiquement inexpugnable, pourtant on ne s'y sent pas en sécurité. Certains de nos hommes se sont affolés et ont pris la fuite. Je me portais en avant pour leur redonner courage lorsque j'ai reçu un coup de baïonnette au visage.

Fleur tressaillit.

— Et pas de la main d'un ennemi. Quelle ironie, n'est-ce pas ? dit-il avec un sourire amer. Je me souviens de la douleur aiguë et de ma main pleine de sang. Ensuite, plus rien. Des éclats d'obus ont dû m'atteindre à ce moment-là et provoquer les autres blessures.

— Et il vous a fallu près d'un an pour vous rétablir. Vous avez dû souffrir affreusement.

— Sans doute. Dieu merci, j'ai perdu conscience aux pires moments. J'ai eu du mal en revanche à me faire à l'idée que je porterais toute ma vie les traces de ce qui était arrivé.

— Vos blessures vous font toujours souffrir ?

— Pas souvent.

— Mais je vous ai vu boiter.

— Quand je suis fatigué, ou tendu. Dans ces moments-là Sidney, mon valet de chambre, aime jouer les tyrans et m'infliger ses massages. Il a la langue bien pendue et des mains de magicien.

— Pourquoi êtes-vous parti à la guerre ? Un duc ne s'engage pas, surtout dans l'infanterie. Vous avez eu une enfance malheureuse ?

— Bien au contraire. J'ai eu une enfance très heureuse et protégée. Il me semble justement qu'un homme bénéficiant de tant de bienfaits doit en rendre un peu. Des milliers d'hommes qui ne lui devaient rien, à part y être nés, se battaient pour notre pays. M'engager à leurs côtés me semblait la moindre des choses.

— Parlez-moi de votre enfance.

— C'est un vaste sujet. Voulez-vous que je vous raconte quel bon petit garçon j'étais, ou quel chenapan je pouvais être ? Il m'arrivait de rendre fous mon père et les domestiques. Un pauvre valet de pied que les fantômes et les revenants terrifiaient en a rencontré deux dans le grand hall. Ils habitaient la galerie et faisaient des bruits inquiétants quand il était de service dans la soirée. Les fantômes en question s'appelaient Adam et Thomas. Cela faisait bien trois semaines qu'ils le martyrisaient quand on les a attrapés. Je sens encore la correction que j'ai reçue. J'ai dû rester allongé sur le ventre pendant au moins deux heures.

Fleur s'esclaffa.

— J'ai eu une enfance merveilleuse, continua-t-il. Dans les temples, nous étions des dieux grecs, sur le lac, des Vikings, et près des cascades, des chasseurs d'ours. Notre père passait beaucoup de temps avec nous. Il nous apprenait à pêcher, à chasser, et à monter à cheval. Ma belle-mère m'a appris le pianoforte, mais je n'ai pas votre talent. Elle nous a aussi appris à danser. On riait beaucoup au cours de ces leçons. Elle nous accusait toujours d'avoir deux pieds gauches.

— Et pourtant, vous dansez tellement bien maintenant.

— J'aimerais que l'enfance de Pamela soit aussi heureuse. J'aurais voulu d'autres enfants. J'ai toujours voulu une famille nombreuse.

Sous le regard pénétrant de Fleur, il comprit qu'il venait de se livrer trop intimement.

— Je ferai tout pour la rendre heureuse quand je rentrerai. Je resterai avec elle, je ne la laisserai plus.

Il ferma les yeux et appuya un pied botté contre la banquette opposée.

Il n'avait jamais confié ce rêve à quiconque – le rêve d'avoir des fils et des filles à lui, dont les cris et les rires redonneraient vie à Willoughby. Pamela ne méritait pas d'être aussi seule.

Leurs enfants, à Fleur et à lui. Il les emmènerait pique-niquer, faire du bateau et des promenades à cheval. Ils iraient pêcher aussi. Il apprendrait à pêcher à Fleur. Elle apprendrait le pianoforte à leurs enfants, et jouerait pour eux certains soirs. Ensemble, ils leur apprendraient à danser. La valse, surtout.

Et la nuit, il l'aimerait. Il passerait avec elle toutes les nuits dans le grand lit à baldaquin qui avait été celui de son père et qui n'avait abrité aucune femme depuis la mort de celui-ci. Elle porterait ses enfants et il la regarderait s'arrondir, et les mettre au monde.

Il avait payé son dû pour une vie et pour une enfance incroyablement privilégiées. Il méritait d'être de nouveau heureux et pour toujours. Il allait ouvrir la coquille de sa vie et trouver la perle inestimable qui s'y cachait.

Il ouvrit les yeux et se souvint où il se trouvait lorsque la tête de Fleur lui toucha l'épaule. Elle respirait profondément, régulièrement. Doucement, pour ne pas la réveiller, il appuya la joue sur sa chevelure soyeuse et respira son parfum. Leurs mains étaient toujours jointes.

Il referma les yeux.

Wroxford était davantage un gros bourg qu'une ville. La nuit tombait lorsqu'ils arrivèrent, et le cimetière était grand. Ils avaient parfaitement pu passer devant la tombe sans la voir dans la pénombre, la rassura le duc après l'avoir cherchée en vain. Peut-être n'y avait-il même pas de pierre tombale. Ils se renseigneraient au presbytère.

Le pasteur était parti au chevet d'un malade, leur expliqua son épouse, et elle ne savait rien de cette tombe. Il y avait effectivement des Hobson au cimetière, mais le dernier à y avoir été enterré devait être la vieille Bessie Hobson, sept ou huit ans plus tôt. Il n'y avait eu qu'un enterrement au cours des six derniers mois, et ce n'était pas celui d'un Hobson.

— Il s'agit d'un valet de lord Brocklehurst, de Heron House. Son père était boucher, précisa le duc.

— Il doit s'agir de Maurice Hobson, dans ce cas. Il vit en haut de la colline, dans une maison de brique couverte de roses.

— C'est curieux, remarqua Fleur après que la femme du pasteur les eut raccompagnés. Mollie était certaine qu'il s'agissait de Wroxford, ce qui paraît logique puisque son père vit ici. Je dois absolument parler à M. Hobson. Il n'est pas trop tard, n'est-ce pas ?

— Je crains que si, répliqua le duc. Nous allons nous installer à l'auberge pour la nuit et je rendrai visite à M. Hobson demain matin. Seul, Fleur. Je vous déconseille de le rencontrer.

— Je ne peux pas vous demander de faire cela pour moi.

— Je le ferai tout de même. Et ce soir, vous êtes Mlle Kent, ma sœur.

— Entendu. Mais qu'est-ce que cela signifie ? Matthew n'a pas demandé à Daniel d'enterrer Hobson parce qu'il voulait le ramener chez lui. Or, il n'a pas été enterré ici.

— Je suis certain qu'il y a une explication, et je la trouverai. Vous avez faim ? Ne me dites pas non. Je suis affamé et je déteste manger seul.

— Un peu, admit-elle. Pas beaucoup. Vous croyez que nous avons fait tout ce chemin pour rien ? Cette histoire n'aura donc jamais de fin ?

— Demain. En attendant, vous allez me regarder manger, manger un peu vous-même et me raconter votre enfance. Je vous ai raconté la mienne, c'est votre tour à présent.

— Il n'y a pas grand-chose à en dire. Mes parents sont morts quand j'avais huit ans. Je n'ai pas beaucoup de souvenirs d'eux.

— Plus que vous n'imaginez, j'en suis sûr. Nous y sommes ! J'espère que cette auberge est plus confortable que celle de votre village. Et qu'on y mange mieux.

On leur donna deux petites chambres contiguës, très simples, mais l'auberge s'enorgueillissait d'un salon privé, que le duc réserva pour la soirée. Il y avait une douzaine de clients dans la salle commune.

Elle aurait dû être embarrassée, se dit Fleur. Elle était seule dans la pénombre avec le duc de Ridgeway. Ils allaient dormir dans des chambres adjacentes. Ils avaient été seuls toute la journée, et s'étaient tenus par la main la plupart du temps. Et elle s'était réveillée la tête sur son épaule.

Elle s'était redressée lentement, en espérant qu'il s'était endormi lui aussi et ne s'était aperçu de rien. Mais il regardait tranquillement par la fenêtre et elle avait toujours la main dans la sienne. Il avait tourné la tête pour lui sourire et elle lui avait rendu son sourire, un peu gênée, quoique pas autant qu'elle aurait dû l'être.

En quittant Heron House, c'était comme s'ils avaient laissé derrière eux le monde et ses convenances, comme s'ils avaient tacitement décidé de vivre ces deux jours en imaginant que c'étaient les derniers qu'il leur restait à vivre.

C'était le cas, d'une certaine façon. Le lendemain soir, ils seraient de retour à Heron House, et le surlendemain, il partirait, et elle ne le reverrait jamais.

Deux jours, c'était court.

Non, ils n'avaient pas le temps de laisser la gêne s'installer entre eux.

Ils prolongèrent le dîner, et elle découvrit qu'il avait raison. Dès qu'elle commença à parler de son enfance, une foule de petits faits et de sentiments oubliés lui revinrent à l'esprit.

— Je devrais remercier le sort pour ces huit années, conclut-elle. Beaucoup d'enfants n'ont pas droit, même pour une courte période, à l'amour de leurs parents et à la sécurité. J'avais tendance à penser que le destin ne m'avait pas favorisée, cela m'a fait du bien de me souvenir.

— Fleur, le destin ne vous a pas favorisée, c'est un fait, mais vous êtes forte, vous avez l'étoffe d'une survivante. J'espère qu'un jour, vous trouverez le bonheur que vous n'avez jamais cru possible.

— La satisfaction me suffira.

Et elle lui raconta ses projets.

— Les enfants auront de la chance. Je sais que vous les aimez et que vous êtes un bon professeur. Et je devine que Mlle Booth est appréciée, elle aussi. Qu'en est-il du révérend ?

— Que voulez-vous dire ?

— Vous deviez l'épouser. Vous l'aimiez, n'est-ce pas ?

— Je le croyais. Il a été gentil avec moi à une époque où peu de gens l'étaient. Et il est bel homme.

— Vous ne l'aimez plus ?

— Je pense qu'il est trop bon pour moi. Il a une vision très claire du bien et du mal, et il s'en tient à sa définition quoi qu'il arrive. Je vois trop de nuances de gris. Je ne ferais pas une bonne épouse pour un homme d'Église.

— Il vous a redemandé votre main ?

— Oui, et j'ai refusé... Je lui ai tout dit. Tout, sauf votre nom.

— Et il n'a pas renouvelé sa demande ?

— J'avais déjà refusé.

— Il ne vous aime pas, Fleur, et il n'est pas digne de vous. À sa place, je me battrais ma vie entière pour vous faire changer d'avis. Et je vous respecterais encore plus pour votre courage et votre honnêteté.

— Un homme d'Église qui n'est pas digne d'une prostituée ? C'est le monde à l'envers.

— C'est ainsi qu'il vous a qualifiée ?

— Oui, il a employé ce mot. C'est la vérité, après tout.

— C'est une chance qu'il soit à trente lieues d'ici, parce que le poing me démange de lui refaire le portrait. Je serais capable de tuer cet imbécile pontifiant, déclara-t-il en se levant.

— J'aurais dû préciser qu'il a mis dans ce mot plus d'horreur et de regret que de condamnation.

— Fleur, ne vous laissez jamais rabaisser par ce terme ! Promettez-le-moi.

— J'ai fait la seule chose possible dans une situation donnée, et je l'ai accepté. C'est du passé. Comme vos cicatrices, cela restera et affectera ma vie entière, mais je ne me laisserai pas détruire.

— Je doublerais le nombre de mes cicatrices pour effacer la vôtre !

— Non, je vous en prie. Ce qui s'est passé n'est pas votre faute. Et je pense que tout ce qui arrive dans une vie a un sens. Si nous ne nous laissons pas détruire par les accidents de la vie, nous en ressortons plus forts.

— Fleur, y a-t-il un sens à ceci ? À vous et moi, au fait que nous ne devions plus jamais nous revoir après demain ?

Elle se mordit la lèvre, et ne répondit pas.

— Je vais aller prendre l'air, décida-t-il. Mais avant, je vous conduis à votre chambre. La journée a été longue.

Il demeura à bonne distance pendant qu'elle introduisait la clef dans la serrure.

— Bonne nuit, Fleur.

— Bonne nuit, Votre Grâce.

— Adam, rectifia-t-il. Dites-le. Je veux l'entendre de votre bouche.

— Bonne nuit, Adam, murmura-t-elle.

Son pas résonna dans l'escalier tandis qu'elle verrouillait la porte derrière elle.

Le lendemain matin, le duc de Ridgeway revint de la maison sur la colline. Il était plongé dans ses pensées. Brocklehurst était-il à ce point fou d'elle ? Probablement, s'il était allé à de telles extrémités pour la réduire à sa merci.

Et pourtant, il s'était contenté de la piéger en sachant pertinemment qu'il ne lui plaisait pas, qu'elle ne le respectait pas, et qu'elle ne l'aimerait jamais.

Il y avait certes des gens bizarres partout, mais Brocklehurst n'était pas normal.

À moins qu'il n'ait mal interprété ce qu'il venait d'apprendre. Et cependant, quelle autre explication pouvait-il y avoir ?

Il retrouva Fleur dans le salon privé de l'auberge, où il l'avait laissée après le petit déjeuner. Il avait eu un peu de mal à la convaincre de ne pas l'accompagner chez M. Hobson.

Elle cessa d'arpenter la pièce lorsqu'il entra.

— Eh bien ? fit-elle.

— L'enterrement a apparemment eu lieu à Taunton, à une vingtaine de lieues d'ici, une quarantaine de Heron House. M. Hobson y est allé et a vu la tombe et la pierre tombale.

— À Taunton ? Mais pourquoi ?

— Hobson a, semble-t-il, été tué près de Taunton, en revenant de Londres avec Brocklehurst, qui l'a fait enterrer là avant de venir annoncer la nouvelle à la famille.

— Je ne comprends pas. Il est mort à Heron House !

— Bien sûr.

— La seule raison pour laquelle il n'a pas été enterré à Wroxford, c'est que sa famille y vit.

— Oui. Nous allons partir pour Taunton et tirer cela au clair. Vous êtes prête ?

La vérité, ou ce qui devait être la vérité, n'apparaissait toujours pas à la jeune femme, et c'était peut-être aussi bien. Peut-être la vérité était-elle tout autre, après tout. Il décida de ne pas lui faire part de ses soupçons.

Un quart d'heure plus tard, ils étaient en route.

— Cela n'a aucun sens, déclara-t-elle. Taunton n'est même pas sur la route de Wroxford.

Elle chercha la main du duc sans même s'en rendre compte, il s'en empara et la posa sur ses genoux.

— Détendez-vous et profitez du paysage. Il sera toujours temps de nous poser des questions quand nous arriverons.

— Nous ne serons pas à la maison ce soir. Votre voyage va être prolongé d'une journée, remarqua-t-elle.

— Ce n'est pas grave.

Il porta la main de Fleur à ses lèvres avant de la reposer sur ses genoux.

— Je suis désolée.

— Pas moi. De quoi allons-nous discuter aujourd'hui ? De l'école ? Parlez-moi de la vôtre. Cela n'a pas été une expérience heureuse, n'est-ce pas ?

— Dans un certain sens, si. J'ai appris à aimer les livres et à apprécier la musique encore plus qu'avant. J'ai appris à vivre en imagination, et cela peut ajouter une dimension merveilleuse à la vie.

— Oui, approuva-t-il, cela peut éclairer une triste vie.

Ils échangèrent un sourire avant qu'elle commence son récit.

Taunton était un tout petit village. À part l'église, quelques maisons, une boutique et une taverne, il n'y avait rien. Le duc avait repéré un relais de poste convenable à quelques lieues de là. Ils y passeraient la nuit, avait-il décrété.

Mais Fleur n'y prêta pas grande attention. Ils approchaient du but et son cœur s'était mis à battre la chamade.

Cette fois, on ne pouvait pas la manquer. Elle était bien là et proclamait : *John Hobson, fils bien-aimé de John et de Martha Hobson, 1791 – 1822. Repose en paix.*

Mon Dieu ! Pétrifiée, Fleur ne parvenait pas à détacher les yeux de cette stèle. Elle l'avait tué. Il avait trente et un ans, il avait été le fils bien-aimé de quelqu'un. Martha Hobson l'avait porté, John Hobson l'avait regardé grandir. Tous deux avaient dû être fiers quand il était entré au service de lord Brocklehurst. Ils avaient dû s'en vanter auprès de leur entourage. Et voilà qu'il était mort et gisait sous la terre.

Elle l'avait tué.

— Seigneur ! souffla-t-elle en s'agenouillant devant la pierre tombale.

— Fleur, je vais un instant au presbytère, chuchota le duc. Je reviens.

Elle ne l'entendit pas. Hobson, ce grand jeune homme vigoureux, gisait sous la terre, et c'était elle qui l'avait tué.

Elle n'aurait su dire depuis combien de temps elle était là lorsque deux mains fermes la saisirent pour l'aider à se relever.

— Je vous ramène à l'auberge. Vous pourrez vous reposer.

Elle se retrouva dans la voiture sans savoir comment.

— Je ne m'attendais pas à cela, murmura-t-elle. Au début, je n'ai pas vraiment pensé à lui, je m'inquiétais trop pour moi-même. Je ne faisais pas beaucoup de cauchemars. Ensuite, j'ai pensé qu'il méritait peut-être ce qui était arrivé, même si je le regrettais. Et cette dernière semaine, j'ai su que je devais venir ici. Mais je ne m'attendais pas à cela, gémit-elle.

— Vous allez vous allonger et vous reposer.

Il l'avait enlacée, lui avait ôté son chapeau et l'avait jeté sur la banquette avant de nicher sa tête au creux de son épaule. À présent, il lui caressait les cheveux en lui chuchotant des paroles apaisantes.

— Je ne voulais pas qu'il meure. Je ne voulais pas le tuer.

À l'auberge, il demanda deux chambres. Beaucoup plus grandes et plus confortables que celles de la nuit passée, elles étaient séparées par un petit salon.

— Je veux que vous vous allongiez une heure. Nous dînerons plus tard. Pour le moment, il faut que vous dormiez.

Elle lui obéit et s'adossa aux oreillers tandis qu'il lui retirait ses chaussures. Elle n'arrivait pas à reprendre pied dans la réalité.

— Vous feriez peut-être aussi bien d'enlever votre robe quand je serai parti.

— Oui.

— J'ai quelques visites à faire. Je ne serai pas long.

Il ne vint pas à l'idée de Fleur de lui demander à qui il allait rendre visite dans ce village inconnu.

Elle ferma les yeux, sentit ses lèvres effleurer brièvement les siennes.

Elle avait dû s'endormir. Elle avait l'impression de s'être absentée très longtemps, bien qu'elle ait toujours sa robe. Il était penché sur elle comme lorsqu'elle avait fermé les yeux, mais une chandelle était allumée dans la chambre.

— Je pensais que vous ne m'auriez pas attendu, avoua-t-il, et que vous auriez dîné sans moi. Vous avez dormi tout ce temps ?

Il lui souriait, et son regard sombre brillait d'un éclat inaccoutumé. Elle était allongée dans une chambre d'auberge, et le duc de Ridgeway était penché sur elle.

— Je vous apporte de bonnes nouvelles, mais il vaut mieux rester allongée pour les entendre.

— Quelles nouvelles ?

— Vous n'avez tué personne. Ni intentionnellement, ni accidentellement, ni autrement. Vous n'avez pas tué Hobson. Il est toujours en vie quelque part, avec probablement en poche une jolie somme remise par Brocklehurst.

Fleur le regarda comme s'il faisait partie d'un rêve absurde.

— Tout ce qui est enterré dans ce cimetière, c'est un cercueil rempli de pierres. Notre homme a été simplement assommé, semble-t-il, Fleur. Vous êtes libre, complètement libre, mon ange, libérée de la potence et de votre conscience.

24

Ils dînèrent très tard.

— Je ne m'attendais pas qu'il se passe quoi que ce soit avant demain au plus tôt, avoua le duc. Mais c'était compter sans la curiosité et le zèle de sir Quentin.

Sir Quentin, lui avait-il expliqué, était le magistrat local.

— Je crois qu'il aurait retourné tout le cimetière à mains nues s'il n'avait pas trouvé de fossoyeur ou si je n'avais pas pu lui montrer la bonne tombe.

— Qu'est-ce qui a éveillé vos soupçons ? Je ne comprends pas.

Fleur avait l'impression de n'avoir cessé de répéter cette phrase.

— En principe, on enterre un mort là où il est décédé, ou là où vit sa famille. Votre cousin n'a choisi ni l'un ni l'autre, en revanche, il a fait un grand détour pour le faire inhumer dans un endroit reculé où ni lui ni le défunt n'étaient connus.

— Parce que quelqu'un aurait pu demander à voir le corps ?

— Je suppose que sa famille l'aurait souhaité, et peut-être quelques-uns des domestiques de Heron House, ou ses amis du voisinage. Si votre cousin ne pouvait courir ce risque, il ne s'est donné aucun mal pour brouiller les pistes, et il a offert des versions contradictoires. Il ne s'attendait probablement pas que qui que ce soit enquête sérieusement. Mangez.

— Comment voulez-vous que je mange ?

— Avec votre couteau et votre fourchette. Quel goût a la liberté ?

— Et où est allé Hobson ? Et pourquoi ? Comment peut-il laisser croire à sa famille qu'il est mort ?

— L'argent ! Je parie qu'il est quelque part sur le continent.

— Mais pourquoi Matthew a-t-il mis en œuvre une machination aussi diabolique. Pour me faire pendre ? Il me hait à ce point ?

— Vous connaissez la réponse. Il n'a jamais eu l'intention de vous faire pendre. Il ne pouvait pas se passer de vous et vous voulait à sa merci pour le restant de vos jours.

— Je ne l'ai jamais aimé, et il le savait. Qu'espérait-il ? Il se doutait bien que je l'aurais haï jusqu'à la fin de mes jours.

— Pour certains, avoir du pouvoir sur l'objet de leur désir est suffisant. Et se savoir détesté les excite. J'ignore si votre cousin fait partie de cette espèce, je ne lui ai rien trouvé de diabolique pendant son séjour à Willoughby, mais ses actions semblent indiquer le contraire.

— Je n'ai aucune envie qu'il revienne vivre à Heron House.

— Parce que vous croyez que c'est ce qu'il va faire ? Sir Quentin crache du feu, et votre cousin a d'ores et déjà de gros ennuis, je vous le garantis. Je doute qu'il revienne avant longtemps.

— Je n'ai vraiment pas faim, décida-t-elle en se levant.

Il l'imita.

— Je n'aurais jamais dû m'enfuir, n'est-ce pas ? reprit-elle en s'approchant de la cheminée. J'aurais dû aller au presbytère comme prévu.

— Cela ne l'aurait pas empêché d'exécuter son plan. Et peut-être de le mener à bien.

— C'est vrai. Je ne sais pas si quelqu'un d'autre que vous aurait deviné la vérité. Certainement pas moi, en tout cas. Et je ne vous aurais pas rencontré si je ne m'étais pas enfuie.

— Je regrette que vous ayez autant souffert. Je regrette que vous n'ayez pas accepté mon aide, Fleur. Et surtout de ne pas vous l'avoir proposée plus tôt. Tout aurait été différent.

— On ne refait pas le passé.

— Malheureusement.

— Pourquoi avez-vous fait tout cela pour moi ? Le diable m'aurait moins terrifiée que vous, aussi bien quand cela est arrivé que par la suite dans mes cauchemars, reprit-elle comme il gardait le silence. Quand j'ai compris que le duc de Ridgeway, c'était vous, j'ai cru mourir d'effroi.

— Je sais.

— Vos mains me terrifiaient plus que tout. Elles sont pourtant belles.

Il ne répondit rien.

— Quand cela a-t-il changé ? murmura-t-elle en pivotant pour lui faire face.

Elle franchit la distance qui les séparait.

— Vous ne prononcerez pas les mots. Pourtant ce sont les mêmes que ceux que j'ai sur les lèvres, n'est-ce pas ?

Il déglutit visiblement.

— Je regretterai probablement toute ma vie de les avoir dits, mais je suis sûre que je regretterais encore plus de ne pas l'avoir fait.

— Fleur, implora-t-il en levant la main pour l'arrêter.

— Je vous aime.

— Non.

— Je vous aime, répéta-t-elle.

— Nous avons simplement passé quelques jours ensemble, beaucoup parlé et appris à mieux nous connaître. J'ai eu la possibilité de vous aider, et vous m'en êtes reconnaissante.

— Je vous aime.

— Fleur.

— Je suis heureuse de ne pas vous avoir connu avant, ajouta-t-elle en effleurant sa cicatrice. Je ne crois pas que j'aurais supporté ma peine.

— Fleur ! adjura-t-il en lui saisissant le poignet.

— Vous pleurez ? souffla-t-elle en l'enlaçant. Ne pleurez pas, mon amour. Je ne veux pas ajouter à votre fardeau. Je veux simplement que vous sachiez que je vous aime, et que je vous aimerai toujours.

— Fleur, je n'ai rien à vous offrir, mon ange. Ma loyauté est engagée ailleurs. Après mon départ, vous rencontrerez quelqu'un, vous m'oublierez et vous serez heureuse.

— Je ne vous demande rien, assura-t-elle en essuyant doucement une larme sur sa joue. Je veux juste vous offrir librement mon amour, Adam. Ce n'est pas un fardeau, c'est un don. Vous l'emporterez avec vous et le garderez quand bien même nous ne nous reverrons jamais.

— J'ai bien failli ne pas vous reconnaître, avoua-t-il en lui encadrant le visage de ses mains. Vous étiez tellement pâle et maigre. Et pourtant, je crois que je vous chercherais encore si vous n'étiez pas allée dans ce bureau de placement. Mais il est trop tard, mon amour. Six ans trop tard.

Il se pencha pour l'embrasser, et leurs corps s'embrasèrent aussitôt.

— Je n'ai que cette nuit à vous offrir. Demain, je vous ramènerai chez vous et je reprendrai le chemin de Willoughby.

— Je sais.

— Cette seule nuit, Fleur.

— Je n'en demande pas plus.

— Elle nous suffira ?

— Oui.

— Nous la ferons durer pour l'éternité.

— Et même au-delà.

— Fleur, ma bien-aimée, c'est l'amour de ma vie que j'ai reconnu devant le théâtre de Drury Lane, vous le savez ?

— Oui, souffla-t-elle.

— Je t'aime. Je t'ai aimée à l'instant où je t'ai aperçue dans l'ombre.

— Adam, aime-moi. Délivre-moi de ma peur, chuchota-t-elle.

Leurs lèvres se joignirent, leurs langues se mêlèrent, et il l'attira à lui, attendant qu'elle s'abandonne contre son corps.

— Tu as encore peur ?

— Mortellement. J'ai peur de ce qui suit, mais je veux le faire avec toi. Je veux tes mains sur mon corps, et je te veux en moi.

Il l'embrassa de nouveau, sentit sous ses doigts la pointe déjà durcie de ses seins, la taille mince, les hanches épanouies et la croupe ferme.

— Fleur...

— Caresse-moi. Donne-moi du courage. Tes mains sont si chaudes et si fortes. Donne-moi du courage.

Il la souleva dans ses bras, traversa le salon pour aller la déposer sur son lit.

Elle comprit à ce moment-là qu'elle ne pouvait pas revenir en arrière, même s'il suffisait d'un mot pour tout arrêter. Elle l'aimait plus que sa vie même et souhaitait par-dessus tout effacer le souvenir d'une étreinte sordide pour le remplacer par un souvenir d'amour.

Cela ne l'empêchait pas d'avoir peur. Atrocement peur. Elle avait peur de son regard brûlant, de son visage aquilin et de la cicatrice qui lui barrait la joue. Elle avait peur de ses mains, qui lui agaçaient les seins, dénouaient ses cheveux et dégrafaient sa robe. Elle avait peur de ce corps viril, pour le moment dissimulé sous les vêtements.

— Nous pouvons nous en tenir là, murmura-t-il. Je me contenterai de te serrer dans mes bras encore un moment pour avoir le courage de te laisser aller.

— Non, je veux que cela arrive, Adam. Je te veux tout entier, et je veux me donner tout entière.

Il fit glisser sa robe le long de son corps, puis lui ôta sa chemise, ses sous-vêtements et ses bas. Elle se rappela la première fois où elle s'était retrouvée nue devant lui.

— Fais-moi oublier, Adam, murmura-t-elle en lui entourant la taille de ses bras. Fais-moi oublier.

— Tu es si belle. La plus belle femme du monde, articula-t-il, le visage enfoui dans ses cheveux, en caressant ses seins.

Elle entreprit de déboutonner son gilet, puis sa chemise.

Lui aussi avait peur. Elle était tellement belle. Il voulait que tout soit parfait.

— Je vais aller fermer la porte, proposa-t-il, la lumière du chandelier illuminant le lit.

— Non, l'arrêta-t-elle.

— Fleur, je ne veux pas que tu me voies de nouveau. Je suis trop laid.

— Non. Je veux te voir. S'il te plaît, Adam. C'est l'obscurité qui me ferait peur.

Il se leva et commença à se déshabiller méthodiquement, comme la première fois. La différence, c'était qu'à ce moment-là, il était en colère, qu'il la défiait de lui montrer son dégoût tandis que maintenant, il attendait avec un triste fatalisme.

— Adam, tu n'es pas laid, assura-t-elle lorsqu'il se tint nu devant elle. Tu n'es pas laid, mais je suis contente de ne pas t'avoir connu avant tes blessures. Je n'aurais pas pu le supporter. Tu n'es pas laid, répéta-t-elle en laissant sa main courir sur sa hanche et sa cuisse.

Il s'allongea à côté d'elle, plongea son regard dans le sien en lui caressant les cheveux avant de s'emparer de ses lèvres.

Elle explora le torse athlétique et les bras vigoureux. La langue d'Adam dansait avec la sienne tandis que ses caresses faisaient monter son excitation.

Et soudain elle n'eut plus peur. Ses seins se gonflaient, des gémissements lui échappaient et une petite palpitation têtue avait commencé à naître entre ses cuisses.

Il l'avait prise une fois, rapidement et sans passion. Hormis cette unique occasion, cela faisait des années qu'il n'avait pas touché une femme. Il voulait que ce soit parfait. Il avait besoin de se perdre en elle, de libérer sa semence en quelques coups de reins, mais il voulait que ce soit parfait pour elle.

Il glissa la main entre ses jambes, la prépara doucement à son intrusion. Elle était toute vibrante, chaude et humide sous ses doigts.

— Je ne te ferai pas mal, murmura-t-il contre sa bouche. Cette fois, cela ne fera pas mal, Fleur, je te le promets. Tu as encore peur ?

— Oui. Oui, mais viens. Viens à moi, Adam.

Toute sa terreur remonta à la surface lorsqu'il s'allongea sur elle, qu'il glissa ses jambes entre les siennes et les mains sous elle pour la soulever.

Et voilà que sa virilité dure et brûlante s'introduisait en elle. Sans la déchirer, sans lui faire mal. Tout ce qu'elle ressentait, c'était cet élancement délicieux, cette attente qu'il y mette fin.

— Je veux que tu connaisses le plaisir, souffla-t-il en se hissant sur les bras pour plonger son regard dans le sien. Je veux que ce soit parfait. Dis-moi quoi faire. Veux-tu que cela se termine vite ?

Il se retira, entra de nouveau en elle lentement. Elle plia les genoux, ferma les yeux et rejeta la tête en arrière en gémissant. Il continua son lent va-et-vient, encore et encore.

— Dis-moi quand cela te suffira, Fleur. Dis-moi quand tu seras prête.

Elle rouvrit les yeux, contempla son beau visage anguleux, ses cheveux sombres, sa cicatrice, ses épaules puissantes. Elle sentait ses cuisses vigoureuses écarter les siennes et son sexe aller et venir au plus profond d'elle-même au rythme de ses lents coups de reins. Délibérément, elle se rappela leur première rencontre, puis laissa ce souvenir glisser loin, très loin, jusqu'à l'abandonner.

— Le désir va me rendre folle, haleta-t-elle. Et en même temps je voudrais que cela ne s'arrête jamais.

Lorsqu'il l'étreignit plus étroitement et accéléra la cadence, elle se cambra pour mieux l'accueillir en elle et, le corps tendu comme un arc, attendit de perdre conscience.

Il sut qu'elle allait basculer dans la jouissance. Glissant les mains sous elle, il plongea plus profondément, sentit ses muscles intimes se contracter.

— Maintenant, mon amour, souffla-t-il. Jouis avec moi.

Elle laissa échapper un cri lorsqu'il donna un ultime coup de reins. Gémissant dans ses cheveux, il se répandit en elle.

Un grand frisson la parcourut de la tête aux pieds, et elle s'abandonna, heureuse de sentir son poids sur elle, de sentir ses mains sur ses hanches, et son sexe palpiter en elle.

Elle avait choisi de se donner à lui, et à lui seul, pour cette fois seulement, et pour toujours.

Il se retira, bascula sur le côté et l'attira contre lui avant de rabattre la courtepointe sur eux.

Il déposa un baiser dans ses cheveux et murmura :

— Fleur, est-ce que les fantômes sont partis ?

— Adam, souffla-t-elle en lui caressant le visage. Tu es si beau. Tellement beau.

Elle ne s'endormit pas, et lui non plus. Il la tenait serrée contre lui et lui caressait les cheveux. Ils n'avaient que cette nuit, ils n'avaient pas le temps de dormir. Ni de parler. Mais ils n'avaient pas besoin de mots.

Ils demeurèrent dans les bras l'un de l'autre jusqu'à ce que le désir rejaillisse, impérieux. Alors ils firent de nouveau l'amour.

Fleur s'était assoupie un peu avant l'aube. Le duc lui avait calé la tête au creux de son épaule. Dans le petit salon, les chandelles s'étaient éteintes depuis longtemps.

Il pourrait l'installer dans une maison à elle, songea-t-il, pas trop loin de Willoughby, ou près de Londres. Il lui rendrait visite et resterait quelques jours ou quelques semaines. Cet endroit deviendrait sa maison autant que Willoughby.

Ils seraient comme mari et femme à tous points de vue, sauf aux yeux de la loi. Il n'y avait jamais eu de véritable mariage avec Sybil. Ils ne l'avaient même pas consommé. Il pourrait être fidèle à Fleur. Ils pourraient même avoir un, ou plusieurs enfants.

Cela n'avait rien d'impossible. La convaincre n'était certainement pas impossible non plus. Elle l'aimait autant qu'il l'aimait, elle le lui avait dit, et elle avait passé pratiquement la nuit entière à le lui prouver.

Une maison au bord de la mer, peut-être. Ils se promèneraient sur les falaises battues par les vents et arpenteraient les plages. Leurs enfants joueraient dans le sable.

Il faudrait qu'il amène Pamela, elle adorerait la plage. Willoughby était à moins de dix lieues de la mer. Il l'emmènerait avant la fin de l'été, peut-être avec Duncan Chamberlain et ses enfants.

Pamela aimait la compagnie des autres enfants, mais elle ne pourrait jamais profiter de celle de leurs enfants, à Fleur et à lui – de ces enfants mythiques qui habitaient une maison mythique dans un monde imaginaire.

Il aurait pu faire annuler son mariage avec Sybil dans l'année qui avait suivi les noces s'il l'avait souhaité. Il ne l'avait pas souhaité. Il était resté fidèle aux vœux qu'il avait prononcés, quand bien même son épouse lui avait dénié les privilèges qui auraient consacré leur mariage. Il avait fait ce choix parce qu'à l'époque il éprouvait encore une ombre d'amour pour elle.

Et pour que Pamela ne soit pas une bâtarde.

Une moitié d'engagement n'avait aucune valeur. Soit il appartenait à Sybil, soit il appartenait à Fleur.

Il ne pouvait pas mener une double vie.

— Qu'y a-t-il ? demanda Fleur comme il resserrait son étreinte.

— J'ai quelque chose à te dire, murmura-t-il avant de l'embrasser.

Le jour n'allait plus tarder.

— Après-demain, je retournerai à ma vie conjugale. J'espère trouver la force de vivre cet engagement jusqu'à la fin de mes jours, sans plus de défaillances. Pour l'amour de Pamela.

— Je sais, Adam. Tu ne me dois rien. Nous étions d'accord, cette nuit n'aurait pas de suite. Et je ne serais pas ta maîtresse même si tu me le demandais.

— Ce que je veux te dire, c'est que tu seras toujours ma véritable épouse, bien plus que Sybil. Et physiquement, je te resterai fidèle. Il n'y aura jamais d'autre femme dans mon lit.

Comme elle ouvrait la bouche pour répondre, il posa le doigt sur ses lèvres et reprit :

— Mon mariage n'est qu'une façade, il l'a toujours été.

— Et Pamela ?

— C'est la fille de Thomas. Il a abandonné Sybil alors qu'elle était enceinte. Je revenais tout juste du Continent et je me croyais encore amoureux d'elle.

Fleur retint son souffle.

— Dès sa naissance, Pamela a été ma fille. Je donnerais ma vie pour elle. S'il était possible de faire annuler mon mariage pour être avec toi, je ne le ferais pas à cause d'elle. Entre elle et toi, c'est elle que je choisirais.

— Je comprends.

— Tu m'en veux ?

— Non. C'est pour cette raison même que je t'aime, Adam. Il y a si peu de place pour toi dans ta vie. Ton souci des autres remplit ton existence. Je ne m'en doutais pas au début, mais je m'en suis rendu compte peu à peu.

— Cela ne m'a pas empêché de voler cette nuit. Ce que ton pasteur trouverait égoïste et moralement répréhensible, je suppose. Mais j'ai assez parlé. Je veux t'aimer encore une fois. Je voulais juste que tu saches que je te resterai toujours fidèle et que je te considérerai toujours comme ma femme.

— Un moment d'éternité, trop beau pour être mis en mots et que je n'échangerais pas pour dix ans de vie en plus, dit-elle en lui caressant les lèvres. Et il n'est pas encore tout à fait fini.

Elle bascula sur le dos et noua les bras autour de son cou comme il la couvrait de son corps.

25

Le paysage devenait plus familier. Ils avaient fait la plus grande partie du trajet main dans la main, sans pratiquement échanger un mot.

— Nous arrivons bientôt ? s'enquit-il.

— Oui.

— Il faut que tu ailles voir la personne qui s'occupe des affaires de Brocklehurst. Il doit être possible de toucher au moins une partie de ton argent avant ton vingt-cinquième anniversaire.

— Tu crois ?

— Je demanderai à Houghton de s'en occuper.

— Merci.

Un long silence, puis :

— Je ne pourrai pas revenir, Fleur. Je n'écrirai pas non plus.

— Non. Ni moi non plus.

— Promets-moi, si tu as le moindre problème, d'écrire à Houghton. Promets-le-moi.

— En cas d'extrême urgence seulement. Non, Adam, je crois que je ne pourrai pas.

— Si jamais tu attends un enfant…

— Ce n'est pas le cas.

— Si c'était le cas, insista-t-il en portant sa main à ses lèvres, il faudrait me le faire savoir. Je sais que par tempérament, tu serais tentée de me le cacher, mais il faudra absolument me le dire. Ce sera mon enfant, à moi aussi, le seul que j'aurai jamais. Je t'enverrai dans une de mes propriétés et je m'occuperai de vous deux.

— Je ne suis pas enceinte.

— Tu me le dirais ? insista-t-il.

— Oui.

Ils étaient à peine à deux lieues du village, quatre de Heron House tout au plus. Fleur s'efforçait de dominer la panique qui la gagnait.

— Tu comptes déménager immédiatement ? demanda-t-il.

— Oui. Je vais passer une dernière nuit à Heron House et je partirai demain matin. Je commencerai l'école après-demain, si cela convient à Miriam. Je serai ravie d'enseigner.

— Tu apprendras la musique aux enfants ?

— Le chant, oui. Il n'y a pas d'instruments, mais pour le chant, cela n'a pas d'importance.

— Je suis heureux que tu aies une amie sur qui compter, sourit-il.

— Miriam ? J'ai d'autres amis au village, Adam. Et de simples connaissances deviendront des amis dès que je vivrai parmi eux. Ne t'inquiète pas pour moi. Je serai heureuse.

— C'est vrai ?

— Oui. Je souffrirai au début, je le sais, et je m'y attends. Et puis la douleur s'atténuera. Je n'ai pas l'intention de me languir. J'ai eu un aperçu du paradis, ce qui est bien plus que ce que la plupart des gens auront jamais. Maintenant, je vais recommencer à vivre.

— Pamela a très mal supporté mon départ. J'ai fait preuve d'égoïsme avec elle. Je l'ai délaissée bien trop souvent et j'ai hâte de la retrouver.

— Elle mérite qu'on vive pour elle, Adam.

La voiture s'engagea sur le pont qui marquait l'entrée du village. Fleur ferma les yeux et appuya la tête sur l'épaule d'Adam, qui lui serra la main avec force.

— Oh, mon Dieu ! gémit-elle.

— Courage. Si j'avais le choix entre cette souffrance et ne pas t'avoir connue, je choisirais la souffrance.

— Je suis avide, avoua-t-elle dans un soupir. Je veux que la douleur disparaisse et je te veux. Adam, je ne sais pas si je suis assez forte.

— Tu préfères que je t'emmène dans un endroit où nous pourrons nous retrouver de temps en temps ?

— Une fois par an ? Deux ? Le paradis deux fois par an ?

— Plus souvent si tu n'es pas trop loin.

— Une petite maison accueillante près de Willoughby ? suggéra-t-elle avec un sourire. Attendre tes visites, sans avoir jamais à se dire adieu. Et des enfants, peut-être. Les nôtres. Ils seraient bruns ou roux, à ton avis ?

Sa voix n'était plus qu'un filet presque inaudible.

— Si c'est ce que tu désires, je te donnerai cette vie.

— Non. Ce n'est qu'un rêve, et une tentation. Aucun de nous ne supporterait une telle existence.

La voiture quitta la route pour s'engager dans l'allée qui menait à Heron House.

— Quand nous arriverons, n'entre pas avec moi, Adam. Continue ton chemin.

— Entendu.

Elle aurait voulu qu'il la prenne dans ses bras tout en espérant qu'il n'en fasse rien. Cela lui ôterait tout courage, et elle commencerait à imaginer que les rêves peuvent devenir réalité.

Après le tournant, ils franchiraient le portail et seraient pratiquement arrivés. Il ne leur restait plus que deux minutes tout au plus.

— Je serai incapable de dire quoi que ce soit, articula-t-elle. Continue simplement.

— Je t'aime. Je t'aimerai toute ma vie, pour toujours et à jamais, Fleur.

— Oui, oh oui ! murmura-t-elle en pressant brièvement le visage contre son épaule.

Deux personnes descendaient les marches du perron. Miriam et Daniel.

— Isabella ! s'écria Miriam tandis que Ned Driscoll ouvrait la portière et dépliait le marchepied. Nous venions justement voir si vous étiez rentrée. Nous vous attendions hier. Oh, bonjour Votre Grâce ! ajouta-t-elle en s'inclinant.

Son frère aida Fleur à descendre.

— Isabella, pourquoi n'avez-vous pas emmené une femme de chambre ?

— Vous avez trouvé la tombe de Hobson ? voulut savoir Miriam. Le bruit courait hier dans le village qu'il n'y avait plus aucune charge contre vous, que sa mort était un accident et ce prétendu vol, un malentendu. Cette horrible histoire est derrière vous, n'est-ce pas, Daniel ?

— Je vais prendre congé, mademoiselle Bradshaw, fit une voix derrière Fleur.

— Vous n'entrez pas, Votre Grâce ? s'étonna Miriam.

Fleur se retourna et tendit la main. Le duc s'en empara, la porta à ses lèvres.

— Au revoir, dit-il.

« Adam », articula Fleur sans qu'aucun son ne sorte de sa bouche.

Déjà il remontait dans la voiture et s'asseyait à l'autre bout de la banquette. Ned ferma la portière, sourit à Fleur et la salua d'un signe de tête avant de grimper à côté du cocher.

La voiture s'éloigna, franchit le portail, et disparut à la vue.

C'était fini. Il était parti.

— Eh bien, il était pressé de s'en aller, commenta Miriam en riant. Isabella, pourquoi ne m'avez-vous pas demandé de venir avec vous ? J'aurais fermé l'école. Quand Daniel m'a dit qu'il avait refusé de vous accompagner, vous étiez déjà en route. Vous imaginez notre étonnement quand nous avons appris que vous étiez partie avec le duc de Ridgeway.

— Ce qui est fait est fait, Miriam, intervint son frère. Il est inutile d'en parler encore et encore. Nous allons entrer avec vous, Isabella, si vous n'y voyez pas d'inconvénient. Cela vous soulagera certainement de nous raconter ce qui est arrivé.

— Vous devez être épuisée, sourit Miriam en glissant son bras sous le sien. Prends le sac d'Isabella, veux-tu, Daniel ? Nous te rejoignons dans un instant.

Elle attendit que le révérend ait disparu dans la maison.

— Oh, Isabella, ma pauvre, pauvre amie ! murmura-t-elle tandis que Fleur, pétrifiée, considérait l'allée déserte.

Du moins avait-elle beaucoup à faire. Fleur s'en félicita maintes fois au cours des jours et des semaines qui suivirent.

Elle avait emporté toutes ses possessions dans l'ancienne maison de Mlle Galen, qu'il lui fallut arranger à son goût. Au début, elle fit tout elle-même, y compris la cuisine, puisqu'elle n'avait pas les moyens de payer de domestique. Elle passa aussi de longues heures dans le petit jardin pour lui redonner son charme d'antan.

Elle avait commencé à enseigner aux côtés de Miriam et découvrait combien instruire plusieurs élèves en même temps était difficile.

Elle s'occupait également de voisins âgés, leur apportait des gâteaux quand elle cuisinait et écoutait leurs histoires du passé, dont beaucoup d'anecdotes concernaient ses parents.

Elle rendait visite à des amis, qui venaient la voir à leur tour. Elle passait beaucoup de temps avec Miriam, dont l'amitié se révélait aussi enjouée que discrète. Car elle savait, cela ne faisait aucun doute. Elle avait eu le tact d'envoyer Daniel dans la maison quand Adam était parti, toutefois, si elle était curieuse, elle n'en avait jamais rien montré ni ne lui avait posé la moindre question. C'était une amie précieuse.

Il y avait également Daniel. Il ne l'avait pas rejetée malgré son aveu et l'inconvenance de son équipée avec Adam. Il y avait bien entendu d'autres villageois et quelques notables qui s'étaient tenus à l'écart tant qu'elle vivait à Heron House, mais étaient à présent ravis de la fréquenter.

Matthew n'était pas revenu, ni cousine Caroline et Amelia, alors que la Saison touchait pourtant à sa fin. Le bruit courait que ces dames voyageaient avec des amis, et que Matthew était allé sur le Continent pour éviter on ne savait quels ennuis. Fleur ignorait si l'on pouvait ajouter foi à ces rumeurs. Elle s'en moquait, du reste. Tout ce qu'elle demandait, c'était qu'aucun d'entre eux ne réapparaisse. Elle n'avait pas envie de revoir cousine Caroline et redoutait le retour de Matthew.

Elle avait eu un entretien avec le régisseur de Heron House, qui lui avait promis de parler d'elle au notaire de lord Brocklehurst.

La réponse arriva de façon inattendue, alors qu'elle prenait le thé après une journée épuisante. Elle soupira comme on frappait à la porte, et se retrouva face à Peter Houghton un instant plus tard.

— Mademoiselle Bradshaw, la salua-t-il en s'inclinant poliment.

— Monsieur Houghton ?

Elle s'effaça pour le laisser entrer.

— Je suis allé à Londres m'occuper d'une affaire vous concernant, mademoiselle, et il m'a semblé plus simple de passer vous voir sur le chemin du retour plutôt que vous écrire.

— Je vous remercie. Puis-je vous offrir une tasse de thé ?

Recevoir une lettre de Willoughby et s'apercevoir qu'elle était du secrétaire lui aurait été effectivement très pénible.

Elle l'écoutait avec une attention tendue, savourant ce fragile lien avec Willoughby et Adam.

Matthew avait effectivement fui le pays, lui apprit-il. Il avait dû apprendre que sa supercherie avait été découverte et qu'on n'allait pas tarder à lui poser des questions embarrassantes. M. Houghton avait vu le notaire de Matthew, tiré quelques sonnettes en haut lieu et obtenu que son tuteur soit désormais un lointain cousin, héritier de Matthew, qu'elle n'avait rencontré qu'une fois. Quand M. Houghton lui avait rendu visite, il n'avait manifesté aucune envie de s'occuper d'une parente inconnue ou de sa fortune.

Elle allait donc recevoir une rente très généreuse pendant un an et demi, après quoi elle entrerait en possession de sa dot et de sa fortune, qu'elle soit mariée ou non.

— Il me semble qu'il a même précisé que vous pouviez bien épouser le balayeur si cela vous chantait, toussota Houghton, une étincelle malicieuse dans le regard.

Fleur n'avait jamais remarqué que le secrétaire avait de l'humour.

Il refusa de rester dîner, ou même de prendre une seconde tasse de thé, arguant du fait qu'il préférait se remettre en route sans attendre.

Dans quelques minutes, il serait parti. Lorsque Fleur se leva pour le raccompagner, elle était déterminée à ne pas poser une seule question sur la seule personne qui l'intéressait.

Peter Houghton toussota, s'arrêta sur le seuil.

— Sa Grâce ne pouvait pas se rendre à Londres en personne, c'est pour cela qu'il m'y a envoyé, dit-il.

— Je vous remercie, ainsi que le duc.

— Il a décidé d'emmener la duchesse et lady Pamela passer l'hiver en Italie.

— Vraiment ?

Les blessures qui commençaient à peine à cicatriser venaient de se rouvrir.

— Pour la santé de la duchesse. Et pour la sienne aussi, je pense. Il n'est plus vraiment lui-même, ces derniers temps.

Une lame acérée fouaillait la plaie.

— Le climat d'Italie devrait leur faire du bien, assura-t-elle.

— J'ai été chargé de faire un achat dans la capitale, mademoiselle Bradshaw, et de m'assurer qu'il vous serait envoyé. Vous devriez le recevoir dans la semaine. Je dois également vous informer qu'il s'agit d'une contribution à l'équipement de votre école.

— De quoi s'agit-il ?

— Vous devriez le recevoir dans la semaine, se contenta de répéter le secrétaire.

Il s'inclina de nouveau, lui souhaita une bonne soirée, et sortit.

Son dernier lien avec Adam était parti. Tout ce qui lui restait, c'était l'assurance douloureuse qu'il l'aimait suffisamment pour envoyer son secrétaire à Londres afin d'intercéder en sa faveur. Et qu'il lui avait fait un cadeau.

Officiellement pour l'école.

Pour elle, en réalité.

Elle savait aussi que bientôt, dans quelques mois, il quitterait l'Angleterre. Peu importait après tout, puisqu'elle ne le reverrait jamais. Mais l'Italie… L'Italie, c'était si loin !

La souffrance devenait parfois insupportable.

Elle avait beaucoup à faire, pourtant elle aurait aimé avoir l'esprit aussi occupé que les mains.

Elle ne parvenait pas à le chasser de ses pensées, et c'était infiniment douloureux. Elle ne le reverrait jamais, n'entendrait plus jamais parler de lui, mais elle ne devrait jamais douter de son amour. Dans vingt ans, si elle était toujours en vie et lui aussi, elle ne devrait pas douter qu'il l'aimait. Elle n'aurait cependant jamais la possibilité de s'en assurer. Elle se demanderait, comme c'était déjà le cas, s'il l'aimait toujours, s'il se souvenait d'elle.

Savoir qu'il ne l'aimait plus, qu'il était heureux avec une autre, serait plus facile d'une certaine façon. Au moins pourrait-elle s'atteler à la tâche de se bâtir une vie.

Pourtant, quand elle se rappelait leur voyage, leurs conversations anodines et leur complicité naissante, leur bonheur de se trouver simplement côte à côte, main dans la main, en parfaite harmonie, elle n'était plus certaine de pouvoir vivre en sachant qu'il l'avait oubliée. Quand elle se remémorait cette nuit où ils s'étaient aimés encore et encore, elle doutait de supporter de le savoir amoureux d'une autre.

Et cependant, elle avait mal à l'idée qu'il soit malheureux, prisonnier d'un mariage qui n'en était pas un, par amour pour une petite fille qui n'était même pas la sienne.

Elle avait mal à l'idée que la barrière qui les séparait et qui les séparerait leur vie entière était aussi ténue.

Deux événements ravivèrent son chagrin.

On vint la chercher à l'école un après-midi pour lui demander de prendre livraison d'un pianoforte qu'on venait d'apporter de Londres. Les curieux, auxquels s'ajoutèrent les enfants de l'école, s'étaient agglutinés dans la rue.

— Un pianoforte ! se récria Miriam. Pour vous. Qui l'a commandé ?

— C'est pour l'école, précisa Fleur. C'est un don.

— Un don pour l'école ? Mais de qui ?

— Il faut le faire porter là-bas.

— C'est un instrument trop précieux pour l'école, déclara Daniel, surgi d'on ne savait où. Il faut le mettre chez vous, Isabella.

— C'est pour les enfants, répliqua-t-elle. Pour qu'ils apprennent la musique.

— Eh bien, vous leur donnerez des leçons chez vous, un par un ou deux par deux.

— Je crois que c'est préférable, acquiesça Miriam. Quel merveilleux cadeau !

Elle pressa discrètement le bras de son amie, mais n'insista pas pour connaître l'identité du donateur.

Et voilà comment Fleur se retrouva avec un pianoforte et une pleine caisse de partitions dans son salon. Quand elle fut enfin seule, elle s'assit sur le tabouret et effleura les touches d'ivoire d'une main tremblante.

Pas pour jouer, cependant. Elle rabattit le couvercle et, la tête au creux de ses bras repliés, éclata en sanglots. C'était la première fois qu'elle pleurait depuis le départ d'Adam.

Elle le revoyait ouvrir la porte entre la bibliothèque et le salon de musique, attendre qu'elle ait remarqué sa présence afin qu'elle ne s'imagine pas qu'il l'écoutait en cachette. Elle s'entendait jouer, perdue dans la musique et cependant consciente de sa présence silencieuse.

Longtemps, elle s'était imaginé le haïr, avoir peur de lui et le trouver repoussant. Et elle avait mortellement craint l'étrange attirance qu'elle éprouvait pour lui.

Il lui avait envoyé ce précieux cadeau parce qu'il savait ce que la musique signifiait pour elle, mais jamais il ne l'entendrait en jouer.

Jamais plus elle ne jouerait pour lui.

Elle avait versé toutes les larmes de son corps lorsque un peu plus tard dans la soirée, elle s'aperçut qu'elle saignait.

Elle avait une semaine de retard et elle aurait dû mourir d'angoisse. Une grossesse aurait été un désastre, et pourtant toute la semaine, elle avait entretenu un espoir déraisonnable.

La raison ne l'emportait pas toujours sur le cœur, elle s'en apercevait, et se sentit aussi seule et démoralisée que le jour où il était parti.

Elle se serait moquée du qu'en-dira-t-on et du scandale, se répétait-elle. On pouvait nourrir de grands espoirs en huit jours, et c'était ce qu'elle avait fait.

— Adam, murmura-t-elle dans l'obscurité de sa chambre, il y a trop de silence. Je ne supporte pas ce silence. Je ne t'entends plus.

Ses paroles lui parurent ridicules quand elle les prononça, et elle pressa son visage dans l'oreiller.

Peu de temps après la visite de Peter Houghton, Fleur demanda à Mollie, la petite bonne de Heron House, si elle ne voulait pas tenir sa maison. La perspective de se voir élevée au rang de gouvernante enchanta la jeune fille. Elle laissa cependant entendre que Ted Jackson serait probablement désolé qu'elle soit si loin de lui. C'est ainsi qu'un mois plus tard, M. et Mme Ted Jackson s'installèrent chez Fleur, qui se retrouva non seulement avec une gouvernante, mais un jardinier-homme à tout faire.

Maintenant qu'elle n'était plus seule chez elle, le révérend Booth venait parfois lui rendre visite sans Miriam. Il trouvait sa présence reposante, disait-il, et il aimait l'écouter jouer.

Fleur prenait plaisir à ses visites et se rappelait avec une certaine nostalgie l'époque où elle se croyait amoureuse de lui. Si cousine Caroline et Amelia n'étaient pas parties pour Londres, si Matthew ne l'avait pas empêchée de quitter la maison, si Hobson n'était pas tombé, si elle ne s'était pas enfuie, sa vie aurait été complètement différente. Elle serait allée vivre au presbytère avec Miriam en attendant que Daniel revienne avec une dispense de bans.

Ils auraient été mariés depuis plusieurs mois et auraient passé toutes leurs soirées ensemble.

Peut-être attendrait-elle un enfant.

Elle aurait été heureuse. Sans l'expérience de ces derniers mois, elle n'aurait peut-être jamais deviné l'étroitesse d'esprit de Daniel. Peut-être aurait-elle continué à penser la morale en noir et blanc, elle aussi. Et elle n'aurait jamais rencontré Adam. Elle n'aurait jamais connu la passion brûlante qu'elle éprouvait pour lui.

Elle se serait contentée de la tendre affection que lui offrait Daniel. Parfois, elle regrettait de ne pouvoir effacer ces derniers mois et revenir à sa vie d'antan. Mais on ne pouvait pas revenir en arrière, ni même le désirer. L'expérience acquise vous empêchait de vous satisfaire de moins.

Malgré la souffrance, malgré le désespoir, pour rien au monde elle n'aurait voulu vivre sans avoir connu Adam. Sans l'aimer.

— Êtes-vous heureuse, Isabella ? lui demanda un soir le révérend Booth.

— Oui. J'ai beaucoup de chance. J'ai cette maison, l'école et mes amis. Et un merveilleux sentiment de sécurité après toutes les angoisses que j'ai endurées à cause de Matthew.

— Vous êtes aimée et respectée. Je craignais que vous trouviez difficile de vous établir ici après ce que vous avez traversé.

Elle lui sourit et retourna à son ouvrage.

— Je regrette parfois de ne pas pouvoir revenir à la situation d'avant cette horrible nuit, reprit-il, comme s'il avait lu dans ses pensées. Mais on ne peut pas revenir en arrière. Jamais.

— Non.

— Je croyais ne pouvoir aimer qu'une personne digne de mon affection. Je croyais pouvoir aimer chrétiennement les autres et leur pardonner leurs défaillances s'ils s'en repentaient, en revanche, je n'imaginais pas épouser une femme qui aurait commis une grave erreur. J'avais tort.

Fleur sourit sans mot dire.

— Je faisais preuve d'un orgueil monstrueux. Comme si je pensais qu'une femme devait me mériter. Je suis pourtant le plus faible des mortels, Isabella. Je vous admire de ne pas être amère ou aigrie après ce que vous avez vécu. Vous êtes plus forte et plus indépendante qu'avant, il me semble.

— J'aime à le croire. Je me rends compte que ma vie est entre mes mains et que je ne peux pas reprocher aux autres ce qui m'arrive.

— Voulez-vous me faire l'honneur de m'épouser ?

Elle aurait dû s'y attendre, pourtant cette demande la laissa interdite.

— Oh, Daniel ! Je regrette, mais c'est impossible.

— Même si je connais votre passé et vous assure que cela n'altère en rien mes sentiments pour vous ?

— Non, Daniel. Je ne peux pas.

— C'est donc bien ce que je pensais, fit-il en se levant. Mais vous avez cessé toute relation avec lui, n'est-ce pas ? C'est un homme marié. Je suis désolé, Isabella. Sincèrement désolé. Tout ce que je souhaite, c'est vous voir heureuse. Je prierai pour vous.

Elle garda les yeux rivés sur sa broderie tandis qu'il s'en allait.

S'il accompagna parfois sa sœur, et vint fréquemment à l'école, il ne vint pas la voir seul pendant de longues semaines.

Lorsqu'il le fit enfin, ce fut lors d'un après-midi de congé, pour lui apporter une lettre.

— Je la renverrai sans l'ouvrir si j'étais vous. C'est ce que je vous conseille en tant qu'homme d'Église, Isabella. Vous avez tant fait pour l'oublier et vous êtes si près de remporter la bataille. Laissez-moi la renvoyer à votre place. Ou détruisez-la sans la lire.

Elle prit la lettre, qui portait le sceau des Ridgeway et n'était pas de la main de Houghton. Cela faisait plus de quatre mois, ou peut-être quatre ans, ou quatre décennies, ou quatre siècles…

— Merci Daniel.

— Soyez forte. Ne cédez pas à la tentation, l'exhorta-t-il avant de la quitter.

Elle le haïssait. Jamais elle n'aurait pensé le haïr de nouveau, et pourtant c'était le cas. Il lui avait promis de ne jamais la revoir et de ne jamais lui écrire. Et elle l'avait cru.

Elle s'était languie de lui, s'était convaincue qu'elle ne pourrait vivre sans le voir ou avoir de ses nouvelles.

Et voilà qu'il lui avait écrit. Pour rouvrir la blessure encore à vif. Pour l'obliger à tout recommencer. Désormais, plus jamais elle ne pourrait se fier à lui pour la protéger de la tentation.

Daniel avait raison. Elle devrait renvoyer la lettre sans l'ouvrir afin qu'il sache qu'elle était plus forte que lui. Ou la détruire sans la lire.

Elle alla la poser sans l'ouvrir sur le pianoforte, puis s'assit, les mains croisées dans son giron, et la regarda.

26

— Bienvenue, Votre Grâce, dit Jarvis en inclinant la tête avec raideur.

— La maison paraît très calme, remarqua le duc en lui tendant son chapeau et ses gants.

— Tous les invités sont partis, Votre Grâce, la plupart depuis deux jours.

— Et lord Thomas ?

— Il est parti hier.

— Où est la duchesse ?

— Dans ses appartements, Votre Grâce.

— Envoyez-moi Sidney et faites monter de l'eau pour un bain, voulez-vous.

Il était soulagé d'avoir enfin quitté cette voiture. Elle lui avait paru si vide sans elle. Et il n'avait rien eu d'autre à faire que penser et se souvenir.

Or, il ne voulait faire ni l'un ni l'autre. Il allait prendre un bon bain, décida-t-il en rejoignant ses appartements, se changer, monter voir Pamela et ensuite Sybil. Thomas était parti sans elle et elle allait certainement le lui reprocher, comme la dernière fois.

Pauvre Sybil. Il était vraiment navré pour elle. Il ne savait que trop ce qu'elle ressentait – un vide accablant, une solitude infinie, et la décourageante certitude que la vie ne lui apporterait plus jamais la moindre joie.

— Où diable est cette eau chaude ? s'emporta-t-il comme son valet apparaissait sur le seuil de sa garde-robe.

— Quelque part entre ici et la cuisine, monsieur, rétorqua Sidney. Si vous continuez à tirer dessus, il n'y aura plus moyen de dénouer cette cravate. Laissez-moi faire.

— Comment avez-vous passé toute cette semaine sans personne à couver ?

— Très tranquillement, Votre Grâce, vraiment. Votre hanche vous fait mal ?

— Non, grommela le duc. Ah, enfin ! s'exclama-t-il comme deux valets chargés de seaux d'eau fumante pénétraient dans la pièce.

— Je la masserai tout de même après votre bain, décida Sidney. Asseyez-vous et laissez-moi vous ôter cette cravate, sinon il n'y aura plus qu'à la couper avec un couteau.

Le duc s'assit et leva le menton tel un petit garçon obéissant.

Il n'avait qu'une envie, prendre un bain et monter voir Pamela. Oui, aller la voir. Il n'y aurait personne d'autre qu'elle là-haut. Il ne serait plus talonné par ce besoin urgent d'aller s'asseoir dans la salle d'étude pour écouter Fleur faire de chaque leçon une aventure. À partir de maintenant, il n'y aurait plus que Pamela.

S'il était aussi impatient, ce n'était cependant pas seulement de voir sa fille. Peut-être voulait-il vérifier que Fleur était bel et bien partie. Elle avait au moins un avantage sur lui, elle allait vivre dans un endroit où il n'avait jamais mis les pieds, où elle ne croiserait pas son fantôme à chaque pas. Lui devrait fréquenter la nursery, la salle de classe, le salon de musique, la bibliothèque et la galerie des portraits, des endroits qui lui parlaient d'elle.

Il préférait ne pas y penser. Une fois sa cravate dénouée, il se leva d'un bond, entreprit de déboutonner sa chemise, arrachant un bouton dans la foulée.

— Je connais quelqu'un qui s'est levé du pied gauche, lança gaiement Sidney à la cantonade.

— Et moi, je connais quelqu'un qui va prendre la porte avec perte et fracas, rétorqua le duc en se rasseyant pour que son valet l'aide à enlever ses bottes.

La duchesse était dans son boudoir. Du couloir, le duc l'entendait tousser. Il frappa et attendit que la femme de chambre vienne lui ouvrir.

À part deux taches rouges sur les joues, Sybil était aussi pâle que son déshabillé. Elle avait encore maigri depuis son départ, il en était certain.

— Comment allez-vous ? s'enquit-il en se penchant pour déposer un baiser sur sa joue.

Il lui prit les mains. Elles étaient glacées.

— Très bien, je vous remercie, répondit-elle.

— Je vous ai entendue tousser. Vous n'êtes toujours pas guérie ?

Avec un petit rire moqueur, elle libéra ses mains.

— Je vais vous emmener à Londres avec Pamela, où vous consulterez un médecin qui connaît son métier. Nous irons ensuite passer un mois ou deux à Bath. Le changement d'air nous fera du bien à tous.

— Je vous hais, déclara-t-elle de sa voix douce. J'aimerais trouver un mot plus fort, car ce que je ressens pour vous est bien plus que de la haine, mais je n'en connais pas.

— Il est parti hier ?

— Vous le savez très bien. C'est vous qui l'avez renvoyé.

— Vous avez dû lui demander de vous emmener. Pourquoi a-t-il refusé, à votre avis ?

— Il ne veut pas ruiner ma réputation.

— Il fait passer votre réputation avant votre bonheur ? Et le sien ? Ses arguments vous ont convaincue ?

— Je veux être seule. Allez-vous-en ! J'espérais que vous ne reviendriez pas, cette fois-ci, que vous ne pourriez pas résister à ses charmes. Allez donc la rejoindre, que je ne vous voie plus jamais !

— Il y a six ans, j'aurais sacrifié ma vie pour vous éviter de souffrir. J'ai peut-être sacrifié beaucoup plus, finalement, mais je ne supporte pas de vous voir malheureuse. Vous êtes ma femme et je me dois de faire tout ce qui est en mon pouvoir pour assurer votre sécurité et votre bonheur. Je sais que vous éprouvez un chagrin presque insupportable, toutefois regarder en arrière ne sert à rien. Ne pouvons-nous pas au moins essayer de mener une vie paisible ?

Elle laissa échapper un rire grinçant.

— Le mariage est un engagement réciproque, Sybil. Je suis votre mari, et vous aussi vous devez de faire votre possible pour assurer mon bonheur. Je ne serai pas difficile à contenter. Un peu de gentillesse et d'amitié me suffiraient amplement.

Cette fois-ci, le rire de la duchesse se termina en quinte de toux.

Adam s'agenouilla devant elle et lui offrit son mouchoir. Elle repoussa sa main.

— Nous partirons pour Londres lundi, annonça-t-il. Dites à Armitage de commencer à faire vos bagages.

— Gardez vos médecins, Adam. Les médecins ne peuvent rien pour moi, et je ne veux pas avoir affaire à eux, ricana-t-elle en lui montrant son mouchoir taché de sang.

Le duc eut l'impression que son cœur s'arrêtait de battre.

— Ne me dites pas que vous ne le saviez pas, reprit-elle. Il faudrait être complètement idiot. Allez-vous-en ! Laissez-moi tranquille, vous et vos médecins.

— Sybil, ma pauvre amie ! Pourquoi ne m'avez-vous rien dit ? Le Dr Hartley le sait, j'imagine. Pourquoi ne m'a-t-il rien dit ? Vous n'auriez pas dû endurer cela toute seule.

— Pourquoi ? Vous comptez mourir avec moi ? Ou me tenir la main jusqu'à la fin ? Non, merci, je préfère mourir seule.

Elle tourna abruptement la tête tandis que son visage se décomposait.

Le duc se redressa aussitôt, la prit dans ses bras et la berça comme une enfant. Elle le repoussa dès qu'elle se fut ressaisie.

— Je veux être seule. Je veux mourir seule. Si Thomas n'est pas là pour me tenir dans ses bras, je préfère mourir seule. Et n'allez pas faire le généreux et le rappeler. C'est ce que vous étiez sur le point de me proposer, n'est-ce pas ? Je lis en vous à livre ouvert, Adam.

La main que le duc tendait vers elle retomba.

— Il ne viendrait pas, de toute façon, enchaîna-t-elle. Il ne viendrait pas même si j'étais en bonne santé et que vous m'offriez à lui avec un million de livres en prime. Vous pensez qu'il viendrait m'aider à mourir ?

— Sybil…

Elle eut un rire dur.

— Vous croyez que je ne connais pas la vérité ? Que je n'ai pas toujours su tout au fond de moi ce qu'il en était ? Je ne vous en déteste pas moins. Je vous hais d'être si noble et si compréhensif. Je vous hais pour votre abnégation. Je suis heureuse d'être phtisique. Je suis heureuse de mourir !

— Je ne vous laisserai pas mourir sans combattre. Des traitements susceptibles d'améliorer votre état existent. Si vous me l'aviez dit plus tôt, ou si le médecin l'avait fait – mais vous lui aviez fait jurer le secret, je suppose –, nous aurions déjà commencé. On recommande un climat chaud. Je vais vous emmener en Espagne ou en Italie. Nous y passerons l'hiver. L'été prochain, vous serez rétablie. Ne renoncez pas à la vie, Sybil !

— J'ai besoin de m'allonger. Sonnez Armitage, Adam, je suis fatiguée.

Il s'exécuta et revint vers elle.

— Je vais vous guérir, que vous le vouliez ou non. Que vous me détestiez ou non, je vais vous garder en vie, avec moi, et avec Pamela. Pensez à elle, Sybil. Elle a besoin de vous. Elle vous adore.

— Pauvre petite chérie, souffla Sybil. Elle sera orpheline quand je serai partie.

— Elle m'aura toujours, moi. Son père. Et elle vous aura aussi. Je vais demander à Houghton de prendre les dispositions nécessaires pour passer l'hiver en Italie.

Armitage pénétra dans la pièce.

— Sa Grâce ne se sent pas bien, elle est fatiguée. Aidez-la à se mettre au lit, voulez-vous ? demanda Adam.

Il regarda la duchesse, si frêle et si faible, s'appuyer lourdement sur la femme de chambre. Il aurait voulu la prendre dans ses bras et la porter jusqu'à son lit, mais il savait que son geste ne serait pas apprécié.

Deux jours après le retour de son maître, Peter Houghton se rendit à Londres afin de voir ce que le notaire de lord Brocklehurst pouvait faire pour Fleur. Il avait également pour mission d'acheter un pianoforte pour l'école. Fleur devait absolument avoir un pianoforte, avait décrété le duc.

Un unique cadeau. Pour l'école ?

Ensuite, il ne lui donnerait plus signe de vie.

Il consacra une partie de sa première matinée au château à Pamela, qu'il emmena faire une longue promenade avec son chien. Il lui promit qu'ils iraient à cheval jusque chez les Chamberlain cet après-midi.

— Je monterai sur ton cheval ?

— Non, tu monteras le tien. Tu n'as plus peur, maintenant.

— Mais Mlle Hamilton ne sera pas là !

— Tu n'as plus besoin d'aide. Tu es parfaitement capable de monter seule. Il va falloir que je te trouve une autre gouvernante, qui sera heureuse d'aller avec nous en Italie.

— Je ne veux pas d'une autre gouvernante. Je veux Mlle Hamilton.

— Mlle Hamilton a commencé une nouvelle vie, expliqua-t-il en se penchant pour prendre le chien dans ses bras avant d'entrer dans le hall. Elle enseigne à toute une classe, à présent.

— Elle ne m'aimait pas, bougonna la petite. Je le savais.

— Tu sais bien que ce n'est pas vrai. Elle t'aimait beaucoup, assura-t-il en lui caressant les cheveux.

— Pourquoi est-ce qu'elle est partie, alors ? Elle ne m'a même pas dit au revoir.

À cet instant, le chien réussit à se libérer et offrit une diversion bienvenue en filant vers la nursery. Pamela éclata de rire et le suivit à toutes jambes.

Le duc alla faire seller son cheval, puis s'éloigna au trot en évitant le parc. Il oublia complètement l'heure du déjeuner.

Il s'obligea à penser à l'avenir. Il emmènerait Sybil à Londres avant leur départ d'Angleterre et il verrait ce que les meilleurs médecins diraient de son état et de ses chances de guérison. Ils partiraient ensuite pour l'Italie, où ils passeraient l'hiver. Il s'assurerait qu'elle aurait son content de soleil tous les jours.

Elle avait vingt-six ans, elle était bien trop jeune pour mourir.

Comment pouvait-on savoir quelque chose tout au fond de soi et en même temps l'ignorer complètement ? Savait-il, se doutait-il, que Sybil était phtisique ? Tous les symptômes étaient là, bien visibles, pourtant personne n'avait rien dit. Au moins, son médecin aurait-il dû l'en informer.

Lorsque Thomas en avait émis l'hypothèse, il l'avait écartée d'emblée.

Peut-être avait-il fait comme Sybil. Elle avait toujours su la vérité au sujet de Thomas mais avait refusé de l'accepter.

Elle crachait déjà du sang. Cela signifiait-il que la maladie était en phase terminale ? Qu'il n'y avait plus d'espoir de guérison ?

Il allait pourtant la guérir.

Si seulement elle acceptait son aide, son amitié et l'affection qu'il était toujours prêt à lui offrir.

Sybil avait toujours été son propre pire ennemi. Il ne minimiserait pas les souffrances qu'elle avait endurées, lui qui connaissait les mêmes. Mais elle aurait pu s'écouter un peu moins.

Puisqu'elle savait que Thomas l'avait abandonnée, elle aurait pu s'efforcer de rendre leur mariage supportable. Elle aurait pu reporter son amour sur Pamela. Puisque le bonheur lui était interdit, elle aurait pu s'attacher à en donner aux autres.

Mais Sybil manquait de force de caractère. Si elle avait été heureuse, elle aurait certainement été une personne délicieuse sa vie durant. Elle prenait et ne donnait rien. Une fois qu'on lui avait enlevé tout ce qui lui était cher, il ne lui était rien resté à part l'amertume, la haine et une quête désespérée du plaisir sensuel.

Adam ne pouvait que la plaindre et tenter de l'aider. Mourir si jeune, sans avoir jamais su qu'il y avait beaucoup à donner dans la vie serait trop triste.

Il finit par diriger son cheval vers le parc devant le château, l'éperonna et s'élança au galop. Un moment plus tard, il obliquait presque instinctivement à gauche et bondissait par-dessus la barrière qui donnait sur la prairie. Il tira sur les rênes, flatta l'encolure de son cheval et se retourna. Il revit Fleur franchissant l'obstacle après lui.

Tourner la page n'était décidément pas facile. Il n'avait pas fermé l'œil de la nuit, son corps entier soupirant après elle. Il se rappela le parfum de ses cheveux, la douceur de sa peau, la rondeur de ses seins, sa taille fine et ses hanches épanouies, ses longues jambes minces, le velouté de sa bouche, la chaleur de sa féminité.

Il la revit alanguie entre ses bras, lui souriant après l'amour à la lueur vacillante des chandelles, quand les mots étaient superflus. Il se revit lui tenant la main en voiture, son épaule contre la sienne.

Fleur. Oh, Fleur !

Si Sybil mourait, il pourrait épouser Fleur, lui chuchota une petite voix.

Il ne la laisserait pas mourir. Elle était sa femme. Elle était malheureuse et malade, il ne la laisserait pas mourir.

C'était à Sybil qu'il était marié. Il n'avait pas le droit de penser à Fleur.

Il poursuivit le chemin fait avec elle, mais une fois franchi la grille du parc, il gagna le bord du lac, en face du petit pavillon.

Ici même, sur le sentier, il avait dansé avec Fleur. Elle était terrifiée. Elle avait fermé les yeux, et la musique avait fait son œuvre. Ils avaient valsé comme s'ils étaient faits pour danser ensemble toute leur vie.

Il regarda autour de lui. Il n'y avait plus de musique ni de lanternes. Rien qu'un sentier inondé de soleil, le murmure de la brise dans le feuillage et le chant des oiseaux.

Il regagna le château.

Ils devaient partir fin septembre. Le duc était content de passer le début de l'automne en Angleterre. Il arpentait ses terres, parfois à pied, parfois à cheval, parfois seul, parfois accompagné de sa fille et de sa chienne. Pamela aimait entendre les feuilles mortes crisser sous leurs pieds.

Il se rappelait son mal du pays pendant la longue campagne contre Bonaparte et savait que Willoughby lui manquerait cet hiver.

Ils devaient absolument partir. Sybil avait beau s'obstiner à répéter qu'elle ne bougerait pas d'ici, il était bien décidé à exercer son autorité. Si elle n'avait pas la volonté de vivre, il en aurait pour deux.

Elle avait peu de symptômes visibles de sa maladie. Sa fièvre de mondanités l'avait reprise, et elle multipliait les visites, quelquefois avec Pamela, la plupart du temps seule. Quand elle avait des invités, elle s'illuminait et se montrait fort gaie. Duncan Chamberlain fut visiblement très mal à l'aise quand elle se mit à flirter avec lui un soir.

À d'autres moments, la fièvre et la toux l'obligeaient à garder la chambre, parfois plusieurs jours d'affilée.

Le duc allait la voir, s'informait de sa santé, essayait de bavarder, mais elle n'était pas d'humeur à bavarder.

La veille du jour fixé pour leur départ, elle resta confinée dans ses appartements. Peter Houghton lui apporta son courrier en fin de matinée, dont une lettre d'une amie de Londres.

Il faisait gris et froid, et la pluie menaçait. Il était vraiment temps de voguer vers des cieux plus cléments, songea le duc en quittant la nursery, où régnait une grande agitation. Sybil n'étant pas descendue déjeuner, il lui rendit visite.

Elle était sortie juste avant le déjeuner, lui annonça Armitage. Cette dernière avait pensé que la duchesse allait faire une petite promenade, mais elle avait dû mal comprendre. Sa maîtresse avait dû se rendre en ville.

Adam se rembrunit. Cela faisait à peine une heure qu'il était revenu des écuries. Personne ne l'avait informé que la duchesse avait pris une voiture.

Le petit déjeuner avait été servi voilà deux heures et le temps n'était pas à la marche.

Aucune voiture n'était sortie, découvrit-il en retournant aux écuries.

— J'ai aperçu la duchesse ce matin. Elle allait de ce côté, indiqua Ned Driscoll en montrant le lac. Mais cela fait plus de deux heures.

Le duc le remercia et se dirigea vers le lac.

Une petite pluie fine qui vous glaçait jusqu'aux os commençait à tomber.

L'une des barques flottait à la dérive, retournée. Dans les roseaux près de l'île, il aperçut une forme sombre.

Il prit une autre barque et, quelques minutes plus tard, il ramenait le corps inerte de sa femme. Il la souleva avec précaution dans ses bras, et regagna le château.

Même avec ses vêtements trempés, elle était aussi légère qu'une plume. Une petite main pâle reposait sur sa poitrine.

Ses jambes lui paraissaient de plomb, il respirait difficilement.

Il l'avait aimée jadis, il avait aimé sa beauté, son pas léger, sa voix douce. Il l'avait aimée avec toute l'ardeur de la jeunesse. Il l'avait épousée et avait juré de l'aimer et de la chérir jusqu'à la mort, et pourtant il s'était montré incapable de la protéger du désespoir.

Les palefreniers le regardaient approcher en silence, comme s'ils avaient deviné que le malheur venait de frapper. Jarvis et un valet l'attendaient sur le perron.

— Sa Grâce a eu un accident. Envoyez Armitage et Mme Laycock dans ses appartements, je vous prie, Jarvis, ordonna-t-il, surpris par la fermeté de sa voix.

— Elle est blessée, Votre Grâce ? s'enquit le major-dome.

— Elle est morte, répondit-il en passant sans les voir devant Houghton et le valet de son frère, couvert de la poussière et de la boue du voyage.

Il déposa délicatement sa femme sur son lit, lui ferma les yeux, arrangea ses vêtements trempés, remit un peu d'ordre dans sa chevelure souillée. Puis il s'agenouilla près du lit, lui prit la main, y appuya la joue, et se mit à pleurer.

Il pleura la mort d'un amour de jeunesse qui n'avait apporté ni paix ni réconfort à l'aimée. Il pleura la femme qu'il avait épousée, la femme qui venait de se tuer plutôt que d'affronter la maladie avec son bras pour seul soutien. Il pleura sa propre fragilité et son infidélité.

Il pleura la faiblesse humaine.

Il se releva enfin, conscient qu'Armitage et Mme Laycock se tenaient derrière lui depuis un long moment. Sans un mot, il traversa la chambre, la garde-robe et le boudoir jusqu'au secrétaire, sur lequel était posée une lettre.

Il n'aurait pas dû la lire, mais il s'agissait de sa femme, et elle était morte.

Il s'en empara donc sans curiosité particulière et apprit, avant que Houghton ou le valet de Thomas aient eu le temps de lui parler, la mort de son frère quelques jours plus tôt au cours d'une rixe dans un tripot.

27

Elle savait bien sûr qu'elle finirait par l'ouvrir. Elle l'avait su à l'instant où Daniel lui avait apporté la lettre. Comment aurait-elle pu ne pas ouvrir cette petite fenêtre sur sa vie ?

Cela ne l'empêchait pas de le haïr. En quatre mois et demi, elle avait compris qu'elle n'avait pas fini de souffrir, qu'il s'écoulerait encore de longs mois avant qu'il cesse de lui manquer.

Elle alla se préparer une tasse de thé et la but lentement, sans détacher les yeux de la lettre posée sur le pianoforte.

Si elle repoussait le moment de la lire, ce n'était pas par rancœur, parce que cette missive rouvrirait toutes ses blessures, finit-elle par admettre, mais parce qu'il ne lui faudrait qu'une petite poignée de secondes pour la lire. Après quoi, il ne lui resterait rien, rien qu'un grand vide et un silence infini.

Elle posa sa tasse, soupesa la lettre, la porta à ses lèvres, l'appuya contre sa joue.

Peut-être venait-elle de quelqu'un d'autre, après tout. De Mme Laycock, par exemple. À cette idée, elle brisa fébrilement le cachet.

Son regard descendit en bas de la page, jusqu'à la signature : *Adam*. Elle ferma les yeux et se laissa tomber sur son siège.

Ma très chère Fleur,

Je t'écris pour t'annoncer deux événements qui ont frappé ma famille. Mon frère a été tué dans une rixe à Londres il y a un peu plus d'un mois et ma femme s'est noyée accidentellement le jour même où nous avons appris sa mort. Je les ai enterrés côte à côte dans le caveau familial.

Demain, j'emmène Pamela sur le Continent. Elle adorait sa mère et elle est inconsolable. Nous passerons l'hiver et peut-être toute notre année de deuil à l'étranger.

Une fois cette année achevée, je reviendrai dans le Wiltshire. Je n'en dirai pas plus pour le moment. Tu comprendras que le mois qui vient de s'écouler a été pénible. Je lui dois une année de deuil, ainsi qu'à mon frère, bien entendu.

Je voulais que tu saches tout cela avant mon départ. J'ajouterai seulement que je pensais tout ce que je t'ai dit quand j'étais dans le Wiltshire.

Fleur replia la lettre d'une main tremblante.

Elle était morte. Sa femme était morte. Accidentellement, écrivait-il. Elle avait cependant trouvé la mort le jour où ils avaient appris le décès de lord Thomas. Elle avait donc mis fin à ses jours.

Oh, pauvre, pauvre Adam ! Il devait s'accabler de reproches.

Mais elle était morte. Il était libre. Son année de deuil passée, il viendrait ici. Dans onze mois. Fin septembre.

Non, il ne fallait pas y penser. Il ne fallait pas vivre dans l'attente. Onze mois, c'était une éternité. Tout pouvait arriver en onze mois. L'un d'eux pouvait mourir. Il pouvait changer d'avis. Il pouvait rencontrer quelqu'un d'autre. Il pouvait prendre goût aux voyages et ne pas revenir avant des années. Lady Pamela pouvait se dresser entre eux.

Tout pouvait arriver.

Onze mois plus tôt, elle ignorait jusqu'à son existence. Or, elle avait pourtant l'impression de le connaître de toute éternité. Ce qui signifiait une attente plus longue qu'une éternité, sans être sûre qu'il revienne au bout du compte.

Elle n'y penserait pas, décida-t-elle. Elle s'approcha du pianoforte et appuya la lettre contre le vase qui s'y trouvait. S'il venait une fois l'année écoulée, elle écouterait ce qu'il avait à lui dire. S'il ne venait pas, elle ne serait pas déçue car elle ne l'aurait pas attendu.

Elle rêva pourtant de lui cette nuit-là, et toutes les nuits qui suivirent, des rêves étranges dans lesquels il lui tendait la main par-dessus un bras de mer juste assez large pour qu'elle peine à le voir et à entendre ses appels. Et chaque fois, elle se réveillait les bras vides dans un lit froid.

Elle redoubla d'efforts pour devenir un bon professeur et consacra une grande partie de son temps libre à enseigner la musique. Elle rendit visite à ses voisins, surtout aux plus âgés, dont c'était la seule distraction, et accepta toutes les invitations. Même après le retour de cousine Caroline – Amelia était mariée et vivait dans le Lincolnshire –, alors qu'elle risquait de la croiser, elle n'hésita pas à s'y rendre.

Et surtout, elle se cramponna à l'amitié de Miriam.

Elle était sûre d'avoir raison sur au moins un point : onze mois, c'était plus long qu'une éternité.

— On rentre bientôt à la maison, papa ?

Assise en face de son père, lady Pamela caressait la tête de sa chienne, qui frôlait l'extase canine.

— Bientôt, oui. Tu es contente ? Nous avons vu beaucoup de belles choses cette année, tu vas peut-être t'ennuyer à la maison.

— J'ai hâte de rentrer. Pourquoi est-ce qu'on va voir Mlle Hamilton ? Elle va redevenir ma gouvernante ?

— Cela te plairait ?

— Oui, répondit la petite après réflexion. Mais j'aurais peur qu'elle s'en aille encore. Tu ne vas pas partir ?

s'alarma-t-elle. Quand nous serons à la maison, tu ne repartiras pas à Londres ? Tu ne me laisseras pas toute seule ?

Toujours cette vieille angoisse. Pendant des semaines après la mort de sa mère, elle s'était réveillée pratiquement toutes les nuits en hurlant, terrifiée à l'idée d'être abandonnée. Avant même leur départ, à de nombreuses reprises, le duc avait dû passer des journées entières avec elle. Longtemps, il avait dû l'emmener dans son lit afin d'être à côté d'elle quand elle se réveillerait.

— À partir de maintenant, Pamela, quand j'irai quelque part, tu viendras avec moi.

— Tu crois que Timothy Chamberlain et les autres ont grandi ?

— Le contraire m'étonnerait. À moins que ce ne soit l'air du Continent qui t'ait fait pousser.

La fillette gloussa.

— Que dirais-tu si nous ramenions Mlle Hamilton à Willoughby non pas comme gouvernante, mais comme ta nouvelle maman ?

— Mais j'ai une maman !

Il savait qu'il aurait dû aborder le sujet bien avant, mais il n'avait jamais trouvé les mots ni le courage. Il n'était toujours pas certain de les avoir trouvés, d'ailleurs.

— Oui, tu as une maman, et elle sera toujours plus précieuse pour toi que n'importe qui au monde, jusqu'à ce que tu aies fondé ta propre famille. Mais puisque maman ne peut plus être avec toi, tu n'aimerais pas avoir quelqu'un pour faire avec toi ce qu'aurait fait maman ?

— Mlle Hamilton ?

— Tu l'aimes bien, n'est-ce pas ?

— Oui, admit-elle après une hésitation. Mais elle est partie sans me dire au revoir.

— Ce n'était pas sa faute. Elle l'aurait fait si elle avait pu. Elle a dû fuir un méchant homme, et elle n'a eu le temps de dire au revoir à personne. Je pense qu'elle t'aimait beaucoup.

— Mais si elle devient ma maman, il faudra qu'elle soit ta femme. Ça ne t'ennuiera pas ?

— Cela ne m'ennuiera pas du tout.

— Ça ne t'ennuiera pas de faire ça pour moi ? insista-t-elle.

— Non, cela me fera plaisir. Vois-tu, j'aime beaucoup Mlle Hamilton.

— Mais c'est *moi* que tu aimes ! s'écria-t-elle en repoussant le chien.

— Bien sûr. Tu es ma fille, continua-t-il en la prenant sur ses genoux, mon aînée et ma précieuse, et cela ne changera jamais, Pamela. Tu seras toujours la première fille de ma vie. Mais nous pouvons aimer plus d'une personne. Tu aimais maman et tu m'aimes, n'est-ce pas ?

— Oui, reconnut-elle. Et j'aime aussi Tiny.

— Tu vois ? Eh bien, je t'aime et j'aime Mlle Hamilton. Et si elle m'épouse et que nous avons d'autres enfants, je les aimerais aussi, et tu seras toujours leur sœur aînée – quelqu'un de particulier.

— Elle va venir avec nous tout de suite ? Je vais lui montrer Tiny. Elle sera surprise de voir comme elle a grandi. Et je vais lui dire que je n'ai pas été malade sur le bateau. Ne lui dis pas, papa ! Laisse-moi le faire.

— Entendu. Tu sais, je ne lui ai pas encore demandé, Pamela. Peut-être va-t-elle refuser. Peut-être est-elle heureuse là où elle est, dans sa maison et dans l'école où elle enseigne. Mais je vais le lui demander. Ne lui dis rien, laisse-moi faire, ajouta-t-il dans un sourire.

— Entendu, acquiesça gravement sa fille en quittant ses genoux pour rejoindre le chien qui avait grimpé sur l'autre banquette.

Elle pouvait parfaitement refuser, songea-t-il en les regardant. Peut-être était-elle mariée, du reste, avec son Daniel ou un autre gentleman du voisinage. Il ne devait pas se bercer de trop d'espoirs.

Onze mois plus tôt, quand il avait enfin commencé à émerger du cauchemar qu'avait été le décès de sa femme et de son frère, il n'avait eu aucun doute sur sa réponse, même s'il s'était senti obligé de rester loin d'elle pendant son année de deuil et ne s'était autorisé qu'une brève missive.

Mais ces onze mois lui avaient paru une éternité. Pendant tout ce temps, Pamela et lui avaient voyagé. Ils avaient visité beaucoup d'endroits et rencontré beaucoup de gens. Il avait l'impression d'avoir quitté l'Angleterre depuis bien plus longtemps.

Il se rappelait ce qu'elle lui avait dit. Comment pourrait-il l'oublier ? Il se souvenait aussi avec quel abandon passionné elle s'était donnée à lui la veille de son départ. Il avait maintes et maintes fois revécu cette nuit en imagination. À l'époque, il pensait que l'amour de Fleur, comme le sien, durerait l'éternité et au-delà.

Il en était moins sûr, à présent.

Son amour à elle n'était pas aussi ancien que le sien. Elle l'avait d'abord haï et trouvé repoussant – à raison. Elle n'avait commencé à être à l'aise avec lui que lorsqu'ils étaient partis ensemble à la recherche de la tombe de Hobson. Des liens s'étaient alors tissés entre eux, une complicité.

Vu les circonstances, qu'ils aient fini dans les bras l'un de l'autre n'était pas vraiment étonnant.

Si les sentiments de Fleur étaient certainement sincères à ce moment-là, ils avaient pu s'affaiblir avec le temps. Il devait se préparer à un accueil froid et embarrassé.

Il ferma les yeux. Il ne devait pas s'attendre qu'elle ait pensé à lui chaque jour, ni qu'elle ait rêvé de lui, de jour comme de nuit.

Il ne devait pas s'attendre qu'elle soit comme lui.

Fleur.

Il la reverrait le lendemain, si elle n'avait pas déménagé.

Enfin. Cela faisait plus de quinze mois qu'il avait porté sa main à ses lèvres avant de monter dans la voiture qui allait l'emporter loin d'elle.

Pour une éternité.

Fleur apprenait à lire aux petits pendant que Miriam donnait une leçon de géographie aux plus grands.

Personne ne devait apprendre grand-chose, devina Fleur en essayant d'attirer l'attention d'un petit garçon. Une excitation contenue électrisait la classe : ils devaient aller pique-niquer dès les leçons terminées. On était déjà fin septembre et bientôt, il ferait trop froid pour ce genre de sorties.

Miriam et elle devaient accompagner les enfants, ainsi que Daniel, et le Dr Wetherald, qui montrait depuis quelque temps une préférence marquée pour Miriam, même si celle-ci assurait en riant qu'ils étaient simplement amis. Fleur n'en avait pas moins noté avec intérêt que son amie rougissait chaque fois qu'on prononçait le nom du médecin.

Ils n'avaient pas besoin d'être aussi nombreux pour surveiller les enfants, mais cet après-midi au grand air faisait autant plaisir aux adultes qu'aux écoliers.

Les derniers vestiges d'attention volèrent en éclats lorsqu'on frappa à la porte. Fleur sourit quand tous les yeux suivirent Miriam jusqu'à la porte.

— Est-ce que Mlle Hamilton est là, s'il vous plaît ? demanda une voix enfantine.

— Je regrette, il n'y a personne de ce nom, mon petit. Tu es...

— Pamela ! s'écria Fleur en se ruant vers la porte. Je suis là. Dieu, que tu as grandi ! Quel plaisir de te voir !

Comme elle s'agenouillait pour serrer la petite dans ses bras, elle remarqua une haute silhouette sombre à quelques pas de là.

— Papa dit que l'air du Continent m'a fait pousser. Tiny est dans la voiture, vous allez voir comme elle a grandi ! Et je n'ai pas été malade sur le bateau alors que beaucoup de dames l'étaient.

— Je suis fière de toi. Vous rentrez à la maison ?

Sa vie en eut-elle dépendu qu'elle n'aurait pu lever les yeux sur l'homme qui attendait à l'écart.

— Oui, répondit lady Pamela. J'ai hâte d'être arrivée, mais papa voulait venir d'abord ici. Je n'ai pas le droit de vous dire pourquoi. Mais j'ai le droit de vous dire que je n'ai pas été malade.

Fleur s'esclaffa, avant de prendre conscience du brouhaha derrière elle. Elle se redressa et prit la petite par la main pour l'amener devant les autres enfants.

— Voici lady Pamela Kent. Elle revient d'un long voyage sur le Continent. Voici Mlle Booth, Pamela, et les enfants du village.

Lady Pamela sourit à la ronde et se rapprocha davantage de Fleur tandis que Miriam esquissait une révérence – en regardant au-delà de la fillette.

— Bonjour Votre Grâce. Les enfants, saluez Sa Grâce le duc de Ridgeway, s'il vous plaît.

Fleur se retourna et croisa enfin son regard.

Il était plus grand que dans son souvenir, il avait les cheveux plus sombres, le regard plus perçant, le nez plus busqué, et sa cicatrice était plus visible. Ses souvenirs avaient tout adouci. De manière inattendue, ses frayeurs anciennes resurgirent.

— Votre Grâce, murmura-t-elle en s'inclinant.

Il la salua – ainsi que la classe – d'un signe de tête.

— Bonjour, dit-il. Je déteste interrompre une leçon mais, connaissant les enfants, je dois être en ce moment l'homme le plus populaire du village.

Ces derniers éclatèrent de rire.

La classe était finie, apparemment. Les filles admiraient ouvertement les beaux vêtements de lady Pamela, qui leur coulait à la dérobée des regards intéressés. Les garçons observaient avec une crainte respectueuse le duc qui conversait avec Miriam. Et soudain le Dr Wetherald fut là, et Daniel aussi, et lady Pamela implora son père :

— Je peux, papa ? Je peux ?

— Tu n'es pas habillée pour une promenade en forêt.

— Je peux me changer ! S'il te plaît, papa. Je peux y aller, mademoiselle Hamilton ? S'il vous plaît !

Miriam avait, semblait-il, proposé que lady Pamela se joigne à leur pique-nique, mais le duc devait savoir qu'ils seraient absents plusieurs heures.

— C'est à ton papa de décider, déclara Fleur. Je sais toutefois que tu t'amuseras beaucoup.

Une minute plus tard, forte de la permission paternelle, lady Pamela se ruait vers la berline.

— Je vais emmener Tiny. Je peux, mademoiselle Hamilton ?

— Je veillerai sur elle, Votre Grâce, ne vous inquiétez pas, assura Miriam. Mon frère et le Dr Wetherald seront là pour me prêter main-forte. Trois adultes sont plus que suffisants, nous n'aurons pas besoin de vous, Isabella. Il vaut mieux que vous teniez compagnie à Sa Grâce, qui va devoir patienter plusieurs heures.

Les enfants ne pouvant apparemment pas s'exprimer autrement qu'en hurlant, la classe parut soudain très calme après leur départ.

— Mlle Booth est une femme charmante, commenta le duc. Pamela va parler de cette sortie pendant des semaines.

— Oui, je suis contente pour elle, Votre Grâce.

— Votre Grâce ? répéta-t-il.

Elle lui jeta un bref coup d'œil.

— Pouvons-nous aller ailleurs ? s'enquit-il. Chez vous, peut-être ?

— Oui. C'est tout près.

Elle ferma l'école et ils remontèrent la grand-rue. Sans se toucher ni échanger un seul mot.

28

Elle se débarrassa de ses livres, le regarda poser ses gants et son chapeau sur un guéridon avant de le précéder dans un petit salon dont le pianoforte occupait tout un angle.

C'était bien ce qu'il pensait. Elle n'était pas vraiment ravie de le voir. Elle était gênée, mal à l'aise.

— Voulez-vous vous asseoir, Vo… ?

Elle s'interrompit en rougissant.

Elle était si belle. Quand il l'avait vue se pencher pour étreindre Pamela, il en avait eu le souffle coupé. Elle était encore plus belle que dans son souvenir. Il y avait en elle une élégance, une dignité plus frappantes qu'avant.

Il n'avait que trop conscience de sa laideur et de sa cicatrice. Il devait faire un effort pour ne pas tourner la tête afin de lui présenter son profil intact.

— Je vais sonner pour qu'on nous apporte du thé et quelque chose à manger. Vous ne vous êtes pas arrêté depuis le petit déjeuner, j'imagine. Vous devez avoir faim.

— Non, je n'ai pas faim, dit-il. Alors vous êtes heureuse ? L'école a l'air d'être un endroit joyeux et cette maison est charmante, plus grande que je m'y attendais.

— Je suis heureuse, oui. Je fais ce que j'aime, et je suis entourée d'amis.

— Je suis content. Je voulais m'en assurer.

— Merci. C'est gentil de votre part. Vous devez avoir hâte de rentrer chez vous après un si long voyage.

— J'ai hâte, en effet.

Il pensait s'être préparé au pire, mais son cœur pesait soudain aussi lourd que du plomb dans sa poitrine, et il n'osait penser à l'hiver et à toutes les années de solitude qui l'attendaient.

Sans Fleur, Willoughby n'aurait rien d'un foyer, et la vie ne vaudrait pas la peine d'être vécue. Pas après avoir espéré une année durant en essayant de se convaincre qu'il n'espérait pas.

Elle arrangea un coussin qui n'en avait nul besoin et s'assit, tandis qu'il restait debout. Puis elle chercha désespérément quelque chose à dire, un sourire poli aux lèvres.

Pendant onze mois, elle s'était persuadée qu'il ne viendrait pas, qu'il l'oublierait, qu'il regretterait ses mots d'amour. Et pourtant, elle n'avait jamais cessé de l'attendre, quand bien même elle s'en défendait.

Et voilà qu'il se tenait au milieu de son salon, les mains dans le dos, l'air sombre et morose, comme s'il avait envie d'être n'importe où ailleurs plutôt qu'ici.

Il était venu par devoir, parce qu'il s'y était engagé. Adam et son maudit sens du devoir !

— Brocklehurst et sa famille ne vous ont pas causé d'ennuis ? demanda-t-il avec raideur.

— Non. J'ignore où est Matthew. La rumeur prétend qu'il est aux Indes quand ce n'est pas en Amérique du Sud. Cousine Caroline est ici, mais je crois qu'elle compte passer l'hiver chez sa fille.

— Et vous êtes toujours amie avec le révérend Booth et sa sœur. J'en suis heureux.

— Effectivement.

Elle regrettait que lady Pamela soit partie pique-niquer. Elle aurait voulu qu'il s'en aille sur-le-champ, qu'elle puisse enfin commencer à vivre le reste de sa vie.

Si seulement il n'avait pas autorisé Pamela à accompagner les autres, se disait-il. S'il pouvait trouver un prétexte pour s'en aller sans attendre. Mais s'il allait à l'auberge du village, elle penserait qu'elle avait manqué à ses devoirs d'hospitalité, devinait-il.

— Je vous remercie pour le pianoforte, reprit Fleur. Je n'ai pas eu l'occasion de le faire plus tôt. Vous l'avez envoyé pour l'école, bien sûr, mais Miriam et Daniel ont pensé qu'il serait mieux ici.

— C'était un cadeau pour vous, vous le savez fort bien.

Elle rougit et baissa les yeux sur ses mains étroitement nouées. Il se rappela la douceur de ses mains effleurant ses cicatrices, le son de sa voix lui murmurant qu'il était beau et qu'elle l'aimait. Une tristesse infinie le submergea. Il s'approcha du pianoforte et appuya sur une touche.

— Le son est bon ?

— C'est un instrument magnifique. C'est mon bien le plus précieux.

Il sourit, leva les yeux et remarqua le billet appuyé contre le vase posé sur le pianoforte.

— C'est ma lettre, dit-il en s'en emparant.

— Oui.

Fleur se leva, les joues en feu.

— Elle est là depuis un an ? hasarda-t-il.

— Oui, admit-elle avec un petit rire. Probablement. Je ne suis pas quelqu'un de très ordonné.

Un coup d'œil sur la pièce impeccablement rangée lui redonna espoir, tout à coup.

— Pourquoi la laissez-vous là ?

— Je... je n'en sais rien.

Elle avait beau chercher, elle ne trouvait pas de raison susceptible d'apparaître valable, et lui dire la vérité serait trop humiliant.

— Je vais la ranger, dit-elle en tendant la main pour la récupérer.

— Fleur ?

Sa main retomba. Un an plus tôt, elle lui avait dit qu'elle l'aimait et qu'elle l'aimerait toujours. Devait-elle en avoir honte, à présent ? L'orgueil devait-il être sauf à tout prix ?

— Parce que mon bien le plus précieux, ce n'est pas seulement le pianoforte. C'est aussi cette lettre. C'est pour cela que je les garde ensemble.

— Fleur...

— C'est tout ce que j'ai de vous, ce pianoforte et cette lettre.

Elle pria pour qu'il ne remarque pas les larmes qui lui brouillaient la vue. Pourtant, elle n'avait pas honte de l'aimer. Elle le lui avait avoué un an plus tôt, et c'était toujours vrai.

À travers ses larmes, elle le vit s'approcher, encadrer son visage de ses mains.

Elle affichait un visage de marbre, mais elle avait les larmes aux yeux. Et ce qu'elle venait de lui dire lui redonnait espoir. Et puis, il y avait cette lettre posée sur le pianoforte depuis un an.

— Mon amour, chuchota-t-il.

Si elle devait le rejeter, qu'elle le fasse, mais qu'elle sache au moins qu'il lui était resté fidèle, qu'il l'aimait plus que la vie et qu'il l'aimerait toujours.

Elle tendit vers lui une main tremblante, la retira.

— Je t'aime, articula-t-il. Rien n'a changé depuis que je te l'ai dit voilà quinze mois. Et rien ne changera jamais.

Elle ne savait que dire, ne trouvait pas les mots. Les aurait-elle trouvés qu'elle n'aurait pas réussi à les prononcer, de toute façon. Elle voulut le toucher, mais ses mains ne lui obéissaient pas plus que sa voix.

Elle n'avait pas besoin de mots, à vrai dire. Il se pencha, l'enlaça, posa les lèvres sur les siennes et plus rien n'eut d'importance. Elle pouvait trembler de tout son être, sa force la protégeait.

Fleur.

Son corps gracieux épousait insolemment le sien, ses lèvres s'ouvraient sous les siennes, ses bras se nouaient autour de son cou.

Fleur.

De nouveau, il pouvait s'autoriser à espérer.

— Moi aussi, je t'aime, murmura-t-elle. Je n'ai jamais cessé de t'aimer un seul instant. Et la lettre ne reste pas toujours sur le pianoforte. La nuit, elle est sous mon oreiller.

Au diable, l'orgueil !

— Parce que le pianoforte est trop grand ?

Elle éclata de rire à cette plaisanterie inattendue, et lui aussi.

— Fleur, j'ai l'impression que c'est la première fois que je ris depuis un an.

Plongeant son regard dans le sien, elle avoua :

— Quand tu es parti ce matin-là, j'ai pensé que je ne te reverrais jamais.

— Ce ne serait pas une tragédie, je ne suis pas beau à regarder.

— Je ne sais pas, dit-elle en inclinant la tête de côté. Tu es tout pour moi.

— Un tout couturé.

— Un tout très beau, et un visage plein de caractère. Le visage que j'aime le plus au monde.

Elle fut prise de court lorsque, la soulevant dans ses bras, il alla s'asseoir et la cala sur ses genoux.

— Devine ce que j'ai dans la poche, dit-il.

— Je ne sais pas. Un bijou de prix pour moi.

— Non. Essaie encore.

— Une tabatière.

— Je ne prise pas. Tu gèles !

— Un mouchoir !

— Dans mon autre poche. Qu'est-ce que j'ai dans cette poche-là ?

— Comment veux-tu que je le sache ?

— Tu devrais deviner. De quoi avais-je besoin plus que tout en venant enfin te retrouver ?

Fleur fit un geste d'ignorance.

— Une dispense de bans, mon amour. Une autorisation de mariage pour que tu puisses être mienne sans attendre, dès que tu auras dit « oui », en tout cas.

— Oh, Adam ! souffla-t-elle, bouleversée.

— Tu acceptes ? Tu veux bien m'épouser, Fleur ? Je ne suis pas le gros lot, et tu es bien placée pour le savoir, mais tu peux compter sur mon dévouement et mon amour sans partage jusqu'à la fin de tes jours. Et tu seras duchesse – si tant est que cela ait quelque attrait à tes yeux –, et maîtresse de Willoughby. Fleur, veux-tu m'épouser ?

— Réfléchis bien, Adam, murmura-t-elle en suivant du bout de l'index la cicatrice qui courait sur sa joue. Pense à ce que tu sais de moi, à ce que j'ai été.

— Une prostituée ?

Elle écarquilla les yeux, choquée, et s'empourpra.

— Écoute-moi bien, Fleur. Sybil était phtisique, et il est peu probable qu'elle aurait survécu à cette année. Du moins l'aurait-elle vécue. Elle aurait eu mon soutien et mon affection, et l'amour de Pamela. Mais elle avait connu une cruelle déception autrefois, puis une autre l'été dernier, et elle avait perdu le goût de vivre. Elle ignorait pratiquement Pamela et quand elle a appris la mort de Thomas, avant moi, elle a mis fin à ce qui lui restait de vie.

— La pauvre femme. Je suis infiniment désolée pour elle, Adam.

— Moi aussi. Mais je n'ai pas fini, Fleur. Il y a un an, tu t'es retrouvée face à un terrible dilemme : être pendue ou être prisonnière d'un mariage de cauchemar si tu retournais chez toi, ou mourir de faim si tu continuais à te cacher. Est-ce que tu es restée à te lamenter sur ton sort ? Non, tu t'es battue pour survivre, et tu as dû en venir aux pires extrémités. Je plains ma femme, alors que je n'ai pas assez de mots pour te dire mon estime.

— Peut-être parce que tu sais que tu as été le seul, risqua-t-elle. Que ferais-tu s'il y en avait eu une douzaine ? Ou plus ?

— J'aurais des envies de meurtre. Avant mon mariage, j'ai couché avec plus de femmes que je ne saurais compter. Que ressens-tu ?

— J'ai des envies de meurtre.

— Et tu m'en aimes moins ?

— Non. C'est le passé. Je n'ai aucun contrôle sur lui et tu ne peux rien y changer. Je me moque de ton passé.

— Et moi, je me moque du tien. Acceptes-tu d'être duchesse de Ridgeway ?

— Et Pamela ?

— Elle m'est reconnaissante du sacrifice que je fais en t'épousant uniquement pour que tu puisses devenir sa maman. J'ai dû lui certifier que cela ne m'ennuyait pas, ajouta-t-il dans un sourire.

— Elle adorait sa mère.

— Oui, et elle l'adorera toujours. Nous veillerons à ce qu'elle ne l'oublie jamais, en espérant que la mémoire embellisse un peu la vérité, et qu'elle garde le souvenir d'une mère aussi attentive que belle et indulgente. Tu ne seras jamais sa mère, mais tu seras sa belle-mère. Et je sais d'expérience qu'on peut aimer les deux. J'ai des souvenirs imprécis de ma mère, tous associés à un amour sans limite, et cela ne m'a pas empêché d'être très attaché à ma belle-mère, la mère de Thomas.

Fleur appuya la tête contre son épaule.

— Veux-tu m'épouser ?

— Oui, souffla-t-elle.

Il n'y avait rien d'autre à dire. Comment exprimer un bonheur si violent qu'il en était presque douloureux ?

Il ferma les yeux et posa la joue sur le sommet de son crâne. Comme la nuit où ils avaient fait l'amour, ils communiaient mieux dans le silence.

— J'ai un aveu à te faire, lui confia-t-il. Je craignais de recevoir une lettre de toi m'apprenant que tu étais enceinte, et je l'ai pourtant attendue avec un fol espoir. Tu vois à quel point je suis égoïste ?

— J'ai pleuré quand j'ai découvert que je ne l'étais pas.

Lui soulevant le menton, il la gratifia d'un long baiser langoureux.

— Nous ferons un enfant le plus vite possible, dit-il. Cette nuit peut-être ?

— Cette nuit ?

— Notre nuit de noces. C'est trop tôt ?

— Aujourd'hui ?

— Nous pouvons attendre, si tu le souhaites. Nous pouvons faire un mariage en grande pompe, à Londres si tu veux, avec toute la bonne société. Je pense que même le roi viendra si nous l'invitons. Mais je préférerais aujourd'hui. Nous pourrions passer notre première nuit dans ta maison. Tu as une chambre pour Pamela ?

— Oui, répondit-elle en lui frôlant les lèvres d'un doigt léger. J'ai tellement rêvé de t'avoir ici avec moi. Mes bras étaient tellement vides, et mon lit tellement froid.

— Ils ne seront pas vides cette nuit, mon amour. Et tu n'auras plus besoin de rêver. Ce sera la réalité.

— Je n'aurai pas besoin de glisser ta lettre sous mon oreiller.

— Ni le pianoforte.

Ils éclatèrent de rire avant de s'embrasser.

— Adam, j'ai été si seule sans toi. Cela m'a semblé une éternité.

— La solitude est finie, Fleur, pour toi comme pour moi. Nous allons nous marier, vivre à Willoughby avec nos enfants et vieillir ensemble. Et nous aimer pour l'éternité. Et au-delà, ajouta-t-il après avoir déposé un baiser sur ses lèvres.

Aventures & Passions

5 juillet

Amanda Quick

Les ladies de Lantern Street - La femme mystère

Inédit

Sous ses jupes, Béatrice Lockwood cache un pistolet chargé. Demoiselle de compagnie en mission secrète, elle ne baisse jamais la garde. La voilà pourtant désarçonnée par un certain Joshua Gage qui l'aide à déjouer une machination lors d'un bal, avant de disparaître. Lui a une certitude : la jeune fille était présente la nuit où Roland Fleming est mort. Coupable ou non, elle sera son guide sur une piste jalonnée de chantage, de folie, et de crimes obscurs…

✦

Grace Burrowes

Les lords solitaires - Gareth

Inédit

Depuis plus de neuf ans, Gareth Alexander se conduit en libertin impénitent sans se soucier ni de son titre de marquis ni de sa fortune. Pour satisfaire la dernière volonté d'une amie décédée, il est soudain contraint d'apprendre en quatre-vingt-dix jours à Felicity Worthington, vieille fille endurcie et désargentée, comment diriger une maison close. Le temps presse, toutefois Gareth rechigne de plus en plus à ruiner la réputation d'une femme qu'il respecte autant qu'il désire.

✦

Lisa Kleypas

Les Hathaway - Tentation d'un soir

Poppy Hathaway est éprise de Michael Bayning, un jeune aristocrate qui la courtise en secret. Une lettre d'amour égarée la conduit à faire la connaissance du redoutable Harry Rutledge, propriétaire de l'hôtel où elle séjourne. Un homme, au passé trouble, terriblement volontaire et qui, alors qu'elle se destine à un autre, va se révéler prêt à tout pour la posséder.

12 juillet

Suzanne Enoch

Les rebelles - Laisse-moi t'aimer

Inédit

Nate Stokes, comte de Westfall, est un espion accompli. Quand le marquis d'Ebberling fait appel à ses services pour retrouver une meurtrière, ses recherches le mènent au club Tantalus et à la belle Emily Portsman. Débute alors un jeu dangereux où personne n'est celui qu'il prétend être. Vérité et désirs s'entremêlent dans une valse folle. La seule chose dont Nate est certain, c'est qu'une fois qu'il serrera Emily dans ses bras, jamais plus il ne la laissera partir.

✦

Lorraine Heath

Les vauriens de Havisham - Belle et rebelle

Inédit

Le marquis de Marsden n'a plus toute sa tête et s'est engagé à se marier avec une roturière, Portia. Pour lui éviter cette bêtise, son fils Locke décide de l'épouser à sa place. La jeune femme accepte : après une première relation douloureuse avec un aristocrate, elle ne cherche qu'à assurer sa survie et celle de l'enfant qu'elle porte en secret. Après tout, son nouveau mari ne lui demande que d'être sa partenaire sexuelle la nuit…

✦

Kathleen Givens

La forteresse des Highlands

La vie de Margaret MacDonald paraît toute tracée. En tant que fille de laird, elle épousera celui à qui elle est promise depuis l'enfance, puis vivra à la cour du roi d'Angleterre. Pourtant, quand Margaret surprend son fiancé au lit avec sa meilleure amie, elle se rebelle, et son destin va être bouleversé par sa rencontre avec un guerrier celte à la chevelure d'or.

Passion intense

12 juillet

JS Taylor

Spotlight - Nos corps entrelacés

Inédit

Lorsque, James rejoint le plateau pour jouer au côté d'Issy, cette dernière le découvre aussi bon acteur que réalisateur. Autant dire que la passion qui les unit transforme chaque scène en supplice pour les sens ! En coulisses, le couple peut laisser libre cours à ses désirs. Mais James et Issy parviendront-ils à tenir leur rôle face à la caméra, pour que ce film soit un succès ? L'arrivée d'un sinistre personnage risque bien de compliquer ce challenge…

LOVE *ADDICTION*

5 juillet

Molly O'Keefe

Affraires privées - Pour un soir

Inédit

Issu de quatre générations de politiciens, Harrison Montgomery est né pour diriger. D'ailleurs, l'heure est arrivée de succéder à son père, adepte de la fraude et de la corruption, en offrant à l'État de Georgie un gouverneur à la hauteur. Sauf que sa dignité, Harrison l'a perdue lors d'une nuit torride avec Ryan Kaminski, une barman. Cette brève aventure aurait pu rester sans lendemain, si la jeune femme n'était pas tombée enceinte. Pour empêcher le scandale d'éclater, une seule solution s'impose : le mariage…

PROMESSES

12 juillet

Julia London

Un parfait arrangement

Inédit

Abandonnée à quelques jours de son mariage, Sloane n'en peut plus de ses chères amies qui veulent la recaser à tout prix. Pour avoir la paix, la jeune Américaine s'invente un amoureux avec qui elle est censée roucouler en vacances, dans les Highlands. Mais catastrophe, les filles annoncent leur arrivée et Sloane doit se trouver illico un cher et tendre à peu près crédible. Galen, un Écossais bourru qui vit au milieu des moutons, accepte de participer à sa petite mascarade inoffensive…

CRÉPUSCULE

5 juillet

Jennifer Estep

L'exécutrice - Révélation

En tuant Mab Monroe, son ennemie de toujours, Gin a dévoilé sa deuxième identité. Depuis, les élémentaux se bousculent aux portes de son restaurant pour provoquer l'Araignée en duel. En quête de soleil et de repos, Gin prend la route avec sa sœur Bria en direction d'un hôtel en bord de plage. Mais plusieurs obstacles risquent d'ombrager ces quelques jours, à commencer par le séduisant Donovan Caine...

Sélection

5 juillet

Erin McCarthy & Amy J. Fetzer

Dans la chaleur des Tropiques & Ardeurs tropicales

Entre de courageux Marines qui viennent à la rescousse de demoiselles en danger, sur fond de paysages exotiques et de chaleur tropicale et un voyage aux Caraïbes qu'une jeune femme accepte d'entreprendre au côté de son séduisant patron, qui lui tourne autour depuis quelques temps, l'été s'annonce particulièrement *caliente* !

11788

Composition
FACOMPO

Achevé d'imprimer en Italie
par GRAFICA VENETA
le 7 mai 2017.

Dépôt légal juin 2017.
EAN 9782290141731
OTP L21EPSN001637N001

ÉDITIONS J'AI LU
87, quai Panhard-et-Levassor, 75013 Paris

Diffusion France et étranger : Flammarion